कल्किकाल कथा

खण्ड-दो

त्रिपुण्ड काक्षः

सत्य हमेशा वह नहीं होता जो आप जानते हो।

ज्यादातर तो अर्धसत्य ही प्रचलित होता है

और हम उसको पूर्ण सत्य मान लेते हैं।

यह कथा है ऐसे ही एक सम्पूर्ण सत्य के अपरिहार्य खोज की,

जो कुञ्जी होगी पृथ्वी और मानवजाति के भविष्य को बचाने की।

कल्किकाल कथा

खण्ड-दो

त्रिपुण्ड कालः

उपन्यास

प्रशान्त सिंह

अंजुमन प्रकाशन

अंजुमन प्रकाशन
942, मुठ्ठीगंज, प्रयागराज-3 उत्तर प्रदेश, भारत
www.anjumanpublication.com
contact@anjumanpublication.com

प्रथम संस्करण अंजुमन प्रकाशन द्वारा 2021 में प्रकाशित

आवरण व टाइप सेटिंग : अंजुमन प्रकाशन

ISBN : 978-93-88556-53-8

।। श्रीमद्भगवद्गीता।।

आब्रह्मभुवनाल्लोकाः पुनरावर्तिनोऽर्जुन।
मामुपेत्य तु कौन्तेय पुनर्जन्म न विद्यते।।

मृत्यु के बाद जीवात्मा कुछ काल के लिये अपने शुभ-अशुभ
कर्मों के आधार पर किसी न किसी लोक में वास करती है,
यदि पाप ज्यादा हैं तो नरक लोक
और यदि पुण्य ज्यादा हैं तो स्वर्ग लोक।

दो शब्द

किताबों से बढ़कर कोई नाथ नहीं होता,
कहानियों से बढ़कर कोई साथ नहीं होता।
डूब जाओ दुःख-दर्द के सागर में तो,
शब्दों से बढ़कर कोई हाथ नहीं होता।।

द्वितीय भाग के जन्म लेने के लिये प्रथम भाग का होना अपरिहार्य है। कल्किकाल कथा के प्रथम खण्ड ने जहाँ अपने शब्दों को विराम दिया था, यह खण्ड ठीक वहीं से आरम्भ होता है। चार वर्ष तक साहित्य के सागर में डूबे रहने के बाद प्रथम खण्ड- 'समयान्त रहस्य' की उत्पत्ति हुई थी। पाठकों की रुचि को ध्यान में रखकर इस खण्ड को दो वर्ष के समय अंतराल के अंदर ही धरातल पर उतारने का प्रयास किया गया है।

प्रथम खण्ड को पढ़ने के बाद इस कथा को पढ़ेंगे तो घटनाओं की श्रृंखला को तथा पात्रों के चरित्र को समझने में पाठकों को ज्यादा सहूलियत होगी, साथ ही साथ न्यूरोजिकल दिलचस्पी भी बनी रहेगी।

उम्मीद है कल्किकाल कथा का द्वितीय खण्ड 'त्रिपुंड काक्षः' आपके प्रेम के काबिल बन पायेगा। आप पाठकों की बहुमूल्य प्रतिक्रिया और समीक्षा की हमें वैसे ही प्रतीक्षा होगी जैसे कि परीक्षा के बाद किसी विद्यार्थी को परिणाम की होती है ।

अंजुमन प्रकाशन के निदेशक वीनस केसरी जी और मार्केटिंग पार्टनर बुक स्केप के निदेशक पराग अग्रवाल जी को

सहृदय धन्यवाद देता हूँ जो साहित्य की दुनिया में आगे बढ़ने के लिये लेखकों को इतना बड़ा प्लेटफार्म मुहैया कराते हैं।

लेखक 'अर्थात्' मुझ से नीचे दिये गये किसी भी डिजिटल ठिकाने पर सम्पर्क किया जा सकता हैः

आपका मित्र
प्रशान्त सिंह

Facebook:www.fb.me/authorprashant.in
Website:www.authorprashant.in
e-Mail:authorprashant.in@gmail.com

चरित्र सूची

(वर्ण क्रमानुसार)

अश्ववत्थामा - महाभारत के महान योद्धा व चिरञ्जीव समूह के सदस्य

अहम विद्यम - प्रोफेसर, अन्तरिक्ष व खगोल विज्ञान के गहरे जानकार व दिल्ला यूनिवर्सिटी के प्रोफेसर, उल्कापिण्ड की जाँच कर रही टीम का सदस्य

आकूति खण्ड - एक बहुत विशेष व शक्तिशाली वस्तु प्रोक्स एम्नतम्

उर्ग्य - एक एलियन ग्रह

उचित अनुकरण - वैज्ञानिक, इसरो के एलियन अध्ययन समूह के वरिष्ठ वैज्ञानिक, उल्कापिण्ड की जाँच कर रही टीम का सदस्य

उत्कृष्ट - प्राज्ञ का मित्र

कल्कि - कहानी का नायक, प्रख्यात व विश्रवा का बड़ा पुत्र

कागभुसण्डी - एक रहस्यमयी चरित्र, चिरञ्जीव समूह के सदस्य

कृपाचार्य उर्फ़ - महान ज्ञानी व चिरिन्जीव समूह के सदस्य लेयसोंन

केचर - एक एलियन, उर्ग्य ग्रह का वासी

चिरञ्जीव समूह - अमर, ज्ञानी व महान पुरुषों का समूह

तत्वत - भारतीय आर्कियोलोजी विभाग में अभियन्ता

तत्ष्ट - पारम्परिक हथियारों का ट्रेनर, प्रियम का साथी

पुण्डलिक - पृथ्वी पर उपस्थित उर्ग्य गृह का वासी

प्रख्यात	-	कल्कि व प्राज्ञ का पिता, विश्रवा का पति
प्रत्याशी	-	मृग्स्य की मित्र
प्राज्ञ	-	कल्कि का छोटा भाई, प्रख्यात व विश्रवा का छोटा पुत्र
प्रियम	-	कल्कि की पुरानी मित्र, उल्कापिण्ड की जाँच कर रही टीम की सदस्य, पारम्परिक हथियारों की जानकार
फन्याज़	-	भारतीय आर्कियोलोजी विभाग में मुख्य अभियन्ता
बगावती समूह	-	राजा से बगावत करने वाले उर्ग्य ग्रह का एक खास समूह
मनन	-	भारतीय सेना में सूबेदार, मेजर रेनव का मित्र
महाऋषि	-	महान ऋषि व चिरञ्जीव समूह के सदस्य मार्कण्डेय
मुकुंदष्टकम	-	एक रहस्यमयी पात्र
मृग्स्य	-	दूरदर्शन में रिपोर्टर, प्राज्ञ की मित्र
येक्रांत	-	हनुमान का विश्वास पात्र, विशेष प्रजाति का सदस्य
रेनव	-	भारतीय आर्मी में मेजर और कल्कि का मित्र
विश्रवा	-	कल्कि व प्राज्ञ की माँ, प्रख्यात की पत्नी
व्यास बाबा	-	रहस्यमयी पुरुष व चिरञ्जीव समूह के सदस्य
श्री परशुराम	-	महान योद्धा व चिरञ्जीव समूह के सदस्य
श्लोक	-	ज्ञानाश्रम का नागरिक
सरू, ग्रीव	-	विचित्र जानवर, वैज्ञानिक जिन याँग की खोज तथा यूप
श्री हनुमान	-	महान योद्धा व चिरञ्जीव समूह के सदस्य
डॉक्टर हरि	-	जीव वैज्ञानिक एवं क्लोन विशेषज्ञ

प्रकरण विवरण

कल्किकाल कथा
खण्ड-दो
त्रिपुण्ड काक्षः

इण्डिया, सन 2025...

भले ही यहाँ इक्कीसवीं शताब्दी चल रही हो, परन्तु माहौल को देखकर कुछ अलग ही एहसास होता है मानो कि यह पंद्रहवीं शताब्दी है। धातुंत बम के अति भीषण प्रकोप ने मानव सभ्यता को पाँच सौ वर्ष पीछे धकेल दिया है। आधुनिकता की किसी भी तरह की पहचान खत्म हो चुकी है। मानवों ने पिछले पाँच सौ वर्ष के समय काल में जो भी विकास किया था, जितनी भी प्रगति की थी, वह सब अब सिर्फ यादों में रह गयी है या फिर कबाड़ में।

स्टील से लेकर आयरन तक, अयस्क से लेकर कीमती मेटल तक, किसी भी तरह की धातु जो रसायन विज्ञान की पिरियोडिक टेबल में अपना स्थान रखती थी, फिलहाल तो अपना अस्तित्व खो चुकी है। किसी भी तरह की धातु से बनी कोई भी वस्तु भारी जंग की चपेट में आ गयी थी और फिर कुछ ही दिनों में गलकर हमेशा के लिये मिट्टी में मिल गयी। कभी धातु रहित जीवन की परिकल्पना करना भी बेईमानी होता था परंतु फिलहाल तो यह कटुसत्य है।

सेमीकण्डक्टर से बनी कोई भी इलेक्ट्रानिक्स वस्तु अपनी उम्र पूरी कर चुकी थी और अब मृत्युशय्या पर लेती हुई है। सेमीकण्डक्टर से बनी किसी भी तरह का चिप या सर्किट फिलहाल तो शॉर्ट-सर्किट होने के बाद अपना अस्तित्व खो चुका है। कुछ दिनों पहले तक जीवन में सबसे महत्त्वपूर्ण अगर कुछ था तो वह था - इलेक्ट्रानिक्स डिवाइस, जिसके बिना जीवन अधूरा प्रतीत होता था। परन्तु दुर्भाग्य से कार्बन, सिलिकॉन और जर्मेनियम ने नियति के हाथों आत्मसमर्पण कर दिया है। इंसानों को भी अब एहसास हो रहा है कि तकनीक के बिना उनके पूर्वज आखिर जीते कैसे थे।

किसी भी तरह के वाहन का, गाड़ी का नामोंनिशान मिट चुका है। भारी जंग की वजह से गाड़ियों के कलपुर्ज़े और उनके इंजन हमेशा के लिये दम तोड़ चुके हैं। बिना कलपुर्ज़े व इंजन के बिना कोई भी गाड़ी सिर्फ और सिर्फ लोहे के डिब्बे से ज्यादा कुछ नहीं हैं। चाहे सड़क पर दौड़ने वाले वाहन हों या फिर पटरियों पर दौड़ने वाली ट्रेन, सभी के पहिये हमेशा के लिये थम गये हैं। हवा में उड़ने वाले विमान और पानी में तैरने वाले जहाज की किस्मत भी ज्यादा जुदा नहीं है। कहीं आने-जाने के लिये, परिवहन के लिए बचे थे तो सिर्फ जानवरों के द्वारा खींचे जाने वाली लकड़ी से बने वाहन या फिर स्वयं जानवर।

संचार के किसी भी तरह के साधन का तो समूल खात्मा हो चुका है। अन्तरिक्ष में तैरती किसी भी तरह की सेटेलाइटस के परखच्चे तो पहले ही उड़ चुके थे, अब तो मोबाइल टावर, मोबाइल और टेलीफोन सेट के दम तोड़ने के बाद किसी भी तरह के दूरसंचार का सपना खत्म हो चुका है। चिट्ठियाँ पहुँचाने के लिये न तो गाड़ियों का अस्तित्व बचा है और न ही ई-मेल भेजने के लिये कम्प्यूटर व इण्टरनेट का। अब रही बात किसी से सम्पर्क करने की तो या तो यह अब स्वप्न में किया जा सकता है या फिर टेलीपैथी से।

मेडिकल क्षेत्र में प्रयोग होने वाली लाइफ सेविंग मशीनों से लेकर इण्डस्ट्रीज़ के काम आने वाले रोबोटों तक, बिजली और बिजली से चलने वाले सामानों जैसे टी॰वी॰,कम्प्यूटर, इम्टरनेट व मोबाइल तक, जल-थल-नभ में प्रयुक्त होने वाली किसी भी तरह की इलेक्ट्रिकल या इलेक्ट्रानिक्स मशीन से लेकर प्रत्येक तरह की मैकेनिकल मशीन की अंत्येष्टि हो चुकी है।

नदियों के ऊपर बने हुए पुल जंग के ढेर में तब्दील हो चुके हैं, सड़क के दोनों तरफ गाड़ियों का जमावड़ा लगा हुआ है। टूटे-फूटे मकान, चिथड़ों में घूमते और भूख से तड़पते लोगों ने हर तरफ अफरातफरी का माहौल बनाया हुआ है। इस घटना की वजह से हुई जान-माल की हानि का अंदाजा लगाना तो असम्भव-सा सा कार्य है। मानव जीवन साधनविहीन हो चुका है, तकनीकविहीन हो चुका है और उम्मीदविहीन भी हो चुका है।

एक की हानि दूसरे के लिए लाभ बन जाती है। प्रकृति समय-समय पर स्वयं को नियोजित करती रहती है। सच कहें तो यह वही समय था जब प्रकृति को इसका फायदा मिल रहा है और उसकी पुरानी शानो-शौकत बहाल हो रही है। आसमान अब बेहद ही स्वच्छ और नीली रंगत लिये नज़र आता है। चिड़ियों की चहचहाहट और पक्षियों की फड़फड़ाहट ने वातावरण को सुरमय किया हुआ है। लगातार होती बारिश ने जहाँ जगह-जगह झरनों को जन्म दे दिया है, नदियों को लबालब कर दिया है तो हरियाली भी धीरे-धीरे अपने पैर पसार रही है। आसमान में धुएँ के बजाय तारे टिमटिमा रहे हैं।

प्रदूषण नाम का असुर कब्र में अंतिम साँसें गिन रहा है।

आज के वातावरण को देखकर प्रतीत होता है कि तकनीक का तो नामोनिशान भी नहीं बचा है। ऐसा मानना है कि तकनीक के आगमन के बाद से डार्विन के दिये हुए सिद्धांत असफल होने लगे थे। अब तकनीकविहीन माहौल में जो शक्तिशाली व योग्य होगा, जो प्रकृति के साथ कदमताल से चल पायेगा वही जीवित रहेगा। अब देखना यह था कि कितने लोग इस माहौल में सामंजस्य बिठा पायेंगे और जो ऐसा नहीं कर पायेंगे वे लोग या तो मानसिक संतुलन खो देंगे या फिर अपनी साँसें।

अध्याय 1

।। प्रथम ताम्रपत्र का रहस्य ।।

पंद्रह दिन पहले...

एक लम्बी यात्रा के बाद, डायनासौर से हुई लड़ाई के बाद व पृथ्वी पर जीवित सबसे महान चिरञ्जीव श्री हनुमान से मिलने के बाद कल्कि एक प्राकृतिक गुफा के अंदर आराम कर रहा था।

"कल्कि...कल्कि...कृपया उठिए!" कागभुसण्डी ने कल्कि को गहन नींद से उठाने की कोशिश करते हुए कहा। लगभग पचास वर्ष का एक पतला-सा, आठ फुट लम्बा, कौए जैसी पतली लम्बी नाक, चेहरे पर चमक लिये हुए, सफ़ेद-काले लम्बे बालों से ढका हुआ शरीर और चेहरे पर काली दाढ़ी लिये हुए चिंतित चिरंजीवी कागभुसण्डी निद्रा में डूबे हुए कल्कि को जगाने की कोशिश कर रहे थे।

"कागभुसण्डी जी, आप इस समय यहाँ... सब ठीक तो है?" अनहोनी की आशंका से ग्रस्त कल्कि ने हैरान होते हुए पूछा।

छह फुट लम्बे, बेहद ही आकर्षक व्यक्तित्व, घुँघराले बाल और चेहरे पर दिव्य तेज़ वाला कल्कि बिस्तर से उठकर कागभुसण्डी के समक्ष आकर खड़ा हो गया।

"कल्कि देव एक अत्यंत बुरी खबर है, इस जगह तो आप इस खबर को महसूस नहीं कर पायेंगे लेकिन..."

"क्या फिर से केचर?" कागभुसण्डी अभी अपनी बात पूरी भी नहीं कर पाया था कि कल्कि ने बीच में टोकते हुए कहा।

"हाँ। करीब एक घंटे पहले, उग्र्य ग्रहवासी तथा एलियन प्रजाति के जीव केचर ने अफ्रीका के वायुमंडल में एक और हमला कर दिया है; धातुंत बम का प्रयोग किया गया है। इसकी वजह से धातु से लेकर सेमीकंडक्टर तक, स्टील से लेकर आयरन

तक, इलेक्ट्रिकल, इलेक्ट्रॉनिक सामान से लेकर मैकेनिकल पार्ट्स तक सब कुछ भारी जंग की चपेट में आ गये हैं। जब धातुंत बम का प्रयोग किया गया तब अफ्रीका के आसमान में उड़ रहे सौ से भी ज्यादा विमान व हेलिकॉप्टर ने सिस्टम फेलियर की वजह से काम करना बंद कर दिया और करीब बीस हज़ार से भी ज्यादा लोग आसमान में ही काल के गाल में समा गये। समुद्र में तैरते हजारों जहाज डूबने की कगार पर हैं तो अनगिनत गाड़ियाँ व रेलगाड़ियाँ दुर्घटना के हवाले हो चुकी हैं। न तो कोई भी गाड़ी इस्तेमाल करने लायक बची है और न ही कोई इलेक्ट्रॉनिक या इलेक्ट्रिकल मशीन। कितने ही मरीजों ने मेडिकल मशीन के अनायास ख़राब होने की वजह से आपरेशन टेबल पर दम तोड़ दिया।

इसका असर कुछ ही दिनों में भारतीय उपमहाद्वीप तक भी आ जायेगा और फिर धीरे-धीरे पूरी पृथ्वी इसकी चपेट में आ जायेगी। उर्ग्य प्रजाति के लोगों द्वारा चलाये गये इस धातुंत बम के प्रकोप से पृथ्वी का कोई भी कोना न बच सकेगा।

इसका व्यापक असर हमारी सोच से भी परे होगा। न ही कोई हथियार, न ही कोई मशीन और न ही कोई लाइफ सेविंग मेडिकल मशीन काम करेगी। धातुंत बम के प्रकोप के बाद से अब कोई भी इलेक्ट्रिकल, मैकेनिकल या इलेक्ट्रॉनिक्स से बने हथियार या मशीन काम नहीं करेंगे। मोबाइल फ़ोन से लेकर बेसिक फ़ोन या संचार का अन्य कोई भी साधन काम नहीं करेगा। रेलवे स्टेशन और एयरपोर्ट भी इस विनाश से बच न सकेंगे। निश्चित ही मानव सभ्यता कम से कम पाँच सौ वर्ष पीछे चली जायेगी। मानव सभ्यता के समूल अंत का आगाज़ हो चुका है।''

उल्कापिण्डों के हमले, सैटेलाइट्स की तबाही तथा सुसुप्तावस्था जानवरों के हमले से अभी पृथ्वीवासी उबर भी नहीं पाये थे कि केचर ने एक और पृथ्वी विनाशक कदम उठा लिया था। यह बात कल्कि अच्छी तरह समझ चुका था कि इन हमलों का वार पृथ्वीवासी ज्यादा समय तक नहीं झेल पायेंगे।

''केचर धीरे-धीरे मूलभूत तथा बुनियादी सुविधाओं को खत्म कर रहा है जिससे सभी जीवित प्राणी खुद-व-खुद पृथ्वी से ख़त्म हो जायेंगे। पृथ्वी पहले से ही सूरज की कम रोशनी, कम तापमान व धूल के प्रकोप को झेल रही है और अब इतना विनाशकारी कदम। जो मानव या जीव इन हालात में खुद को ढाल पायेंगे वही जीने का हक रख पायेंगे; मैं, पृथ्वी और पृथ्वीवासियों को केचर के रहम पर नहीं छोड़ सकता। अब आकृति खण्ड को खोजने के साथ-साथ केचर का विरोध भी करना होगा। केचर को जवाब देना होगा कि हम कमज़ोर नहीं हैं, पृथ्वीवासी कमज़ोर नहीं हैं।'' कल्कि ने मन ही मन विरोध करने का प्रण कर लिया।

''धातुंत बम के प्रकोप को इण्डिया तक आने में कितना समय लगेगा?'' कल्कि के मन में क्रोध भरा था तो मस्तिष्क में प्रतिरोध।

"बमुश्किल पंद्रह दिन में यह जानलेवा आफत इण्डिया में प्रवेश कर जायेगी, उसके बाद आप जानते ही हैं कि क्या होगा।" कागभुसण्डी के कथनानुसार तथाकथित नरक का साया बस कदम भर दूर था।

इस बातचीत के खलल से पास में ही सो रहा कल्कि का छोटा भाई प्राज्ञ भी जाग गया। वैसे भी ऐसी हृदयाघाती जानकारी किसी को भी निद्रा से जगा सकती थी। कागभुसण्डी को इस समय यहाँ देखकर और उनकी बात सुनकर वह कल्कि से भी ज्यादा चिंताग्रस्त था, "हमें सरकार तक यह खबर पहुँचानी चाहिए।"

देखने में प्राज्ञ बहुत कुछ कल्कि जैसा ही था बस चेहरे पर उम्र की लकीरों की संख्या अपेक्षाकृत कम थीं। कागभुसण्डी के द्वारा सुनायी गयी खबर ने आँखों में नींद के स्थान पर चिंता व भय के भाव भर दिये थे।

कल्कि ने प्राज्ञ की तरफ देखते हुए कहा, "ठीक कहा प्राज्ञ तुमने, यह खबर सरकार को देनी होगी, रेनव को फ़ोन..." बोलते-बोलते कल्कि अनायास ही रुक गया। ना जाने क्यों उसके माथे पर कुछ अजीब से भाव छा गए।

कल्कि ने कुछ क्षणों के लिये अपनी आँखें बंद की, लगा जैसे ध्यान केन्द्रित करने का प्रयास कर रहा हो। कुछ क्षणों के बाद कल्कि ने आँखें तो खोली परन्तु सँम्भावित अनहोनी की आशंका की वजह से वे अपने साधारण आकार से दोगुनी दिखायी दे रही थीं।

"कागभुसण्डी जी! प्रियम...उनका हेलिकॉप्टर क्रैश होने वाला है। आपको उन्हें बचाना होगा...तुरंत।" कल्कि की आवाज़ में बेतहाशा उतावलापन नज़र आया।

"मैं जानता हूँ कल्कि देव, परन्तु मैं प्रकृति के जीवन-मरण के नियमों की अवहेलना नहीं कर सकता, मुझे माफ कर दें।" कागभुसण्डी सिर झुकाये खड़ा था, नज़रें जमीन की तरफ और चेहरे पर कुछ न कर पाने की मजबूरी।

हाथों पर आड़ी-तिरछी रेखाएँ तो विधाता ने सब के ही हाथों में खींची हैं लेकिन उनको इच्छानुसार बदलने वाली तकदीर लेकर सिर्फ कुछ लोग ही पैदा होते हैं। ऐसा ही महामानव था - कल्कि जो तकदीर को भी बदलने की क्षमता रखता था।

"कागभुसण्डी जी, यह सहायता प्रकृति के नियमों की अवहेलना नहीं होगी और अगर है भी तो पूर्णतया जिम्मेदारी मेरी। ज्यादा समय नहीं है आपको तुरंत ही जाना होगा।" चिन्तित व भय मिश्रित भावों के साथ कल्कि ने आदेशात्मक स्वर में कहा।

"जैसा आप कहें।" और यह कहकर कागभुसण्डी पल भर में ही वहाँ से अदृश्य हो गये।

प्राज्ञ अचरज से कभी कल्कि तो कभी कागभुसण्डी को देख रहा था। कागभुसण्डी के जाने के बाद कल्कि को चिंतित मुद्रा में देख उसने पूछा, "क्या हुआ

भाई? सब ठीक है न!''

''तुम सो जाओ, हमें कल ही यहाँ से निकलना होगा।'' भाई को अति चिंतित देख प्राज्ञ ने अपने शब्दों पर विराम लगाना ही उचित समझा। आदेशानुसार प्राज्ञ ने अपनी कमर का बिस्तर से मिलन करवाते हुए आँखों को नींद के आगोश में भेज दिया।

वहीं दूसरी तरफ कल्कि की आँखों से निद्रा कोसों दूर थी। उसे कागभुसण्डी पर पूरा भरोसा था कि वह निश्चित ही उस हेलिकॉप्टर को क्रैश होने से बचा लेंगे जिसमें प्रियम के साथ मेजर रेनव और उनके दो साथी भी हैं। क्या सचमुच कागभुसण्डी ऐसा कर पायेंगे, जानने के लिए कल्कि ने अपने विशिष्ट फोन से प्रियम का नम्बर मिला दिया।

''दो मिनट में, हम धरती से टकराने वाले हैं।'' पायलट व सह-पायलट ने आत्म-समर्पण कर दिया था। रेनव ने भी आत्म-समर्पण कर दिया था। प्रियम तो बेहोश होकर पहले ही अँधेरे में खो चुकी थी।

जीवन के अंतिम पल बेहद ही भावुकता वाले होते हैं। चार लोग जो पृथ्वी को बचाने के उद्देश्य से कल्कि की सहायता करने के लिये निकले थे वे स्वयं जीवन-पथ पर रास्ता भटककर मृत्यु-दर पर पहुँच चुके थे।

''तीस सेकण्ड...'' पायलट को पता था यह उसकी जिन्दगी के आखिरी शब्द थे।

तभी एक चमत्कार हुआ। कौए जैसे दिखने वाले एक विचित्र जीव या शायद मानव के दो दमदार हाथों ने हेलिकॉप्टर को जमीन से टकराने से कुछ पल पहले सिर्फ कुछ पल पहले थाम लिया। हेलिकॉप्टर के चीथड़े उड़ते-उड़ते रह गये। उसके अन्दर उपस्थित चारों मानवों की साँसों ने भी जब लगभग फेफड़ों का साथ छोड़ने की तैयारी कर ली थी तब एक झटके से हवा में ही रुक गये हेलिकॉप्टर ने सभी को आश्चर्यचकित कर दिया।

''क्या हुआ!'' रेनव की आश्चर्य से फटी आँखों ने पायलट को देखते हुए कहा।

''पता नहीं, अचानक रुक कैसे गया यह।'' पायलट के हृदय की धड़कन इस समय गति में सूरज के प्रकाश को भी पीछे छोड़ सकती थी।

एक पल के लिये सब कुछ थम गया। प्रियम जहाँ बेहोश पड़ी थी वहीं बाकी तीनों लोग जमीन से सिर्फ दस फुट ऊपर हवा में लटके हुए थे। कोई भी कुछ भी सोचने-समझने की हालत में न था।

अगला पल और हेलिकॉप्टर फिर से जमीन की तरफ गिरने लगा, स्थिर अवस्था से गतिमान अवस्था में आया और फिर तेज़ झटके से जमीन से टकरा गया। सिर्फ कुछ

फुट से गिरा हेलिकॉप्टर इतनी काइनेटिक ऊर्जा उत्पन्न नहीं कर पाया कि किसी के भी शरीर को बहुत ज्यादा नुकसान पहुँचा सके।

छोटी-मोटी चोटें तो लगीं परन्तु चारों की जान बच गयी थी। शायद कल्कि की वजह से या फिर कागभुसण्डी की वजह से... वजह कोई भी हो लेकिन प्रकृति के नियमों की अवहेलना, जीवन-मरण के नियमों की अवहेलना किसी न किसी पर तो भारी पड़ने वाली थी।

एक झटके ने प्रियम को बेहोशी की अवस्था में भेजा था तो दूसरे झटके ने होश में लाने का काम किया। जमीन के ऊपर तबाह हो चुका हेलिकॉप्टर, उस के अन्दर चार लोग भ्रम जैसे हालत में अर्ध बेहोशी जैसे हालत में बैठे हुए थे।

''क्या हुआ था? मुझे कुछ झटका जैसा लगा था; शायद कोई वस्तु हमारे हेलिकॉप्टर से टकरायी थी, उसके बाद मुझे कुछ याद नहीं।'' प्रियम का एक हाथ सिर पर तो दूसरा हाथ उलझन के भाव प्रदर्शित कर रहा था। प्रियम के प्रश्नों का उत्तर किसी के भी पास न था।

कबाड़ हेलिकॉप्टर से एक-एक कर, एक-दूसरे की सहायता से चारों बाहर निकले, और उन्होंने अपने आप को एक घने जंगल के बीचों-बीच पाया। कुछ समय तो लगा सबको अचेतन से चेतन अवस्था तक आने में, परन्तु परिस्थिति को समझने में अभी और समय लगने वाला था।

''वायरलेस करके मदद मँगवा लो।'' रेनव से सह-पायलट को आदेश देते हुए कहा।

प्रियम, लगभग अट्ठाईस वर्ष की युवती, एथलीट जैसा छरहरा मगर बेहद ही सुन्दर काया वाली वह पेड़ का सहारा लेकर बैठी हुई थी। गहरी काली मायूस व मासूम सी आँखों में उलझन के भाव दिख रहे थे।

भारतीय आर्मी के मेजर रेनव बहुत ही होनहार, बुद्धिमान और हाई आई॰क्यू॰ वाले अफसर थे जिसकी वजह से वह भी पृथ्वी व मानवजाति को बचाने निकली इस टीम के अहम सदस्य बन गये। हेलिकॉप्टर दुर्घटना में जैसे-तैसे बचे रेनव ने दिमाग को केन्द्रित किया और आस-पास के इलाके का मुआयना करने लगे ताकि जंगल से बाहर निकला जा सके। पायलट ब्लैक बॉक्स को कब्जे में लेने की कोशिश में तो सह-पायलट वायरलेस सेट की जाँच पड़ताल में जुट गया।

''वायरलेस सेट काम नहीं कर रहा है, यह पूरी तरह से नष्ट हो चुका है।'' सह-पायलट ने ना उम्मीदी के साथ कहा।

''हे भगवान! अब यहाँ से बाहर कैसे निकलें।'' मोबाइल के बजने की घण्टी ने

रेनव की सोच पर ब्रेक लगाया।

"मोबाइल के सिगनल यहाँ कैसे? मेरे खयाल से कई दिनों से मोबाइल में सिगनल नहीं आ रहे हैं।" सह-पायलट आश्चर्यचकित था।

मोबाइल से निकली इस सुखद ध्वनि का स्रोत प्रियम थी। यह कोई साधारण फ़ोन न था, ख़ास स्पेक्ट्रम पर चलने वाला यह वह फ़ोन था जो प्राज्ञ ने मिशन पर निकलने से पहले सब को दिया था।

"हैलो..." प्रियम ने कॉल कनेक्ट करने के बाद कहा।

"आप ठीक हैं!" कल्कि की आवाज़ पहचानने में प्रियम को सेकेण्ड का हजारवाँ हिस्सा भी न लगा।

सुखद अनुभूति कहें या फिर सुखद आश्चर्य जिसके कारण प्रियम के मस्तिष्क ने उसको बोलने का आदेश नहीं दिया।

"आप सब ठीक हो?" कल्कि ने शब्दों को पुनः परिभाषित करते हुए पूछा।

"हाँ, हम सब ठीक हैं।" कल्कि के फ़ोन की टाइमिंग पर प्रियम आश्चर्यचकित थी। हेलिकॉप्टर के क्रैश में बाल-बाल बचना और फिर उसके तुरन्त बाद कल्कि का फ़ोन।

"हेलिकॉप्टर क्रैश में किसी को चोट तो नहीं आयी?" कल्कि ने एक ऐसी बात पूछ ली जो उसे नहीं पूछनी चाहिए थी। असाधारण मानव भी अक्सर प्रेमभाव में गलतियाँ कर देते हैं।

"कल्कि को क्रैश की जानकारी होना नामुमकिन है।"

प्रियम ने अति हैरानी से पूछा, "आप को कैसे पता चला कि हमारा हेलिकॉप्टर क्रैश हुआ है?"

कल्कि ने कोई उत्तर नहीं दिया।

"ठीक है, मैं फिर बाद में बात करता हूँ।" कल्कि को अपनी गलती का एहसास हो चुका था। सच वह छिपाना चाहता था और झूठ बोल नहीं सकता था।

कॉल डिसकनेक्ट हो गयी। पास में ही खड़ा रेनव सारी बातें सुन रहा था।

"कौन था? कल्कि?" रेनव ने पूछा।

प्रियम ने हामी भरी।

"उसको क्रैश के बारे में कैसे पता चला?" यह बात सोचकर रेनव का भी दिमाग घूम गया।

"नहीं पता।" प्रियम के माथे पर भी रेनव की भाँति हैरानी के भाव थे।

"ताज्जुब है।" रेनव कुछ सोचता हुआ-सा बोला।

"कल्कि के साथ रहोगे तो ताज्जुब कहने का मौका बार-बार मिलता रहेगा।" प्रियम शायद अपने पिछले अनुभव से बता रही थी।

"हो न हो, मुझे लगता है कि अगर अभी हम जिंदा हैं तो शायद कल्कि की वजह से।" रेनव के मन में कल्कि के लिए आदर कुछ गीगाबाइट और बढ़ गया।

एलियन प्रयोगशाला - इसरो की गुप्त जगह...

इसरो की तरफ से एलियन अध्ययन समूह के वरिष्ठ वैज्ञानिक उचित अनुकरण तथा अन्तरिक्ष व खगोल विज्ञान के गहन जानकार व दिल्ली यूनिवर्सिटी के प्रोफेसर अहम विद्यम भी अपने स्तर से एलियन के बारे में ज्यादा से ज्यादा जानकारी जुटाने के प्रयास में लगे हुए थे। दोनों ही पचास वर्ष से ऊपर के औसत कद-काठी के दिखते थे लेकिन जो विशेष बात थी वह थी दोनों के चेहरे पर पसरा हुआ ज्ञान का तेज़। कोई अंजान मनुष्य भी दोनों को सिर्फ देखकर ही इन्हें भारत के सबसे बुद्धिमान लोगों की श्रेणी में रख सकता था।

दोनों ही एक गुप्त प्रयोगशाला में खड़े हुए अपने विचारों में मग्न प्रतीत होते थे। पत्थरों से बनी प्रयोगशाला की दीवारें बेहद मोटी तथा मजबूत जान पड़ती थीं।

"कल्कि ने जो डॉक्यूमेंट दिया था उसमें मुझे तो कुछ काम का नहीं लगा। यह डॉक्यूमेंट तो पौराणिक कथाओं का संग्रह मालूम पड़ता है। कुछ न कुछ तो ऐसा है अहम जो कल्कि हमसे छिपा रहा है। उसने हमें पूरी बात नहीं बतायी।" उचित ने संदेह जताते हुए डॉक्यूमेंट अहम को देते हुए कहा, "आप भी पढ़कर देख लेना।"

"पृथ्वी के अस्तित्व पर संकट है हम जितना कर सकें उतना करना होगा, संदेह करने से तो कोई फायदा नहीं होगा... हाँ अगर कोई और विचार है तो बताओ।" अहम ने उचित को समझाते हुए कहा।

"तो फिर शुरूआत कहाँ से करनी है? अभी तक तो कोई भी सुराग नहीं मिला है।" उचित के स्वर में हताशा थी।

"उल्कापिण्डों के एनालिसिस से भी तो कुछ मदद नहीं मिल पायी।" अहम ने भी हताशा के साथ स्वर मिलाया।

"मुझे लगता है हमें ऐसी जगह का पता करना होगा जहाँ से एलियन पृथ्वी पर एक्सेस करते हैं।" उचित ने नया विचार देते हुए कहा।

"ये अच्छा विचार है; एक काम करते हैं, पिछले एक वर्ष के सैटेलाइट्स के सारे लॉग चेक करते हैं शायद एलियन से सम्बंधित कुछ सुराग मिल जाये।" प्रोफेसर अहम

ने आगे की रणनीति तय करते हुए कहा।

''वैसे तो इसमें काफी समय लग जायेगा, परन्तु इसके अलावा फिलहाल कोई और रास्ता भी नहीं सूझ रहा है। खोजना क्या है, लॉग देखते वक़्त हमारा फोकस किस पर रहना चाहिए?''

''कोई भी ऐसा डाटा ट्रांसमिशन जो मनुष्य के द्वारा नहीं किया गया हो और न ही मनुष्य के लिए किया गया हो या कुछ ऐसा संदेहात्मक जो हमारी समझ से परे हो...'' अहम ने आइडिया देते हुए कहा।

अहम अभी अपनी बात भी पूरी नहीं कर पाया था कि उचित अनायास ही चीख पड़ा, ''ये क्या है! मेंढक? इतना बड़ा!'' एक अजीब-से जानवर को देख उचित ने अहम की तरफ इशारा करते हुए कहा।

''हे प्रभु! यह कैसे सम्भव है।'' अहम ने मेंढक की तरफ देखते हुए कहा जो आकार में एक फुट से ज्यादा लम्बा था और करीब आधा फुट चौड़ा था। पेड़ के धब्बेदार तने जैसी त्वचा वाले उस प्राणी की पीली आँखें बंद थीं। त्वचा पर से चिकना पदार्थ लगातार रिस रहा था।

''क्या हुआ?''

''इस प्रजाति के मेंढक जिन्हें कटु टोड भी बोलते हैं सैकड़ों वर्ष पूर्व विलुप्त हो चुके हैं; कुछ वैज्ञानिकों का मानना है कि यह प्रजाति धरती के बहुत नीचे सैकड़ों वर्षों से सुसुप्तावस्था में रह रही है।'' अहम की बातों में भय साफ़ झलक रहा था।

''ओह! आपके लिए यह तो एक महान खोज हो गयी, एक विलुप्त जीव आपको अपने कदमों में मिल गया।''

''इसको पृथ्वी के सतह पर नहीं होना चाहिए, यह दुनिया का सबसे विषैला जीव है, इसको छूने भर से मानव की मृत्यु हो सकती है। जिस पानी में यह रहता है वह पानी पीने लायक नहीं रहता और सबसे बड़ी बात, जिस एक फुट के मेंढक को आप देख रहे हैं वह वयस्क नहीं है; वयस्क कटु मेंढक पाँच फुट तक हो सकते हैं, यह तो सिर्फ एक नवजात शिशु है। अगर यह धरती की सतह तक आ गये हैं तो फिर इंसानों का भगवान ही मालिक है।''

मानवों पर आ गये एक और जानलेवा खतरे की वजह से उचित अनुकरण की आँखें भय से फैल गयीं तो अहम विद्यम के माथे पर चिंता के बादल उतर आये।

कल्कि ने लकड़ी के बक्से को खोला जिस के अन्दर तीन ताम्रपत्र रखे थे। देखने से ही प्रतीत होता था मानो ये सैकड़ों वर्ष पुराने हों। कल्कि ने सबसे ऊपर रखे हुए ताम्र पत्र को सावधानी पूर्वक उठाया और बक्से को फिर से बंद कर दिया।

"भाई बक्सा बंद क्यों कर दिया? तीनों ताम्रपत्र देखते हैं, न त्रिपुंड काक्षः को समझने में आसानी होगी।" प्राज्ञ ने उतावलापन दिखाते हुए कहा।

"फोकस बहुत जरूरी है प्राज्ञ। एक बार में, एक ताम्रपत्र को ही समझने का प्रयास करेंगे।" कल्कि की इस बात ने प्राज्ञ के उतावलेपन को शांतचित्त कर दिया।

समय की मार से वह ताम्रपत्र धुँधला तथा स्लेटी रंग के जैसा हो गया था। करीब आधा फुट लम्बा व आधा फुट चौड़ा वह प्राचीन टुकड़ा शायद ताँबे से बना हुआ था जो अपने आप में न जाने क्या रहस्य छिपाए हुआ था।

"इस ताम्रपत्र में ही आगे की राह छुपी है और शायद पृथ्वी को बचाने का रहस्य भी।" कल्कि ने ताम्रपत्र प्राज्ञ को दिखाते हुए कहा।

"किसी कोड या पहेली जैसा कुछ लगता है, संस्कृत में कुछ पंक्तियाँ भी उकेरी गयी हैं। ताम्रपत्र के पीछे की तरफ भी कुछ चित्र जैसे बनाये हुए हैं।" प्राज्ञ ने ताम्रपत्र को ध्यान से देखते हुए कहा।

"यत्र असुरः सुरः अस्ति समम्, हिम तालस्य सीमायाम।

यत्र जीवयाम आयु समम अस्ति, महादेवस्य छत्रछायाम ।।

यत्र मृदु क्षारः समम अस्ति, दूर देशस्यरय धातियम।

मानव पगम वंचित पत्र, ज्ञान आश्रम प्रांगणम ।।"

"क्या लिखा है हिन्दी में बताओ; शायद इन पंक्तियों में ही पहेली के अर्थ का कुछ संकेत छुपा हो।" कल्कि ने मंद उम्मीद के साथ प्राज्ञ से कहा।

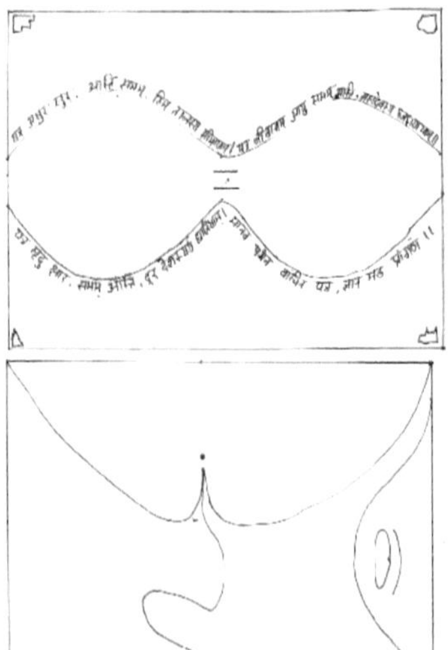

और फिर प्राज्ञ ने संस्कृत में उकेरी हुई चार पंक्तियाँ को हिन्दी में अनुवाद करके कल्कि को सुनाया जो कुछ इस तरह था।

"जहाँ असुर-सुर हैं एक समान,
बर्फ-ताल की ऊँचाई में।
जहाँ जंतु की उम्र है एक समान,
महादेव की छत्र-छाया में।
जहाँ मीठा-खारा है एक समान,
अज्ञात कोस दूर घाटी में।
मानव पग से वंचित जहाँ,
ज्ञान आश्रम के प्रांगण में।"

"क्या अर्थ हो सकता है इस कविता का। कविता के पीछे कुछ चित्र जैसा भी है। यह तो पक्का है कि त्रिपुण्ड काक्षः का रास्ता इस पहेली को सुलझाने के बाद ही मिलेगा।" कल्कि की नज़रें तो प्राज्ञ की तरफ थीं लेकिन दिमाग के घोड़े पहेली के गूढ़ अर्थ को समझने की तरफ दौड़ पड़े थे।

कुछ समय बाद कल्कि झटके से अपने स्थान पर खड़ा हो गया। उसके माथे पर पहेली को डिकोड करने की खुशी तो कतई न थी... थी तो भय रुपी चिंता की लकीरें।

"क्या हुआ भाई, ताम्रपत्र में छुपे रहस्य को सुलझा लिया क्या?" प्राज्ञ ने कल्कि को खड़े होते देख पूछा।

"हम एक बात तो भूल ही गये।" कल्कि ने प्राज्ञ की तरफ देखते हुए कहा।

"वह क्या भाई?" प्राज्ञ को भी एहसास हो रहा था कि कल्कि के दिमाग में किसी न किसी चिंता ने अवश्य जन्म लिया है।

"अगर सुसुप्तावस्था से उठे जीव आबादी में पहुँच गये तो?" आने वाले खतरे को कल्कि ने रेखांकित करते हुए कहा।

"वे तो निश्चित ही जायेंगे, भूख ऐसा करने पर उन को मजबूर कर देगी।" प्राज्ञ इस चिंता को भलीभाँति समझ रहा था।

"प्राज्ञ हमें इन जानवरों को रोकना होगा वरना अनर्थ हो जायेगा।" भविष्य में आने वाली समस्या को ध्यान में रखकर कल्कि ने कहा।

"और कैसे रोकेंगे उन्हें?"

कुछ पल सोचने के बाद कल्कि ने कहा, "आइलैण्ड वापस जाना होगा, सरू, यूप और ग्रीव को वापस लाना होगा। जैसे लोहे को लोहा काटता है, विष का असर

विष ही मिटाता है, ऐसे ही विचित्र जीव इन सुसुप्तावस्था से उठे भूखे जानवरों का सामना कर सकेंगे।''

''आइलैण्ड! वापस... कैसे...'' चौंकने की बारी अब प्राज्ञ की थी क्योंकि वह जानता था कि कल्कि उस मंजिल की बात कर रहा है जहाँ तक जाने का रास्ता भी नहीं पता।

''मुझे नहीं पता प्राज्ञ कि आइलैण्ड वापस कैसे जा सकते हैं, अगर पता होता तो बहुत पहले चला गया होता।''

कल्कि को परेशान होते देख प्राज्ञ ने सांत्वना देते हुए कहा, ''परेशान मत हो भाई, कोई न कोई रास्ता अवश्य निकल आएगा; क्यों न हम प्रभु हनुमान से सहायता माँगे।''

प्राज्ञ की बातें सुन कल्कि की आँखों में चमक उभर आयी। आँखों से ही प्राज्ञ को धन्यवाद देते करते हुए कल्कि ने कहा, ''बिलकुल सही, कल सुबह ही प्रभु हनुमान से प्रार्थना करता हूँ।''

''भाई लेकिन सिर्फ तीन जीव हमारी मदद कैसे कर पायेंगे, सुसुप्तावस्था जीव तो शायद सैकड़ों या लाखों की संख्या में हो सकते हैं?'' प्राज्ञ का प्रश्न बिलकुल वाजिब था।

''प्राज्ञ हमें कुछ ऐसा करना होगा जो प्राकृतिक रूप से प्रतिबंधित है। प्रकृति के बनाये नियम-कानून कभी नहीं तोड़ने चाहिए लेकिन हमें ऐसा करना होगा, एक ऐसा नियम है जिसको हमें तोड़ना होगा, प्रकृति को बचाने के लिये प्रकृति का वह नियम तोड़ना ही होगा।''

''मैं कुछ समझा नहीं।'' प्राज्ञ की उलझन शब्दों के रूप में बाहर आयी।

और इसके बाद कल्कि ने प्राज्ञ को अपनी योजना के बारे में बताना शुरू किया जो वास्तव में प्रकृति के नियमों के खिलाफ थी।

''सरू, यूप और ग्रीव के डी.एन.ए. की सहायता से उनके क्लोन तैयार करने होंगे वह भी सैकड़ों की संख्या में। हम विचित्र जानवरों की एक ऐसी सेना बनायेंगे जो ख़तरनाक भूखे जीवों का सामना कर सके। मुझे लगता है कि मैं इस विचित्र सेना को मानसिक तरीके से नियंत्रित कर पाऊँगा और लड़ने के लिये प्रेरित कर सकूँगा।'' कल्कि ने अपनी योजना को विस्तार से समझाते हुए कहा।

प्राज्ञ ने अपने दायें हाथ की दो उँगलियों से पहले अपने सिर को खुजाया, माथे पर थोड़ा बल दिया और बोला, ''क्लोन! बनायेंगे कैसे? प्रयोगशाला की आवश्यकता होगी, उपयुक्त मशीनों की आवश्यकता होगी, क्लोन वैज्ञानिकों की आवश्यकता होगी?''

"मेजर रेनव तो स्वयं फँसे हुए हैं वह तो इस समय तुम्हारी मदद नहीं कर पायेंगे; तुम एक काम करो, रेनव के जो साथी हैं- मनन उनसे सम्पर्क करने की कोशिश करो वह निश्चित ही हमारी मदद करेंगे।

मनन की सहायता से पहले हमें क्लोन एक्सपर्ट वैज्ञानिक को ढूँढ़ना होगा और फिर कोई गुप्त जगह जहाँ अस्थायी प्रयोगशाला बनायी जा सके। हमारे पास पंद्रह से ज्यादा दिन नहीं हैं जिसके अन्दर ही अन्दर हमें भ्रूण तैयार करने होंगे। उसके बाद जैसा कि कागभुसण्डी जी ने बताया था कि सबसे बड़ी तबाही भारत में प्रवेश कर जायेगी। मुझे नहीं लगता उसके बाद तकनीक का प्रयोग करना सम्भव होगा।" कल्कि ने अपने विचार रखते हुए कहा।

जहाँ एक तरफ प्राज्ञ अपने मस्तिष्क में योजना का खाका बनाने लगा वहीं दूसरी तरफ कल्कि, योजना के अगले भाग के बारे में सोच रहा था।

थोड़ी देर सोचने के बाद कल्कि को मानो कुछ याद आया हो और वह पुनः बोला, "प्राज्ञ, समय बहुत कम है हमें अलग-अलग होकर काम करना होगा; मैं और येक्रांत ताम्रपत्र के रहस्य को सुलझायेंगे। तुम्हें डी.एन.ए. से लेकर क्लोन तैयार करना, प्रयोगशाला के लिए उचित स्थान ढूँढ़ना, प्रयोगशाला स्थापित करना और पन्द्रह दिनों के अन्दर किसी भी तरह से भ्रूण तैयार करना होगा तब तक मैं वापस आ जाऊँगा।"

कल्कि की बात सुनकर प्राज्ञ सकते में था, चिंतित था और परेशान भी, "भाई, मैं आपके बिना यह सब नहीं कर सकता।"

"कर सकते हो प्राज्ञ बिलकुल कर सकते हो हमारे पास कोई और रास्ता भी नहीं है।"

प्राज्ञ शांत ही रहा कुछ न बोला। शायद उसे अपने आप पर अभी विश्वास नहीं था कि वह यह सब अकेले कर पायेगा।

"अपनी योजना बना लो मनन से बात करो और मिशन पर लग जाओ, वरना तुम भी जानते हो कि क्या आफत आने वाली है।" सपाट चेहरे के साथ कल्कि का आदेश सन्देह से परे था।

"ठीक है भाई।" प्राज्ञ ने सिर झुकाते हुए कहा। जिस बड़े भाई के सामने स्वयं प्रभु हनुमान ने अपना शीश झुकाया था, उस भाई को कम से कम ना तो नहीं कर सकता था।

"ठीक है, मैं आपकी लोकेशन पता करने की कोशिश करता हूँ और यथा शीघ्र दूसरा हेलिकॉप्टर भेजता हूँ, मदद के लिये कुछ हथियार बंद सैनिक भी भेजता हूँ।" फ़ोन पर बात करते हुए मनन ने रेनव से कहा।

"ठीक है।" रेनव वापस मुड़कर प्रियम के पास आ गया।

"मनन से बात तो हो गयी है परन्तु वह हमारी लोकेशन ट्रैक नहीं कर पा रहा है।" रेनव ने प्रियम के पास आकर कहा।

"अब क्या करना है?" प्रियम के माथे पर चिंता की लकीरें उभरती जा रही थीं।

"फिलहाल तो यहाँ से निकलने का जुगाड़।" चिंता में डूबे रेनव ने प्रियम की तरफ बिना देखे ही कहा।

"मुझे लगता है कि यहाँ इंतज़ार करने से कोई फायदा नहीं होगा, हमें यहां से निकलने का प्रयास स्वयं ही करना होगा।" प्रियम ने अपना पक्ष रखते हुए कहा।

रेनव को प्रियम का विचार ठीक लगा, "ठीक है, मुझे सिर्फ दो मिनट दो। मैं अभी वापस आता हूँ।"

और यह कह रेनव अपने साथियों के पास चला गया जो हेलिकॉप्टर का मुआयना करने में व्यस्त थे, जिसको देखकर लगता नहीं था कि वह विशाल मशीन फिर से कभी उड़ सकेगी।

"आप दोनों यहीं पर रुकिए, हैडक्वार्टर से कोई न कोई सहायता अवश्य मिलेगी... कुछ ही देर में सुबह हो जायेगी, उसके बाद मैं और प्रियम आस-पास के इलाके का मुआयना करके देखते हैं। हो सकता है कि यहाँ से बच निकलने का कोई रास्ता मिल जाये या आस-पास किसी गाँव से कोई सहायता मिल जाये।"

रेनव अपने साथियों को वहीं रुकने का आदेश देकर स्वयं प्रियम के साथ इस घनघोर जंगल से बच निकलने के रास्ते की खोज में जुट गया।

अगले दिन प्रातः काल में...

कल्कि अपने बिस्तर पर बैठा हुआ था। देखने से प्रतीत होता था कि वह रात भर ऊहापोह रूपी नाव की सवारी कर रहा था और यह तो जगजाहिर ही है कि जो इस नाव की सवारी करता है उस मनुष्य की निद्रा नाम की माया से तगड़ी दुश्मनी होती है। कल्कि के मन में विचारों के कई घोड़े एक साथ दौड़ रहे थे- ताम्र पत्र का रहस्य, प्रियम के बारे में, अपने जन्म-स्थान - आइलैण्ड वापसी का विचार और न जाने क्या-क्या।

इन विचारों के तरंगों में विघ्न डाला येक्रांत ने। कमरे में प्रवेश करते हुए उसने कहा, "कल्कि देव! आपको प्रभु ने स्मरण किया है।"

करीब दस फुट से भी ज्यादा ऊँचा वह कोई विशाल वानर, वन मानुष या कहें येती-सा लगता था। चौड़ा खुला हुआ मुँह, दो काली मासूम आँखें, भूरे-सफ़ेद अति लम्बे रोमों से भरा हुआ शरीर बेहद ही शक्तिशाली प्रतीत होता था। चेहरे पर मासूमियत

के भाव कूट-कूटकर भरे हुए थे और सज्जनता के भी।

“हाँ येक्रांत चलो, मैं भी प्रभु से मिलना चाहता हूँ।” कमरे से बाहर निकलकर कल्कि येक्रांत के पीछे-पीछे चलने लगा। थोड़ी-सी दूरी नापने के बाद ही कल्कि ने अपने कदमों को थामा जहाँ सामने श्री हनुमान खड़े हुए थे।

सफ़ेद कपड़े से अपने शरीर को ढके हुए साक्षात प्रभु देखने में औसत कद से कहीं ऊँचे थे। सूर्य की तरह दमकते चेहरे को एक पल से ज्यादा निहारना कठिन जान पड़ता था। रामायण काल से जीवित महानायक के व्यक्तित्व के सामने आकर कोई भी स्वयं को तुच्छ समझ सकता था।

“कल्कि! पृथ्वी पर बहुत बुरा समय आने वाला है शायद हमारी कल्पना से भी बुरा; इससे पहले कि आप यहाँ से जायें, मैं आपको कुछ देना चाहता हूँ। कृपया मेरे साथ आइए।” श्री हनुमान ने चलने का इशारा किया फलस्वरूप आगे-आगे श्री हनुमान और उनके पीछे-पीछे कल्कि व येक्रांत चल पड़े।

कुछ समय बाद ही तीनों एक दूसरी गुफा के अन्दर थे। गुफा बेहद विशाल थी। मानव निर्मित किसी भी वस्तु का वहाँ कोई भी नामोनिशान नहीं था। सूरज की रोशनी तो वहाँ नदारद थी परन्तु रोशनी की कमी महसूस नहीं हो रही थी।

कल्कि ने रोशनी के स्रोत की तरफ नज़रें घुमायी, “दिव्य पुंज! यह तो दिव्य पुंज लगता है; केवल वह ही ऐसा पुंज है जो काली रोशनी स्फूर्तित करता है; निश्चित ही यह दिव्य पुंज है।” कुछ ही दूरी पर कल्कि को दिव्य पुंज दिखायी दे रहा था।

“आप तो इसको जानते ही हैं पहचानते ही हैं। है न!” श्री हनुमान ने कल्कि की तरफ देखते हुए कहा।

“हाँ यह दिव्य पुंज है।” कल्कि ने उत्तर दिया।

“वैसे यह एक अत्यंत विशिष्ट तत्व है, यह न तो समय की परिभाषा को मानती है और न ही प्रकृति के नियमों को। आप ने तो कई बार इसका प्रयोग भी किया है। पृथ्वी की उत्पत्ति के बारे में विस्तार से वैसे तो कागभुसण्डी ही आपको बता पायेंगे लेकिन ऐसा माना जाता है कि जब पृथ्वी की उत्पत्ति हुई थी तब एक दिव्य पुंज जिसे आप लोग विज्ञान की भाषा में ब्लैक होल भी कहते हैं करोड़ों भागों में विभक्त होकर पृथ्वी के कई स्थानों में फैल गया था।

प्रकृति के रचयिता की इच्छा कहें, संयोग कहें या फिर पूर्व निर्धारित योजना, पृथ्वी पर उपस्थित करोड़ों दिव्य पुंज की शक्ति ठीक उतनी ही है जितनी कि एक साधारण मानव उसको सहन कर सके। यह लगभग शून्य समय में आपको एक स्थान से दूसरे स्थान तक ले जा सकता है और अगर बिलकुल नियत स्थान तक जाना चाहते हैं तो वह भी आप जा सकते हैं; यह निर्भर करता है आपकी मानसिक शक्ति पर; जितनी

ज्यादा मानसिक शक्ति उतना ही ज्यादा नियत व वांछित स्थान।''

''मैं एक प्रश्न पूछना चाहता हूँ।'' कल्कि ने श्री हनुमान की बात ख़त्म होने पर कहा।

''क्या पूछिए।''

''मैंने पढ़ा है कि ब्लैक होल से प्रकाश भी पार नहीं जा सकता तो फिर बिना प्रकाश-परिवर्तन के हम कैसे इसको देख पाते हैं या फिर इसके द्वारा यात्रा कर पाते हैं?'' कल्कि ने उस प्रश्न को दोहरा दिया जो कई वर्ष से उसके मन में कुलबुलाहट कर रहा था।

''नियम बाद में बनाये जाते हैं पहले उसके अपवाद बन जाते हैं। सिर्फ कुछ असाधारण मानव जिनका मस्तिष्क अपने उच्चतम स्तर पर कार्य करता है वे इसको देख सकते हैं और इसके द्वारा यात्रा कर सके हैं... रही बात इसको पहचानने की तो मुझे एक बात बताओ अगर आपको भीड़ से भरी एक गली से गुजरने को कहा जाये जहाँ आप किसी को नहीं जानते तो आपका दिमाग, आपकी आँखें क्या प्रतिक्रिया देंगी?''

एक पल कल्कि ने सोचा और कहा, ''कुछ नहीं, बस वहाँ से निकल जाऊँगा।''

''और अगर भीड़ में कोई एक जाना-पहचाना चेहरा हो तो?''

''अगर भीड़ में मुझे वह दिख जाये तो मैं उस को पहचान सकता हूँ और शायद उससे मिलने की कोशिश करूँ।''

''सही कहा... मानव का मस्तिष्क व आँखें इसी सिद्धांत पर कार्य करते हैं। वातावरण में अनंत तरंगें, वस्तुएँ और जीव उपस्थित हैं परन्तु मानव आज तक कुछ ही को पहचान पाया है परन्तु उन का अस्तित्व तो है ही। दिव्य पुंज भी एक ऐसी ही वस्तु है जिससे ऐसी असाधारण तरंगें निकलती हैं जो साधारण मानवों के मस्तिष्क से परे हैं; यही कारण है कि दिव्य पुंज नहीं दिखायी देता। आपका मस्तिष्क असाधारण है वह इन तरंगों को पहचान पाता है इसलिए आप दिव्य पुंज देख सकते हैं इसका प्रयोग कर सकते हैं। सार यही है कि हमारा मस्तिष्क हमें जो दिखाता है जो बताता है वहीं हम देखते हैं वहीं समझते हैं।'' श्री हनुमान ने समझाते हुए कहा।

यह बात सुनकर येक्रांत जहाँ मुस्करा रहा था वहीं दूसरी तरफ कल्कि मस्तिष्क की अनंत शक्ति को समझने का प्रयास कर रहा था।

''अब आता हूँ मैं मुख्य बात पर कि मैंने आपको यहाँ क्यों बुलाया है। आप दिव्य पुंज को देख सकते हैं, यात्रा कर सकते हैं, नियंत्रण भी कर सकते हैं परन्तु आपको नहीं पता कि यह पृथ्वी पर कहाँ-कहाँ उपस्थित है मैं आपको बस यही ज्ञान देना चाहता हूँ।''

कल्कि सकते में था, *''क्या यह सम्भव है! प्राज्ञ ने कल ही तो बोला था कि*

विचित्र आइलैण्ड तक वापस जाने के लिये प्रभु हनुमान से सहायता माँग लो और वहाँ तक जाने का रास्ता सिर्फ दिव्य पुंज है।''

श्री हनुमान ने कल्कि के मन की बात को पढ़ते हुए कहा, ''बिलकुल सम्भव है।''

अपराधबोध से ग्रसित कल्कि ने अपनी सोच और मन में जनित शब्दों पर और कड़ा प्रतिबंध लगा दिया।

''जब दिव्य पुंज या कहें ब्लैक होल करोड़ों टुकड़ों में विभक्त हुआ था तब जो मुख्य टुकड़ा था वह इस स्थान पर गिरा था जो आपकी आँखों के सामने है। यह मुख्य पुंज बाकी समस्त टुकड़ों से जुड़ा हुआ है। आप इसे सभी दिव्य पुंज की माँ भी कह सकते हैं।''

कल्कि आश्चर्यचकित था। दिव्य पुंज का रहस्य जानकर वह हतप्रभ था।

''एक प्रश्न का उत्तर दीजिए कल्कि।''

''क्या?'' कल्कि डर गया कि कहीं श्री हनुमान कोई परीक्षा तो नहीं लेने वाले।

''आप कितना दर्द सहन कर सकते हैं?'' चेहरे पर रहस्यमयी मुस्कान के साथ प्रश्न का रूप भी कुछ अजीब था।

''नहीं पता परन्तु ऐसा क्यों?''

''यह तो अच्छी बात है कि आपको दर्द सहने की सीमा नहीं पता, परन्तु एक चेतावनी दे दूँ कि यह दर्द उस दर्द से कहीं ज्यादा होगा जो आपको महाबलि जी ने दिया था।''

''हे महादेव! जब महाबलि ने मानसिक तरंगों को जानना तथा पढ़ना सिखाया था तब तो सिर में बहुत दर्द हुआ था; अब उससे भी ज्यादा दर्द लगता है भाग्य को भी मुझे दर्द देने में शायद मज़ा आता है।''

''करना क्या होगा मुझे?''सोच से निकलकर कल्कि ने दिव्य पुंज पर ध्यान केन्द्रित किया।

''आपको इस दिव्य पुंज में प्रवेश करना होगा; प्रारम्भ में आपको एहसास होगा कि आपका शरीर धीरे-धीरे विभक्त हो रहा है, करोड़ों टुकड़ों में विभक्त हो रहा है। जितना ज्यादा आप दर्द सहन कर पायेंगे, जितना समय आप दिव्य पुंज के अन्दर व्यतीत कर पायेंगे, तब तक आपका मस्तिष्क दिव्य पुंज की उपस्थिति के ज्ञान को ग्रहण करता रहेगा। मस्तिष्क के अचेतन अवस्था में जाते ही ज्ञान का यह प्रवाह रुक जायेगा; प्रयास रहे कि अचेत न हों।'' श्री हनुमान की चेतावनी थोड़ा भयभीत करने वाली थी।

कल्कि प्रत्युत्तर करने की अवस्था में न था। आखिरकार भट्टी पिघलने के बाद

ही, तपने के बाद ही, पवित्र स्वर्ण बनता है। कुछ ऐसा ही कल्कि के साथ हो रहा था।

कल्कि ने श्री हनुमान को नमस्कार किया और दिव्य पुंज की तरफ कदम बढ़ा दिये। यह कहना तो असम्भव है कि कल्कि कितना दर्द सह पाया, काली रोशनी के गुबार के अन्दर कितना स्वयं को अचेत होने से रोक पाया और दिव्य पुंज की उपस्थिति का कितना ज्ञान प्राप्त कर पाया परन्तु कुछ ही पलों के बाद कल्कि दिव्य पुंज के बाहर बेहोशी की अवस्था में पड़ा हुआ था।

श्री हनुमान के अधरों पर एक हल्की मुस्कान थी... सम्भवतः शाबाशी और आशीर्वाद की।

कुछ समय पश्चात...

''भाई उठो कब तक सोते रहोगे, आइलैण्ड जाने के लिये आपको प्रभु हनुमान से सहायता भी माँगनी है।'' प्राज्ञ ने कल्कि को उठाते हुए कहा जो गहन निद्रा में प्रतीत होता था।

नींद से जागते हुए कल्कि ने स्वयं को प्राज्ञ के पास पाया, ''मैं यहाँ कैसे आ गया?'' कल्कि उलझन में था और आशंकित भी कि वह यहाँ कैसे आ गया।

''यहाँ पर सोये थे तो जागोगे भी यहीं पर ना; उठ जाओ मैं भी मनन से बात करता हूँ।''

कुछ सोचते हुए कल्कि अनायास ही उठा जैसे कुछ याद आया हो। वह उठा और दौड़कर बाहर की तरफ चला गया।

श्री हनुमान के पास पहुँचते ही कल्कि ने उत्सुकता भरे स्वर में मासूमियत से पूछा, ''क्या मैं तुरंत ही अचेत हो गया था?''

श्री हनुमान ने अपने अधरों पर मुस्कान को आमंत्रित किया और कहा, ''नहीं कल्कि देव पिछले कई हज़ार वर्षों के इतिहास में आप वह सबसे अद्वितीय मानव हैं जिस को दिव्य पुंज ने इतना सम्मान दिया है।''

कल्कि कही हुई बातों को समझने का प्रयास कर रहा था। प्रतिक्रिया देने की स्थिति में तो वह था नहीं।

अल्प मौन के बाद श्री हनुमान पुनः बोले, ''पृथ्वी पर या हो सकता है ब्रह्माण्ड में उपस्थित समस्त दिव्य पुंज के स्थान का ज्ञान आप के मस्तिष्क में संचित हो गया हो। पल भर के समय में आप एक स्थान से दूसरे स्थान तक जा सकते हैं; लगभग शून्य समय में आप वर्तमान में यात्रा कर सकते हैं। हालांकि समय की बाधा रहेगी जिसकी वजह से आप अतीत या भविष्य में नहीं जा पायेंगे।''

कल्कि हैरान था, प्रसन्न था और चकित भी। उसने अपना शीश झुकाया, नमन किया और धन्यवाद प्रकट करते हुए कहा, "आपका यह आशीर्वाद मेरी बहुत सहायता करेगा। मैं आइलैण्ड जाना चाहता हूँ जहाँ मेरा बचपन बीता; क्या मैं और येक्रांत अभी निकल सकते हैं?"

प्रत्युत्तर में श्री हनुमान ने भी नमन कर हामी भरी और येक्रांत को कल्कि के साथ सदैव रहने का आदेश दिया।

कल्कि ने सहायता के लिये पुनः धन्यवाद प्रकट किया और येक्रांत की तरफ मुड़ गया, अपनी आगे की योजना को विस्तार से बताने के लिये।

"मुझे अभी आइलैण्ड जाना होगा, येक्रांत भी मेरे साथ होगा।" कल्कि जानता था कि आइलैण्ड वापस जाना दोनों भाइयों के लिए किसी भावनात्मक सुनामी से कम न था।

"आइलैण्ड! आपका मतलब हमारा घर?" कल्कि के कहे हुए शब्दों ने प्राज्ञ को उत्साह से भर दिया।

"कैसे? आपको वहाँ तक जाने का रास्ता मिल गया?"

"प्रभु हनुमान हमारी मदद कर रहे हैं।" हामी भरते हुए मुस्कुराहट के साथ कल्कि ने कहा।

"कब तक वापस आओगे?"

"बस कुछ घण्टों की बात है।"

प्राज्ञ की नज़रें जमीन की तरफ थीं और चेहरे पर किसी भाव को न प्रकट करने वाला भाव, "ठीक है भाई।"

एक सेकेण्ड बाद प्राज्ञ फिर से बोला, "भाई!"

"हाँ।"

"आपको क्या लगता है, माँ अभी तक वहाँ होगी?" न चाहते हुए भी प्राज्ञ की जबान पर वह प्रश्न आ गया जिसका उत्तर कल्कि के पास न था।

"मुझे नहीं पता प्राज्ञ, जीवन का सार उम्मीद में छिपा हुआ है; चलता हूँ।" प्राज्ञ को आस के पथ पर छोड़कर कल्कि चल पड़ा उस स्थान के लिये जहाँ उसका जन्म हुआ था जहाँ उसने अपने जीवन के नौ वर्ष काटे थे। वह स्थान जिसका इस दुनिया के नक्शे में अस्तित्व ही नहीं है, जो कहीं अलग दूसरे आयाम में है।

कल्कि व येक्रांत दिव्य पुंज की तरफ बढ़ चले। उस चमकती हुई काली रोशनी से भरे दिव्य पुंज में दोनों प्रवेश कर गये। अगले ही पल दोनों उस गुफा से अदृश्य हो

चुके थे।

सेकेण्ड की सुई ने इधर स्वयं को खिसकाया। उधर दोनों ने अपने आपको एक गुफा के अन्दर नीले पानी में डूबे हुए पाया। गुफा से तैरकर पानी के तल तक आने में दोनों को कुछ क्षण से ज्यादा का समय नहीं लगा।

कल्कि के मन को एक अजीब सुखद एहसास हो रहा था शायद अपने प्रथम घर, अपने जन्मस्थान पर वापस लौटने पर या फिर एक उम्मीद की वजह से- उम्मीद अपनी माँ से पुनः मिलने की।

इक्कीस वर्ष बीत जाने के बाद भी कल्कि को झील से अपने घर तक वापस जाने का रास्ता पूर्णतया याद था। मौसम बेहद सुहावना था। नीले आसमान में सिर्फ नीला रंग ही दिखायी दे रहा था। वहाँ अनंत, असीम व घनघोर सन्नाटा था, कुछ ऐसा वातावरण जिसका अवसर साधारण मानव को अपने पूर्ण जीवनकाल में भी महसूस करने को नहीं मिलता।

''यह है वह स्थान जहाँ मेरा जन्म हुआ था, मैंने यहाँ अपने जीवन का सबसे खूबसूरत पड़ाव अपना बचपन व्यतीत किया है।'' येक्रांत की तरफ देखते हुए कल्कि ने कहा। कहे हुए शब्दों में ख़ुशी भी थी और उत्सुकता भी।

''अपनी पूर्ण जिन्दगी में ऐसी शांति मैंने कभी महसूस नहीं की।'' येक्रांत भी महसूस कर रहा था कि कुछ तो विचित्र है यह आइलैण्ड।

अपने भूतपूर्व घर की तरफ बढ़ते हुए कल्कि ने येक्रांत से प्रश्न किया, ''तो आप लोग आज तक मानवों की नज़रों से बचकर कैसे रह रहे हैं?''

''जहाँ हम रहते हैं वहाँ साधारण मानव तो लगभग कभी नहीं आये, कोई साधु संन्यासी यदि भूले-भटके आ भी जाता है तो हम अपने आपको उनकी नज़रों से दूर ही रखते हैं।''

''आप कब से प्रभु हनुमान के साथ हैं?'' कल्कि ने जानना चाहा।

''हमारी प्रजाति सैकड़ों वर्ष से प्रभु की सेवा में लगी हुई है, मैं तो बचपन से ही उनकी शरण में हूँ।'' येक्रांत ने कहा।

कल्कि ने कोई उत्तर नहीं दिया, शायद किसी सोच में डूबा हुआ था।

''आप क्या सोचने लगे?''

''अचरज की बात है कि जीवन की भागदौड़ से दूर, मानवों-मशीनों की नज़रों से दूर प्रकृति के साये में आप लोग रहते हैं और किसी को कानों-कान खबर तक नहीं है।''

येक्रांत के अधरों पर फ़ैली हुई मुस्कान कल्कि की बातों का समर्थन कर रही थी। बातों-बातों में ही कब समुद्र का किनारा आ गया पता ही नहीं चला। कल्कि ने अपने कदमों की रफ्तार को दोगुना कर दिया। उसकी आँखों में चमक देखते ही बनती थी।

"क्लोन...क्लोन बनाने की प्रयोगशाला, वे भी इतने विशाल जीवों के क्लोन। मुझे नहीं लगता कि इतनी बड़ी प्रयोगशाला इण्डिया में कहीं भी होगी जहाँ सैकड़ों की संख्या में सरू, यूप और ग्रीव के क्लोन तैयार किए जा सकें। स्थान ऐसा भी होना चाहिए जहाँ का तापमान, दबाव एवं भ्रूण को जिंदा करने के अन्य सभी कारक उपस्थित हों।

पन्द्रह दिनों के अन्दर ही अन्दर मशीन की सहायता से भ्रूणों को तैयार करके परखनली के अन्दर रखना होगा। उसके बाद अगर धातुंत बम के प्रकोप में आकर मशीन कार्य करना बंद भी कर देती है तो परखनली में भ्रूण जीवित रह सकते हैं।

परन्तु ऐसा स्थान... स्थान... यह तो तय है कि प्रयोगशाला जमीन के नीचे बनानी होगी तभी सुरक्षित रह पायेगी। एक बार शायद कहीं पढ़ा भी था कि संतुलित मात्रा में रेडियोएक्टिव रेडिएशन अगर पनपते भ्रूण को मिल जाये तो वह भ्रूण अपनी साधारण रफ्तार की बजाय दस गुना ज्यादा तेज़ी से विकसित होता है और कुछ विशेष केस में तो उससे भी कहीं ज्यादा। मगर समस्या है कि अगर रेडिएशन की वजह से विकृति आ गयी तो। वैसे हमें एक फ़ौज बनानी है; शारीरिक विकृति आ गयी तो ज्यादा समस्या नहीं होनी चाहिए बशर्ते मानसिक विकृति नहीं होनी चाहिए।

परन्तु रेडिएशन...रेडिएशन कोई सामान तो है नहीं जो बाज़ार जाओ और वहां से ले आओ। आइडिया! पोखरण... वहाँ पर कई बार परमाणु परीक्षण किया गया है तो वहाँ पर रेडिएशन तो निश्चित ही होगा। रेगिस्तान है तो आम जनता को भी कोई दिक्कत नहीं होगी और उनकी नज़रों से दूर भी रहेगा। जमीन के अन्दर वहाँ पहले से ही प्रयोगशाला बनी हुई है तो पूर्णतया सुरक्षित भी है, गरम है और वांछित तापमान भी मिल जायेगा। परफेक्ट...बिलकुल उचित स्थान रहेगा।

वह स्थान आर्मी के नियंत्रण में है तो स्वीकृति मिलने में भी कोई समस्या नहीं आयेगी; आर्मी के डॉक्टर्स और वैज्ञानिकों का सहयोग भी मिल जायेगा और साथ ही साथ प्रयोगशाला आवश्यक मशीनरी और स्टाफ भी। प्लानिंग तो ठीक लगती है, अब मनन को कॉल करना चाहिए, लेकिन पहले भाई से बात कर लेता हूँ।"

प्राज्ञ की यह योजना स्वप्न में चल रही थी या फिर अर्धनिद्रा अवस्था में, पता नहीं क्योंकि प्राज्ञ ने जब आँखें खोलने की कोशिश की तो स्वयं को प्राकृतिक कमरे में बिस्तर पर अकेले ही पाया।

"भाई तो हैं नहीं यहाँ पर थोड़ी देर और सो लेता हूँ।"

जागने के बाद कल्कि को आस-पास न पाकर प्राज्ञ स्वप्नलोक में डुबकी लगाने के लिये पुनः सो गया।

नींद से जागने के बाद प्राज्ञ ने सबसे पहले रेनव को फ़ोन लगाया और धातुंत बम के बारे में, इसके सम्भावित प्रकोप के बारे में और क्लोन बनाने की योजना के बारे में सब कुछ बता दिया।

रेनव ने प्राज्ञ की पूरी बात को समझा और विश्वास दिलाया कि मनन उसकी पूरी सहायता करेगा। रेनव के बाद मनन को भी पूरी योजना समझा दी गयी। उसने वादा किया कि वह तुरन्त ही क्लोन विशेषज्ञों के साथ पोखरण पहुँच जायेगा। वहाँ वह सारी आवश्यक कार्यवाही भी कर लेगा।

देश अलर्ट पर था। इमरजेंसी लगी हुई थी। सरकार के पास भी कोई दूसरा विकल्प नहीं था इसलिए स्वीकृति मिलने में भी कोई दिक्कत नहीं आयी। क्लोन बनाने के लिये प्रयोगशाला स्थापित करने से लेकर सभी जरूरी कार्यवाही की जाने लगी। अब इंतज़ार हो रहा था तो प्राज्ञ का और उन विचित्र जीवों का जिनका क्लोन बनाया जाना था।

बीस से ज्यादा वर्ष बीत जाने के बाद भी कल्कि को पता था कि समुद्र के किस किनारे पर किस दिशा में उसका लकड़ियों से बना घर है। बिना कोई और देर किए हुये कल्कि वहाँ तक पहुँच तो गया परंतु घर की जीर्ण-शीर्ण हालात देखकर उसके मन में पनप रही कई उम्मीदें एक साथ दम तोड़ गयीं।

घर के हालात देखकर लगता था कि वर्षों से वहाँ पर मानव-पग का आगमन ही नहीं हुआ है, मानव जीवन के संकेत तो दूर-दूर तक दिखायी नहीं देते थे। जहाँ-जहाँ सम्भव हो सकता था कल्कि ने वे सब स्थान देख लिये थे परंतु कोई फायदा नहीं हुआ।

अपनी माँ को न पाकर हताश-निराश कल्कि अपना कर्तव्य नहीं भूला था। उसका अगला लक्ष्य था अपने प्रिय पालतू मगर विचित्रों जीवों को खोजना। वह जानता था कि सरु, यूप और ग्रीव निश्चित ही यहाँ सुरक्षित होने चाहिए क्योंकि न तो उन्होंने दिव्य पुंज के द्वारा यात्रा की थी और न ही यहाँ खाने की कमी थी।

कल्कि जानता था कि तीनों किस स्थान पर मिलेंगे। वह चल पड़ा उस मैदान की तरफ जहाँ वह बचपन में उनके साथ खेलकर बड़ा हुआ था। पहाड़ों पर रहने के आदी येक्रांत के लिए समुद्र के किनारे वाला वह स्थान एक नया अद्भुत अनुभव था।

दूर से ही कल्कि ने सूँघ लिया कि उसके मित्र कहीं आस-पास ही हैं। अगले कुछ

पलों तक कल्कि, सरु, यूप और ग्रीव के बीच प्रेमभाव झलक रहा था। ऐसे अनोखे दृश्य कभी-कभार ही देखने को मिलते हैं। मानव और जानवर के बीच प्रेम का वह अद्भुत दृश्य था।

दूसरी तरफ जिस येक्रांत ने अपना सम्पूर्ण जीवन जंगल, घाटियों में काटा था उसके लिए भी उन विचित्रों जीवों की झलक अचरज पैदा कर रही थी। घोड़े, बाज व हंस के मिले-जुले रूप वाले जीव को कल्कि ने सरु नाम से बुलाया था। घोड़े की तरह पाँच फुट ऊँचाई लिये, हंस की तरह सफ़ेद रंग का अति सुंदर जीव जब अपने तीन-तीन फुट लम्बे पंख बाज की तरह फड़फड़ाता था तो किसी का भी मन मोह सकता था।

दूसरा जीव जो गिरगिट, ड्रैगन, सर्प व पक्षी का मिश्रित रूप था, जिसका नाम ग्रीव था, गिरगिट की तरह वह जीव वातावरण के अनुसार स्वयं के शरीर को लगभग अदृश्य बना सकता था। ड्रैगन पक्षी की तरह बीस फुट लम्बे सर्पीले, काँटेदार शरीर वाला वह कुरूप जीव अपने मुख से अग्नि और विष उत्पन्न करने की क्षमता रखता था जो सामने आने वाले किसी भी तरह के खतरे को यमलोक भेज सकता था।

तीसरा जीव जो चीता, भालू और हाथी का मिश्रित रूप लगता था उसका नाम यूप था। चीते की तरह चितकबरे शरीर वाले उस जीव की खास बात थी उसकी रफ्तार, फुर्तीलापन, नुकीले दाँत व पंजे और खूँखारपन। भालू की तरह के लम्बे व घने बालों की परत उसको किसी भी तरह के खतरे से रक्षा कवच प्रदान करती थी। सबसे खास बात थी उसके मुख के आगे लटकी हुई सूँड और उसके शरीर की विशालता जो किसी छोटे हाथी के बराबर थी।

''ये कितने विचित्र जीव हैं। मैंने तो इतने खतरनाक जीव आज तक नहीं देखे।'' हैरान-परेशान येक्रांत ने कल्कि से पूछा मगर उसकी आँखें विचित्र जीवों को ही घूर रही थीं।

''ये चीन के वैज्ञानिक का एक अनूठा प्रयोग था; उन्होंने कुछ लुप्त, लुप्तप्राय व पृथ्वी के कुछ सबसे खतरनाक जीवों का डी.एन.ए. सूत्र मिलाकर जीवों की एक नयी प्रजाति का विकास किया था; सबसे खास बात ये थी कि इसमें इंसान के डी.एन.ए. का इस्तेमाल किया गया ताकि इन जन्तुओं के दिमाग को इंसानों की तरह ही विकसित किया जा सके। हालाँकि यु.एन.ओ. ने इस योजना को यह कहकर मना कर दिया था कि यह प्रयोग पृथ्वी व इंसानों के लिए बहुत खतरनाक हो सकते हैं।

ये विचित्र जीव भ्रूण के रूप में उस विमान में सवार थे जिसमें मेरे माता-पिता भी थे। विमान-दुर्घटना के बाद मेरे माता-पिता इस आइलैण्ड पर फँस गए और फँस गये ये जीव भी; मेरा बचपन इनके साथ ही बीता था।'' कल्कि ने विस्तार से बताते हुये कहा।

''निकलते हैं फिर यहाँ से।'' येक्रांत ने सुझाव दिया।

इसके बाद पाँचों ने दिव्य पुंज की सहायता से वह विचित्र आइलैण्ड छोड़ दिया। अगला कार्य अब प्राज्ञ को करना था और वह था इन विचित्र जीवों के क्लोन तैयार करना ताकि सुसुप्तावस्था वाले जीवों से या आने वाले किसी भी तरह के खतरे से निपटने के लिये ये जीव सहायक सिद्ध हो सकें।

इण्डिया गेट, नयी दिल्ली...

अति विशिष्ट जन और उनके सुरक्षाकर्मियों से भरा हुए एक खास इलाका जो कभी भीड़भाड़ से भरा हुआ रहा करता था परन्तु आज गिने-चुने लोग ही दिखायी दे रहे थे। उल्कापिण्ड के एक सूक्ष्म टुकड़े के टकराव की वजह से इण्डिया गेट का आधा हिस्सा शहीद हो गया था।

सूरज की नदारद रोशनी, कड़कड़ाती ठण्ड और वातावरण में फ़ैली भयावहता ने आमजन को झकझोर कर रख दिया था। टकराव की वजह से आये विनाशकारी भूकम्प ने सैकड़ों वर्ष से सुसुप्तावस्था में पड़े जीवों को भी जागने पर मजबूर कर दिया... भूख की वजह से धरती के ऊपर आने पर मजबूर कर दिया।

ऐसा ही एक झुण्ड उभर आया था और यह जीव था - कटु टोड। इस विषैले मेंढक का स्पर्श भर भी एक वयस्क मानव को आसानी से परलोक भेज सकता है। खाने की तलाश में सैकड़ों की संख्या में वे टोड सड़क पर आ गये। कुछ सेंटीमीटर से लेकर करीब चार फुट तक लम्बे-चौड़े घिनौने जीवों की भूख जब सड़क पर घूमते कुत्तों के शरीर से नहीं मिटी तो उन्होंने इंसानों के ऊपर हमला करना शुरू कर दिया। चार-पाँच टोड का झुण्ड एक इंसान के ऊपर कूदता और स्पर्श भर से ही उसके प्राण पखेरू उड़ जाते। उसके बाद आराम से वह झुंड अपनी भूख मिटाता।

एक पहर के टोड ताण्डव के बाद सेना ने मोर्चा सँभाल। आटोमैटिक बंदूकों से निकली गोलियाँ कटु टोड के परखच्चे उड़ाने लगीं। घण्टे भर में ही इंडिया गेट इलाके में विषैले टोड की बेजान लाशों का ढेर लग गया। न तो वक़्त गवाही देता था और न ही परिस्थितियाँ, इसलिए सेना ने इंसानों, टोड और अन्य मृत लाशों को इकट्ठा किया, लाशों के ढेर को आग के हवाले कर अंतिम-संस्कार किया और आगे बढ़ गए।

अध्याय 2

।। कैलाश पर्वत पर प्रथम पग ।।

विचित्र आइलैण्ड से वापस आने के बाद कल्कि ने तीनों जीवों को प्राज्ञ के सुपुर्द कर दिया। कल्कि और प्राज्ञ दोनों को उम्मीद थी कि वहाँ उनकी माँ अवश्य मिल जायेगी परंतु उम्मीद धूल-धूसरित हो चुकी थी।

"तो माँ के मिलने की आखिरी उम्मीद भी खत्म हो गयी?" कल्कि को खाली हाथ वापस आते देख प्राज्ञ ने कहा।

"भविष्य और भाग्य के बारे में कुछ नहीं कह सकते।" कल्कि के शब्दों में अभी भी उम्मीद थी मगर प्राज्ञ ने कोई प्रतिक्रिया नहीं दी।

"प्राज्ञ, मैं कुछ देर में कैलाश पर्वत के लिये निकल रहा हूँ।" कल्कि के पास आगे बढ़ने के अलावा कोई और रास्ता नहीं था।

"आपको विश्वास है कि ताम्रपत्र की पहेली कैलाश पर्वत की ही तरफ इशारा करती है?" प्राज्ञ अपने स्थान पर खड़ा हो गया और आश्चर्य से कल्कि की तरफ देखते हुए पूछा।

कल्कि अभी तक ताम्रपत्र पर उकेरे हुए शब्दों का अर्थ नहीं निकाल पाया था। अनिश्चितता के आधार पर सैकड़ों किलोमीटर की यात्रा करना प्राज्ञ को थोड़ा अखर भी रहा था।

"लगता तो कुछ ऐसा ही है, यह तो अब हिमालय की चोटी पर जाकर ही पता चलेगा कि हमारी समझ कितनी ठीक है।" प्राज्ञ के हावभाव देखकर कल्कि मुस्कराये बिना नहीं रह सका।

"लेकिन भाई, बिना आश्वस्त हुए कैलाश तक जाना, फिर कैलाश दूसरे देश में भी है; पासपोर्ट और वीजा के बिना वहाँ जाना ठीक रहेगा क्या? आप समझ रहे हैं न

कि मैं क्या कहना चाहता हूँ!''

''हाँ मैं जानता हूँ, परन्तु हमारे पास इतना समय नहीं है कि पासपोर्ट और वीजा के लिए भाग दौड़ करें। वैसे भी पूरी दुनिया में अफरा-तफरी मची हुई है, आपात काल लगा हुआ है, जल्दी वीजा मिलने का तो प्रश्न ही नहीं उठता, मुझे इतना खतरा तो उठाना ही होगा। वैसे भी मैं और येक्रांत दिव्य पुंज से जा रहे हैं।''

''आपके साथ येक्रांत भी जा रहे हैं?''

''प्रभु हनुमान का आदेश जो है।''

''ठीक है, मुझे भी यहाँ से निकलकर पोखरण जाना होगा; क्या मैं भी दिव्य पुंज के सहारे पोखरण तक जा सकता हूँ?''

''नहीं प्राज्ञ, दिव्य पुंज का प्रयोग ख़तरनाक हो सकता है, दिव्य पुंज की वजह से माँ को तो खो चुके हैं अब तुमको नहीं।''

''ठीक है फिर मैं अकेले ही यहाँ तपोवन से चला जाऊँगा; कुछ ही किलोमीटर की दूरी पर गंगोत्री है वहाँ से कोई न कोई साधन मिल ही जायेगा।''

''प्राज्ञ यह स्थान तपोवन नहीं है। बिना सहायता के तुम यहाँ से कभी नहीं जा पाओगे।'' कल्कि ने थोड़ा हिचकिचाते हुए प्राज्ञ को घूरते हुए कहा।

''क्यों? क्या अभी भी बाहर डायनासौर का ख़तरा है?'' प्राज्ञ फिलहाल तो अंजान था कि कल्कि क्या कहना चाह रहा था।

''नहीं प्राज्ञ, हम तपोवन में नहीं हैं।'' कल्कि ने अपने शब्दों को दोहराते हुए कहा।

''हाँ पता है मुझे, हम लोग तपोवन से काफी आगे हैं।''

''नहीं, तुम समझ नहीं रहे हो, हम वहाँ नहीं हैं जहाँ तुम सोच रहे हो, हम तपोवन में नहीं हैं... अगर सीधी-सादी भाषा में कहूँ तो हम लोग धरती पर नहीं हैं।'' कल्कि की कही गयी यह बात प्राज्ञ को हैरान कर गयी थी।

''पहेलियाँ मत बुझाओ, मुझे कुछ समझ नहीं आया, विस्तार से बताओ।'' कुछ समझ न आने पर खीझते हुए प्राज्ञ ने कहा।

''जब हम प्रभु श्री हनुमान की खोज में तपोवन से आगे चले थे तो जाने-अनजाने हम दूसरे आयाम में प्रवेश कर गये; कोई भी आम आदमी या जीव यहाँ इस आयाम में ऐसे ही नहीं आ सकता। पृथ्वीवासियों के लिए यह एक अदृश्य दुनिया है जिस स्थान का उनकी नज़र में कोई अस्तित्व ही नहीं है।'' कल्कि ने समझाते हुए कहा।

''अलग दुनिया... परन्तु यहाँ रहते हुए कभी अलग दुनिया वाला एहसास तो

नहीं हुआ।'' प्राज्ञ के माथे पर आश्चर्य की लकीरें उभर आयीं।

''क्योंकि यहाँ पर समय के अलावा सभी आयाम पृथ्वी जैसे ही हैं, भौतिकी के सभी नियम, गुरुत्वाकर्षण बल, समय की रफ्तार आदि भी वही है। जैसा कि मैंने पहले भी बताया था कि समय आयाम के अन्दर आप आगे या पीछे, ऊपर या नीचे नहीं जा सकते जैसा कि स्थान आयाम में कर सकते हैं। समय सिर्फ एक बिंदु है, पृथ्वी और यहाँ पर समय वाला आयाम अलग-अलग हैं।''

''कुछ समझा परन्तु पूरे तरीके से नहीं; अगर पृथ्वी और यहाँ सब कुछ एक जैसा है, समय की परिभाषा भी एक जैसी है फिर कोई भी यहाँ आ क्यों नहीं सकता?''

''मानो अगर दस मंजिल की इमारत है, तुम पहली मंजिल पर रहते हो और मैं दसवीं मंजिल पर; हम दोनों के लिए आयाम और भौतिकी के नियम एक जैसे ही होंगे, समय की रफ्तार भी एक जैसी ही होगी, परन्तु इमारत में सीढ़ियां या लिफ्ट न हों तो क्या हम मिल सकते हैं?''

''नहीं,पहली मंजिल से दसवीं मंजिल तक जाने के लिए कोई ना कोई माध्यम तो चाहिए ही होगा।''

''बिलकुल ऐसे ही धरती से यहाँ तक आने के लिये या दूसरे आयाम तक जाने के लिये किसी माध्यम की आवश्यकता होगी वरना कोई भी मानव यहाँ नहीं आ पायेगा; फर्क सिर्फ इतना है कि पहले और दसवीं मंजिल एक-दूसरे से कुछ स्थान की दूरी पर हैं तो धरती और यह जगह कुछ समय की दूरी पर। मैं अब तक जितने भी चिरञ्जीव मानवों से मिला वे सब दूसरे आयामों में थे जहाँ ऐसे ही नहीं जा सकते थे इसलिए शायद वे महान चिरञ्जीव इंसानों की भीड़ से बचे हुए हैं।''

''अगर हम यहाँ दूसरे आयाम में हैं तो फोन में सिगनल कैसे आ रहे हैं?''

''आयाम हमारे लिए हैं, हमारे शरीर के लिए, आँखों व मस्तिष्क के लिए हैं, फोन के सिगनल, स्पेक्ट्रम के लिये या फिर सूरज के प्रकाश जैसे प्राकृतिक तत्वों के लिए आयामों की सीमा नहीं है।''

''अब समझ आया; फिर यहाँ से मैं वापस कैसे जाऊँगा?''

''प्रभु हनुमान की इच्छा से आये हो तो वापसी की राह भी वही दिखा सकते हैं।''

''ठीक है।'' ताम्रपत्र को कल्कि को देते हुए प्राज्ञ पुनः बोला, ''और ये सँभालिए अपने ताम्रपत्र।''

''नहीं तुम ही रखो मुझे तीनों ताम्रपत्र याद हो गये हैं; मैं ऐसे पथ पर जा रहा हूँ जहाँ से मुझे नहीं पता कि वापस आ पाऊँगा या नहीं... अगर मैं वापस नहीं आया तो तुमको इनकी आवश्यकता पड़ेगी।''

प्राज्ञ पहले कुछ चिन्तित हुआ फिर कुछ सोचा और मुस्कान के साथ कहा, ''जो अंजान व विचित्र आइलैण्ड से वापस आ सकता है वह कहीं से भी वापस आ सकता है।'' प्राज्ञ ने तीनों ताम्रपत्रों को कल्कि के बैग में रखते हुए कहा।

और इस के साथ अधरों पर मुस्कान लिये, दोनों उस स्थान से बाहर निकल गये, प्रभु हनुमान से मिलने के लिये और इस स्थान से विदा लेने के लिये।

''क्या तुम अभी तक उस बात के बारे में ही सोच रहे हो?'' जंगल में और अन्दर घुसते हुए प्रियम ने रेनव से कहा।

''हाँ, मैं नहीं समझ पा रहा कि कल्कि को आखिरकार इस दुर्घटना के बारे में कैसे पता चला, हमारे बारे मैं कैसे पता चला, हमारी लोकेशन के बारे में जिसको आर्मी की उन्नत तकनीक भी नहीं खोज पा रही है? सबसे बड़ी अचरज की बात यह है कि हेलिकॉप्टर जमीन से टकराने से पहले हवा में अपने आप कैसे रुक गया... क्या इसके पीछे भी कल्कि का हाथ हो सकता है?'' रेनव आगे-आगे रास्ता बनाता हुआ चल रहा था, पीछे-पीछे प्रियम उस को फॉलो कर रही थी।

''शायद... कुछ नहीं कह सकते।'' लेकिन प्रियम को पूरा विश्वास था कि उस को बचाने के पीछे कल्कि ही है।

''क्या तुमको भी लगता है कि हेलिकॉप्टर से आसमान में कुछ टकराया था?'' रेनव की उत्सुकता ने प्रियम के मन की थाह को जानना चाहा।

''मेरे विचार से हाँ, कुछ तो टकराया था हेलिकॉप्टर से; जैसा कि मुझे धुँधला-सा याद है कि हेलिकॉप्टर के दायें तरफ से एक बहुत बड़ा पक्षी शायद चील या गिद्ध टकरा गया था।'' प्रियम ने याद करते हुएकहा।

''लेकिन इतना बड़ा पक्षी आसमान में नहीं होता कि एक हेलिकॉप्टर को क्रैश कर सके...'' रेनव के शब्द अपनी जगह बिलकुल ठीक थे।

''देखो रेनव उधर एक पगडण्डी दिखायी दे रही है।'' पगडण्डी की झलक देख उत्साहित प्रियम ने उँगली के इशारे से रेनव की बात को बीच में काटते हुए कहा।

''पगडण्डी पर ही चलते हैं आसपास शायद कोई गाँव हो।'' रेनव और प्रियम ने एक मात्र उम्मीद की तरफ कदम बढ़ा दिये।

धूल-धूसरित उस पगडण्डी को देखकर लगता था कि उसका प्रयोग बहुत ज्यादा नहीं होता होगा। दोनों ही आगे बढ़ते गये और पगडण्डी के ऊपर तलवों के चार निशान बनते गये।

चारों तरफ फैले हरे-भरे वृक्षों की कतारें, पक्षियों के कलरव के द्वारा उत्पन्न मीठा

शोरगुल, मन को ठण्डक पहुँचाती शीतल हवा और फूलों से निकलती महक वहाँ के वातावरण को मनप्रिय बना रही थी। वैसे तो अभी तक किसी हिंसक जीव के लक्षण नहीं दिखे थे और अगर ऐसा होता भी तो रेनव के पास आत्मरक्षा के लिए पिस्तौल थी।

आहिस्ता-आहिस्ता बेमंज़िल ही दोनों पगडण्डी को फॉलो करते रहे। समय ने थोड़े समय के लिये परीक्षा ली लेकिन परिणाम भी शीघ्र ही मिल गया जब एक छोटा सा मंदिर सामने दिखायी देने लगा।

''सामने देखो वहाँ एक मंदिर है।'' उत्साहित प्रियम ने कहा।

''अन्दर चलकर देखते हैं।'' रेनव ने क़दमों की रफ्तार को दोगुना कर दिया।

कच्ची ईंटों से बना वह मंदिर आकार में बेहद ही छोटा था, जिसके अन्दर बमुश्किल ही चार-पाँच लोग आ सकते थे। विचित्र बात यह थी कि मंदिर के अन्दर ईश्वर की मूर्ति के बजाय धातु से बना चक्र रखा था। प्रतीत होता था कि इस चक्र की ही पूजा की जाती होगी। चक्र के सामने मिट्टी से बना हुआ दीपक रखा हुआ था जो ज्योति जलाने के काम आता होगा। दीपक के आस-पास फूल-पत्ती रखे हुए थे।

''इन फूल-पत्तियों को देखकर लगता है कि यह एक-दो दिन से ज्यादा पुराने नहीं हैं।'' रेनव ने मुआयना करते हुए कहा।

''इसका मतलब इस मंदिर में कोई न कोई पूजा करने आता होगा।'' प्रियम ने रेनव की बात का समर्थन करते हुए कहा।

''निश्चित ही, बहुत सम्भव है कि आस-पास कोई गाँव हो।''

''क्यों न हम गाँव की तरफ चलकर सहायता ढूँढ़ें।''

''चल सकते हैं परन्तु गाँव किस दिशा में हो यह कहना मुश्किल है।''

थोड़ा-बहुत मुआयना करने के बाद रेनव मंदिर से बाहर निकल आया, ''प्रियम, कुछ ही देर में सूर्य अस्त होने वाला है, अगर कोई इस मंदिर में पूजा करने आता है तो वह संध्या पूजा के लिये भी अवश्य आयेगा।''

मन ही मन रेनव की समझदारी की दाद देते हुए प्रियम ने रेनव के विचार के साथ अपनी सहमति भरी।

''कल्कि कहाँ होगा? क्या उसको त्रिपुंड काक्षः मिल गया होगा?'' प्रियम की आँखों में झाँकते हुए रेनव ने कल्कि के बारे में जिक्र किया।

प्रियम ने एक बार रेनव की तरफ देखा और उसके बाद कोई प्रतिक्रिया देने से इनकार-सा कर दिया। वह मंदिर के बाहर हरी घास और मिट्टी के संगम से बने कुर्सीनुमा स्थान पर बैठ गयी।

अपने ही खयालों में खोयी हुई प्रियम की तन्द्रा भंग हुई जब उसने रेनव को कहते

हुए सुना कि किसी के पदचाप का एहसास हो रहा है, कोई इस तरफ ही आ रहा है।

"उस तरफ से।" रेनव उत्तर दिशा की तरफ इंगित करते हुए बोला।

प्रियम झटपट अपने स्थान पर खड़ी हो गयी और उत्तर दिशा की तरफ एकटक देखने लगी। कुछ ही पल के पश्चात उसको एक साया आता हुआ दिखायी दिया।

"फिलहाल इस विषैले टोड से छुटकारा कैसे पायें?" प्रोफेसर उचित अनुकरण के माथे पर भय के भाव छाये हुये थे।

"इस का खात्मा।" अहम विद्यम प्रयोगशाला जैसे एक कमरे के एक कोने में गया और एक बीकर उठाकर ले आया, "H2SO4, इस वक़्त तो यह ही इसका इलाज है।"

बेहद ही घातक तेज़ाब H2SO4 के सम्पर्क में आते ही कटु टोड ने तड़प-तड़पकर दम तोड़ दिया। फिलहाल तो खतरे से छुटकारा मिल गया था। दोनों बुद्धिजीवियों ने फिर से अपना ध्यान काम पर लगाया तथा एलियन से सम्बंधित और जानकारी जुटाने में जुट गये।

आने वाले कुछ दिनों तक दोनों बिना रुके बिना आराम किये प्रयोगशाला के अंदर जानकारी इकट्ठा करने में लगे रहे। दुनियाभर की हजारों सैटेलाइट्स के डेटा को एक स्थान पर संचित किया गया था। कई सौ गीगाबाइट वाली सैकड़ों फ़ाइल से काम की जानकारी को निकालना कोई आसान काम नहीं था, परन्तु दोनों ओजस्वी बिना सफलता पाये रुकने वाले नहीं थे।

"प्रभु! अब हमें आज्ञा दीजिए, मैं और येक्रांत कैलाश पर्वत के लिये अभी निकलना चाहते हैं।" कल्कि और प्राज्ञ जाने की आज्ञा लेने के लिये प्रभु हनुमान के समक्ष खड़े हुए थे।

"अवश्य, मुझे पूर्ण विश्वास है कि आप दोनों अपने उद्देश्य में अवश्य सफल होगे।" श्री हनुमान ने हल्की मुस्कान के साथ आशीर्वाद दिया।

"आपसे एक और प्रार्थना है।" कल्कि के शब्द आत्मीयता से परिपूर्ण थे।

"प्राज्ञ को वापस जाना है न... अवश्य, परन्तु यह अभी सम्भव नहीं हो पायेगा।" कल्कि के बिना कुछ बोले ही श्री हनुमान ने कहा।

कल्कि ने प्राज्ञ की तरफ देखा जिसके चेहरे की हवाइयां उड़ी हुई थीं और दिल बैठा हुआ जान पड़ता था। श्री हनुमान के कहे हुए शब्दों ने वैसे कल्कि को भी परेशान कर दिया।

''मैं आयामों को नियंत्रित नहीं कर सकता।'' श्री हनुमान मुस्कराये और पुनः कहा, ''समय, गुरुत्व और स्थान एक-दूसरे के सापेक्ष कार्य करता है; एक पहर पश्चात ही ऐसा संयोग है कि आप वापस जा सकते हैं तब मैं प्राज्ञ की वापसी का प्रबंध कर दूँगा।''

''धन्यवाद प्रभु।'' कल्कि और प्राज्ञ दोनों एक साथ बोले।

प्राज्ञ की तरफ मुड़कर कल्कि ने कहा, ''ठीक है मैं निकलता हूँ, पोखरण में मिलते हैं।''

''चलें येक्रांत।'' प्रभु हनुमान को अभिवादन कर कल्कि व येक्रांत ने अपने कदम बढ़ा दिये उस गुफा की तरफ जहाँ मुख्य दिव्य पुंज था। मंजिल था वह अदृश्य स्थान जो सिर्फ किस्से-कहानियों में ही सुनने को मिलता है, वह स्थान जिसको किसी भी जीवित मानव ने नहीं देखा। छह हज़ार, छह सौ मीटर ऊँचाई पर स्थित और सभी दिशाओं का उद्गम व केंद्र बिंदु - कैलाश पर्वत।

प्रभु हनुमान से आज्ञा लेने के बाद कल्कि और येक्रांत ने दिव्य पुंज की तरफ कदम बढ़ा दिये और मंजिल थी पवित्र कैलाश पर्वत।

दिव्य पुंज में प्रवेश करने के अगले ही पल दोनों ने अपने आप को एक अलग ही वातावरण में पाया... पानी के बीचों-बीच पाया जहाँ जीवन की अनुपस्थिति वाले खारे पानी में काली रोशनी से चमकता दिव्य पुंज दिखायी दे रहा था। दोनों ने बिना कुछ और सोचे-समझे पानी की सतह की तरफ तैरना जारी रखा।

झील के खारे पानी से निकलकर सतह तक आने में कोई ख़ास परेशानी नहीं हुई। अति खारे पानी से छुटकारा पाकर दोनों ने ही चैन की साँस ली।

झील के बहते खारे पानी को देखकर लगता था कि उसने शीत युग का पुरजोर विरोध किया होगा जिसकी वजह से वह जम नहीं पायी वरना पानी के तल से सतह तक आने में कल्कि और येक्रांत को नाकों चने चबाने पड़ते।

''यह है असुर ताल, इसका पानी बहुत खारा होता है और थोड़ा दुर्गन्ध लिये हुए भी। इस पानी के अंदर न जीवन पनप पाता है और न ही कोई जीवित रह पाता है; गनीमत है कि हम लोग ठीक-ठाक बाहर आ गये।'' येक्रांत ने राहत की साँस लेते हुए कहा।

कुछ सर्दी के मौसम ने और कुछ शीत युग के प्रकोप ने उस स्थान को मानवविहीन कर दिया था। पूरा का पूरा इलाका बर्फ से पटा पड़ा था। श्वेत बर्फ से ढकी हुई वह जगह वीरान जन्नत प्रतीत होती थी। चारों तरफ नज़रें घुमाने पर कल्कि को एहसास हो गया कि वे सही जगह आ पहुँचे हैं... वे पवित्र कैलाश पर्वत आ पहुँचे हैं।

''बस थोड़ी दूरी पर ही है पवित्र पर्वत।'' मुस्कान धारण किये हुए येक्रांत ने कल्कि की तरफ देखते हुए कहा। चमड़े से बने हुए येक्रांत के कपड़ों ने उसको तो भीगने से बचा लिया था परन्तु पानी से तरबतर कल्कि इतना भाग्यशाली ना था। ठण्ड से काँपते कल्कि ने सिर्फ गर्दन हिलाकर हामी भर दी।

''आप तो ठण्ड से काँप रहे हैं, मैं कुछ करता हूँ।'' येक्रांत तुरन्त ही आग जलाने के इंतज़ाम में लग गया।

येक्रांत ने सूखी लकड़ियाँ बटोरी और कुछ प्रयासों के बाद ही अग्नि का प्रबंध कर दिया जो शरीर को गर्मी देने के लिये काफी था। इधर अग्नि ने रोशनी बिखेरी तो दूसरी तरफ सूरज ने भी अपनी रोशनी को आसमान में फैला दिया। चारों तरफ घनघोर सन्नाटे के साथ रोशनी भी अपने पैर पसारने लगी। कल्कि और येक्रांत ने रुकने के बजाय अपनी मंजिल की तरफ कदम बढ़ाने का निश्चय किया।

तेज़ रोशनी में चाँदी की तरह चमकता कैलाश पर्वत किसी के भी हृदय को बाग़-बाग़ कर सकता था। ठण्ड से ठिठुरते शरीर में रक्त-गति बढ़ाने के लिये कल्कि ने चलने की रफ्तार बढ़ा दी।

मस्तिष्क में ताम्रपत्र का रहस्य और मन में संशय लिये हुए कल्कि ने येक्रांत की तरफ देखते हुए कहा, ''हमें कैलाश पर्वत पर चढ़ना होगा, आज तक कोई मानव तो क्या कोई मशीन भी वहाँ नहीं पहुँच पायी है, क्या हम कर पायेंगे?''

''मानव ही तो नहीं चढ़ पाया, महामानव तो चढ़ ही सकता है।'' येक्रांत ने पूरे विश्वास के साथ कहा।

येक्रांत क्या कहना चाह रहे थे वह कल्कि अच्छी तरह समझ रहा था। पिछले कुछ दिनों की उसकी जिन्दगी को देखें तो यह सिद्ध भी हो जाता था कि कल्कि एक साधारण मानव से कहीं बढ़कर था। भाग्य उसके साथ था और वह जो चाहता था वह कर पा रहा था।

उसने एक पल के लिये अपनी नज़रें नीचे की और फिर येक्रांत की तरफ प्रश्नवाचक नज़रों से देखा, ''कैलाश पर्वत पर चढ़कर चोटी तक जाना। कैसे सम्भव होगा; बहुत मुश्किल लगता है। आज तक कुशल से कुशल पर्वतारोही भी वहाँ तक नहीं जा पाया है फिर मैं कैसे, वह भी बिना किसी यन्त्र की सहायता और ट्रेनिंग के।''

''मुझे पूरा विश्वास है कि आप यह कर पायेंगे।'' येक्रांत का विश्वास अभी तक कायम था।

इसके बाद कल्कि ने कुछ नहीं कहा। कैलाश पर्वत की जड़ की तरफ चलते-चलते शरीर जवाब देने लगा। जैसे-जैसे चाँद आसमान में बढ़ रहा था वैसे-वैसे ठण्ड की भीषणता भी बढ़ती जा रही थी। ठण्ड और थकान का संगम अब कल्कि के ऊपर

भारी पड़ने लगा था।

"हे महादेव! ठण्ड अब सहने की सीमा से ज्यादा हो गयी है।"

येक्रांत को तो आदत थी ठण्डे स्थान पर रहने की, उसको सहने की, परन्तु कल्कि के शरीर ने अब ठण्ड को और ज्यादा बर्दाश्त करने से मना कर दिया। भाग्य का साथ कहें या कल्कि की प्रार्थना का असर, थोड़ी दूरी पर ही कृत्रिम आश्रय जो सूखी लकड़ियों से भरा हुआ था नज़र आ रहा था। आश्रय इतना बड़ा था कि दो लोग आराम से वहाँ अपना आशियाना बना सकते थे। आम दिनों में हो सकता है कि वह श्रद्धालुओं के आराम का स्थान रहता होगा। ठिठुरते मौसम से पंगा लेने के बजाय कल्कि ने रुकने को प्राथमिकता देना ज्यादा उचित समझा।

छत, आग की गर्मी, सूखा स्थान और शरीर की थकान ने जल्द ही दोनों को आराम के आगोश में भेज दिया। आने वाला समय पृथ्वी के भविष्य के लिये काफी महत्त्वपूर्ण होने वाला था।

करीब-करीब सौ वर्ष से भी ज्यादा उम्र का वह आदमी लँगड़ाते हुए मंदिर की तरफ ही चला आ रहा था। उसके कंकाल जैसे शरीर पर फटा-पुराना धोती-कुर्ता झूल रहा था जिसको चीथड़े कहना ज्यादा उचित होगा।

शरीर के ऊपर मांस का तो नामोंनिशान तक दिखायी नहीं दे रहा था। चेहरा पूरी तरह झुर्रियों से ढका हुआ था। झुकी कमर वाले वह बाबा चलते-चलते मंदिर के काफी करीब आ गये।

प्रियम और रेनव भी मंदिर के दरवाजे के सामने आकर बाबा का इंतज़ार करने लगे। दूर-दृष्टि दोष की वजह से बाबा की नज़र उन दोनों मानव के ऊपर नहीं पड़ी परन्तु जब पड़ी तो चौंके बिना न रह सके।

रेनव के निकट आकर बाबा बोले, "तुम लोग यहाँ आस-पास के गाँव के तो नहीं लगते, रास्ता तो नहीं भटक गये? वैसे भी मेरे अलावा इस मंदिर में कोई नहीं आता।"

"हाँ बाबा इस जंगल में दुर्भाग्यवश हम फँस गये हैं, मदद की खोज में यहाँ तक आ पहुँचे।" रेनव ने पूरी आत्मीयता को समेटते हुए कहा।

"भाग्य जो चाहता है वह अकारण नहीं होता; दिया जलाने का समय हो गया है।" और यह कहकर बाबा मंदिर में अन्दर की तरफ चले गये और इशारे से रेनव व प्रियम को अपने साथ आने को कहा।

उस छोटे से मंदिर में तीन लोग बमुश्किल ही समा पा रहे थे। बाबा, चक्ररूपी मूर्ति के सामने बैठकर पूजा करने लगे जबकि बाकी दोनों उनका साथ दे रहे थे।

थोड़े समय बाद बाबा की पूजा समाप्त हुई तो शुरूआत हुई जिज्ञासा से भरे प्रश्नों की। प्रथम प्रश्न इस बार प्रियम के मुख से निकला, ''मैंने आज तक चक्र का मंदिर नहीं देखा।''

''बेटा तुमने आज तक सुदर्शन चक्र भी कहाँ देखा होगा।'' बाबा का कटाक्ष दमदार था।

''सुदर्शन चक्र! मेरे जन्म के सैकड़ों वर्ष पूर्व ही उसका अस्तित्व मिट चुका है।'' प्रियम ने अपनी समझ के हिसाब से बात तो सही की थी परन्तु सत्य हमेशा वह नहीं होता जो आप जानते हो, ज्यादातर तो अर्धसत्य ही प्रचलित होता है और हम उस को पूर्ण सत्य मान लेते हैं।

''ऐसा किसने कहा?'' बाबा से इस प्रकार के प्रत्युत्तर की अपेक्षा तो प्रियम ने कदापि नहीं की थी। वह अपनी पूरी ज़िंदगी परम्परागत हथियारों के प्रशिक्षण में व्यस्त रही थी परन्तु इस एक पंक्ति ने उस के ज्ञान पर तमाचा-सा जड़ दिया।

बात सँभालते हुए रेनव ने कहा, ''इतने किस्मत वाले कहाँ है हम बाबा जो सुदर्शन चक्र देख पायें।''

''प्रत्येक अज्ञानी ऐसी ही बात करता है; चक्र के ऊपर खड़े होकर कहते हो चक्र नहीं देखा... अज्ञानी लोग।''

बाबा मुड़कर वापस जाने को जैसे ही तत्पर हुए वैसे ही रेनव ने एक और प्रश्न दाग दिया।

''क्या मतलब? क्या यहाँ? मंदिर के नीचे सुदर्शन चक्र है?''

''हो भी सकता है, परन्तु अज्ञानियों की तरह खुदाई आरम्भ मत कर देना; सही पथ खोज सके तो जो चाहते हो वह सब कुछ मिल जायेगा वरना कुछ भी नहीं बचेगा।'' जिस दिशा से बाबा आये थे वापस उस दिशा की तरफ वह विलीन हो गये।

''कुछ समझ आया?'' प्रियम ने दायीं आँख की भौंह उठाते हुए प्रश्नात्मक भाव में पूछा।

''बस एक बात कि हम सही स्थान तक आ पहुँचे हैं, अब बस सही पथ खोजना है।'' आत्मविश्वास अब वापस रेनव के चेहरे पर दिखने लगा था।

''तो फिर सही पथ को खोजा जाये।'' प्रियम ने अपना प्रस्ताव रखा।

''बिना एक भी पल गवाँये।'' दोनों ही अलग-अलग दिशा में मंदिर के अन्दर और मंदिर के आस-पास एक ऐसे पथ की खोज में लग गये जो उनको वांछित स्थान तक पहुँचा सकता था। प्रियम मंदिर की परिधि के आस-पास खोजबीन में लगी हुई थी तो रेनव मंदिर के अन्दर।

"बाबा की बात से एक बात तो तय है कि मंदिर के नीचे कुछ न कुछ तो है; सुदर्शन चक्र या कुछ चक्र जैसा या फिर महाभारतकालीन हथियार भी हो सकते हैं। लेकिन सवाल है कि वहाँ तक पहुँचा कैसे जाये, इस छोटे से मंदिर में तो कोई भी संकेत नहीं मिल रहा क्या करूँ?"

जाँच में डूबे हुए रेनव को झटका लगा जब उसके कानों को प्रियम की चीख सुनायी दी। बिना पल गवाँये रेनव ने आवाज़ की दिशा की तरफ दौड़ लगा दी।

कुछ घण्टे आराम करने के बाद कल्कि और येक्रांत ने अपने क़दमों को कैलाश पर्वत की तरफ बढ़ा दिया। स्वयं महादेव का गृह होने की वजह से या फिर प्रकृति की छींटाकशी के कारण कैलाश पर्वत और आस-पास के क्षेत्र में उल्कापिण्ड से हुए विनाश के नामोंनिशान तक नहीं थे। ऊबड़-खाबड़ रास्ते वाली जीवविहीन उस धरती पर कल्कि व येक्रांत तब तक चलते रहे जब तक कि वे कैलाश पर्वत की जड़ तक नहीं पहुँच गये।

कैलाश पर्वत पर आज तक मानवों के साथ-साथ मशीनों ने भी अपने कदम रखने की कोशिश की थी परन्तु न तो आज तक कोई सफल हो सका और न ही कोई जीवित वापस आ सका। इस बात से ही अंदाजा लगाया जा सकता है कि कैलाश पर्वत कितना दुर्गम स्थान हो सकता है। लेकिन त्रिपुंड काक्षः को पाने के लिये कल्कि को यह असम्भव कार्य करना ही होगा।

"आगे की क्या योजना है?" येक्रांत ने कल्कि की तरफ देखकर पूछा।

"चढ़ने का समय आ गया, मंजिल है कैलाश चोटी; कैलाश चोटी जिसकी समुद्र तल से ऊँचाई छह हज़ार मीटर से भी ज्यादा है।" कल्कि ने एक वाक्य में आगे की योजना बतायी।

"कैलाश चोटी तक पहुँचने के बाद..." येक्रांत को शायद लगा कि कैलाश चोटी तक पहुँचना बस एक चुटकी भरा काम है।

"पहले पहुँचा तो जाये वह भी जिंदा।" कल्कि जानता था कि यह कार्य उसके जीवन का सबसे कठिन कार्य होने वाला है।

कुछ फुट की चढ़ाई तक तो गनीमत थी परन्तु उस के बाद कल्कि का शरीर उसका साथ छोड़ने लगा। फिसलन से भरी खड़ी चट्टान पर चढ़ाई एक नामुमकिन-सा कार्य प्रतीत होने लगा।

ठण्ड की भयानकता, तेज़ तूफ़ान की तीव्रता, वातावरण का प्रतिकूल दबाव और गुरुत्वाकर्षण के विरुद्ध चलना किसी मानव के लिए कठिन नहीं अपितु किसी दुःस्वप्न को जीने के समान था।

उच्च ओक्टेन पर चलती येक्रांत की गाड़ी रुकने का नाम ही नहीं ले रही थी। अपने शरीर की बनावट की वजह से जो ठण्डे स्थानों के अनुसार ही बनी हुई थी, येक्रांत को पहाड़ पर चढ़ने में कोई ख़ास परेशानी नहीं हुई। हाथों व पैरों के लम्बे-बड़े नाखूनों को बर्फ में धँसाते-धँसाते येक्रांत तो ऊपर चढ़ निकला पर कल्कि कई मीटर पीछे छूट गया। कुशल से कुशल पर्वतारोही के लिए भी कैलाश पर्वत पर चढ़ना नामुमकिन-सा कार्य था शायद इसलिए आज तक कोई भी मानव-पग वहाँ सफल नहीं हो पाया था।

पूरी तरह थक चुके कल्कि के लिए और जोर लगाना मुमकिन न रह गया। थक-हारकर कल्कि ने अपने आपको निढाल छोड़ दिया। दस फुट लम्बे अति बलशाली येक्रांत ने कल्कि को थकते देख चढ़ने के बजाय सहारा देना ज्यादा उचित समझा।

"आप ठीक हैं?" येक्रांत ने कल्कि को सहारा देते हुए कहा।

"मुझे पुनः प्रयास करना होगा।" कल्कि ने अपनी बची-खुची ऊर्जा को समेटते हुए कहा।

ऊर्जा व शक्तिरहित कल्कि का पहाड़ पर दोबारा चढ़ना नामुमकिन-सा कार्य होने वाला था। ऊर्जा वापस पाने के लिये शरीर को समय की आवश्यकता होगी इसलिए कल्कि एक स्थान पर बैठ गया।

"ऊपर तक पहुँचने का एक विचार है।" कल्कि जो फिलहाल आराम करने के लिए लेट गया था, ने कहा।

"क्या?" येक्रांत ने एक उम्मीद के साथ कल्कि की तरफ देखा।

"जैसे आपने डायनासौर को उठाकर आसमान की तरफ फेंक दिया था क्या ऐसे ही मुझे भी कैलाश चोटी तक फेंक सकते हैं, चलने से बच जाऊँगा।" थकान और मज़ाक का संगम भी कभी-कभी अनोखा साबित हो सकता है।

"क्यों नहीं, अगर आपका शरीर डायनासौर जितना मजबूत है तो।" और यह बोल कल्कि व येक्रांत दोनों ही हँस पड़े।

"ऊपर चढ़ना तो नामुमकिन है, कम से कम मेरे वश की तो बात नहीं लगती।" कल्कि ने हारे, मुरझाये, खोए हुए विश्वास के साथ आत्म समर्पण करते हुए कहा।

"ऊपर जाने का दूसरा रास्ता भी है।" येक्रांत ने पहले कल्कि की तरफ देखा फिर नज़रें झुका ली।

"ओह्ह! तो पहले क्यों नहीं बताया, उस दूसरे रास्ते से ही चलना चाहिए था।" ऐसा लगा जैसे कि कल्कि के अन्दर उम्मीद की एक नयी रोशनी फूटी हो।

"वह रास्ता बहुत ज्यादा खतरनाक है, शायद किसी सोच से भी ज्यादा

खतरनाक; साक्षात नरक है वह रास्ता।''

''येक्रांत मैं पिछले कुछ दिनों में ऐसे-ऐसे स्थानों पर गया हूँ कि अब तो कुछ भी सोच से भी ज्यादा खतरनाक नहीं हो सकता।''

येक्रांत ने कुछ भी उत्तर नहीं दिया। उसको पता था कि कल्कि निश्चित ही दूसरे रास्ते से चलने के लिये कहेगा और हुआ भी ऐसा ही।

''तो फिर चला जाये?'' कल्कि ने थके बेजान शरीर को खड़ा करते हुए येक्रांत की तरफ देखते हुए कहा।

''जैसा आपका आदेश।'' येक्रांत के पास कोई दूसरा चारा नहीं बचा था। मरता क्या न करता आखिरकार दूसरे रास्ते की तरफ दोनों ने कदम बढ़ा दिये। क्या इतनी ज्यादा भयानकता लिये हुए था वह रास्ता जिस पर चलने से पहले ही डायनासौर की फौज को भी चुटकी में मसल देने वाले हिममानव को भी भय लग रहा था।

मंदिर से कुछ ही दूर प्रियम बुत बनी खड़ी हुई थी जब रेनव की नज़र उस पर पड़ी। खतरे की आशंका से रेनव ने सर्विस रिवाल्वर के ऊपर अपनी उँगलियों को तैयार रहने का आदेश दे दिया। कुछ ही पलों के अन्दर रेनव का सामना उससे हुआ जो कि प्रियम की चीख का सम्भावित कारण था।

उस भयावह जीव का एक दृश्य ही रेनव के खौफ को जागृत करने के लिये काफी था। प्रियम के चेहरे पर भी डर की लकीरें खिंची हुई थीं।

''यह क्या बला है!'' रेनव की आँखें आश्चर्य से चौड़ी हो गयीं।

''कहना मुश्किल है, देखने में तो यह खतरनाक और हिंसक लगता है।'' प्रियम ने अपनी नज़रें उस विचित्र जीव के ऊपर से एक पल के लिये भी नहीं हटायी।

स्टील के ब्लेड की तरह चमक रहे उसके घड़ियाली दाँत को देखकर लगता था कि वह हड्डियों को भी चबाने की ताकत रखते थे। कनखजूरे की तरह उसके अनगिनत पैर उसको हवा से भी तेज़ चलने की काबिलियत देते होंगे। बड़ी और ताकतवर दिख रही पूँछ के सहारे उसका तीन फुट लम्बा शरीर खड़ा हो सकता था। बेलनाकार धड़ पर उगे रोयें से उसके जहरीले होने का एहसास होता था और सबसे खतरनाक बात थी कि वह पिछले कुछ ही पल में कई बार अपने शरीर का रंग बदल चुका था जो वातावरण में उसको करीब-करीब अदृश्यता प्रदान कर रहे थे। लाल पुतली वाली आँखें बेहद ही गुस्से में नज़र आ रही थीं मानो दोनों ने उसके सामने आकर अपने जीवन की सबसे बड़ी गलती कर दी हो।

रेनव ने स्पष्ट शब्दों में प्रियम को पीछे हटने के लिये कहा, ''एक-एक कदम

कर पीछे की तरफ हटो, धीरे-धीरे।"

प्रियम ने अपना बायां पैर अभी जमीन से ऊपर हटाया ही था कि उस विचित्र जानवर को यह बेहद नागवार गुजरा। उस जीव ने एक अजीब-सी चीत्कार मारी और साँप की भाँति रेंगता हुआ सेकण्ड भर के अन्दर ही प्रियम के पास तक जा पहुँचा। तीव्र चाल ने प्रियम और रेनव को सोचने-समझने का मौका तक नहीं दिया। वह तो गनीमत थी कि वह प्रियम से दो कदम की दूरी पर ही रुक गया। उसकी आँखों का रंग और ज्यादा गहरा हो गया, शायद क्रोध की वजह से।

सामने भयानक जीव को देखकर प्रियम का कलेजा मुँह को आ गया। उसने और ज्यादा कुछ सोचे-समझे पीछे की तरफ छलाँग लगा दी। बिलकुल इसी समय पर रेनव ने भी रिवाल्वर से उस जीव की तरफ निशाना लगाते हुए ट्रिगर दबा दिया।

बन्दूक से निकली गोली सिर्फ रफ्तार लेकर ही नहीं निकलती बल्कि दिल दहलाने वाली आवाज़ भी साथ लेकर निकलती है। विचित्र जीव की शक्ति को कम आँकना रेनव की गलती थी। जहाँ एक तरफ रिवाल्वर की गोली उस जीव को सिर्फ छू भर के निकल गयी थी वहीं उसकी आवाज़ ने कीड़े को उत्तेजित करने का काम किया।

प्रियम ने जमीन पर गिरते ही पास में पड़ी लकड़ी को हाथ में भाले की तरह पकड़ लिया। परम्परागत हथियारों की विशेषज्ञ प्रियम ने डरने की बजाय अब आमना-सामना करने का मन बना लिया था।

विचित्र जीव ने अपनी योजना को बदला और पहले रेनव को अपना शिकार बनाने का निश्चय किया। प्रियम को छोड़ वह रेनव की तरफ रेंगने लगा। पल भर में ही वह रेनव के सामने था और अगले ही पल हवा में। विचित्र जीव की नज़रें अपने खतरे की तरफ, रिवाल्वर की तरफ थीं। रेनव ने एक बार और ट्रिगर दबा दिया लेकिन निशाना इस बार भी चूक गया।

दोबारा ट्रिगर दबाने से पहले ही रेनव के हाथ से रिवाल्वर गायब थी। नहीं...रेनव को शायद कुछ गलत एहसास हुआ था। रिवाल्वर गायब नहीं थी वह विचित्र जीव रिवाल्वर को अपने दाँतों से चबा गया था और अब उसकी नज़र रेनव की तरफ थी... रेनव के शरीर की तरफ थी जो उस नरभक्षी का सम्भावित खाना हो सकती थी।

प्रियम ने बिना कोई देरी किये लकड़ी को अपने दायें हाथ में पकड़ा और बायें पैर को आगे कर, शरीर को पीछे की तरफ झुकाकर पूरी शक्ति के साथ लकड़ी को जीव की तरफ फेंक दिया। निशाना अचूक था। लकड़ी की चोट ने उस जीव के अनगिनत पैरों की संख्या को कुछ कम कर दिया।

इससे पहले कि जीव कुछ समझ पाता, प्रियम ने अपने जूते में छिपाये हुए चाकू को बाहर निकाला और उसे हवा में उछाल दिया। निशाना इस बार भी अचूक था।

चाकू जीव के शरीर के अन्दर तक धँस गया और मृत होकर वह जमीन पर पड़ा हुआ था।

रेनव ने पहली बार प्रियम को एक्शन में देखा था और देखते ही उसका मुँह खुला का खुला रह गया। जहाँ एक सैनिक होकर भी रेनव को कीड़े से निपटने के लिये जूझना पड़ रहा था वहीं दूसरी तरफ प्रियम ने अपने करतबों से उसको परलोक भेज दिया था।

"हो कौन तुम!" रेनव ने आँखें फाड़े प्रियम से मुस्कराते हुए पूछा।

"धीरे-धीरे पता चल जायेगा।"

"प्रभु हनुमान ने बताया था कि एक समय तक कैलाश पर्वत पर स्थित गाँव साक्षात शिव का स्थायी निवास स्थान हुआ करता था। त्रेता युग तक महादेव यहीं थे परन्तु उसके बाद किसी अज्ञात स्थान पर चले गये। ऐसा माना जाता है कि उनका वह गाँव आज तक यहीं कैलाश पर्वत पर कहीं स्थित है। कैलाश पर्वत तक पहुँचने का सीधा रास्ता तो कुछ चुनिन्दा लोगों को ही पता है परन्तु वहाँ जाने का एक अस्थायी रास्ता भी है।" कैलाश पर्वत से असुर ताल तक के वापसी के रास्ते पर लौटते हुए कल्कि से येक्रांत ने कहा।

"उम्मीद है यह अस्थायी रास्ता हमें मंजिल तक पहुँचा देगा, परन्तु एक बात समझ नहीं आ रही।" कल्कि ने मन में उठी हुई शंका को दूर करना चाहा।

"क्या?"

"हम वापस असुर ताल की तरफ क्यों जा रहे हैं?"

"वह रास्ता असुर ताल से ही होकर जाता है। कैलाश पर्वत से पिघलती बर्फ़ पानी के रूप में बहती हुई मानसरोवर झील तथा असुर ताल तक आती है और जिस रास्ते से यह पानी आता है उसी रास्ते से हम पर्वत तक पहुँचने का प्रयास करेंगे।"

"मुझे नहीं लगता कि उस रास्ते की भयानकता की वजह से आपने उस रास्ते से जाना उचित नहीं समझा; कारण कुछ और ही रहा होगा।"कल्कि ने प्रश्नात्मक मुद्रा के साथ कहा।

"मैंने सुना है कि वह रास्ता अँधेरे से परिपूर्ण है।" येक्रांत फिर कुछ हिचकिचाया और मासूमियत से पुनः बोला, "वो... मुझे अँधेरे व बंद स्थानों से भय भी लगता है और सबसे बड़ी बात पानी के अंदर से होकर जाना वह शायद मुझसे न हो पाये।"

कल्कि ने येक्रांत को देखा, उसके विशाल शरीर पर अपने हाथ से थपकी दी और व्यंग्यात्मक मुस्कान के साथ कहा, "कोई नहीं, मुझे भी कभी ऐसे स्थानों से, पानी

से डर लगता था और तब भाग्य ने मुझे पानी में हजारों फुट गहराई में छोड़ दिया।''

''अपने भय की वजह से ही मैंने पहले सीधे व आसान रास्ते से प्रयास करने का सोचा था परन्तु इसका मुझे विचार नहीं आया कि पहाड़ पर जानलेवा हालात में चढ़ना मेरे लिए आसान हो सकता है किन्तु आपके लिए नहीं।''

''हाँ सही कहा, मैं तो क्या किसी भी मानव के लिए इतने कठिन परिस्थिति में कैलाश पर्वत पर चढ़ना असम्भव सा कार्य है।'' कल्कि की बातों में वजन तो था।

''ऐसा भी कहा जाता है कि असुर ताल वाला रास्ता इतना ज्यादा मृत्यु से परिपूर्ण है कि इस रास्ते से बहने वाला पानी भी अपने आपको खारा होने से नहीं रोक पाता।''

''शायद यही वजह है कि असुर ताल का पानी खारा है; मानसरोवर से होकर भी तो कोई रास्ता होगा।'' कल्कि ने मन में उठते हुए सवाल को दागा।

''मानसरोवर झील के आस-पास मानवों की भीड़ के कारण वहाँ का रास्ता तो सैकड़ों वर्ष पहले ही बंद किया जा चुका है।''

''बंद किया जा चुका है! मगर किसके द्वारा?'' कल्कि की जिज्ञासा ने थोड़ा उफान मारा।

''वही लोग,जो कैलाश चोटी के उस पार रहते हैं।'' येक्रांत ने जवाब दिया।

बातों ही बातों में कब मंजिल रुपी असुर ताल आ गया पता ही नहीं चला। झील के किनारे पहुँचकर कल्कि ने जोश के साथ येक्रांत की तरफ देखकर कहा, ''तो लगाई जाए डुबकी!''

येक्रांत के माथे पर शिकन के भाव देख कर कल्कि ने एक पल सोचा और अपने बैग को कंधे से उतारकर उसमें से कुछ निकाल कर येक्रांत को देते हुए बोला, ''यह अपने पास रखो, आपके फेफड़ों को अच्छा लगेगा।''

''यह क्या है?''

''महाऋषि मार्कण्डेय का आशीर्वाद एक विशिष्ट फूल; अगर यह आपके पास रहेगा तो पानी के अंदर आपको साँस लेने में परेशानी महसूस नहीं होगी।''

इतना कहने के बाद कल्कि ने असुर ताल के खारे पानी में डुबकी लगा दी।

येक्रांत ने भी एक नज़र फूल को देखा, उसको अपने पास रखा और कल्कि पर विश्वास रख पानी में छलाँग लगा दी।

पानी के अन्दर थोड़ा समय बिताने के बाद ही येक्रांत को अपने आप पर विश्वास हो चला था कि खतरनाक पहाड़ की तरह खारा पानी भी उस का कुछ नहीं बिगाड़ सकता।

येक्रांत ने हाथों के इशारे से कल्कि को अपने पीछे आने का संकेत किया। कुछ ही समय के पश्चात दोनों ने अपने आपको पानी से भरी एक सुरंग में पाया। करीब सौ मीटर सुरंग में तैरने के बाद पानी का स्तर कम होने लगा। कुछ और अन्दर जाने के बाद पानी का स्तर बेहद कम और खाली स्थान ज्यादा हो गया। छोटी-छोटी चट्टानों से भरी वह सुरंग उस रास्ते की पहली परेशानी थी दोनों महारथियों के लिए। एक पठारनुमा चट्टान पर चढ़कर दोनों ने पानी से अपने आपको बाहर निकाला। येक्रांत की तो मानो जान में जान वापस आ गयी।

''येक्रांत क्या आप पहले भी यहाँ आये हैं?''

''नहीं, मैं भी पहली बार ही यहाँ तक आया हूँ।''

''फिर तो प्रभु हनुमान ने आपको काफी विस्तार से रास्ते के बारे में बताया है।''

येक्रांत ने मुस्कान के साथ कहा, ''निश्चित ही प्रभु हनुमान एक आदर्श गुरु हैं।''

कल्कि उस स्थान का बारीकी से मुआयना करने लगा - उद्देश्य था सुरक्षित तरीके से आगे बढ़ने का। सुरंगरूपी वह प्राकृतिक स्थान छोटी-छोटी नुकीले सिरों वाली चट्टानों से मिलकर बना हुआ था। बहते हुए पानी की गहराई हालाँकि ज्यादा नही थी। ऐसा कोई भी स्थान नहीं था जहाँ हरी-चिकनी काई ने अपनी जड़ें न जमायी हों। पानी के बहने के अलावा भी अजीब घिनघिनाती आवाज़ कानों में शीशा घोल रही थी।

''अभी तक तो सब ठीक-ठाक है, अब चुनौती है इन नुकीली-चिकनी चट्टानों को पार करने की, वीरान लेकिन कितनी सुन्दर जगह...''

''कल्कि बचिए!'' येक्रांत की गूँजती चेतावनी ने कल्कि को अपना वाक्य पूरा करने से पहले आने वाले जानलेवा मेहमानों की तरफ देखने पर मजबूर कर दिया, ''पीछे देखिए!''

कल्कि मुड़ा, पीछे देखा और फिर पलक झपकाना ही भूल गया। गुफा के अन्दर सैकड़ों की तादाद में चमगादड़ इधर से उधर उड़ रहे थे लेकिन अचरज की जो बात थी वह थी उनका आकार। दो फुट से भी ज्यादा लम्बे असुरों का झुण्ड किसी का भी मन दहलाने के लिये काफी था, ''हे प्रभु! इतने बड़े आकार के चमगादड़।''

चमगादड़ भले ही ऐसी आवृत्ति में चिल्लाते हैं जो मानवों के द्वारा सुनने की शक्ति से परे होती है परन्तु सैकड़ों चमगादड़ों की एक साथ फड़फड़ाने की आवाज़ अवश्य ही कल्कि व येक्रांत के कानों में सुइयाँ चुभो रही थी।

''ये यहाँ कहाँ से आ गये?''

“ये नहीं हम यहाँ बाहर से आये हैं, इनका घर है यह स्थान।” कल्कि की नज़रें अभी तक काले झुण्ड की तरफ थीं।

“अब क्या करें, आगे बढ़ना है तो इनके बीच से होकर जाना होगा।”

“अगर एक भी चमगादड़ ने काट लिया तो दो दिन के अन्दर-अन्दर मृत्यु हो जायेगी और अगर पूरा का पूरा झुण्ड टूट पड़ा तो खून का एक बूँद भी शरीर के अन्दर नहीं मिलेगा... मुझे कुछ और सोचने दो।” संभावित खतरे से आगाह करते हुए कल्कि ने कहा।

अध्याय 3

।। भेड़ाक्षों का कहर ।।

सामने की तरफ सैकड़ों की संख्या में असुर कद चमगादड़ उड़ रहे थे या हवा में झूल रहे थे कहना बहुत मुश्किल था। शायद दोनों की उपस्थिति ने उड़ते हुए मॉन्स्टर्स के झुण्ड को विचलित कर दिया था। यदि कोई खूँखार जीव विचलित हो जाये तो वह दो तरह के कदम उठा सकता है पहला - खतरे वाली जगह से भाग जाना या फिर दूसरा- हमला। चमगादड़ के उस झुंड ने उस अँधेरे से परिपूर्ण स्थान के अन्दर येक्रांत व कल्कि पर हमला कर दिया तो दोनों का अपनी जान बचाना करीब-करीब नामुमकिन हो जायेगा।

कल्कि मूर्तिवत हो दोनों की जान बचाने के लिये रणनीति बनाने में जुट गया। येक्रांत ने तो अपने आपको कल्कि के भरोसे छोड़ दिया था।

इससे पहले कि कल्कि अपनी रणनीति को मंजिल तक पहुँचा पाता, खतरे के वशीभूत हो चमगादड़ के समूह ने एकजुट हो येक्रांत व कल्कि की तरफ उड़ान भर दी, निश्चित ही आक्रमण के उद्देश्य से।

''कल्कि हमें इस गुफा से तुरंत ही निकलना होगा...अभी।'' माथे पर फैल गयी भय की लकीरों के साथ येक्रांत ने कल्कि से लगभग चिल्लाते हुए कहा।

उड़ते हुए दैत्यों की टोली अब सिर्फ कुछ मीटर के फासले पर रह गयी थी। कल्कि ने अपनी रणनीतिक सोच को फिनिशिंग टच दिया, आँखें बंद कर कुछ बुदबुदाने लगा मानो झुण्ड को रुकने का आदेश दिया। फिर कुछ ऐसा हुआ जिसे शब्दों में अकल्पनीय कहते हैं। अविश्वसनीय तरीके से उड़ते हुए दैत्यों ने अपनी गति को विराम दे दिया।

येक्रांत की साँसें अभी तक उसके हलक में अटकी हुई थीं। मृत्यु सामने देखकर अक्सर ऐसा ही होता है। उसने गले में अटकी हुई साँस को गति दी, थूक निगला और

कल्कि की तरफ लड़खड़ाती आवाज़ में पूछा, ''क्या किया आपने?''

कल्कि के माथे पर तनाव के कोई भी चिह्न नहीं थे। जो मृत्यु को सामने देख कर भी न घबराये वह सिर्फ और सिर्फ महामानव ही हो सकता है।

सफलता की वजह से मिले आत्मविश्वास और अधरों पर एक हल्की मुस्कान के साथ कल्कि ने उत्तर दिया, ''कुछ नहीं बस मस्तिष्क तरंगों का प्रयोग करके मैंने इस टोली को समझाया कि हम यहाँ किसी को नुकसान नहीं पहुँचाना चाहते; अभी तक की परिस्थितियों को देख कर लगता है कि यह हमारी बात समझ गये हैं।''

चमगादड़ की टोली ने पुनः उड़ान भरी परन्तु इस बार हमले के उद्देश्य से नहीं अपितु कल्कि के द्वारा दिए गये आदेश को मानने के उद्देश्य से। पूरी टोली वहाँ से इधर-उधर बिखर गयी।

छिछले पानी से भरी, ऊबड़-खाबड़ रोशनी रहित गुफा में दोनों अब अकेले रह गये थे। मद्धिम पड़ते भय तथा मंजिल तक पहुँचने के जोश के साथ दोनों आगे की तरफ चल पड़े। पानी की वजह से चट्टानों के ऊपर काई जम गयी थी जो बेहद ही फिसलन भरी थी। वहाँ पर पैर फिसलने का मतलब था अपने शरीर की हड्डियों की कुर्बानी देना। सावधानीपूर्वक कदम बढ़ाते हुए धीरे-धीरे उस गुफा में मामूली प्रकाश के भरोसे आगे की तरफ बढ़ते गये। जैसे-जैसे दोनों आगे बढ़ते जा रहे थे वैसे-वैसे थकान की मात्रा भी बढ़ती जा रही थी।

''मुझे लगता है कि हम ऊँचाई की तरफ जा रहे हैं।'' उखड़ती साँसों को थामते हुए कल्कि ने येक्रांत से कहा जो उससे कुछ कदम आगे चल रहा था।

''मुझे भी कुछ ऐसा लगता है श्री कल्कि, परन्तु दिशा का बिलकुल भी आभास नहीं हो पा रहा है।''

चलते-चलते कल्कि लड़खड़ाकर गिर पड़ा, शायद किसी वस्तु से टकराने की वजह से।

''अरे आप ठीक हैं!'' येक्रांत ने कल्कि को सहारा देते हुए कहा।

''मैं ठीक हूँ, यहाँ रास्ते में कुछ है।'' कल्कि सँभला और वस्तु को देखने लगा, ''हड्डी...कपाल...इंसान का कपाल है।''

''यहाँ चारों तरफ मानवों के कंकाल बिखरे पड़े हैं।'' ठण्डे मौसम में भी येक्रांत के माथे पर पसीने की बूँदें उभर आयीं।

''मेरे खयाल से ज्ञानाश्रम जाने की कोशिश में ये लोग यहाँ तक आ तो गये होंगे परंतु इससे आगे जाना इनकी किस्मत में नहीं था।'' कल्कि ने अंदेशा जताया।

''आगे बढ़ते हैं, यहाँ से निकलते हैं, मुझे घुटन जैसा महसूस हो रहा है।''

येक्रांत के कहे अनुसार दोनों आगे बढ़ गये।

दोनों न जाने कितनी दूरी नाप चुके थे जब सामने की तरफ एक रुकावट आ गयी। पर्याप्त रोशनी की कमी और घुटन भरे माहौल से येक्रांत ऊब चुका था और अब बंद रास्ते से उस को झल्लाहट हो रही थी।

"आगे शायद रास्ता बंद है, गुफा का यह छोर बंद प्रतीत होता है।" येक्रांत ने अँधेरे में आँखों की पुतलियों पर जोर डालते हुए झल्लाते हुए कहा।

"बहुत अँधेरा है, रोशनी में देखता हूँ शायद आगे बढ़ने का कोई और रास्ता हो या फिर कोई संकेत मिल जाये।" कल्कि ने अपने बैग से टॉर्च निकालते हुए कहा।

मुआयना करने पर येक्रांत की बातों में वज़न नज़र आता था। लगभग दस मीटर त्रिज्या वाली उस बेलनाकार सुरंग का अंतिम छोर बंद था। अब सिर्फ रास्ता था तो कुछ सौ मीटर दूर असुर ताल की तरफ वापस जाना।

"अब क्या करें?" ऊहापोह की स्थिति में फँसे येक्रांत ने उत्तर की उम्मीद से कल्कि की तरफ देखा।

"अगर एक रास्ता बंद होता है तो भाग्य दूसरा रास्ता खोल देता है बस आवश्यकता है तो उस रास्ते को पहचानने की, मुझे सोचने का थोड़ा समय दो।"

वापस लौटने का तो प्रश्न ही नहीं उठता था। एक किलोमीटर वापस जाना कोई समझदारी भरा कदम नहीं होता और वापस जाकर करते भी तो क्या। पृथ्वी को बचाना था, मानवजाति को बचाना था, केचर के हमले का जवाब देना था और इसके लिये कैलाश चोटी तक पहुँचना अवश्यम्भावी था।

कल्कि बहुत बारीकी से गुफा के अंतिम छोर का मुआयना कर रहा था। उम्मीद थी वहाँ किसी गुप्त रास्ते के वजूद की या फिर किसी संकेत की जो दूसरा रास्ते तक पहुँचा सके। उस निर्जन व घुप्प अँधेरे में भी उपजी बेलों और पौधों को हटाकर किसी सुराग को खोजने का प्रयास कर रहा था। उम्मीद थी कि कर्नाटक के एहोले मंदिर या चम्बा के महादेव मंदिर की तरह यहाँ कोई पहेलीनुमा सहायता मिल जाये जिसे सुलझाने के बाद आगे का रास्ता मिल सके।

विचित्र जीव का निरीक्षण करते हुए रेनव ने कहा, "मैंने ऐसा जीव आज तक नहीं देखा।"

"बहुत खतरनाक था, गनीमत थी यह अकेला था अगर झुंड में होता तो।" प्रियम अपनी साँसों को थामते हुए बोली।

"प्रियम तुमने यह नोटिस किया कि चाकू के ब्लेड का रंग धीरे-धीरे बदल रहा

है।''

''शायद इस जीव के विष की वजह से, निश्चित ही यह बेहद विषैला होगा।'' प्रियम ने अंदाजा लगाते हुए कहा।

''मुझे लगता है हमें अब वापस चलना चाहिए, कुछ ही देर में रात हो जायेगी तो फिर वापस जाना भी मुनासिब नहीं रहेगा।'' रेनव जंगल के खतरे से भलीभाँति वाकिफ था।

''मगर खाली हाथ... कुछ देर और कोशिश करते हैं।''

''जिंदा रहे तो कल भी कोशिश कर सकते हैं वरना इस जंगल में किसी न किसी जानवर का निवाला बनना तय है, दिन में यह हालात है तो अँधेरे में न जाने क्या होगा।''

प्रियम वापस तो नहीं जाना चाहती थी परन्तु रेनव की बात शत-प्रतिशत सही थी। दोनों ने दुर्घटना ग्रस्त हेलिकॉप्टर की तरफ वापस चलने का निर्णय किया जहाँ उनके दो साथी उनका साथ देने के लिये तैयार थे।

''मुझे लगता है कि सही रास्ता खोजने के लिये हमें तकनीक की मदद लेनी होगी।'' वापसी के रास्ते पर चलते-चलते रेनव ने कहा।

''कैसे? सैटेलाइट्स तो काम नहीं कर रहे हैं।'' प्रियम उससे दो कदम पीछे चल रही थी हालाँकि उस की नज़रें अभी भी अनखोजे पथ को खोज रही थीं।

''सैटेलाइट्स नहीं पुराने ज़माने की तकनीक, पुरातत्व विभाग।'' और फिर रेनव अपने फ़ोन से मनन का नम्बर डायल करने लगा।

''मेजर मैंने आपकी लोकेशन को ट्रैक कर लिया है, कुछ ही घण्टों में आपके पास सहायता पहुँच जायेगी।'' दूसरी तरफ फोन पर मनन था।

''मनन, मुझे लगता है कि हमें वह स्थान मिल गया है; पुरातत्व-विभाग के सबसे अच्छे आदमी को उनकी टीम के साथ तुरंत ही यहाँ के लिये रवाना कर दो, यह स्थान, जहाँ हमारा हेलिकॉप्टर दुर्घटनाग्रस्त हुआ था वहाँ से ज्यादा दूर नहीं है।''

''ठीक है, टीम सुबह तक आपके पास पहुँच जायेगी।''

''एक बात और...''

''क्या?''

''मुझे लगता है इस जंगल में विचित्र तरह के जीव हैं जो आदमखोर प्रतीत होते हैं; आज तक मैंने ऐसे जानवर को न ही कभी देखा और न ही कभी सुना या पढ़ा, मुझे लगता है हमें ज्यादा हथियारबंद आदमियों की आवश्यकता होगी।''

“हाँ मैं समझ गया मेजर कि आप क्या कहना चाहते हैं। दरअसल देश के कई हिस्सों में विचित्र तरह के या लुप्त हो चुके जीवों को देखे जाने की खबरें मिल रही हैं, मानवों और घरेलू जानवरों पर जानलेवा हमले की भी ख़बरें मिल रही हैं। न जाने कितने ही लोगों ने अपनी जान गवाँ दी है, स्थिति बेहद ही भयावह हो चुकी है।” मनन ने फोन पर कहा।

“हम जल्दी से जल्दी यहाँ का काम निपटाकर वापस लौटने की कोशिश करते हैं, उम्मीद है सब कुछ अच्छा हो जायेगा।”

“आपने किस तरह का जीव देखा है? शायद उसे हैंडल करने का कुछ तरीका खोज पाऊँ।” मनन ने जानना चाहा।

और फिर रेनव ने सिर से लेकर पैर तक उस विचित्र जीव का पूरा विवरण बता दिया और उस की भयावह हरकतों के बारे में भी।

“इण्टरनेट के अनुसार इस तरह के जीव आज से सैकड़ों वर्ष पूर्व विलुप्त हो चुके हैं, ये बहुत खतरनाक और ज़हरीले होते हैं। इनका स्पर्श भर ही आदमी की मृत्यु के लिये काफी है, इनका नाम भी इनकी तरह खतरनाक है - कपाल्सी।”

“इनसे निपटने का कोई सुझाव...”

“बस एक ही सुझाव है मेजर कि इनसे उलझना मत।” मनन की बातों ने स्पष्ट कर दिया था कि कपाल्सी कोई छोटा-मोटा जंगली जीव नहीं था।

“सुझाव तो अच्छा है मनन, लेकिन हमारी आदतें ऐसा सुझाव मानती कहाँ हैं।”

बरा फुट लम्बा येक्रांत भी उम्मीद की रोशनी को खोजने का प्रयास कर रहा था। इस खोज को विराम लगा जब कल्कि की आवाज़ उसके कानों से टकरायी, “येक्रांत! यह देखो यह क्या है?”

येक्रांत से कुछ कदम की दूरी पर खड़ा कल्कि, गुफा के तल से लगभग पन्द्रह फुट की ऊँचाई पर दिख रही किसी वस्तु की तरफ इशारा कर रहा था।

“येक्रांत, देखो यह वस्तु क्या है, अपनी ऊँचाई का ज़रा फायदा उठाओ।”

“मुझे दीजिए, मैं देखने का प्रयास करता हूँ।” कल्कि से टॉर्च लेकर येक्रांत अपनी ऊँचाई का भरपूर फायदा उठाने लगा।

“चिड़िया का घोंसला जैसा कुछ प्रतीत होता है।” कल्कि ने अपना अंदेशा जताया।

“सही कहा आपने, यह चिड़िया का घोंसला ही है।” येक्रांत की बात पूरी करने

से पहले ही घोंसले के अन्दर से चिड़िया बाहर निकली और अंजान सायों को देखकर फड़फड़ाने लगी।

"इस वीरान में वायु व प्रकाश के बिना यह पक्षी यहाँ क्या कर रहा है?" येक्रांत ने अचम्भित होते हुए कहा।

"हे महादेव! यह तो नीलकण्ठ है, अति दुर्लभ व विशिष्ट पक्षी।"

"इस पक्षी से सम्पर्क करने का प्रयास करता हूँ।" और कल्कि आँखें बंद कर ध्यान में मग्न हो गया।

येक्रांत भी एक असाधारण जीव था। वह भी कल्कि की तरह मानवों तथा अन्य मानवों के मन की बात समझ सकता था परन्तु इस तरह से पक्षियों से बात करना या उनको आदेश देना उसकी सामर्थ्य से परे था।

कुछ मिनट के प्रयास के बाद ही कल्कि ने अपनी आँखें खोली और अधरों पर फैली सफलता की मुस्कान के साथ कहा, "मुझे आगे का रास्ता मिल गया है।" अंधकार में भी कल्कि की आँखों में चमक साफ़ देखी जा सकती थी। परन्तु यह चमक ज्यादा देर तक नहीं रहने वाली थी। भाग्य की भयावह योजना कुछ और ही थी।

"येक्रांत! नीलकंठ पक्षी के अनुसार इस पत्थर दरवाजे के उस पार खाली स्थान है, इस दरवाजे को खिसकाकर उस पार पहुँचा जा सकता है।" कल्कि ने दरवाजे की तरफ इशारा करते हुए कहा।

"यह काम मैं करता हूँ आप पीछे हो जाओ।" और कल्कि के बताये हुए स्थान पर येक्रांत ने अपने शारीरिक बल का भरपूर प्रयोग किया। कुछ न्यूटन बल लगाने के बाद ही पत्थर ने अपने स्थान से खिसकना शुरू कर दिया और आगे जाने के लिये रास्ता बन गया।

"मैं अकेले कभी यह नहीं कर पाता।" कल्कि के शब्दों में धन्यवाद के भाव थे।

"और मैं अकेले कभी यहाँ तक नहीं आ पाता।" इस बार धन्यवाद बोलने की बारी येक्रांत की थी।

पत्थर से बने भारी दरवाजे के उस पार अँधेरे का साम्राज्य स्थापित था। न तो आँखों को कुछ सूझ रहा था और न ही हाथों को। हालाँकि रेटिना ने अपना चिर-परिचित व्यवहार दिखाया और धीरे-धीरे कम रोशनी के साथ अपने आपको अभ्यस्त कर लिया।

दोनों महारथी जैसे-जैसे आगे कदम बढ़ते जा रहे थे वैसे-वैसे वहाँ की कुरूपता अपना सिर उठाती जा रही थी। न तो चट्टानों की ऊँचाई का पता लग पा रहा था और न

ही उनकी गहराई का। पसरे अँधेरे में एक गलत कदम आपको पाताल की अनंत गहराई की यात्रा पर भेज सकता था।

रिसते हुए पानी ने चट्टानों पर काई को जमने का मौका देकर वहाँ की कुरूपता को बढ़ावा ही दिया। कड़कड़ाती ठण्ड, रोशनी की अपर्याप्तता, गुर्राती व फुसफुसाती आवाजों का एहसास और छोटे-पतले सीमित रास्ते वहाँ की नरकता में चार चाँद लगा रहे थे।

"हे प्रभु ऐसी अजीब जगह मैंने आज तक नहीं देखी!" आस-पास के माहौल को देख येक्रांत बोला।

"हाँ बड़ी विचित्र जगह है; रोशनी भले ही नाम मात्र की हो परन्तु आक्सीजन की कमी नहीं है, मतलब खुला आसमान ज्यादा दूर नहीं होना चाहिए।" कल्कि के शब्दों में सांत्वना झलक रही थी।

"रिसते हुए पानी ने चट्टानों को फिसलन भरा बना दिया है, चलना मुश्किल हो रहा है।" येक्रांत बेहद सँभलकर कदम रख रहा था। वह ऐसे हालात का आदी नहीं था।

"अगर क़यामत की शुरूआत होनी हो तो इससे ज्यादा उचित स्थान नहीं हो सकता, क्या बवाल जगह है यह।" कल्कि ने उस स्थान को देखकर खीजते हुए कहा।

कल्कि तो जैसे-तैसे चट्टानों के बीच चलने का प्रयास कर रहा था परन्तु येक्रांत को अपना भारी-भरकम शरीर लेकर चलने में बड़ी दिक्कत का सामना करना पड़ रहा था। उसके शरीर का चट्टान रूपी दीवार से टकराव एक भयावह एहसास उत्पन्न करता था। इसका कारण था अंदरूनी व छोटी चट्टानों में उत्पन्न जबरदस्त कम्पन फलस्वरूप उनका दरकना जो कि उन दोनों की कब्र हमेशा के लिए वहाँ बना सकती थी।

कतरा भर रोशनी का पीछा करते-करते, बचते-बचाते, सँभलते-सँभलते दोनों आगे की तरफ बढ़ते जा रहे थे, ऊपर की तरफ चढ़ते जा रहे थे।

"हे महादेव! यह कैसी आवाज़ें हैं।"

किसी के गुर्राने की आवाज़ सुनकर कल्कि यकायक रुक गया, "हमारे अलावा यहाँ पर कोई और भी है।"

"और वे जो कोई भी हैं निश्चित ही संख्या में एक से ज्यादा हैं; आवाज़ से प्रतीत होता है कि कोई जंगली जानवर है... शायद भेड़ाक्ष।" येक्रांत ने अपने अनुभव के आधार पर अंदाजा लगाते हुए कहा।

"भेड़ाक्ष? इससे पहले इस जीव के बारे में मैंने तो कभी नहीं सुना।"

"भेड़ाक्ष अप्रमाणिक रूप से भेड़िया प्रजाति के ही आदि जीव हैं परन्तु उनका रौद्र और वीभत्स रूप। भेड़ाक्ष अपने शिकार को बहुत ही दर्दनाक और नृशंस तरीके से

मारते हैं और उनके मृत शरीर से अपना पेट भरते हैं। ज्यादातर यह बर्फीले क्षेत्र में पाये जाते हैं परन्तु पिछले कई सौ वर्ष से इनको पृथ्वी पर देखा नहीं गया है।''

''हाँ उल्कापिण्ड के टकराव की वजह से उत्पन्न भूकम्प की वजह से सुसुप्तावस्था जीव जो सैकड़ों वर्ष से जमीन के नीचे निष्क्रिय थे, सक्रिय हो गये हैं और मानवों के लिए जानलेवा बने हुए हैं।''

येक्रांत ने अपनी जानकारी के आधार पर कहा, ''भेड़ाक्ष प्रजाति कभी सुसुप्तावस्था में गये ही नहीं। जैसा कि मैंने सुना है भेड़ाक्ष हमेशा से यहाँ पाये जाते रहे हैं; यह भी एक बड़ा कारण हो सकता है जिसकी वजह से इस रास्ते से होकर कोई भी मानव आज तक सुरक्षित कैलाश पर्वत तक नहीं जा पाया है।''

''हम सुरक्षित पहुँच पायेंगे?'' कल्कि के मन में डोलता अविश्वास बाहर निकल आया।

''अवश्य, आपके होते हुए मुझे विश्वास है, बस भेड़ाक्ष से आमना-सामना करने की नौबत न आये।'' येक्रांत ने प्रार्थना करते हुए कहा।

''नौबत आ ही जायेगी तो देखा जायेगा। हम दोनों भी सवा शेर हैं।''

मानव शरीर के रक्त की सुगंध ने अनचाहे मेहमानों को कैलाश पर्वत की भूल-भुलैया में आमंत्रित कर दिया था। अब देखना था कि शिकारी और शिकार के खेल में जीत किसकी होने वाली थी।

''येक्रांत यह रास्ता सही जान पड़ता है।'' जल्दी-जल्दी कदम बढ़ाते हुए कल्कि ने रास्ते की तरफ इशारा करके कहा।

चलते-चलते दोनों एक चट्टान के ऊपरी सिरे पर पहुँच गये जो प्राकृतिक पुल के द्वारा आस-पास की चट्टानों से जुड़ा हुआ था। यह एक छोटा-सा मैदान जैसा प्रतीत होता था जहाँ हर जगह हड्डियों का ढेर लगा हुआ था।

''हे महादेव! यह क्या आफत है।''

कल्कि और येक्रांत बिखरी पड़ी हुई हड्डियों के ढेर को मुँह फाड़े देख रहे थे जब येक्रांत को अपने पीछे हवा के कटाव का एहसास हुआ।

सेकण्ड के सौवें हिस्से में येक्रांत पलटा और स्वयं को एक सम्भावित हमले से जैसे-तैसे बचाया और साथ ही साथ कल्कि को चेतावनी देते हुए चिल्लाया, ''कल्कि देव हम पर हमला हुआ है...सँभलकर।''

अपना वार खाली जाता देखकर भेड़ाक्ष का आग-बबूला होना स्वाभाविक था। बर्फीले जन्तुओं का शिकार करते-करते उसने कभी उम्मीद भी न की होगी कि गरम

खून वाले मानव का शिकार करने का सौभाग्य उसको भी कभी मिलेगा। जैसा कि भेड़िया प्रजाति की खासियत होती है बिलकुल उसकी ही तरह भेड़ाक्ष ने भी अपनी गर्दन को ऊपर की तरफ उठाया और पूरी ऊर्जा के साथ अपनी आवाज़ में अपने साथियों को स्वादिष्ट भोजन करने का निमंत्रण भेज दिया।

येक्रांत की चेतावनी सुनकर कल्कि के सारे न्यूरॉन सक्रिय अवस्था में आ गये फलस्वरूप उसने अपने पास मौजूद एकमात्र हथियार कटार को हाथ में लेकर शरीर को पूर्ण चौकन्ना कर लिया।

"येक्रांत रोको इसको वरना यह पूरे झुण्ड को बुला लेगा।" सम्भावित खतरे के एहसास से कल्कि ने येक्रांत को त्वरित कारवाई करने के लिये कहा।

भेड़ाक्ष जो कि येक्रांत से सिर्फ कुछ गज की दूरी पर ही खड़ा हुआ था वह अपने शिकार को कुछ ज्यादा ही कमज़ोर समझ रहा था। येक्रांत ने हड्डियों के ढेर के ऊपर खड़े-खड़े एक छलाँग मारी जो सीधे भेड़ाक्ष के नजदीक जाकर समाप्त हुई। अपनी अगली प्रतिक्रिया में येक्रांत ने अपने शक्तिशाली पैर की जबरदस्त ठोकर से भेड़ाक्ष को अनन्त गहराई की यात्रा पर भेज दिया।

उस भेड़ाक्ष के तो निश्चित ही प्राणपखेरू उड़ गये होंगे परन्तु जाने से पहले उसने कल्कि और येक्रांत की जिन्दगी के ऊपर खतरा सुनिश्चित कर दिया था।

"यहाँ से निकलते हैं येक्रांत।"

आने वाले भीषण खतरे से बचने के लिये दोनों ने आगे की तरफ दौड़ लगा दी हालाँकि यह दौड़ कुछ सौ मीटर से ज्यादा आगे न बढ़ सकी। कारण था सामने वाली चट्टान तक सीधे रास्ते का न होकर बीच में चौड़ी खाई का होना।

येक्रांत के लिए इस चट्टान से सामने वाली चट्टान तक जाने में जिनके बीच वृहद खाई थी, कूदकर उस पार जाना मुश्किल कार्य न था। कुछ जानने-समझने से पहले ही वह ऐसा कर भी चुका था।

"रुक क्यों गये? आ जाओ।" उस पार पहुँचने के बाद येक्रांत ने चिल्लाकर कहा।

"मुझे नहीं लगता कि मैं इतनी लम्बी छलाँग लगा पाऊँगा।" बीस मीटर से भी ज्यादा वाले उस गैप को पार करने में अगर कल्कि एक मिलीमीटर की भी गलती करता तो निश्चित ही यह उसके जीवन की आखिरी छलाँग होती। दूसरी तरफ पीछे से आती गुर्राने की सैकड़ों आवाजों की तीव्रता बढ़ती जा रही थी।

श्री हनुमान का स्पष्ट आदेश था कि परिस्थितियाँ कैसी भी आ जायें परन्तु कल्कि का साथ नहीं छोड़ना है। येक्रांत ने बिना एक और पल गवाँये छलाँग मारी और वापस कल्कि के पास आ गया।

''क्या योजना है कल्कि देव?'' येक्रांत से सीधे सपाट शब्दों में कहा।

''फिलहाल यहाँ से भागने का तो कोई रास्ता नहीं जान पड़ता तो दो-दो हाथ करके देख ही लेते हैं, शरीर में थोड़ी गर्मी आ जायेगी तो दिमाग भी अपने आप चलने लगेगा।'' लहजा तो व्यंग्यात्मक था परन्तु चेहरे पर ऐसे कोई भाव दिखायी नहीं दिये।

''नेकी और पूछ-पूछ।'' कल्कि की बात का समर्थन करते हुए येक्रांत ने शरीर की मांसपेशियों को खींचा और भेड़ाक्ष के झुण्ड की तरफ नज़रें घुमा दीं।

भेड़ाक्ष संख्या में दस-बीस होते तो गनीमत होती, वहाँ तो पतझड़ के मौसम में गिरे हुए पत्तों की तरह भेड़ाक्ष की आबादी का पता लगाना जनगणना करने से भी ज्यादा दुश्वार था और प्रत्येक सेकेण्ड के साथ यह संख्या बढ़ती ही जा रही थी।

बाल रहित, चमड़ी रहित, चमकते सफ़ेद रंग के शरीर वाले बदसूरत जीव साधारण भेड़िया से कद-काठी में दोगुने जान पड़ते थे। नुकीले, चमकीले दाँत व पंजों के बल पर इन आदमखोर शिकारी के अन्दर आत्मविश्वास कूट-कूटकर भरा हुआ था। गुस्सैल दैत्यों की फौज अपने खाने को सामने देखकर उतावली हो रही थी, परन्तु यह झुण्ड इस बात से बेखबर था कि इस बार इनका पाला किसी ऐसे-वैसे शिकार से नहीं पड़ा है, पेट इतनी आसानी से नहीं भरने वाला है।

अब तक दोनों को भेड़ाक्ष की फौज ने चारों तरफ से घेर लिया था। शिकारी अपने भोजन की टोह लेने में व्यस्त थे तो सम्भावित शिकार अपनी जान बचाने के लिये दिमाग के घोड़े दौड़ा रहे थे।

''मैं भेड़ाक्ष के मस्तिष्क को नियंत्रित नहीं कर पा रहा हूँ।'' कल्कि ने पहले अहिंसात्मक तरीके को अपनाने का सोचा परन्तु ढाक के तीन पात।

''भेड़ाक्ष को मानसिक तरीके से नियंत्रित करना बहुत मुश्किल होगा, यह प्रजाति बहुत ही ज्यादा गुस्सैल व उत्तेजित होते हैं और अशांत मस्तिष्क वाले जीव को मानसिक आदेश देना बहुत ही दुश्वार हो सकता है।'' येक्रांत, जिसका पहले भी इस प्रजाति के जीवों से पाला पड़ चुका था, अच्छी तरह इनकी नस-नस से वाकिफ था।

एक भेड़ाक्ष झुण्ड की एकजुटता को तोड़ते हुए आगे निकला जो कि मुख्य शिकारी जान पड़ता था, ने येक्रांत के ऊपर प्राणघातक छलाँग लगा दी। इस बार येक्रांत बेहद सजग था, उसके मजबूत बाजू ने बिना कोई देरी किये हुए भेड़ाक्ष के शरीर पर भीषण प्रहार किया। उस एक प्रहार ने भेड़ाक्ष के मेरुदण्ड के टुकड़े-टुकड़े कर दिये। फड़फड़ाती आँखों के साथ वह कुरूप जीव वहीं जमीन पर गिर पड़ा। उसके नाक-मुँह से खून का फ़व्वारा फूट पड़ा था।

अपने साथी की हालत देखकर इस बार पूरा का पूरा झुण्ड ही कल्कि और येक्रांत के ऊपर टूट पड़ा। चारों दिशाओं से दोनों मानवों को घेर लिया गया। वहाँ से बचकर

निकलने का कोई रास्ता नहीं था। जो रास्ता बचा था वह था सैकड़ों की संख्या में मौजूद भेड़ाक्ष के झुण्ड से टक्कर लेने वाला। गुस्से से खौलती आँखें, चमचमाते पैरों के पंजे व भेड़ाक्षों के दाँतों के कटकटाने की आवाज़ माहौल में भयावहता को घोलने में कोई कोर-कसर नहीं छोड़ रही थी। अब देखना यह था कि विजय किसकी होने वाली है। पराजित पक्ष का यमलोक जाना निश्चित था।

मानवों और जानवरों के बीच एक मिनी युद्ध का आगाज़ हो चुका था। येक्रांत दोनों हाथों से भेड़ाक्ष को मसलते हुए साक्षात यमरूप प्रतीत हो रहा था। कुछ की मेरुदण्ड टूटी, कुछ की खोपड़ी फूटी और बाकी वहाँ उपस्थित खाई की अंतिम-यात्रा पर निकल गये।

दस, बीस, सौ, दो सौ की संख्या में भेड़ाक्ष जो न जाने अब तक कहाँ छुपे हुए थे, बेझिझक आते जा रहे थे और अपनी नियति को प्राप्त होते जा रहे थे। झुण्ड में कुछ तथाकथित चालाक भेड़ाक्ष भी थे जो सामने से न आकर पीछे से आते, येक्रांत के शरीर पर जख्म देते और फिर हिममानव के जबरदस्त वार से परलोक सिधार जाते। येक्रांत ताण्डव करते हुए चीत्कार कर रहा था और यह भयावह चीत्कार भेड़ाक्ष के हलक को सुखाने में कोई कोर-कसर बाकी नहीं छोड़ रही थी।

उधर दूसरी तरफ कल्कि भले ही येक्रांत जितना विशाल व बलिष्ठ न था परन्तु फुर्ती के मामले में वह येक्रांत से कहीं बढ़कर था। कल्कि ने एक ओट वाली जगह खोजी जो तीन तरफ से या तो चट्टान या फिर खाई से घिरी हुई थी। सामने की तरफ सिर्फ इतना स्थान बच गया कि एक बार में सिर्फ एक ही भेड़ाक्ष आ सकता था और जैसे ही ऐसा होता वह घिनौना जीव दुर्गति को प्राप्त हो जाता।

कल्कि अपनी स्थिति को लगातार बदल रहा था। कबड्डी के पैतरों की तरह कभी दायें तो कभी बायें जाता और सीधे हाथ में पकड़ी चमकती कटार से भेड़ाक्ष की साँस नली को काट देता। आक्सीजन के लिये तरसते अर्धमृत शरीर को उनकी तड़पन ही खाई की तरफ धकेल देती। दिमाग, तकनीक और फुर्ती के संगम की वजह से भेड़ाक्ष, कल्कि के हाथों मोक्ष को प्राप्त होते जा रहे थे। कीड़े-मकोड़ों की तरह भेड़ाक्ष गुर्राते रहे, तड़पते रहे,फड़कते रहे परन्तु कल्कि-येक्रांत आज रहम दिखाने के मूड में बिलकुल नहीं थे।

कैलाश पर्वत पर उपस्थित उस गुफा के अन्दर एक ऐसा भयानक युद्ध चल रहा था जो किसी के भी रोंगटे खड़े कर सकता था। मिनट निकलते गये परन्तु भेड़ाक्ष समाप्त होने का नाम ही नहीं ले रहे थे। उधर थकान ने भी कल्कि व येक्रांत को अपने आगोश में लेना आरम्भ कर दिया।

येक्रांत का धैर्य अब जवाब देने लगा। उसने आर-पार का निश्चय कर लिया।

पहले उसने गर्जना करते हुए कल्कि को सुरक्षित स्थान में छुपने का संकेत दिया और फिर एक प्रचण्ड चिंघाड़ मारी।

"हे महादेव क्या करना चाहता है येक्रांत!"

येक्रांत का इशारा पाते ही कल्कि सुरक्षित स्थान की तरफ आ गया जो कि एक छोटी-सी चट्टान की ओट थी और येक्रांत के गुस्से का सम्भावित परिणाम देखने लगा।

येक्रांत की यह चिंघाड़ इतनी भयावह थी कि सामने की तरफ खड़े चार-पाँच भेड़ाक्ष तो हृदयाघात के कारण शहीद हो गये। येक्रांत का क्रोध लड़ते-लड़ते अपनी सीमा को पार कर गया। उसने आव देखा न ताव और आस-पास पड़े हुए मृत शरीरों को उठा-उठाकर पूरे वेग के साथ झुण्ड की तरफ फेंकना शुरू कर दिया। तीव्र वेग के साथ आती लाश अपने साथ आठ-दस जिन्दा भेड़ाक्षों को भी लाश में तब्दील कर देती।

येक्रांत का यह विकराल रूप देख कल्कि भी हैरान था। वह जानता था कि अगर आज येक्रांत साथ न होता तो इस परिस्थिति से पीछा छुड़ाना उसके लिए करीब-करीब असम्भव होता।

भेड़ाक्ष के झुण्ड के ऊपर अब उनके ही साथियों की बारिश होने लगी थी और मौत का ताण्डव पल गुजरने के साथ अति भयावह होता गया। कुछ ही देर में वहाँ यम का राज़ था। चारों दिशाओं में मृत तथा घायल भेड़ाक्षों की भरमार थी।

आधे भेड़ाक्ष नरक की यात्रा पर निकल गये थे और बाकियों ने येक्रांत का रौद्र रूप देखकर वहाँ से भाग निकलने में ही अपनी भलाई समझी। कुछ ही पल के पश्चात जिन्दा भेड़ाक्ष उस स्थान से नदारद हो गये या रण छोड़कर भाग गये और पीछे छोड़ गये थे मृत व अधमृत अपने साथियों के शरीरों को।

खौल रहे गुस्से को शांत करते हुए येक्रांत कल्कि के पास आया और बोला, "क्या आदेश है, अब आगे क्या करना है?"

"खाई के दूसरी तरफ जो चट्टान दिखायी दे रही है वहाँ तक जाकर देखते हैं, वहाँ रोशनी का झरोखा दिखायी पड़ रहा है, शायद इस नरक से निकलने का रास्ता मिल जाये।" अपनी उँगली से दूसरी तरफ इंगित करते हुए कल्कि ने येक्रांत से कहा।

"और खाई के दूसरी तरफ जायेंगे कैसे?" यक्ष प्रश्न तो अपने स्थान पर जस का तस खड़ा हुआ था।

"एक रास्ता है।" कल्कि ने अपने कंधे पर लटके बैग को नीचे उतारा और उसमें रखी रस्सी को निकालते हुए कहा।

रस्सी को देख कर येक्रांत बोला, ''मुझे नहीं लगता कि इस रस्सी के सहारे इतनी चौड़ी खाई को पार कर सकते हैं।''

''रस्सी के सहारे नहीं भेड़ाक्ष की लाशों के सहारे मैं इस खाई को पार करूँगा।''

''भेड़ाक्ष की लाशों के सहारे! मतलब? कैसे?'' कल्कि के द्वारा कहा गया वाक्य येक्रांत के सिर के ऊपर से निकल गया।

''भेड़ाक्ष की लाशों की यहाँ कोई कमी नहीं है, इस रस्सी के सहारे इन लाशों को एक-दूसरे के साथ गूँथ देते हैं, इसके बाद का कार्य ज्यादा कठिन नहीं है।'' कल्कि अपनी कटार की सहायता से रस्सी के दो-दो फुट लम्बे टुकड़े करने में लग गया।

''आप कहना चाहते हैं कि भेड़ाक्ष की लाशों से एक पुल बनाया जाये जो आपको दूसरी तरफ वाली चट्टान तक पहुँचा दे।'' येक्रांत भी अब तक कल्कि की सहायता करने में जुट गया था।

''बिलकुल ठीक समझे।'' येक्रांत के भावों को देखकर कल्कि के चेहरे पर मुस्कान तैर गयी।

कुछ देर की मेहनत के पश्चात कल्कि एक ऐसा पुल बनाने वाला था जो सम्भवतः इस दुनिया के इतिहास में अपनी तरह का पहला पुल होगा। भेड़ाक्ष की लाशों से बना पुल जिसके ऊपर चलकर कल्कि आसानी से खाई को पार कर लेगा। इस प्रक्रिया का सबसे कठिनतम कार्य येक्रांत ने कर दिया जो मृत शरीरों से बनी रस्सी को खाई के दोनों तरफ स्थित चट्टान के साथ बाँधना था।

कुछ समय के बाद अथक मेहनत के बाद दोनों ही उस पार थे, रोशनी के झरोखे के पास थे। उम्मीद थी कि अब इस घुटन भरे माहौल से छुटकारा मिल जायेगा... क्या सच में?

अध्याय 4

।। मृत्यु का स्पर्श ।।

रोशनी के झरोखे के उस पार उम्मीद थी कि खुला आसमान मिलेगा, भरपूर आक्सीजन मिलेगी; परन्तु उम्मीद धरी की धरी रह गयी। वही मरघट-सा सन्नाटा, ताज़ी हवा की कमी, अपर्याप्त रोशनी और ठण्ड की भीषणता। ऊपर की तरफ जाती हुई सीढ़ियों के अलावा झरोखे के उस पार कुछ भी नहीं मिला।

पत्थर की बनी घुमावदार सीढ़ियाँ प्राकृतिक रूप से बनी जान पड़ती थीं। ऊपर की तरफ नज़रें घुमाने पर प्रतीत हुआ कि दोनों एक विशाल और अति गहरे कुएँ में फँसे हुए हैं और कुएँ के तल से आसमान तक जाती सीढ़ियों के सहारे ही इससे बाहर निकला जा सकता है।

थकान से भरे एक और पड़ाव को देखकर कल्कि ने ही पहले बोलने की हिम्मत की, ''क्या लगता है आपको येक्रांत, यह सीढ़ियाँ कितनी ऊँचाई तक हो सकती हैं?''

''यहाँ से देखकर अंदाजा लगाना तो असम्भव जान पड़ता है; मैंने अपनी पूरी जिन्दगी खुले वातावरण में काटी है ऐसे स्थान को तो देखकर ही मेरा दम घुटने लगता है और भाग्य देखो कि घुटन वाली जगह से छुटकारा ही नहीं मिल रहा।'' येक्रांत की आँखों में घबराहट के संकेत साफ़ देखे जा सकते थे।

कल्कि ने सांत्वना देते हुए कहा, ''धैर्य रखिए, नरक के उस पार निश्चित ही खुले आसमान के दर्शन होंगे।''

येक्रांत अभी तक ऊपर की तरफ देख रहा था और शायद सीढ़ियों की संख्या का अनुमान लगाने का प्रयास उसके मस्तिष्क में चल रहा था।

''तो चलिए फिर चढ़ना शुरू करते हैं, सीढ़ियों की संख्या और ऊँचाई का अनुमान भी समय के साथ-साथ लगता जायेगा।'' कल्कि ने यह कहकर अपना पहला कदम बढ़ा दिया।

आस-पास की परिस्थितियों को देखकर आसानी से अंदाजा लगाया जा सकता

था कि सैकड़ों वर्ष से किसी भी मानव के कदम वहाँ नहीं पड़े होंगे। साँसों को थामे, शारीरिक ऊर्जा को कम से कम खर्च करते हुए, आपस में बिना कुछ बात किये दोनों आसमान की तरफ चढ़ते चले गये, त्रिपुंड काक्षः नामक उम्मीद की तरफ कदम बढ़ाते चले गये।

चलते-चलते न जाने कब सेकण्ड्स मिनटों में, मिनट घण्टों में और घण्टे पहर में बदल गये इसका एहसास ही नहीं हुआ। कल्कि आगे-आगे और येक्रांत पीछे-पीछे पत्थर से बनी सीढ़ियों को नाप रहे थे। दोनों के शरीर में अब ऊर्जा का स्तर कम होता जा रहा था लेकिन कोई भी हार मानने को तैयार नहीं था। शायद कोई अदृश्य शक्ति भी इन दोनों का समर्थन कर रही थी वरना तो कब के दोनों महारथी हतोत्साहित हो चुके होते।

लेकिन यह इंतज़ार ख़त्म हुआ जब येक्रांत को उम्मीद रूपी एक झरोखा दिखायी दिया जहाँ से सूरज की हल्की-हल्की रोशनी छनकर आ रही थी।

"कल्कि देव! सीढ़ियाँ न तो ख़त्म होने का नाम ले रही हैं और न ही इनका अंतिम छोर दिखायी दे रहा है, लेकिन वह रोशनी का झरोखा देखिए वहाँ दीवार में शायद कोई सुराख होगा जहाँ से यह रोशनी आ रही है; मेरा मन कहता है कि निश्चित ही रोशनी खुले आसमान से आ रही है। यह सुराख इस सीढ़ीनुमा कुएँ से बाहर निकलने का रास्ता हो सकता है।" येक्रांत ने झरोखे की तरफ इशारा करते हुए कहा जो कि लगभग पचास फुट और ऊपर था।

उम्मीद से भरी यह रोशनी दोनों के शरीर में ऊर्जा का प्रवाह करने के लिये काफी थी। कल्कि ने भी येक्रांत की बात में हामी भरी और सुराख की तरफ तेज़ी से कदम बढ़ा दिया।

वह सुराख इतना बड़ा था कि कल्कि व येक्रांत दोनों ही इस अन्धकार गुफा से आराम से बाहर निकल सकते थे और दोनों ने किया भी यही। बिना एक और पल गवाँये दोनों बाहर निकल चुके थे। अगले ही पल उनके फेफड़े ताज़ी हवा से भरे हुए थे। बाहर का नज़ारा कल्कि तो क्या किसी भी मानव के लिए अविश्वसनीय हो सकता था। बर्फ से ढके पहाड़ों पर रहने के आदी येक्रांत के लिए भी वह नज़ारा अतुलनीय था।

कहते हैं प्रकृति से बड़ा चित्रकार न आज तक हुआ है और न ही कभी होगा। ऐसा ही सुन्दर दृश्य आज कल्कि की आँखों के सामने था। कैलाश पर्वत के बीचों-बीच खड़े कल्कि को बेहद ही मनभावन दृश्य दिखायी दे रहा था। बर्फ से ढकी मानसरोवर झील, असुर ताल के ऊपर आसमान में तैरते स्वच्छ व निर्मल बादल, छोटे-बड़े पर्वतों की श्रृंखला, यह सब मिलकर प्रकृति की बेहतरीन चित्रकारी का बेहद ही सुन्दर नमूना

पेश कर रही थीं।

इस दृश्य को देखने के लिये, इस सुन्दरता का लुत्फ उठाने के लिये आज तक न जाने कितने ही मानवों ने कैलाश पर्वत पर चढ़ने का प्रयास किया था परन्तु यह स्थान मानव पग से हमेशा वंचित ही रहा। अब कल्कि वह पहला मानव था जिसका कदम इस जमीन पर पड़े थे।

''हम काफी ऊँचाई तक आ गये हैं।'' थकान से परिपूर्ण कल्कि की तरफ देखते हुए येक्रांत ने कहा।

''हाँ येक्रांत, खुले में आकर थोड़ा सुकून मिला; आपको पता है येक्रांत कि कैलाश पर्वत दूसरे देश में हैं, अगर पूरी दुनिया में आपातकाल नहीं लगा होता तो बिना पासपोर्ट और बिना वीज़ा की वजह से हम दोनों जेल की हवा खा रहे होते।'' और यह कहकर कल्कि मुस्कराने लगा।

''जो भी होता है अच्छे के लिये ही होता है।'' येक्रांत की बातों में सच्चाई तो थी।

''यूँ ही नहीं इसको दुनिया की छत कहते हैं, किसी भी मानव के लिए इस स्थान तक आना वाकई स्वप्न के सच होने से कम नहीं है।'' कल्कि के चेहरे पर असीम शांति थी।

''अगर मेरा अंदाजा ठीक है तो हम कैलाश पर्वत के बीचों-बीच ॐ चोटी के पास कहीं हैं।''

''ॐ चोटी?'' यह शब्द सुनकर मानो कल्कि के मस्तिष्क के सारे न्यूरॉन यकायक सक्रिय हो गये।

''ॐ चोटी... हे महादेव इस बात पर मैंने अभी तक गौर क्यों नहीं किया, यह बात मुझसे कैसे छूट गयी।''

सोच से अनायास बाहर निकलते हुए कल्कि ने अपनी पीठ से बैग को उतारा और उसमें रखे ताम्रपत्र को निकालकर घूरने लगा जैसे कोई बहुत बड़ी पहेली सुलझ गयी हो।

''अब ताम्रपत्र के पीछे उकेरे हुए चित्र का रहस्य समझ में आया।'' कल्कि ने आत्मविश्वास के साथ गहरी साँस लेते हुए कहा।

''मतलब हम सही स्थान पर ही हैं ना?'' ॐ चोटी सुनने के बाद से कल्कि के क्रियाकलापों में हुए अनायास बदलाव से येक्रांत समझ गया था कि एक महत्त्वपूर्ण पड़ाव तक वह दोनों आ पहुँचे हैं।

''यह देखो इस ताम्र के पीछे वाली तरफ ॐ शब्द उकेरा गया है, अगर मैं गलत

नहीं हूँ तो इसका आशय ॐ चोटी से हो सकता है।'' येक्रांत को ताम्रपत्र दिखाते हुए कल्कि ने कहा।

येक्रांत ने ध्यान से देखा, ''हाँ ॐ शब्द ही उकेरा गया है।''

ताम्रपत्र को पलटकर देखने के बाद येक्रांत फिर से बोला, ''श्लोक को इतना घुमा-फिरा कर क्यों लिखा हुआ है?''

''इस पर मैंने ध्यान क्यों नहीं दिया... घुमा-फिराकर, तरंग के रूप में... तरंग... अब समझ आया, यह तो Sine और Cosine वेव हैं। बीच में का चिह्न, 45 डिग्री पर Sine और Cosine की वैल्यू बराबर होती है जो होती है 0.707। श्लोक के अनुसार उत्तर दिशा की तरफ 0.707 कोस चलना होगा।'' कल्कि ने पहेली को कुछ हद तक तो सुलझा लिया था।

''हमें उत्तर दिशा की तरफ 0.707 कोस चलना होगा।'' ताम्रपत्र पर उकेरी गयी पहेली का एक और हिस्सा डिकोड कर लिया गया था। कल्कि ने आसमान की तरफ देखा, दिशा का जायजा लिया और उत्तर दिशा की तरफ कदम बढ़ा दिये।

''उसके बाद?'' पीछे-पीछे येक्रांत भी चल पड़ा।

''मुझे नहीं लगता कि यकायक हमारे सामने कोई रास्ता बन जायेगा, ऐसा होना तो लगभग असम्भव है। कुछ न कुछ तो करना होगा और ज्ञानाश्रम को खोजने के लिये वह हमें ही करना होगा।'' कल्कि के दिमाग में कोई योजना तो बन रही थी।

''ज्ञानाश्रम?''

''हाँ, ताम्रपत्र पर लिखी पहेली के अनुसार ज्ञानाश्रम ही हमारा पड़ाव होना चाहिए।'' कल्कि ने अपनी समझ के अनुसार कहा।

''ज्ञानाश्रम अगर ॐ चोटी पर है तो निश्चित ही वह किसी अलग आयाम में होगा क्योंकि यहाँ तो किसी का भी जीवित रहना असम्भव है।''

''बिलकुल ठीक कहा आपने, कागभुसण्डी ने भी यही कहा था कि लोक-परलोक, स्वर्ग और नरक सब यहीं है बस अलग आयाम में। बहुत सम्भव है कि ज्ञानाश्रम भी अलग आयाम में हो इसलिए शायद आज तक यह हम मानवों की नज़रों से छिपा हुआ है।''

कुछ देर विराम के बाद कल्कि पुनः बोला, ''अगर सच में ज्ञानाश्रम अलग आयाम है तो अनायास ही वह हमारे सामने प्रकट होने से रहा। आयाम को पार करना मानवों की क्षमता से बाहर है, मेरी क्षमता से बाहर है।''

''ऐसा नहीं है श्री कल्कि; विशिष्ट व असाधारण परिस्थितियों में ऐसा हो सकता है जब आयामों के बीच आवागमन का द्वार खुल जाता है।'' येक्रांत तो स्वयं दूसरे

आयाम का वासी था।

"मतलब?"

"मुझे मेरे पूर्वजों ने बताया था कि जब पृथ्वी पर सूर्य व चंद्रमा की रोशनी एक साथ पड़ रही हो तो मिश्रित प्रकाश की एक निश्चित मात्रा पर ज्ञानाश्रम का द्वार खुल जाता है और यह पृथ्वीवासियों के द्वारा भी देखा जा सकता है।"

"अगर ऐसा है तो हमें सूर्य अस्त होने से पहले अपनी मंज़िल तक पहुँचना होगा, महादेव की कृपा हुई तो हम ज्ञानाश्रम में प्रवेश कर सकते हैं।" कल्कि ने आत्मविश्वास के साथ येक्रांत से कहा।

"महादेव ने चाहा तो निश्चित ही मंजिल तक पहुँचेंगे और वह भी जल्द ही।" येक्रांत ने भी कल्कि की बात का समर्थन किया।

इस तरह दोनों ने मंजिल की तरफ एक कदम और बढ़ा दिया। 0.707 कोस की यह दूरी बेहद ही थकाने वाली और मुश्किल होने वाली थी। बर्फ के अन्दर लगभग घुटनों तक पैर धँस रहे थे। तापमान का पारा इतना नीचे था कि दिमाग में चल रही सोच भी जमने लगी थी।

येक्रांत के लिए तो यह घर जैसी फीलिंग देने वाला था परन्तु कल्कि के लिए सचमुच टेढ़ी खीर थी। ऊपर से वायुमण्डल में आक्सीजन की मात्रा खतरनाक स्तर तक कम हो गयी। हवा के बहने की रफ्तार जहाँ एक तरफ हड्डियों को गलाने पर उतारू थी तो दूसरी तरफ उसके बहने की गति से उत्पन्न सर्रर की सी आवाज़ कानों के पर्दों को फाड़ देने के लिये आतुर दिखती थी।

परन्तु कल्कि तो कल्कि ही था। पिछले कुछ महीनों में उसके साथ घटित हो रही असाधारण घटनाओं ने कल्कि को भी अति असाधारण बना दिया था।

चलते-चलते न जाने कितने ही पल कितने ही घण्टे बीत गए। साँझ होने से पहले ही वे वांछित दूरी तय कर लेना चाहते थे। न थकान की चिंता और न मृत्यु का डर... था तो सिर्फ मंजिल पाने की तड़प और वह भी निश्चित समय के भीतर।

सूरज के अस्त होने के संकेत मिलने लगे परंतु मंज़िल का अभी तक अता-पता नहीं था। संध्याकाल की अति शीतलता ने कल्कि के शरीर के तापमान को कई गुना नीचे गिरा दिया और उतने ही गुना मस्तिष्क की सक्रियता को भी। फिर भी कल्कि का दिमाग गरुड़ की रफ्तार से दौड़ रहा था।

वापसी के रास्ते में रेनव व प्रियम जंगल में भटक गये। बहुत देर तक इधर-उधर घूमने के बाद सही रास्ता समझ आया। जल्दी-जल्दी कदम बढ़ाकर दोनों सुरक्षित स्थान तक पहुँच जाना चाहते थे। पूर्ण रूप से अँधेरा होने से पहले वे हेलिकॉप्टर तक पहुँच

गये।

वहाँ किसी को न पाकर रेनव ने अपने साथियों को हेलिकॉप्टर के अन्दर भी देखा परन्तु वे वहाँ भी नहीं मिले। आवाज़ लगाने पर भी कोई जवाब नहीं मिला।

"कहाँ चले गये ये दोनों भी।"

अपने साथियों को रेनव इधर-उधर खोज रहा था जब प्रियम की बेहद हल्की आवाज़ ने उसकी सोच को भंग किया।

"रेनव इधर आओ!" संदेह से भरी फुसफुसाहट सुन तुरंत ही रेनव, प्रियम की तरफ लपका।

रेनव को देख प्रियम ने अपने होंठ पर उंगली रख शांत रहने का इशारा किया। बिना कोई भी ध्वनि उत्पन्न किये वह प्रियम के पास तक पहुँच गया और फिर उस के पीछे-पीछे चल पड़ा।

कुछ क़दमों के पश्चात दोनों एक झाड़ी के पीछे थे। प्रियम ने इशारे से झाड़ी के दूसरी तरफ देखने का इशारा किया। उस इशारे ने रेनव को जो वीभत्स दृश्य दिखाया वह उसके जैसे फौजी के भी होश उड़ा देने के लिये काफी था।

दोनों ही जिस झाड़ी की ओट में खड़े थे वहाँ से सामने सौ मीटर की दूरी पर भयावह जीवों का पूरा का पूरा झुण्ड था जिनका सामना थोड़ी देर पहले ही इन दोनों ने किया था और मनन के अनुसार जिनका नाम कपाल्सी था। अगर झुण्ड में कपाल्सी की संख्या का अंदाजा लगाना हो तो वे पचास से ज्यादा ही होंगे। कपाल्सी देखने में जितने बदसूरत थे उनकी फुसफुसाती आवाज़ उससे भी कहीं ज्यादा घिनौनी थी।

जिस सिर्फ एक कपाल्सी ने प्रियम और रेनव के छक्के छुड़ा दिये थे उनके पचास के झुण्ड को देखकर ही रेनव के शरीर में सिहरन दौड़ गयी। जो दृश्य इन दोनों के रोंगटे खड़ा कर रहा था वह था कपाल्सी के समूह के बीचोंबीच पड़ी हुई मानवों की दो लाशें जिनको नोच-नोचकर कपाल्सी का झुण्ड अपनी भूख मिटा रहा था।

"कहीं ये लाशें हमारे साथियों की तो नहीं?" प्रियम ने फुसफुसाते हुए कहा।

रेनव ने कुछ भी उत्तर नहीं दिया किन्तु उसकी आँखों में अथाह दुःख देखा जा सकता था। वह तो पहले ही पहचान चुका था कि सामने पड़ी दोनों लाशें उस के साथियों की ही हैं।

देखते ही देखते कुछ ही मिनटों के अन्दर लाशों के ऊपर से मांस का नामों-निशान मिट गया परन्तु यह आदमखोर झुण्ड इतने पर ही नहीं रुका। उनका इरादा हड्डियों को भी न छोड़ने का था।

जैसे-जैसे आसमान से सूरज का प्रस्थान तथा चन्द्रमा का आगमन होता गया वैसे-वैसे ठण्ड की भीषणता भी बढ़ती गयी। दुश्वार समय यानी रात्रिकाल की दस्तक होने वाली थी। सूरज की तीव्रता अपने न्यूनतम स्तर से भी नीचे आ चुकी थी।

जहाँ एक तरफ आसमान में सूरज और चन्द्रमा की सम्मिलित रोशनी फ़ैल चुकी थी वहीं दूसरी तरफ कल्कि व येक्रांत की आँखें मायावी द्वार को खोज रही थीं जो ज्ञानाश्रम तक पहुँचने का आशीर्वाद हो सकता था।

कुछ ही घण्टों के अन्दर दोनों ने वांछित दूरी तय कर ली। कैलाश चोटी पर निर्धारित दूरी चलते-चलते दोनों सर्वोच्च पर्वत के एक रिज तक आ पहुँचे। मन ही मन कल्कि, ताम्रपत्र पर उकेरे हुए चित्र का अपने आसपास के प्रकृति के चित्रण से तुलना करने लगा और इस तुलना के परिणाम से उसे अंदेशा होने लगा था कि हो न हो वह सही स्थान तक आ पहुँचा है।

आगे बढ़ने का रास्ता अब यहीं-कहीं होना चाहिए था। पर्वत की चोटी के एक हिस्से पर जहाँ वे दोनों खड़े हुए थे वह स्थान अपेक्षाकृत समतल प्रतीत होता था। सफ़ेद बर्फ के अलावा वहाँ किसी और के लिए कोई स्थान न था।

वह समतल स्थान जो करीबन एक बड़े खेल के मैदान के बराबर था उसके चार दिशाओं में चार विशाल विकृत चट्टानें थीं जो गोल पोस्ट की भाँति उस मैदान के चारों कोने में खड़ी हुई थीं।अचरज की बात थी - चारों चट्टानों का अलग-अलग मगर बेहद ही विचित्र आकार।

कल्कि का मस्तिष्क ताम्रपत्र पर उकेरे हुए चित्र और आस-पास के माहौल की तुलना कर रहा था और दोनों में कुछ समानता खोजने की कोशिश कर रहा था। जल्द ही कल्कि के तीव्र दिमाग ने यह समानता खोज भी ली। चारों चट्टानों का विकृत आकार ताम्रपत्र के कोने में उकेरे गये चार विभिन्न आकार के चित्रों से हू-ब-हू मिलता था।

अब उम्मीद थी तो ज्ञानाश्रम का वह गुप्त दरवाजा दिखने की जिसके पार ताम्रपत्र का रहस्य छुपा हुआ था। परन्तु उम्मीद के अनुसार न तो अब तक कुछ हुआ था और न ही अब होने वाला था। जीवन रहित उस पर्वत पर मौसम ने करवट बदल ली और महारौद्र रूप धारण कर लिया। अनायास ही बर्फ का प्रचण्ड तूफ़ान आ गया, हवा का वेग पूर्ण आवेग में आ गया। येक्रांत व कल्कि ने अपने आपको तूफ़ान की गति से बचाने के लिये एक बड़े से पत्थर के बगल में जमीन पर पेट के बल लेट गये। भीषण ठण्ड के बाद प्रचण्ड तूफ़ान ने कोढ़ में खाज का ही काम किया। ठण्ड की भीषणता इतनी थी कि तापमान में एक डिग्री की और गिरावट वातावरण की आक्सीजन को भी जमने पर मजबूर कर सकती थी।

''मुझे लगता है हम दोनों बिलकुल ठीक स्थान तक आ पहुँचे हैं। अब क्या करें

यहाँ से तो आगे बढ़ने का कोई रास्ता नहीं दिखायी दे रहा।'' ठण्ड की वजह से अब तो येक्रांत के भी शब्द काँपने लगे।

''प्रतीक्षा करते हैं। शायद विधाता ही कोई रास्ता सुझाये आगे बढ़ने का।'' कल्कि को अब बस इंतज़ार था तो किसी चमत्कार के होने का।

बर्फ के पहाड़ के बीचोंबीच भीषण ठण्ड में ठिठुरती रात को काटना साक्षात यम को आमंत्रण देने के समान था। एक-एक कर सभी ज्ञानेंद्रियों ने जवाब देना आरम्भ कर दिया। मानव शरीर ऐसे वातावरण के लिये बना ही नहीं होता। कुछ देर और अगर ऐसा ही चलता रहा और कल्कि के शरीर को गर्मी नहीं मिली तो मृत्यु अति निश्चित थी।

साधारण मानव ऐसी परिस्थितियों में हिम्मत तो क्या जीने की आस भी छोड़ देते हैं, परन्तु महामानव व हिममानव दोनों ने मिलकर प्रकृति का जमकर मुकाबला किया। कुछ ही मिनट के बाद तूफ़ान धीरे-धीरे शान्त होने लगा मानो महादेव स्वयं इन दोनों को ज्ञानाश्रम के पथ से डिगाकर परीक्षा लेना चाह रहे थे।

वातावरण में बर्फ के फैले हुए कणों की वजह से रोशनी भी छनकर आ रही थी। अंदाजा लगाना मुश्किल हो रहा था कि आसमान से सूरज विदा ले चुका है या फिर चन्द्रमा का आगमन हो चुका है।

जिंदा होने का आभास पाकर कल्कि ने एक उम्मीद के साथ चारों तरफ नजर दौड़ायी, ''येक्रांत! वह देखो वह दायें तरफ वाली चट्टान बाकी तीन चट्टानों से कुछ ज्यादा प्रकाशमय लग रही है।'' कल्कि ने अपने दायीं तरफ उपस्थित एक चट्टान की तरफ इशारा करते हुए कहा।

मौसम को शांत और कल्कि के शब्दों को गूँजते सुन येक्रांत भी अपने स्थान पर खड़ा हो गया और चट्टानों की तरफ देखते हुए बोला, ''हाँ आप सही कह रहे हैं, तूफ़ान से पहले चारों चट्टानों पर एक समान प्रकाश की मात्रा थी परन्तु अब वह दाएँ तरफ वाली चट्टान ज्यादा प्रकाशमय है।''

''हो सकता है वही चट्टान ज्ञानाश्रम तक जाने का द्वार हो, चलो प्रयास करते हैं।'' कल्कि ने अपने क़दमों को गति दी और भागकर चट्टान की तरफ जाने लगा और येक्रांत को भी अपने साथ आने का इशारा किया।

कल्कि जानता था कि यह अवसर सिर्फ कुछ पल के लिये ही सीमित था। दूसरी दुनिया तक जाने का मायावी द्वार सिर्फ कुछ पल के लिये ही कल्कि के सामने प्रकट हुआ था और यह अवसर अगर छूट गया तो प्रकाश की मात्रा में तनिक भी अंतर आया तो न जाने फिर कितने समय तक ज्ञानाश्रम के इस द्वार के दर्शन न हों।

कुछ ही मिनट की दौड़ के बाद दोनों चट्टान के समीप पहुँच चुके थे। जैसे ही यह समीपता शून्य हुई वैसे ही दोनों ने अपने आपको आसमान में हवा में तैरते हुए पाया या

कहें धरती की तरफ गिरते हुए पाया।

"हे महादेव! सहायता करना।"

"अब क्या करें?" प्रियम फिर से फुसफुसायी।

"कुछ नहीं कर सकते; अगर उनको हमारी उपस्थिति का एहसास हो गया तो हमारा बचना भी असम्भव हो जायेगा।" कपाल्सी का नरभक्षी रूप देखकर रेनव का दिल दहल रहा था।

"फिर..." प्रियम के शब्दों में भी डर साफ झलक रहा था।

"हेलिकॉप्टर के अन्दर चलते हैं, शायद उसकी स्टील बॉडी इन जीवों के नुकीले दाँतों से बच सके।"

बिना कोई ध्वनि किये आहिस्ता-आहिस्ता दोनों वापस लौट गये और हेलिकॉप्टर के अन्दर बैठकर अपने प्राण बचाने की असफल होने वाली योजना बनाने लगे।

"क्या किसी तरह इन जीवों का मुकाबला नहीं किया जा सकता?" प्रियम के होश अभी तक फाख्ता थे।

"हथियारों के बिना उनका सामना आत्महत्या के बराबर है, एक सेकण्ड भी नहीं टिक पायेंगे।" रेनव का दिमाग चाहकर भी कपाल्सी से निपटने का तरीका नहीं सोच पा रहा था।

"फिर तो बस मदद आने का इंतज़ार कर सकते हैं।" प्रियम का आत्मविश्वास डिगने लगा।

"उसका भी सुबह से पहले आना मुश्किल है।"

"फिर तो सुबह का इंतज़ार ही एक मात्र जीवित रहने का रास्ता है।"

"फ़ोन में बैटरी भी ख़त्म होने वाली है, शायद एक आखिरी कॉल और हो सकती है; किसी से बात करना चाहोगी?" रेनव ने फ़ोन प्रियम को देते हुए कहा।

प्रियम जानती थी कि रेनव क्या कहना चाहता था। इन परिस्थितियों में या तो स्वयं भगवान उनकी जान बचा सकते थे या फिर कल्कि। प्रियम ने फ़ोन तो ले लिया मगर कॉल करने की उसकी हिम्मत नहीं हुई।

सम्भावित हमले या कहें मृत्यु के इंतज़ार में बात करते-करते दोनों की ही आँख लग गयी और निद्रा की गोद में चले गये। मानव इस दुनिया में किसी से भी नाता तोड़ सकता है मगर नींद और मृत्यु से नहीं... कुछ ऐसा ही हाल यहाँ रेनव और प्रियम का था।

कुछ पल की हवाई सैर के पश्चात कल्कि व येक्रांत के पैर समतल धरती को छू रहे थे। मायावी द्वार की तरह यह हवाई सैर भी मायावी प्रतीत हुई। ज्ञानाश्रम की इस दुनिया में गुरुत्वाकर्षण बल ने कल्कि और येक्रांत का पूर्ण सहयोग किया। इसे भ्रम कहें, स्वप्न या प्रकृति की सहायता; लेकिन सैकड़ों फुट हवा में गिरने के बाद भी दोनों के क़दमों ने बिना अपनी जान गवाँये ठोस तल को चूम लिया।

अपने शरीर को दुरुस्त पाकर कल्कि ने चारों तरफ नज़र घुमायी तो आभास हुआ कि वह एक अलग ही लोक में आ पहुँचा था, ''क्या यही ज्ञानाश्रम है?''

कहना बहुत मुश्किल था कि कल्कि के कदम धरती के ऊपर थे या फिर स्वर्ग के अन्दर।

''बहुत सम्भव है श्री कल्कि।'' येक्रांत भी वहाँ की खूबसूरती देखकर उतना ही चकित था।

जहाँ तक नज़रें जाती थी वहाँ तक प्रकृति ने खूबसूरती को दोनों हाथों से उड़ेला हुआ था। जमीन पर हर तरफ चारों दिशाओं में हरी घास रूपी कारपेट सी बिछी हुई थी जहाँ सलवट मात्र भी न दिखती थी। हरी घास पर ओस की बूँदें मोतियों की तरह चमक रही थीं। आसमान को छूते लम्बे-लम्बे लाल रंग के तने वाले पेड़, जिनके सिर्फ ऊपरी हिस्से पर ही रंग-बिरंगी पत्तियाँ और फूल थे। प्रत्येक पेड़ के बीच एक समान दूरी थी, प्रत्येक पेड़ की एक समान ऊँचाई थी और प्रत्येक पेड़ स्वयं में अद्भुत सुन्दरता समेटे हुए था।

''यहाँ तो जहाँ तक नज़रें जाती हैं वहाँ तक सिर्फ पेड़ ही पेड़ दिखायी पड़ते हैं, शायद हम किसी जंगल में आ गये हैं।'' जंगल की अविश्वसनीय सुन्दरता को देखकर हिममानव ने कल्कि से कहा।

''मुझे लगता है कि हम सही स्थान पर आ पहुँचे हैं, जंगल से वांछित स्थान तक जाना अब ज्यादा मुश्किल नहीं होना चाहिए।'' कल्कि ने भरोसा देते हुए कहा।

उस स्थान का कुछ देर मुआयना करने के बाद कल्कि ने एक स्थान की तरफ इशारा करके कहा, ''उस उच्च स्थान की तरफ चलते हैं वहाँ से चारों तरफ का नज़ारा साफ़-साफ़ दिखेगा, उसके बाद निश्चय करेंगे कि आगे क्या करना है।''

''ठीक है जैसा आप उचित समझें।'' येक्रांत ने कल्कि के पीछे-पीछे कदम बढ़ा दिया।

अभी दोनों ने दस कदम भी आगे नहीं बढ़ाये होंगे कि यकायक पल भर के लिये घोर अंधकार छा गया। अनायास हुई घटना से दोनों ही सकते में आ गये। किसी जीव के द्वारा आक्रमण के अंदेशे से येक्रांत आक्रामक रूप में आ गया। कल्कि ने भी अपनी दैवीय कटार निकाली और अपने मस्तिष्क को सतर्क होने का आदेश दे दिया।

हालाँकि यह घोर अंधकार सिर्फ पल भर के लिये ही था परन्तु हृदय की धड़कनों को बढ़ाने के लिये काफी था। पल भर बाद पुनः सब ठीक हो गया सिवाय वहां उपस्थित उस आकृति के जो वहाँ पहले मौजूद न थी। अब वहाँ दो नहीं तीन जीव उपस्थित थे। यह खतरा था या फिर सहायता यह तो आने वाला वक़्त ही बताने वाला था।

अध्याय 5

।। पुरातन ज्ञानाश्रम का अधोत्र ।।

दलाल स्ट्रीट, मुम्बई...

आसमान में सूरज अपनी बची-खुची लालिमा को समेटने के प्रयास में लगा हुआ था। बहती हुई हवा जबरदस्त सर्दी का एहसास दे रही थी। धरती पर प्रत्येक दिशा में जहाँ तक नज़रें जाती थीं वहाँ तक प्रलय के चिह्न दिखायी दे रहे थे। आमजन या तो किसी कोने में दुबके हुए स्वयं को जिन्दा रखने का भरसक प्रयास कर रहे थे या फिर भोजन-पानी की तलाश में अपनी जान को दाँव पर लगा भटक रहे थे।

सुनामी और उल्कापिण्ड के भयावह हमले की वजह से ज्यादातर ऑफिस, फैक्टरी, व्यापारिक प्रतिष्ठान बंद पड़े हुए थे। सम्भावित मृत्यु के दुःस्वप्न से बाहर निकलकर बेहद कम लोग ही रोज़ी-रोटी की तलाश में इधर-उधर भटक रहे थे।

इण्टरनेट की अनुपलब्धता ने शेयर बाज़ार का कामकाज पूरी तरह ठप्प कर दिया था। जब जिंदगी के अगले पल की जानकारी न हो तो निवेश का कौन ही सोचेगा। भीड़-भाड़ से भरे रहने वाले दलाल स्ट्रीट में आज इक्का-दुक्का आदमी ही दिखायी दे रहे थे। न तो किसी को जमा धन की चिंता थी और न ही धन जमा करने की... चिंता थी तो खाने-पीने की परन्तु उस पर भी ग्रहण लग चुका था। पीने के लिये बचा था तो सिर्फ संक्रमित पानी और खाने की मात्रा थी तो मुट्ठी भर जिसके लिये सैकड़ों की आबादी कतार में खड़ी हुई थी।

भूख की वजह से इंसानों के अलावा किसी और की भी तड़प अपने चरम पर थी, गहरे खारे समुद्र से आये सुसुप्तावस्था से जाग्रत भूखे समुद्री सार्को मगरमच्छ प्रजाति की। सुनामी की वजह से समुद्र में हुई उथल-पुथल के कारण खाने की बहुत कमी हो गयी थी फलस्वरूप सार्को मगरमच्छ के झुण्ड ने तट की तरफ अपना रुख कर लिया जहाँ खाने की कोई कमी नहीं थी। मुम्बई में मानवों की तादाद हद से ज्यादा जो है।

समुद्र की अंजान दुनिया में रहने वाले खतरनाक शिकारी, लम्बाई में चालीस फुट, शरीर पर उबरे मेरुदण्ड के नुकीले सिरे और आठ पैरों वाले प्राणघातक सार्को के शक्तिशाली जबड़े में जो भी इंसान आता पल भर में उसकी हड्डियों का चूरमा बन जाता। बीस से ज्यादा नरभक्षियों ने दलाल स्ट्रीट में कोहराम मचा दिया था। प्रत्येक दिशा में खून और मांस के अलावा कुछ भी नज़र नहीं आता था। सेना ने जब तक मोर्चा सँभाला तब तक बहुत देर हो चुकी थी, दलाल स्ट्रीट मानवविहीन हो चुकी थी।

''प्रणाम कल्कि देव! उम्मीद है मुझे ज्यादा विलम्ब नहीं हुआ होगा, मेरा नाम श्लोक है।'' हाथ जोड़े सामने की तरफ जो आकृति खड़ी थी उसका स्वरूप देवतुल्य जान पड़ता था। स्वभाव व वाणी में मधुरता कूट-कूट कर भरी हुई थी।

देखने में वह किसी दिव्य ऋषि मुनि की भाँति लगते थे। औसत कद-काठी, श्वेत वर्ण, काले लम्बे केश, घनी काली दाढ़ी, कपड़ों के नाम पर शरीर पर सिर्फ एक सफ़ेद वस्त्र और माथे पर सूर्य-से उच्च तेज़ वाले उस मुनि के चेहरे पर आत्मीयता साफ़-साफ़ झलकती थी।

उनके हाव-भाव को देखकर प्रतीत होता था कि वह कल्कि को पहले से ही जानते थे। चिर-परिचित हाव-भाव का कल्कि ने भी गर्मजोशी से उत्तर दिया, ''प्रणाम!''

''मैंने तो सिर्फ कल्कि देव के आगमन की सूचना सुनी थी, आप कौन हैं?'' दिव्य आकृति ने येक्रांत की तरफ इशारा करते हुए पूछा।

''मेरा नाम येक्रांत है।'' येक्रांत ने भी हाथ जोड़कर अभिवादन किया।

''यह प्रभु हनुमान के प्रिय मित्र हैं और उनके ही आदेश पर मेरे साथ यहाँ तक आये हैं।'' कल्कि ने त्वरित ही श्लोक को येक्रांत का परिचय देते हुए कहा।

''अधोत्र आपकी प्रतीक्षा कर रहे हैं, चलिए चलते हैं।'' श्लोक ने कल्कि से चलने का निवेदन किया।

''अधोत्र?'' कल्कि में मन में एक विचार आया जो जायज़ भी था।

''अधोत्र... क्या जिन लोगों से हम मिलने जा रहे हैं वह लोग ही यहाँ के कर्ता-धर्ता हैं मेरा मतलब राजा से है।'' येक्रांत ने जानना चाहा।

''आपको स्वयं चलकर मिलना चाहिए, साक्षात्कार भी हो जायेगा और पहचान भी।'' श्लोक के चेहरे पर अभी भी आत्मीयता से भरी मुस्कान तैर रही थी।

''अधोत्र का क्या नाम है? क्या वह कोई सिद्ध पुरुष हैं?'' येक्रांत की जिज्ञासा शांत ही नहीं हो रही थी।

''थोड़ी प्रतीक्षा कीजिए।'' श्लोक ने वजनदार तरीके से येक्रांत से कहा।

कल्कि ने श्लोक की बात को जाँचा-परखा और उनके व्यक्तित्व से प्रभावित हुए बिना पुनः पूछा, "परन्तु चलना कहाँ है?"

"तामस्तीर्थ, ज्ञानाश्रम की राजधानी और मुख्य नगर; आपके रुकने एवं आराम का तथा प्रभु से मुलाकात का प्रबंध तामस्तीर्थ में ही किया गया है।"

कल्कि न तो जानता था कि वह इस वक़्त किस दुनिया में है और न ही उसके पास कोई आइडिया था। श्लोक की बात मानने के अलावा, उसके साथ जाने के अलावा फिलहाल तो कोई दूसरा रास्ता नज़र नहीं आता था। कल्कि ने हामी भरी और हाथ से चलने का इशारा कर दिया।

श्लोक धीरे-धीरे कल्कि के पास आया और बोला, "अपना हाथ आगे बढ़ायें।"

कल्कि को हिचकिचाता देख श्लोक पुनः बोला, "विश्वास कीजिए।"

कल्कि ने अपना दायाँ हाथ श्लोक की तरफ बढ़ा दिया। प्रत्युत्तर में श्लोक ने अपने दायें हाथ से उनके हाथ को पकड़ लिया। बायें हाथ से येक्रांत के हाथ को पकड़ा और पल भर में तीनों किसी दूसरे स्थान पर खड़े हुए थे। कहते हैं कि अंजान आदमी पर कभी विश्वास नहीं करना चाहिए। फिलहाल तो कल्कि ऐसा कर चुका था और आने वाले वक़्त में ही इस विश्वास का परिणाम छिपा हुआ था।

अंजान, विचित्र व अनदेखी जगह पर कल्कि और येक्रांत अविश्वास के भाव के साथ खड़े हुए थे। श्लोक के चेहरे पर हमेशा की तरह मंद मुस्कान तैर रही थी।

"आप दोनों का ज्ञानाश्रम की पवित्र धरती पर हार्दिक स्वागत है।" श्लोक ने दरवाजे की तरफ इंगित करते हुए कहा। वह दरवाजा किसी भव्य दैवीय नगरी का प्रवेश द्वार प्रतीत होता था।

श्लोक ने शायद किसी पोर्टल का प्रयोग किया था। जहाँ एक पल पहले वह लोग हरे घास के मैदान के बीचों-बीच खड़े हुए थे वहीं अगले पल ज्ञानाश्रम के मुख्य प्रवेश द्वार के बाहर थे।

"तो आप शरीर को एक स्थान से दूसरे स्थान तक भेजने में सक्षम हैं।" कल्कि इस तकनीक के अस्तित्व में होने पर हैरान था।

"क्या यह कोई विशेष बात है? जब हमारा मन, हमारा मस्तिष्क कभी भी कहीं भी जा सकते हैं तो हमारा शरीर क्यों नहीं।" श्लोक शायद नहीं जानता था कि यह सचमुच विशेष बात थी।

काफी समय से शांत येक्रांत ने पहले कल्कि और फिर श्लोक की तरफ देखकर व्यंग्यात्मक लहजे में कहा, "हाँ इसमें क्या विशेष बात है। अब दरवाजे के उस पार

चला जाये।''

''हाँ बिलकुल, दरवाजे के उस पार जाने के लिये ही हम यहाँ तक आए हैं।'' श्लोक ने शांत भाव से येक्रांत की बात का उत्तर देते हुए कहा।

दरवाजे के पार के दृश्य को देख पाना यहाँ से मुमकिन न था। पचास मीटर से भी ज्यादा उस ऊँचे दरवाजे की भव्यता का अनुमान लगाना कठिन था। सोने की भाँति चमकते हुए किसी धातु से वह बना हुआ था जिसके ऊपर चमकते हुए मोतियों से सजावट की गयी थी। सुरक्षा के लिये न तो कोई प्रहरी था और न ही कोई कर्मी। वह नगर लगभग बीस मीटर ऊँची चारदीवार से घिरा हुआ था। नगर की विशालता का अनुमान लगाना फिलहाल तो बेहद ही कठिन था।

''अगर यह ज्ञानाश्रम है, देवों का नगर है तो फिर दरवाजे की क्या आवश्यकता हो सकती है... ज्ञानाश्रम को किससे असुरक्षा हो सकती है?''

कल्कि की सोच कुछ हद तक ठीक भी थी परन्तु इस का उत्तर तो फिलहाल भविष्य के गर्त में छुपा हुआ था। श्लोक ने एक कदम दरवाजे की तरफ बढ़ाया और वह भव्य विशाल दरवाजा आश्चर्यजनक रूप से बिना आवाज़ किये स्वतः ही खुल गया। पहले श्लोक और फिर कल्कि व येक्रांत ने उस पावन नगर में कदम बढ़ा दिये, ज्ञानाश्रम में कदम बढ़ा दिये जिसके बारे में दोनों ने सिर्फ किस्से-कहानियों में ही सुना था।

रेनव झटके से नींद से उठा जब उसको सूखे पत्तों के ऊपर किसी के रेंगने की आवाज़ आयी। प्रियम को हल्का-सा हिलाने पर वह भी जाग गयी। सरसराहट की आवाज़ धीरे-धीरे तेज़ होती जा रही थी। मृत्युरूपी जीव ने हेलिकॉप्टर के बाहर दस्तक दे दी थी।

''लगता है कपाल्सी का पूरा परिवार ही दस्तक दे रहा है।'' मृत्यु के दर पर भी प्रियम न जाने क्यों मुस्करा रही थी।

''मानवजाति को बचाने के लिये कल्कि ने तीन टीम बनायी थी जिसमें से एक टीम का तो आज अंत हो जायेगा। उम्मीद है कल्कि अपनी योजना में सफल रहे। सफलता भी बिना बलिदान के कहाँ मिलती है।'' रेनव भी मुस्करा रहा था।

''देर कर दी मैंने, कल्कि को शायद थोड़ी देर पहले भी फ़ोन किया होता तो वह निश्चित ही हमारी कुछ मदद कर पाता।'' प्रियम के चेहरे पर मुस्कराहट की जगह अब मृत्यु-भय ने ले ली थी।

''फिर किया क्यों नहीं?''

“कहानी बहुत लम्बी है और जिन्दगी में समय इतना बचा नहीं है।”

“तुम और कल्कि बिलकुल एक जैसे हो, न तो वह कभी कुछ बताता है और न ही तुम...” रेनव अपना वाक्य पूरा कर पाता उससे पहले ही उसको अपनी बात अधूरी छोड़नी पड़ी।

हेलिकॉप्टर से कुछ टकराने की आवाज़ आयी। शायद कपाल्सी के टकराने से उत्पन्न आवाज़ और यह आवाज़ धीरे-धीरे बढ़ती ही जा रही थी। जितनी तेज़ी से चूहे कपड़े नहीं कुतरते होंगे उससे कहीं ज्यादा तेज़ी से यम समूह हेलिकॉप्टर की मजबूत एल्यूमिनियम बॉडी को कुतरते जा रहे थे।

“अलविदा कहने का समय आ गया है।” रेनव ने प्रियम से हाथ मिलाया और कपाल्सी से अंतिम मुकाबले करने के लिए हथियार रूपी वस्तुओं की तलाश करने लगा। आखिर वह एक सैनिक था और बिना मुकाबला किये हरगिज हार नहीं मानेगा।

उधर प्रियम ने फिर से फ़ोन अपने हाथ में ले लिया और कल्कि से अपने अंतिम शब्द कहने का निश्चय किया। इससे पहले कि वह नम्बर डायल कर पाती फ़ोन की स्क्रीन पर मनन का नाम दिखायी दे रहा था।

“रेनव, मनन का फ़ोन है।” प्रियम ने तुरंत फोन रेनव को पकड़ा दिया।

रेनव ने सेकण्ड के हजारवें हिस्से में फ़ोन उठाया, “हैलो मेजर! कपाल्सी की कमजोरी का पता चल गया है, इलेक्ट्रो-मैग्नेटिक शॉक। करोड़ों वर्ष पूर्व, भयानक इलेक्ट्रो-मैग्नेटिक तूफ़ान आया था उसके बाद से कपाल्सी शायद जमीन के नीचे चले गये होंगे जहाँ यह आज तक जीवित थे...”

“हैलो...हैलो...मनन...” बात पूरी होने से पहले ही फ़ोन की बैटरी दम तोड़ चुकी थी।

“कुछ समझ आया?” प्रियम ने जानना चाहा। जिन्दगी का बचा-खुचा समय निरंतर खत्म हो रहा था।

“इलेक्ट्रो-मैग्नेटिक तूफ़ान...शॉक...इलेक्ट्रो-मैग्नेटिक पल्स से हम इनका सामना कर सकते हैं। मगर यहां...पल्स कैसे; कुछ तो रास्ता होगा।”

रेनव कुछ उपाय खोजने की कोशिश कर रहा था तो उधर यमदूतों ने हेलिकॉप्टर में लगभग सूराख कर लिया था। चमकती हुई मृत्यु रूपी लाल आँखें नज़र आने लगी थीं। बस कुछ पल और फिर पचास कपाल्सी का समूह रेनव और प्रियम के शरीर से अपनी भूख मिटा रहे होंगे।

“एक तरीका है, हमारे पास यहाँ इलेक्ट्रो-मैग्नेटिक मशीन नहीं है लेकिन कम रेंज की ही सही कुछ पल्स उत्पन्न की जा सकती हैं।”

“कैसे?”

“हेलिकॉप्टर की बैटरी और कुछ तार।” रेनव की नज़रें इधर-उधर खोज में लग चुकी थीं।

हेलिकॉप्टर के क्रैश होने की वजह से तार इधर-उधर बिखरे हुए थे। उनकी तो वहाँ कमी न थी।

“तारों को क्वाइल का रूप देना होगा। जब इन तारों से बिजली का प्रवाह होगा तो इलेक्ट्रो-मैग्नेटिक पल्स पैदा होंगी।” रेनव ने बोलने में एक साँस भी खर्च नहीं की।

“और बैटरी?” प्रियम भी त्वरित मदद करने के लिये तैयार हो चुकी थी।

“हेलिकॉप्टर में बेहद ही शक्तिशाली बैटरी लगी होती है परन्तु...” पूरा वाक्य बोलने से पहले ही रेनव अनायास रुक गया।

“परन्तु क्या?” प्रियम का विवेक कुछ गलत होने का एहसास दे रहा था।

एक पल रेनव ने सोचा और प्रियम से नज़रें चुरा कर बोला, “मुझे बाहर जाना होगा, मैं क्वाइल के दोनों सिरों को बैटरी से जोड़ दूँगा और पल्स उत्पन्न हो जायेगी। तुम कोईल के आस-पास ही रहना परन्तु उस को छूना मत। ये गंदे कीड़े क्वाइल की रेंज में नहीं आयेंगे; उम्मीद है सुबह तक मदद आ जायेगी और तुमको बचा लिया जाएगा।”

“मैं क्वाइल की रेंज में रहूँ मतलब? तुम्हारा क्या इस जंगल में पिकनिक पर जाने का इरादा है।” रेनव की कही हुई बातें प्रियम समझ तो रही थी।

“बैटरी तक तो मैं जैसे-तैसे पहुँच जाऊँगा परन्तु वापस आना नामुमकिन-सा है, तुमने तो कपाल्सी की गति को देखा ही है। लेकिन विश्वास रखो, तार को बैटरी से जोड़ने से पहले हार नहीं मानूँगा।” रेनव के हृदय की धड़कन तीव्र गति से दौड़ रही थी। रेनव शायद अपने जीवन का आखिरी कार्य करने वाला था।

ग्लेशियर के बीचों-बीच बसा हुआ स्वर्ग। ज्ञानाश्रम की राजधानी तामस्तीर्थ की धरती पर कदम रखते ही शरीर की मानो सारी ज्ञानेन्द्रियाँ जागृत हो गयी थीं, उस स्थान की सुन्दरता ही कुछ ऐसी थी। जगह-जगह दिखते शुद्ध चमकदार पानी के झरने और झीलों का संगम, आसमान में कलरव करते पक्षियों का झुण्ड, झील में तैरते हंसों का समूह, नीले आसमान में लहराते उज्ज्वल बादल और हरे घास के मैदानों में खेलते-कूदते विभिन्न प्रजातियों के जीवों का समूह मानसिक सुकून पहुँचा रहे थे।

उस भव्य और पवन नगरी के बीचों-बीच एक आसमान छूती हुई अट्टालिका थी जो देखने में एक मंदिर का रूप लगती थी। उस अट्टालिका के प्रत्येक तल पर चारों

दिशाओं में रोशनी का गुबार उमड़ रहा था जो देखने में अग्नि तो नहीं लगती थी। अट्टालिका के चारों तरफ छोटी-छोटी कतारनुमा झोपड़ी जैसे घर बने हुए थे जो भव्य तो नहीं थे परन्तु सुन्दर अवश्य प्रतीत होते थे।

पैदल चलने के लिये झोपड़ीनुमा कतारों के बीच पर्याप्त स्थान था। इस स्थान पर हरे घास की तह बिछी हुई थी जो कारपेट के समान लग रही थी। इस चलने वाले स्थान के दोनों तरफ बेहद ही आकर्षक फुलवारी से सजावट की गयी थी। वाहनों का और वाहनों को चलने के लिये सड़क का वहाँ नामोंनिशान तक नहीं था। वातावरण में न तो बहुत ज्यादा ठण्डक थी और न ही सूरज की गरमी का प्रकोप। बहती हुई हवा मन और शरीर को शीतलता देने वाली थी। दृश्यता में हल्की-हल्की धुंध थी या फिर कहें शायद बादल ही तल पर उतर आये थे।

न तो झोपड़ीनुमा घरों में और न ही बाहर अब तक किसी भी जीवन के संकेत मिले थे। श्लोक के कदम धीरे-धीरे गगनचुम्बी अट्टालिका की तरफ बढ़ चले। कल्कि तथा येक्रांत उससे थोड़े से फासले पर चल रहे थे।

''यहाँ कोई दिखायी क्यों नहीं देता? सारे घर भी खाली पड़े हैं।'' कल्कि ने खाली पड़े झोपड़ीनुमा घरों की तरफ इंगित करते हुए श्लोक से पूछा।

''केवल कुछ गिने-चुने सिद्ध मानवों को ही यहँ तक आने की अनुमति है। हालाँकि कोई भी सत मानव जो ईश्वर में श्रद्धा रखता है या ज्ञान प्राप्त करना चाहता है वह यहाँ तक आ सकता है अगर जाने-अनजाने यहाँ का रास्ता खोज सके तो... जैसे कि आप दोनों ने यहां तक आने में सफलता पायी। परन्तु इस कलियुग में सत मानव बचे ही कहाँ हैं, इस कारण ही लगभग सारे घर खाली पड़े हैं।'' श्लोक ने चलते-चलते ही उत्तर दिया।

''क्या अब कोई भी मानव यहाँ नहीं आता?'' कल्कि ने जानना चाहा।

''पहले लोग दिव्य ज्ञान प्राप्त करने, सिद्धि सीखने यहाँ आते थे परन्तु अब तो नहीं... न के बराबर।'' श्लोक ने सीधा-सपाट जवाब दिया।

''आपको यह स्थान कुछ अचम्भित करने वाला नहीं लगता!'' येक्रांत ने फुसफुसाते हुए कल्कि से कहा।

''ऐसा क्यों?''

''जब हमने कैलाश पर्वत की चढ़ाई आरम्भ की थी तब से सिर्फ और सिर्फ चारों तरफ बर्फ ही बर्फ दिखी, घास और पेड़-पौधे का तो नामोंनिशान तक नहीं देखा फिर कैलाश पर्वत के बीचों-बीच उपस्थित इस नगर में इतनी हरियाली कैसे है, इस नगर में तो ठण्ड व बर्फ ऐसे विलुप्त हो गयी जैसे कभी सरस्वती नदी हो गयी थी।''

"यह देव नगरी ऐसे ही तो नहीं कही जाती होगी, यहाँ पर कुछ तो विशेषता होगी ही।" कल्कि ने समझाते हुए कहा और वर्तमान परिस्थिति पर विश्वास करने के लिये कहा।

"सम्भव है, देखते हैं आगे क्या-क्या होता है।" कहते हुए येक्रांत ने कदम आगे बढ़ा दिये।

कुछ ही समय के पश्चात तीनों मंदिर रूपी अट्टालिका तक पहुँच चुके थे। सैकड़ों खम्भों के ऊपर टिके उस कई मंजिल वाले मंदिर के शीर्ष को देख पाना भी मुश्किल हो रहा था।

"इस मंदिर के शीर्ष तक हमें जाना होगा। वहीं पर प्रभु के दर्शन हो सकते हैं।" श्लोक ने एक नज़र कल्कि पर और फिर येक्रांत के ऊपर डाली और आगे बढ़ गया।

"इतनी ऊँचाई तक जायेंगे कैसे?" येक्रांत ने जानने का प्रयास तो किया परन्तु तब तक श्लोक आँखों के दायरे से बाहर जा चुका था।

"मन में श्रद्धा हो तो प्रभु के दर्शन तक अवश्यम्भावी हैं। यह नगर तकनीक में काफी विकसित है, ऊपर जाने के लिये कोई न कोई मशीन या लिफ्ट अवश्य होगी।" कल्कि ने येक्रांत को आश्वासन दिया और चलने के लिये कहा। लेकिन इस तरह के आश्वासन अक्सर ही धोखा दे देते हैं।

"तुम्हारे बजाय अगर मैं बाहर जाऊँ तो? तुमने मेरी गति को भी देखा है न, मैं इन कीड़ों का ध्यान अपने ऊपर रखूँगी तब तक तुम बैटरी से तार जोड़ देना और फिर दोनों यहाँ तक वापस आ जायेंगे।" प्रियम के माथे पर मृत्यु की लकीरें उभर रही थीं।

"तुमने शायद मनन की बात सुनी नहीं थी... इनका स्पर्श मात्र ही आदमी की जान लेने के लिये काफी है, मैं तुम्हारी जान को खतरे में नहीं डाल सकता।" रेनव ने प्रियम के प्रस्ताव को पूरी तरह से नकार दिया।

"कोई और रास्ता होगा, कुछ और सोचते हैं।"प्रियम ने आदेशात्मक भाव में फरमान सुनाया।

रेनव ने कुछ सोचने के बाद उम्मीद भरे स्वर में कहा, "हाँ शायद,एक छोटी बैटरी हेलिकॉप्टर के अन्दर भी होती है, अगर हेलिकॉप्टर दुर्घटनाग्रस्त हो जाये तो उस बैटरी की सहायता से ब्लैक बॉक्स अपना कार्य करता रहता है, मैं उस बैटरी को निकालने की कोशिश करता हूँ जब तक तुम इन तारों से एक छोटा क्वाइल और बनाओ।" इस एक विचार में रेनव को नयी उम्मीद दिखी।

बोलते-बोलते ही रेनव पायलट सीट के पास तक पहुँच गया। टूटे-फूटे पायलट

डैशबोर्ड को थोड़ा और तोड़ने-मोड़ने के बाद थोड़ी-बहुत छानबीन के बाद रेनव के हाथ में ब्लैक बॉक्स की बैटरी थी।

उधर प्रियम भी क्वाइल बनाकर तैयार थी। रेनव ने तुरंत ही छोटी बैटरी से क्वाइल को जोड़ा और भाग्य के भरोसे इलेक्ट्रो-मैग्नेटिक पॉवर के भरोसे हेलिकॉप्टर के बंद दरवाजे तक आ गया।

''उम्मीद है इस बैटरी की पॉवर इतनी होगी कि कपाल्सी को मुझसे दूर रख सके।''

भाग्य के भरोसे, मौत के कुएँ में कूदने से पहले रेनव बोला, ''मेरे बाहर निकलते ही दरवाजा बंद कर लेना और मेरे आने तक खोलना मत, तुम इस बड़ी क्वाइल के पास ही रहना; जैसे ही मैं इसके तारों को हेलिकॉप्टर की बैटरी से जोड़ दूँगा यह सक्रिय हो जायेगा। अगर नहीं आ पाऊँ तो कल्कि से कहना कि मैंने पूरी कोशिश की थी।''

''जल्दी आना और सुरक्षित भी; कल्कि से जो भी कहना है स्वयं ही कह देना।'' प्रियम का स्वर बिलकुल साफ था।

रेनव ने हेलिकॉप्टर का दरवाजा खोला और उधर पीछे से बिना सेकण्ड गवाँये प्रियम ने दरवाजा बंद भी कर दिया। कपाल्सी का झुण्ड जो लगभग उस दरवाजे से पचास मीटर की दूरी पर हेलिकॉप्टर में सूराख करने में लगा हुआ था, को अपने भोजन की सुगंध का एहसास हो गया था।

अगले ही पल पूरा समूह रेनव की तरफ रेंग रहा था और उसके अगले ही क्षण रेनव को चारों तरफ से घेर लिया गया था। रात के अँधेरे में भी उन असुरों की आँखों में भूख और मौत साफ़ दिखायी दे रही थी।

साक्षात मौत रेनव को चारों तरफ से घेरकर खड़ी हुई थी। दो फुट त्रिज्या वाला वह मौत का घेरा, उसके बीचों-बीच साँस रोककर खड़ा रेनव और इंतज़ार कपाल्सी के हमले का। सेकण्ड से मिनट हो गये परन्तु अभी तक रेनव जिंदा था, वह अभी तक साँस ले रहा था।

''मनन सही था, इलेक्ट्रो-मैग्नेटिक शक्ति काम कर रही है जिस कारण से ही ये मेरे पास नहीं आ रहे हैं। जब तक इनका ध्यान प्रियम के बजाय मेरे ऊपर है तब तक जल्दी से तारों को मुख्य बैटरी से जोड़ देता हूँ।''

रेनव एक-एक कदम कर सावधानीपूर्वक मगर शीघ्रता से हेलिकॉप्टर की बैटरी तक खिसक रहा था और उधर एक-दूसरे में उलझे हुए कीड़े अपने सम्भावित खाने को सामने पाकर भी बेसहाय नज़र आ रहे थे।

कहते हैं न कि नीले बादलों के झुण्ड में एक न एक काला बादल भी होता है, ऐसा ही कुछ इस तरफ भी था। झुण्ड का एक कपाल्सी सबसे अलग था। उसकी नज़रें

भी अपने खाने की तरफ थीं, मगर वह खाना रेनव नहीं था।

प्रियम हेलिकॉप्टर के अन्दर रेनव का इंतज़ार कर रही थी। एक-एक पल बीतने के साथ उसका भय भी बढ़ता जा रहा था। उसे पता था कि अगर मनन द्वारा दिये गये आइडिया ने कार्य नहीं किया तो उन दोनों की मृत्यु निश्चित है। प्रियम का यह भय दोगुना हो गया जब हेलिकॉप्टर के सूराख से शिकारी रूपी एक कपाल्सी उसकी आँखों में आँख डालकर रेंग रहा था।

अगले ही पल प्राणघाती कीड़ा हेलिकॉप्टर के अन्दर था और उसके अगले पल प्रियम के बिलकुल सामने। कपाल्सी बिना एक और सेकण्ड गवाँये अपनी भूख मिटाने के लिये अपने खाने की तरफ कूद पड़ा। मृत्यु को सामने खड़ा देख प्रियम ने अपनी आँखें मूँद ली और मृत्यु के सामने आत्म समर्पण कर दिया।

"हे प्रभु! कल्कि देव आप किस तकनीक की बात कर रहे थे?" येक्रांत ने पहले ऊपर की तरफ जाती सीढ़ियों की संख्या को देखा और फिर खनखनाती हँसी के साथ कल्कि से कहा।

जहाँ तक आँखों के देखने की सीमा थी वहाँ तक सिर्फ और सिर्फ ऊपर की तरफ जाती सीढ़ियाँ थी। न तो किसी लिफ्ट का नामोंनिशान था और न ही किसी और मशीन का। गनीमत थी कि श्लोक जो पिछले दस मिनट से कहीं गायब था अब साथ आ गया था।

"आप दोनों का राजधानी में स्वागत है! यह स्थान एक अनूठा संगम है ज्ञान, विज्ञान, तकनीक, धर्म और आध्यात्मिकता का।" श्लोक ने हाथ के इशारे से सीढ़ियों पर आने के लिये कहा।

"श्लोक जी क्या हमें शीर्ष तक जाने के लिये सीढ़ियों का प्रयोग करना होगा? मैं तो फिर भी कैसे न कैसे शीर्ष तल तक पहुँच जाऊँगा परन्तु कल्कि देव के लिए मुश्किल हो सकती है।" येक्रांत ने श्लोक से प्रश्न किया।

श्लोक ने येक्रांत के प्रश्न को ध्यान से सुना और तेज़ हँसी के साथ येक्रांत से बोला, "नहीं यह तो सिर्फ सुरक्षा के लिए हैं। हमें सीढ़ियों का प्रयोग नहीं करना पड़ेगा।"

इस एक वाक्य ने येक्रांत के साथ-साथ कल्कि के हृदय को कितनी राहत दी होगी इसका अंदाजा लगाना बहुत आसान है।

"तो फिर चलें।" श्लोक मुड़ा और ऊपरी तल की तरफ चल पड़ा और पीछे-पीछे कल्कि व येक्रांत भी।

सिर्फ कुछ ही सीढ़ियों को पार किया होगा कि तीनों शीर्ष तल पर उपस्थित मंदिर में पहुँच चुके थे। यह जादू था या भ्रम फिलहाल तो कुछ भी नहीं कहा जा सकता था।

भाग्य की इच्छा कहें या सिर्फ एक संयोग, विषैले कीड़े की खुराक बनने से नैनो सेकण्ड पहले रेनव ने तारों को बैटरी से जोड़ दिया फलस्वरूप क्वाइल ने इलेक्ट्रोमैग्नेटिक शक्ति को उत्पन्न करना शुरू कर दिया।

शक्तिशाली पल्स की रेंज में मौजूद कपाल्सी के प्राणपखेरू उसके एहसास होने से पहले ही उड़ चुके थे। मृत्यु के दर को छूकर वापस आने के बाद प्रियम की धड़कनों ने फिर से धड़कना शुरू किया। तब तक रेनव भी वापस आ गया था।

''तुम ठीक हो?'' रेनव आते ही क्वाइल की रेंज में प्रियम के पास आकर खड़ा हो गया।

कपाल्सी की फ़ौज हेलिकॉप्टर के बाहर ही खड़ी थी। कम से कम बैटरी की ऊर्जा खत्म होने तक वे अन्दर आने की हिम्मत नहीं करने वाले थे। परन्तु उस के बाद क्या...

''हाँ, बस बाल-बाल बच गयी।'' यम के चौखट को छूकर वापस लौटी प्रियम के चेहरे पर अभी तक हवाइयाँ उड़ी हुई थीं।

''जब तक बैटरी में ऊर्जा है तब तक तो हम दोनों बचे रहेंगे।'' रेनव ने आश्वस्त करते हुए कहा।

अँधेरे के प्रस्थान की तथा सूरज के आगमन की प्रतीक्षा में दोनों अपनी मौत के सामने एक-एक मिनट गिन रहे थे। रेनव को उम्मीद थी कि शायद सुबह तक कोई न कोई सहायता अवश्य आ जायेगी।

समय के साथ-साथ आसमान में चाँद की रोशनी बढ़ती जा रही थी तो शनैः-शनैः बैटरी की ऊर्जा के साथ-साथ इलेक्ट्रो-मैग्नेटिक शक्ति और ज़िंदगी का दायरा कम होता जा रहा था।

अध्याय 6

।। श्री परशुराम द्वारा शिक्षा-दीक्षा ।।

माल रोड, शिमला...

आफत हमेशा आसमान से ही नहीं आती है, कभी-कभी यह जमीन फाड़कर भी निकल आती है। कम से कम सुसुप्तावस्था जानवरों का देश भर में फैला प्रचण्ड कहर तो यही कहानी कह रहा था।

जो सड़क कभी पर्यटकों से गुलज़ार रहती थी वहाँ मनहूसियत छायी हुई थी। हाड़ जमा देने वाली ठण्ड में वैसे तो कोई भी इंसान बाहर निकलना नहीं चाहता था परन्तु पेट में मची भूख की आग ने जनता को खुले में आने पर मजबूर कर दिया। शाम का समय, सूरज की नदारद रोशनी, बहती ठण्डी हवा और चप्पे-चप्पे पर फैले अजीब सन्नाटे को इंसानों की चीख-पुकार ने अनायास भंग कर दिया।

केवल इंसान ही नहीं थे जो खाने की तलाश में बाहर निकल आये थे... हिम तेंदुओं का एक पूरा झुण्ड भी खाने की खोज में मालरोड पर शिकारी नज़रों के साथ अपने भोजन को खोज रहा था। चिकनी, चमकीली व चित्तीदार खाल वाले उन हिम तेंदुओं का आकार किसी भी बब्बर शेर से कम नहीं रहा होगा। अँधेरे में चमकती उनकी आँखें और नुकीले पंजे किसी में भी खौफ भरने के लिये काफी थे।

झुण्ड की एक नज़र से ही वहाँ पर भगदड़ मच गयी परन्तु नादान आदमियों को नहीं पता था कि हिम नरभक्षी की गति के सामने उनकी रफ्तार चींटी से ज्यादा नहीं थी। अगले ही पल नरभक्षी शिकारियों के घातक पंजों ने वहाँ मारकाट मचा दी थी। इंसान हो, पालतू या आवारा जानवर, जो भी सामने आता अगले ही पल यमलोक पर दस्तक दे रहा होता। हिम तेंदुओं का पेट भरने तक मौत का यह ताण्डव चलता रहा।

"तुमने ध्यान दिया कि पिछले कुछ मिनट में ये कपाल्सी हमारी तरफ ज्यादा

तेज़ी से खिसक रहे हैं।'' प्रियम ने रेनव का ध्यान आकर्षित करते हुए कहा।

''बैटरी की ऊर्जा ख़त्म हो रही है, आखिरी समय में बैटरी ज्यादा तेज़ी से डिस्चार्ज होती है...'' तभी घरघराती आवाज़ ने रेनव को अपनी बात पूरी करने से पहले ही रोक लिया।

''गाड़ी की आवाज़ लग रही है।'' सहायता आने की उम्मीद से प्रियम उठ खड़ी हुई और साथ ही रेनव भी।

''गाड़ी ही है, मॉडल नम्बर घातक गामा-2, बीस लोगों के बैठने की जगह, मशीनगन और कैमरों से लैश बुलेटप्रूफ जानलेवा मॉन्स्टर।'' रेनव ने सिर्फ आवाज़ सुनकर ही गाड़ी की कुण्डली खोलकर रख दी।

''मेजर! मेजर कहाँ हैं आप!'' एक दमदार आवाज़ मेजर को पुकारते हुए गूँज रही थी।

मेजर ने भी पलटकर जवाब दिया, ''हम दो लोग ही सिर्फ जिंदा बचे हैं और हेलिकॉप्टर के अन्दर हैं... यहाँ आस-पास जानलेवा कीड़ों कपाल्सी का झुण्ड है जो लगभग संख्या में पचास से ज्यादा होंगे, सँभलकर इनका सामना करना ये बेहद ही ज़हरीले, तेज़ और खतरनाक हैं।'' रेनव ने आवश्यकता के अनुसार जानकारी टीम को दे दी।

और कुछ ही मिनट के पश्चात गोलियों की आवाजें आना शुरू हो गयीं। कपाल्सी पर हुए इस अनजान हमले ने उनको सचेत कर दिया और आवाज़ की दिशा में वे उड़ चले। मौका पाकर प्रियम और रेनव भी हेलिकॉप्टर के मृत्यु-जंजाल से बाहर की तरफ भागे।

रेनव की चेतावनी के बावजूद उसकी टीम ने सावधानी नहीं बरती और जो होना था वही हुआ-जान का नुकसान।

विषैला झुण्ड एक सैनिक के पास पहुँच गया। सैनिक ने बन्दूक का ट्रिगर भी दबाया, बुलेट भी तेज़ रफ्तार से चली मगर सिर्फ एक कपाल्सी को ही अपना निशाना बना पायी और इतने समय में पूरे झुण्ड ने सैनिक के शरीर को अपने लपेटे में ले लिया। अगले ही पल उसके शरीर से मांस गायब था, बची थीं तो सिर्फ हड्डियाँ।

वहाँ मिनी वॉर जैसा माहौल बन गया था। जान की हानि दोनों तरफ से हो रही थी। गोलियों की वजह से कपाल्सी तो सिर्फ घायल हो रहे थे परन्तु उनके हमले में सैनिक के शरीर पर सिर्फ हड्डियाँ बचती थीं।

अपने साथियों को मरते देख रेनव स्वयं वॉर के मैदान में कूद पड़ा, ''ई.एम.पी. गन कहाँ है?'' रेनव ने चिल्ला कर पूछा।

“गाड़ी में...” पास में खड़े एक सैनिक ने चिल्लाते हुए जवाब दिया।

रेनव ने गाड़ी की तरफ दौड़ लगा दी। जहाँ उसे ई.एम.पी. हथियार खोजने में ज्यादा दिक्कत नहीं हुई। मनन ने टीम को पूरी तैयारी के साथ भेजा था। ई.एम.पी. तकनीक वाली मशीनगन और रिवाल्वर लेकर वह वॉर के बीच मैदान में आ गया।

“रुक जाओ! कोई गोली नहीं चलायेगा, प्रियम यह पकड़ो।” दौड़ते-दौड़ते ही रेनव ने अपनी टीम को आदेश दिया और प्रियम की तरफ ई.एम.पी. रिवाल्वर भी उछाल दी।

रेनव से भी कहीं ज्यादा फुर्तीली प्रियम ने रिवाल्वर को पकड़ने में कोई गलती नहीं की। दोनों लगभग साथ-साथ ही कपाल्सी के झुण्ड पर टूट पड़े। बाकी के सैनिक अब सिर्फ तमाशा देखने में व्यस्त थे।

ई.एम.पी. मशीनगन से निकली शक्तिशाली पल्स का फोकस जिस भी कीड़े पर पड़ता वह दर्द की वजह से फड़फड़ाने लगता और प्रियम के द्वारा रिवाल्वर से निकली पल्स की तेज़ धार उसको यमलोक के दर्शन करा देती। दोनों ने मिलकर कुछ ही समय में कपाल्सी के पूरे के पूरे झुण्ड को ख़त्म कर दिया।

“यह क्या बला थी?” टीम को लीड कर रहे कमाण्डो ने पूछा।

“फिलहाल तो टली। आर्कियोलोजी विभाग की टीम को लेकर स्पॉट पर चलना है, जल्दी से जल्दी काम ख़त्म करके इस जंगल से निकलते हैं।” रेनव समय का एक सेकेण्ड भी बर्बाद नहीं करना चाहता था।

आर्कियोलोजी विभाग के दो लोग जो अभी तक बुलेटप्रूफ गाड़ी में बैठे हुए थे अब बाहर आ चुके थे। कमाण्डो ने दोनों का परिचय देते हुए कहा, “यह डॉक्टर फन्याज़ हैं - आर्कियोलोजी में मुख्य अभियन्ता, खुदाई इनकी देखरेख में ही होगी और यह इन के सहायक डॉक्टर तत्वत।”

रेनव ने दोनों से हाथ मिलाया और अपना परिचय देने के बाद कहा, “खुदाई में कितना समय लग सकता है?”

“मेरी पूरी टीम थोड़ी देर में आ आयेगी तब तक चल कर स्पॉट का मुआयना कर लेते हैं उसके बाद ही समय के बारे में बता सकते हैं।” फन्याज़ ने सीधे सपाट शब्दों में बोलते हुए कहा।

“प्रभु, श्री कल्कि आ चुके हैं।” श्लोक ने मंदिर के अन्दर उपस्थित व्यक्ति को प्रणाम करते हुए कहा। कल्कि व येक्रांत एक कदम पीछे खड़े हुए थे।

मंदिर के नाम पर तो उस स्थान पर कुछ भी नहीं था। वह एक बड़ा कमरा था

जहाँ किसी भी वस्तु की उपस्थिति के कोई भी संकेत नहीं थे। एक दरवाजा, दो खिड़की और एक मानव। फर्श पर एक अति ओजवान व्यक्ति ध्यान की मुद्रा में बैठा हुआ था। श्लोक की तरह उन्होंने भी अपना शरीर श्वेत धवल कपड़े से ढका हुआ था। देख कर प्रतीत होता था कि उम्र के किसी भी ज्ञात पड़ाव को वह पार कर चुके होंगे। सिर और ढाढ़ी के सफ़ेद बालों के संगम से सिर्फ उनका माथा बचा हुआ था जो साक्षात सूरज की भाँति चमक रहा था। उन के अतुलनीय व्यक्तित्व को देखकर एहसास होता था कि ज्ञानाश्रम में उनका अवश्य ही विशिष्ट स्थान होगा।

श्लोक की बात का अब तक उन्होंने कोई उत्तर नहीं दिया। या तो वह गहन ध्यान की मुद्रा में थे या फिर बिन कहे ही वह प्रतीक्षा करने के लिये कह रहे थे। श्लोक प्रतीक्षा की वजह से तो कल्कि झिझक की वजह से कुछ बोलने का साहस नहीं जुटा पाए।

ध्यान भंग तो हुआ परन्तु कुछ समय पश्चात। जागृत होते ही उनकी प्रथम नज़र कल्कि पर पड़ी और इस नज़र का परिणाम उनके चेहरे पर फ़ैली मुस्कान थी।

''नमः, न जानामि कति वर्ष पर्यन्तात अहम् भवदागमनस्य प्रतीक्षाम करोमि।'' वह अपने स्थान से खड़े हुए और कल्कि के पास आकर बोले।

(नमस्कार! बहुत प्रतीक्षा करवाई आपने)

कल्कि ने पूरे आदर के साथ झुककर प्रणाम किया परन्तु कुछ बोल न सका।

''संस्कृत तो समझ लेते हैं न आप? पृथ्वीवासी तो वैसे संस्कृत भूल चुके हैं।'' कल्कि के उत्तर की प्रतीक्षा किया बिना वह श्लोक की तरफ मुड़े और बोले, ''श्लोक, आप और येक्रांत आराम कीजिए। मैं कल्कि से अकेले में कुछ बात करना चाहता हूँ।'' हिन्दी में बोलकर वह ओजस्वी मानव मुस्कराने लगे।

''जैसी आज्ञा।'' श्लोक मंदिर से बाहर की तरफ चल पड़ा और साथ में येक्रांत भी।

''वैसे तो निश्चित समय से पहले कुछ भी घटित नहीं होता परन्तु आप समय के दायरे को मानना ही नहीं चाहते।''

''मैं कुछ समझा नहीं।'' कल्कि के दिमाग में उलझन के बादल मँडरा रहे थे।

''आपका समय के दायरे को न मानना ही शायद पृथ्वी और मानवजाति को बचा पायेगा।'' उन ओजस्वी के चेहरे पर अभी तक मुसकराहट तैर रही थी।

कल्कि ने शांत रहना ही उचित समझा। वैसे भी वह कहता तो क्या।

''श्लोक ने मेरे बारे में कुछ बताया?'' बूढ़े मानव ने कल्कि से पूछा।

''नहीं, उन्होंने कहा कि सब कुछ आप ही बतायेंगे।''

“मेरा नाम परशुराम है। मैं तामस्तीर्थ का संचालक हूँ।” विनम्रता के साथ उन्होंने कहा।

कुछ मानवों का व्यक्तित्व इतना तेजमय होता है कि उनके सामने किसी का भी आत्मविश्वास अक्सर ही डोल जाता है। ऐसा ही कुछ महान व्यक्तित्व था महान श्री परशुराम का। आठ फुट लम्बे श्वेत कपड़े से ढका शरीर, छाती तक आती सफ़ेद ढाढ़ी जिसने पूरे चेहरे को ढका हुआ था। किस्से-कहानियों में सुने गये व्यक्तित्व को साक्षात सामने देखकर कल्कि की सारी ज्ञानेन्द्रियाँ जाग्रत हो गयीं, “प्रभु परशुराम... महान योद्धा व चिरञ्जीव परशुराम।”

“योद्धा तो अब रहा नहीं और चिरञ्जीव फिलहाल तो हूँ भविष्य की कह नहीं सकता।” परशुराम ने कल्कि के प्रश्न के उत्तर में कहा।

“आपसे मिलना मेरा परम सौभाग्य है, मुझे उम्मीद नहीं थी कि ज्ञानाश्रम में आपके दर्शन हो जायेंगे।”

“मैं भी बहुत समय से आपकी प्रतीक्षा कर रहा था, समय से पहले तो समय भी नहीं आता; आप के आने का निश्चित समय था और आज आप यहाँ पर हैं।”

“आप महाप्रभु हैं, मेरी प्रतीक्षा भी अकारण नहीं होगी।” कल्कि ने पूर्ण विनम्रता के साथ कहा।

वह जानता था कि प्रत्येक चिरञ्जीव को एक उद्देश्य के लिये अमरता प्रदान की गयी थी और वह स्वयं उस उद्देश्य की पूर्ति का एक माध्यम था। इससे पहले वह श्री व्यास, श्री कृपाचार्य, महाऋषि मार्कण्डेय, प्रभु हनुमान और कागभुसण्डी से मिल चुका था।

“ज्ञानाश्रम तक पहुँचने का रास्ता आपको कैसे ज्ञात हुआ? निश्चित ही श्री हनुमान ने आपकी सहायता की होगी।”

“मार्गदर्शक तो प्रभु हनुमान ही थे, परन्तु ज्ञानाश्रम आने का संकेत-सूचक ताम्रपत्र से मिला।”

“ताम्रपत्र? तो आखिरकार ताम्रपत्र को उनका स्वामी मिल ही गया। त्रिपुण्ड काक्षः का रहस्य, जो न जाने कितने सैकड़ों वर्षों से अनसुलझा था अब सुलझ जायेगा।”

“अभी तो सिर्फ प्रथम ताम्रपत्र को समझने का प्रयास कर रहा हूँ, त्रिपुण्ड काक्षः का रहस्य तो जाने कब तक समझ पाऊँगा।”

“ज्ञानाश्रम से क्या चाहते हो?”

“त्रिपुण्ड काक्षः का प्रथम खण्ड-महादेव का त्रिशूल।”

''जिस ताम्रपत्र को सुलझाते हुए आप ज्ञानाश्रम तक आ पहुँचे हैं, त्रिपुण्ड काक्षः का वह हिस्सा यहाँ पूर्णतः सुरक्षित है।''

''क्या मैं देख सकता हूँ?'' कल्कि ने आग्रह प्रकट किया।

''आओ मेरे पीछे।'' परशुराम के कहे अनुसार कल्कि उन के पीछे-पीछे चल पड़ा।

एक कमरे से होते हुए दूसरे कमरे तक कल्कि पीछे-पीछे चलता रहा। इतनी ज्यादा उम्र के बावजूद भी श्री परशुराम की चाल में एक महायोद्धा का भाव झलकता था। आखिर वह कोई साधारण योद्धा भी तो नहीं थे। वह अकेले ही एक सेना के बराबर थे और कई बार उन्होंने पूरी दुनिया पर विजय पताका फहरायी थी।

कुछ ही पल के बाद वे दोनों एक विशाल खुले प्रांगण में थे जो उस अट्टालिका का शीर्ष भाग जान पड़ता था। हवा का बहाव चरम पर था परन्तु सुखदायी था। आसमान में नीले-सफ़ेद बादल आपस में एक-दूसरे से आगे निकलने की प्रतियोगिता कर रहे थे। मीलों दूर तक का मन लुभावना दृश्य आँखों को असीम शान्ति देने वाला था। प्रांगण को एक मंदिर का रूप दिया गया था जहाँ महादेव की विशाल अष्टभुज मूर्ति स्थापित थी।

''यह महादेव का साक्षात स्वरूप है और जो त्रिशूल उनके भुज में देख रहे हो वह मौलिक त्रिशूल है।''

कल्कि ने महादेव के स्वरूप को प्रणाम किया और श्रद्धा भाव से कभी मूर्ति को तो कभी त्रिशूल को देखता।

''यह ही है त्रिपुण्ट काक्षः का प्रथम खण्ड; यह है वह दैवीय हथियार जिस की खोज में तुमने अपनी जान की भी परवाह नहीं की, महादेव का त्रिशूल।''

अलौकिक दिव्य तेज़ वाले महादेव के त्रिशूल की एक झलक किसी भी योद्धा को सम्मोहित कर सकती थी।

''ब्रह्माण्ड का सबसे विध्वंसकारी हथियार है यह त्रिशूल जो पूर्ण विनाश रखने की शक्ति रखता है। तीन दैवीय हथियारों से मिल कर बने त्रिपुंड काक्षः के बाकी के हिस्से भी आप ताम्रपत्र की सहायता से खोज सकते हो।'' श्री परशुराम ने जानकारी देते हुए कहा।

''प्रथम ताम्रपत्र त्रिशूल की तरफ इंगित कर रहा था जो महादेव का मुख्य अस्त्र हुआ करता था। तो क्या द्वितीय व तृतीय ताम्रपत्र ब्रह्मास्त्र और आदि चक्र की तरफ इंगित करेंगे? सम्भवतः इन तीनों दैवीय हथियारों के समागम से एक नया दिव्य हथियार बनेगा।'' मन में उमड़ते हुए संदेह को शब्दों के रूप में कल्कि ने बोला।

"आपकी सोच की दिशा बिल्कुल सटीक है, त्रिपुण्ड काक्षः को विच्छेदित करके तीन दैवीय हथियार बनाये गये थे। तीनों हथियारों के समागम से पुनः त्रिपुण्ड काक्षः ही बनेगा परन्तु वह कोई हथियार नहीं होगा।"

परशुराम की कही गयी यह बात कल्कि को चौंकाने के लिये काफी थी। चिरञ्जीवियों द्वारा अब तक बताये गये तथ्यों के अनुसार तीन ताम्र पत्र की सहायता से तीनों दैवीय हथियार खोजने थे और फिर तीनों को मिलाकर एक दिव्य हथियार बनाना था। जो इतना शक्तिशाली होगा कि केचर के साथ-साथ अन्य एलियन खतरों को समाप्त कर सकेगा।

"मैं कुछ समझा नहीं गुरुवर, अगर हथियार नहीं बनेगा तो फिर वह क्या होगा?"

"कुछ भी हो सकता है... शायद कोई नयी वस्तु जो हम नहीं जानते हैं या फिर कुछ नया तत्व जो सब कुछ हमेशा के लिये समाप्त कर दे।"

कल्कि की हैरानी-परेशानी का स्तर बढ़ गया लेकिन उसका उत्तर साक्षात परशुराम के भी पास न था। अब त्रिपुण्ड काक्षः जो भी रूप लेने वाला था वह भविष्य के गर्त में छिपा हुआ था। हालाँकि परेशानी का सबब यह था कि कहीं वह रूप मानवजाति के लिए ताबूत में आखिरी कील साबित न हो जाये।

"मुझे अब आगे बढ़ना चाहिए; दूसरे ताम्रपत्र की पहेली को भी समझना होगा, परन्तु इतना विशाल त्रिशूल लेकर चलना मुश्किल होगा; श्री परशुराम से सहायता माँगकर देखता हूँ।"

"क्या ऐसा हो सकता है कि पवित्र त्रिशूल यहीं पर बना रहे जब तक कि बाकी बचे दोनों ताम्रपत्र न सुलझ जायें अन्यथा इतने बड़े त्रिशूल को सँभालना मेरे लिए बहुत कठिन होगा और ना ही मैं इतना समर्थ हूँ?"

"आप समर्थ हैं इसलिए आज इसके सामने खड़े हैं, रही बात सँभालने की तो शारीरिक बल नहीं अपितु मन की पवित्रता होनी चाहिए। फिर भी आप निश्चिंत रहें, आपके पुनः आगमन तक महादेव का यह अस्त्र हमारे पास आपकी धरोहर बनकर रहेगा।" परशुराम ने कल्कि को आश्वस्त करते हुए कहा, "लेकिन मैं आपको आगाह करना चाहता हूँ कि आगे का पथ आपके लिए बेहद ही खतरनाक व जानलेवा होने वाला है; क्या आप के पास अपनी सुरक्षा के लिये कुछ है?"

"हाँ महाऋषि मार्कण्डेय द्वारा दिया गया यह कटार मेरे पास है, यह बेहद ही तेज़ व घातक है।" कल्कि ने कटार निकाल श्री परशुराम को दिखाते हुए कहा।

"निश्चित ही फिर तो आप इस कटार को चलाने में दक्ष होंगे।"

“ऐसा तो नहीं है, लेकिन मैंने तलवारबाज़ी व धनुर्विद्या सीखी हुई है... हालाँकि कुछ वर्ष से यह सब मैंने छोड़ा हुआ है।”

“फिर तो आपका परीक्षण करना होगा; चलिए पहले मैं आपको यहाँ का शस्त्रागार दिखाता हूँ।” उच्चतम तल से नीचे चलकर कुछ दरवाजों को पार करके, कुछ तल और नीचे उतरकर दोनों शस्त्रागार तक पहुँच चुके थे।

वह शस्त्रागार एक बड़े हॉल की तरह दिखता था जहाँ विभिन्न प्रकार के अस्त्र-शस्त्र करीने से रखे हुए थे। उनकी संख्या इतनी ज्यादा थी कि एक छोटा-मोटा युद्ध तो आराम से लड़ा जा सकता था।

“आपका विश्वविख्यात फरसा दिखायी नहीं दे रहा।” इतने बड़े शस्त्रागार को देखकर कल्कि में एक अलग ही उत्साह नज़र आ रहा था।

“मैंने उसको अब आराम दे दिया है, मैं अब एक योद्धा न होकर सिर्फ एक शिक्षक हूँ।” परशुराम, जिनके चेहरे पर कभी एक योद्धा जैसी तेजस्वी चमक रहती थी, अब उसका स्थान विनम्रता ने ले लिया था।

परशुराम शस्त्रागार के प्रभारी को आदेश देते हुए बोले, “कल्कि के लिए अधोत्र की तलवार लेकर आओ।”

प्रभारी यह आदेश सुनकर उलझन में पड़ गया क्योंकि परशुराम का आदेश ही कुछ ऐसा था। अधोत्र मतलब ज्ञानाश्रम का राजा... उसकी तलवार ज्ञानाश्रम का सबसे विशिष्ट व शक्तिशाली हथियार था। उनकी यह तलवार किसी मेहमान को देना ही प्रभारी के लिए सबसे बड़ा प्रश्न था। न तो वह उलझन से बाहर निकल पाया और न ही श्री परशुराम से कुछ पूछने की हिम्मत जुटा पाया। मरता क्या न करता चुपचाप जाकर परशुराम के आदेश का पालन करने में लग गया।

“यहाँ केवल परम्परागत हथियार दिखायी दे रहे हैं, क्या ज्ञानाश्रम को आधुनिक हथियारों के ऊपर भरोसा नहीं है?” हथियारों की विभिन्नता देखकर कल्कि हतप्रभ था।

“मुझे आधुनिक हथियारों के ऊपर बिल्कुल भरोसा नहीं है; वैसे ज्ञानाश्रम ने तकनीक के ऊपर काफी काम किया है और हमारे पास इस समय ब्रह्माण्ड के सबसे ज्यादा उन्नत हथियार हैं।” परशुराम के एक-एक शब्द में गर्व का अहसास था।

“ज्ञानाश्रम तकनीक में इतना उन्नत है फिर आपका पारम्परिक हथियारों पर इतना विश्वास क्यों?”

“एक तकनीक की काट के लिए दूसरी तकनीक विकसित हो जाती है और दूसरी के लिये तीसरी; परन्तु जो विश्वास आप अभ्यास के साथ इन पारम्परिक हथियारों के साथ प्राप्त कर सकते हैं उसका कोई तोड़ नहीं है... हालाँकि ज्ञानाश्रम के अन्य विद्वानों

का मत मेरे से अलग है।''

''क्या सच में इतने उन्नत हथियार बनाने की आवश्यकता है?''

''तकनीक में लगातार विकास समय की आवश्यकता है; समाज को आगे बढ़ाने के लिये उन्नत तकनीक, विकसित हथियार और लगातार प्रगति बहुत आवश्यक होते हैं। कभी-कभी यह सब युद्ध को रोकने के काम आते हैं तो कभी-कभार बड़े-बड़े से युद्ध को भी एक दिन में समाप्त कर सकते हैं।''

''फिर ऐसे समाज में परम्परागत अस्त्र-शस्त्र का क्या काम?''

''हमें पता था कि हमसे भी ज्यादा उन्नत प्रजाति एक न एक दिन पृथ्वी पर हमला अवश्य करेगी और इस हमले के दौरान हमें अपंग बनाने के लिये सबसे पहले सम्भवतः तकनीक को समाप्त किया जायेगा। अंत में लड़ाई लकड़ी से बने हुए हथियारों के द्वारा ही लड़नी पड़ेगी, अगर भाग्य अच्छा हुआ तो विशिष्ट धातुओं से बने हुए अस्त्र-शस्त्र का भी हम उपयोग कर पायेंगे।'' परशुराम ने ज्ञानाश्रम की सोच को इंगित करते हुए कहा जो भविष्य में होने वाले महायुद्ध से सम्बंधित थी।

श्री परशुराम ने बोलना जारी रखा, ''ज्ञानाश्रम ने द्वापर युग में हुए महाभारत युद्ध के बाद से ही अस्त्र-शस्त्र के बारे सोचना छोड़ दिया था, हथियारों से सम्बंधित सभी प्रयोगों पर प्रतिबन्ध लगा दिया गया, उसके बाद सिर्फ ज्ञान, तप व शिक्षा-दीक्षा पर ध्यान दिया गया।''

''क्या ज्ञानाश्रम में ऐसा कोई भी नहीं है जो अस्त्र-शस्त्र में रुचि रखते हैं और पृथ्वी के लिए, मानवजाति के लिए लड़ना चाहते हैं?''

बातों ही बातों में प्रभारी तलवार लेकर आ गया था जैसा कि परशुराम ने आदेश दिया था। परशुराम को यह विशिष्ट हथियार जो कि एक खूबसूरत बक्से के अन्दर रखा हुआ था, को देते हुए बोला, ''गुरुवर!''

परशुराम ने तलवार को उठाया और कल्कि को देते हुए बोला, ''ज्ञानाश्रम के अधोत्र का शस्त्र, ज्ञानाश्रम के अधोत्र के लिए।''

उस विशिष्ट शस्त्र पर अतुलनीय कारीगरी की गयी थी। नाम मात्र वज़न वाली करीब चार फुट लम्बी उस तलवार को हाथ में लेकर कल्कि को भी विशेष अनुभव हो रहा था।

''मैंने तलवारबाजी सीखी है परन्तु इतनी हल्की तलवार आज तक नहीं देखी, यह सचमुच विशिष्ट है, न जाने क्यों इसको हाथ में लेकर अद्भुत शक्ति का एहसास हो रहा है।'' तलवार को देख कल्कि मंत्रमुग्ध था।

कल्कि के चेहरे पर प्रसन्नता के भाव देख श्री परशुराम मुस्कराते हुए बोले, ''यह

सचमुच एक विशेष हथियार है।''

''आपने कहा कि ज्ञानाश्रम के अधोत्र का शस्त्र, ज्ञानाश्रम के अधोत्र के लिए... अधोत्र का क्या मतलब होता है?'' मन्त्रमुग्धता से बाहर निकलते हुए कल्कि ने शंका के समाधान पर ध्यान देना ज्यादा उचित समझा।

''अधोत्र... हमने सोचा था कि श्लोक ने आपको बता दिया होगा। ज्ञानाश्रम के राजा को अधोत्र कहकर पुकारा जाता है और आप ज्ञानाश्रम के मनोनीत अधोत्र हैं इसलिए यह तलवार आपके लिए ही है।'' इतनी बड़ी बात परशुराम ने बिना लाग-लपेट के ही कह दी परन्तु कल्कि के लिए यह वाक्य निश्चित ही हतप्रभ कर देने वाला था।

''मैं अधोत्र! मैं ज्ञानाश्रम का राजा कैसे मनोनीत हो सकता हूँ यह कैसे संभव है, मैं तो केवल कुछ ही समय पहले यहाँ हूँ।'' कल्कि के शब्दों तथा चेहरे दोनों पर आश्चर्य के भाव तैर गये।

''विधि का विधान तो निश्चित ही है, विधि ने आपको यहाँ का अधोत्र नियुक्त किया हुआ है; मैं आपकी अनुपस्थिति में ज्ञानाश्रम का कार्यभार सँभाल रहा था, अब आप आ गये हैं तो मैं इस कार्यभार से मुक्ति चाहता हूँ।'' श्री परशुराम ने बिना किसी तनाव के कहा।

कल्कि के लिए यह वाक्य बेहद हैरान करने वाला था। पृथ्वी व मानवजाति पर आये हुए संकट का वह सामना करने का प्रयास कर रहा था और ऐसी परिस्थिति में ज्ञानाश्रम में रुकने का आदेश समझ से परे था।

''आपके पद-चिह्नों पर चलना मेरे लिए सौभाग्य की बात होगी गुरुवर, लेकिन ज्ञानाश्रम में रहना और यहाँ का कार्यभार सँभालना मेरी सामर्थ्य व योग्यता से भी परे है; मुझ जैसे एक साधारण आदमी के कंधों पर चाहे-अनचाहे पृथ्वी और मानवजाति को बचाने की जिम्मेदारी आ पड़ी है जिसका मैं जैसे-तैसे निर्वाह करने का प्रयास कर रहा हूँ, मुझे नहीं पता कि मैं इस उद्देश्य में सफल हो भी पाऊँगा या नहीं... इसके ऊपर एक और जिम्मेदारी; नहीं गुरुवर मुझे इसके लिये क्षमा करें।'' आश्चर्य के भाव धीरे-धीरे परेशानी में बदल गये। उत्तरदायित्व और जिम्मेवारी से दूर रहने वाले के कन्धों पर अनचाहे भार पड़ते जा रहे थे।

''कल्कि यह मेरा आदेश था, आपको यहाँ का कार्यभार सँभालना ही होगा। महादेव द्वारा बसायी गयी इस नगरी के आप अधोत्र हैं, यह नगरी आपकी है और इस नगर की प्रत्येक वस्तु आपकी है।'' परशुराम के चेहरे से फिलहाल तो मुस्कुराहट अदृश्य थी।

परशुराम के क्रोधित स्वभाव से कल्कि भली-भाँति परिचित था। उसके पास अब

कोई विकल्प नहीं बचा था। इनकार करने की गुस्ताखी या बड़े-बुजुर्ग के आदेश की अवहेलना करना उसके आदर्शों में न था। कल्कि ने हामी भरी और हाथ जोड़कर कहा, ''मैं वैसा ही करूँगा जैसा आपका आदेश होगा। परन्तु मेरा एक आग्रह है कि पृथ्वी पर शांति स्थापित करने तक मुझे ज्ञानाश्रम के बन्धनों से मुक्त रखें।''

''मैं आपकी भावनाओं को समझता हूँ, जैसा आप चाहते हैं वैसा ही होगा। जब तक पृथ्वी तथा मानवजाति पूर्ण रूप से खतरे से मुक्त नहीं हो जाती तब तक आपके स्थान पर मैं यह उत्तरदायित्व निभाता रहूँगा।''

''यदि आप चाहें तो क्या पृथ्वी व मानवजाति पर आया हुआ संकट दूर नहीं किया जा सकता, ज्ञानाश्रम तो वैसे भी बेहद ही शक्तिशाली है।''

''प्रकृति के नियमों में ज्ञानाश्रम कभी हस्तक्षेप नहीं करता, यह लड़ाई आपकी है और आपको ही लड़ना होगा; आवश्यकता पड़ने पर हम चिरञ्जीव आपकी सहायता कर सकते हैं और आपका मार्गदर्शन कर सकते हैं।''

इस वाक्य ने कल्कि को एहसास दिला दिया था कि भविष्य उसके लिए आसान नहीं होने वाला था... प्रकृति के नियमों में बँधकर ही एलियन प्रजाति के खिलाफ लड़ना होगा और किसी भी परिस्थिति में जीतना भी होगा।

परशुराम ने सहायता का हाथ बढ़ाते हुए कहा, ''मुझे प्रसन्नता होगी अगर आप कुछ दिन यहाँ रुकें। इस समय का सदुपयोग मैं आपको अस्त्र-शस्त्र की शिक्षा देने में कर सकता हूँ जिसकी आपको बहुत आवश्यकता पड़ने वाली है।''

कल्कि को इस वक़्त जिसकी सबसे ज्यादा आवश्यकता थी वह परशुराम ने स्वयं अपनी तरफ से प्रदान कर दी, ''पृथ्वी के सम्पूर्ण इतिहास काल में अस्त्र-शस्त्र का आपसे बड़ा ज्ञाता कोई भी नहीं रहा है, आपसे सीखना तो मेरा सौभाग्य होगा; मुझे अस्त्र-शस्त्र का सिर्फ मामूली ज्ञान है, आपकी शिक्षा मेरी कुशलता के लिये निश्चित ही फायदेमंद होगी।''

पृथ्वी को न जाने कितनी बार ही जिस परशुराम ने क्षत्रिय-विहीन कर दिया था, उस महान योद्धा को गुरु के रूप में पाना किसी भी मानव के लिए गौरव का पल होगा। ऐसे गुरु के मार्गदर्शन में निश्चित ही एक ऐसा योद्धा पनपेगा जिसकी क़ाबिलियत पर संदेह रूपी कोई भी धब्बा नहीं होगा।

रेनव, आर्कियोलोजी और बाकी सभी लोग मंदिर तक पहुँच चुके थे। आर्कियोलोजी के लोग आस-पास के क्षेत्र का निरीक्षण करने में व्यस्त थे। मन में एक डर भी था कि कपाल्सी या किन्हीं और खतरनाक जानवरों का हमला न हो जाये। रेनव और प्रियम के अलावा केवल कुछ सैनिक ही तो बचे थे।

आर्कियोलोजी की टीम के बाकी सदस्य भी अपनी हाइटेक मशीनों के साथ आ चुके थे और उनकी सहायता से वे लोग पूरे क्षेत्र को स्कैन करने में लगे हुए थे।

"फन्याज़ जी, कुछ पता चला?" प्रियम ने जानना चाहा।

"हमारी मशीनें जमीन के पचास फुट नीचे तक के क्षेत्र को स्कैन कर सकती हैं; अभी तक तो जो परिणाम मिला है उसके अनुसार कुछ न कुछ तो है जमीन के नीचे, शायद कोई अण्डरग्राउण्ड गुफा या सुरंग और वहाँ धातु के होने के भी संकेत मिल रहे हैं।" फन्याज़ ने समझाते हुए कहा।

अगले कुछ घण्टे तक मशीनें आवश्यकता के अनुसार स्कैन और खुदाई करती रहीं। प्रयास जारी थे मगर सूरज के आसमान में चढ़ जाने के बाद भी आशातीत सफलता दूर-दूर तक नहीं दिखायी दे रही थी।

परशुराम ने अस्त्र-शस्त्र से लेकर शास्त्र तक की समस्त विद्या कल्कि को सिखाना आरम्भ कर दिया। कल्कि ने भी चाहे-अनचाहे आये हुए उत्तरदायित्व को अपने कन्धों के ऊपर मजबूती से ले लिया। जो असाधारण मनुष्य अपने जन्म से ही तलवार और धनुषबाज़ी से खेला हो उसके लिए यह ट्रेनिंग नयी तो नहीं होने वाली थी। परन्तु परशुराम का तरीका अवश्य ही अलग था। यह अलग बात है कि कल्कि की असाधारण क्षमता ट्रेनिंग को न्यूनतम समय में समाप्त करने की क़ाबिलियत रखती थी।

मस्तिष्क के उच्चतम स्तर को छूने वाले कल्कि ने कुछ ही दिनों के अन्दर कटार से लेकर तलवार तक, धनुषबाज़ी से लेकर मल्लकला तक,अस्त्र से लेकर शस्त्र तक, सब कुछ आदर्श तरीके से सीख लिया। केवल सीख ही नहीं लिया बल्कि पारंगत भी हो गया। कल्कि की नयी विद्या व कला को सीखने की क्षमता से तो साक्षात परशुराम भी स्तब्ध रह गये थे। सैकड़ों वर्ष के जीवन काल में उन्होंने कल्कि से बढ़कर तीव्र बुद्धि वाले मानव को आज तक नहीं देखा था।

"कल्कि आप अतुलनीय हैं, मैंने कभी नहीं सोचा था कि इतनी शीघ्र आप यह सब सीख जायेंगे। कुछ और भी ऐसा है जो आपको सिखाना चाहता हूँ, हालाँकि उस विद्या में मैं भी अभी पारंगत नहीं हूँ परन्तु उम्मीद है कि आप वह सब कर पाओगे जो उस विद्या के सहारे मैं नहीं कर पाया।" परशुराम ने कल्कि की प्रशंसा के पुल बांधते हुए कहा।

"ऐसी कौन सी विद्या है?" कुछ न कुछ सीखने की जिज्ञासा रखने वाला कल्कि इस विद्या को सीखने के लिये भी आतुर जान पड़ता था।

"गुरुत्व को नियंत्रित करने की विद्या... मैं आपको गुरुत्वाकर्षण बल को नियंत्रित करने की विद्या सिखाने वाला हूँ, फिर आप अपनी इच्छा से गुरुत्व को नियंत्रित कर

पाओगे। इस विद्या को मैं सिर्फ सिखा सकता हूँ परन्तु उसका प्रयोग कैसे करना है वह आपकी क्षमता तथा आपकी बुद्धिमता पर निर्भर करता है।'' परशुराम को हालाँकि अपने शिष्य के ऊपर स्वयं से भी ज्यादा भरोसा था।

अक्षरों को सीखना ही पर्याप्त नहीं होता है बल्कि अक्षर से वाक्य बनाना और असरदार तरीके से अपनी बात कहना ही असल में सीखने की निशानी है। कुछ असाधारण लोग इन अक्षरों को कविता या कहानी का रूप देकर इसके प्रयोग का एक सुन्दर नमूना पेश करते हैं। परशुराम को पूरी उम्मीद थी कि कल्कि भी एक बेहतरीन कलाकार साबित होगा।

''गुरुत्व को नियंत्रित करने की विद्या! आयाम को नियंत्रित करने की शक्ति! इस विद्या को सीखना सचमुच अद्भुत होगा।'' परशुराम की बात सुनकर कल्कि अति उत्साहित जान पड़ता था परन्तु ऐसा कार्य करना जो आज तक किसी मानव ने न किया हो निश्चित ही आसान नहीं होने वाला था।

''यह विद्या सीखने के लिये हमें पृथ्वी के केंद्र बिंदु तक जाना होगा।'' और यह कहकर, कल्कि को पशोपश में छोड़कर परशुराम आगे बढ़ गये।

जहाँ एक तरफ कल्कि और परशुराम के बीच सीखने-सिखाने की कक्षा चल रही थी वहीं दूसरी तरफ येक्रांत व श्लोक ज्ञानाश्रम की सैर पर निकले हुए थे।

ज्ञानाश्रम की धरती का मुख्य केंद्र तामस्तीर्थ था जिसके आस-पास आबादी का नामोंनिशान तक नहीं था। तामस्तीर्थ को झील ने चारों तरफ से घेरा हुआ था। झील के पार हरे घास का मैदान दूर क्षितिज तक फैला हुआ था। थोड़ी-थोड़ी दूरी पर कतार में विशाल वृक्ष अपने-अपने स्थान पर डेरा जमाये हुए थे। ज्ञानाश्रम की अलौकिकता देखते ही बनती थी।

वृक्षों के मोटे तनों को आधार बनाकर उन पर घोंसलानुमा झोपड़ी संरचना को बनाया हुआ था। बहुत सम्भव है कि वह ज्ञानाश्रम वासियों का निवास-स्थान होगा।

''यहां की आबादी कम जान पड़ती है, घर भी काफी दूर-दूर बनाये गये हैं।'' येक्रांत अभी तक यदा-कदा ही ज्ञानाश्रम के किसी वासी से टकराया था।

''ज्ञानाश्रम के स्थायी निवासी बेहद ही कम हैं, ज्यादातर धरती से आये हुए ऋषि-मुनि हैं। ज्ञानाश्रम तक आने के लिये धरती से चलते तो काफी लोग हैं परन्तु ज्यादातर सही रास्ते की अज्ञानता की वजह से बीच में ही दम तोड़ देते हैं। जो श्रेष्ठ मानव सफलतापूर्वक यहाँ तक आ जाते हैं वे लोग भी अपने समय का लगभग पूर्ण हिस्सा तप या योग को ही देते हैं।''

''मैंने सुना है कि ज्ञानाश्रम के अधिकतर निवासियों ने अमरत्व को प्राप्त कर

लिया है, क्या यह सच है?''

''अमरत्व? अमर तो कोई भी नहीं है सिवाय कुछ मानवों के... सत कर्म, पवित्र जीवनशैली, योग-विज्ञान, दक्ष गुरु और उचित ज्ञान से साधारण जन की अपेक्षा ज्यादा तो जीवित रहा जा सकता है परन्तु अमरत्व को पाना असम्भव है।''

घूमते-घूमते दोनों एक झरने के पास पहुँच गये थे। उसके गिरते-बहते नीले नीर से टकराकर सूरज का प्रकाश येक्रांत की आँखों के ठीक सामने ही इन्द्रधनुषी छठा बिखेर रहा था।

''प्राकृतिक रूप से ज्ञानाश्रम कितना सुन्दर है। यहाँ आने के बाद क्या कोई वापस भी जाता होगा?'' प्रकृति की अद्भुत सुन्दरता को निहारते हुए येक्रांत ने श्लोक से पूछा।

''अधिकतर तो नहीं जाते; कुछ ज्ञानी लोग ऐसे भी थे जो यहाँ आए, ज्ञान की प्राप्ति की और वापस धरती चले गये। उन्होंने अर्जित ज्ञान की वजह से भिन्न-भिन्न क्षेत्र में सफलता भी पायी। बहुत सम्भव है कि कुछ बेहद ही शानदार व असाधारण वस्तुओं या विचारों का आविष्कार यहीं पर हुआ हो और बाद में पूरी दुनिया में फ़ैल गया हो।'' श्लोक ने गर्वित स्वर में ज्ञानाश्रम की तारीफ के पुल बनाते हुए कहा। ज्ञानाश्रम की सुंदरता में डूबे हुए, बातचीत करते हुए, पहर बाद दोनों तामस्तीर्थ वापस लौट आये।

प्रियम व रेनव फिर से फन्याज़ के पास खुदाई की स्थिति जानने के लिये पहुँच गये, ''मुझे नहीं लगता कि हमारे पास ज्यादा समय है, कुछ घण्टे के बाद अँधेरे की वजह से रोशनी भी कम होने लगेगी।''

''बड़ी विचित्र-सी स्थिति बन रही है; जहाँ भी खुदाई शुरू करते हैं वहीं से जमीन के अन्दर मौजूद सुरंग दरकने लगती है... सुरंग को बनाने में शायद किसी ऐसी तकनीक का प्रयोग किया गया है कि इसके अन्दर कम से कम खुदाई करके तो प्रवेश नहीं किया जा सके।'' फन्याज़ ने विस्तार से बताते हुए कहा।

''क्या तकनीक की मदद से ऐसी सुरंग बनाना सम्भव है, वह भी सैकड़ों वर्ष पूर्व?'' रेनव पुरातन तकनीक के बारे में सुन कर अविश्वास भरे शब्दों में बोला।

''हाँ पुरातन युग में बड़े-बड़े महाराजा अपना खजाना छिपाने के लिये जमीन के अन्दर गुफा या सुरंग बनाते थे और उस तक कोई बिना प्रवेशद्वार के न पहुँच सके इसके लिये इस तकनीक का प्रयोग किया जाता था।'' फन्याज़ ने उदाहरण देते हुए कहा।

''मतलब नीचे पहुँचने के लिये बाकायदा प्रवेश-द्वार को खोजना होगा।'' प्रियम ने अंदेशा जताते हुए कहा।

"प्रियम, उस बाबा ने भी कुछ ऐसा ही कहा था न कि अज्ञानियों की तरह खुदाई आरम्भ मत कर देना, सही पथ खोज सके तो जो चाहते हो वह सब कुछ मिल जायेगा।" रेनव के माथे पर उम्मीद की झलक दिखायी दी।

"हाँ ऐसा ही कहा था; इसका मतलब गुफा में प्रवेश करने के लिये खुदाई नहीं कर सकते, हमें प्रवेश द्वार ही खोजना होगा।" प्रियम ने रेनव के वाक्य के साथ हामी भरी।

कुछ सोचने के बाद रेनव बोला, "फन्याज़ जी इस गुफा का कोई न कोई मुख तो अवश्य होगा, क्या उस का पता लगाया जा सकता है?"

"अभी तक तो ऐसा कुछ पता नहीं चला, एक कोशिश और कर लेते हैं।"

अब फन्याज़ का पूरा ध्यान खुदाई के बजाय अण्डरग्राउण्ड सुरंग का नक्शा बनाने पर था। कुछ घण्टे की मेहनत के बाद नक्शा तैयार था।

कल्कि ने भी श्री परशुराम के पीछे-पीछे कदम बढ़ा दिये। कल्कि को आभास भी नहीं हुआ और वे दोनों तामस्तीर्थ के शीर्ष तल से पल भर में सतह पर स्थित इमारत के प्रवेश-द्वार तक आ गये। क्षण भर में ही ज्ञानाश्रम के मुख्य दरवाजे तक और उसके अगले ही पल कल्कि ने स्वयं को एक अंजान स्थान पर पाया।

"श्लोक ने भी एक स्थान से दूसरे स्थान तक जाने के लिये इस तकनीक का प्रयोग किया था और अब आपने भी; यह कौन-सी तकनीक है जिसके माध्यम से क्षण भर में ही एक स्थान से दूसरे स्थान तक जा सकते हैं, क्या मैं इसके बारे में जान सकता हूँ?" बिना किसी मशीन या बाहरी माध्यम के एक स्थान से दूसरे स्थान तक जाने वाली तकनीक ने कल्कि को हतप्रभ कर दिया था और अपनी इस जिज्ञासा को वह छिपा नहीं पाया।

परशुराम मुस्कराये और कल्कि की तरफ देखकर बोले, "अगर भौतिकी की नज़रों से देखें तो गति, त्वरण, समय व दूरी के संगम से आप एक स्थान से दूसरे स्थान तक जाते हैं; परन्तु यह तब सम्भव होता है जब गुरुत्वाकर्षण बल स्थायी होता है। आप तो जानते ही हैं कि पृथ्वी की सतह पर गुरुत्वाकर्षण बल ९.8g है जो कि स्थायी है परन्तु गुरुत्वाकर्षण बल जब स्थायी नहीं होता है और समय व स्थान के अनुसार बदलता रहता है तब भौतिकी के मौलिक नियम बदल जाते हैं।

गति, त्वरण, समय, दूरी व बदलते हुए गुरुत्वाकर्षण बल के संगम से हमने एक ऐसे यन्त्र का आविष्कार किया जिसके परिणाम बेहद ही चौंकाने वाले थे। ज्ञानाश्रम के भिन्न-भिन्न स्थानों पर हमने ऐसे यंत्रों को स्थापित किया है जिसकी सहायता से ज्ञानाश्रमवासी आसानी से यात्रा कर सकते हैं।"

“यह तो अद्भुत और बहुत काम का आविष्कार है, इसकी वजह से होने वाली ज्ञानाश्रम वासियों की समय व ऊर्जा की बचत तो अकल्पनीय होगी।” कल्कि के शब्दों में प्रशंसा का पुट था।

“यह ज्ञानाश्रम के महान वैज्ञानिकों के परिश्रम का परिणाम है।” श्री परशुराम ने कहा।

“वैसे यह कौन-सा स्थान है? ज्ञानाश्रम का हिस्सा तो नहीं लगता।” आस-पास के नज़ारे का मुआयना करते हुए कल्कि ने पूछा।

कल्कि व परशुराम इस समय जिस स्थान के बीचों बीच खड़े हुए थे वह किसी भी नजरिये से ज्ञानाश्रम की सुन्दरता से मेल नहीं खाता था। उस स्थान पर जहाँ तक नज़रें जाती थीं वहाँ तक सतह बिलकुल समतल थी। न तो किसी पहाड़, पर्वत या उच्च स्थान का कोई संकेत था और न ही किसी गड्ढे, नदी या नाले का। भूरे रंग की चमकीली सतह न तो बिल्कुल ठोस थी और न ही रेतीली। जमीन का वह हिस्सा कुछ विशेष प्रकार का जान पड़ता था जो किसी भी तरह की वनस्पति से लेकर जीव तक के नामोंनिशान से वंचित था।

स्वच्छ वातावरण में उपस्थित प्रकाश की तीव्रता से संध्या प्रतीत होती थी और आसमान टिमटिमाते तारों से भरपूर नज़र आ रहा था। अजीब प्रकार की आवाज़ भी लगातार वातावरण में गूँज रही थी जो भूकम्प के समय आने वाली कर्णभेदी आवाज़ के समान प्रतीत होती थी।

“जहाँ खूबसूरती है वहाँ बदसूरती भी है, जहाँ पहाड़ हैं वहाँ रेगिस्तान भी है, जहाँ स्वर्ग है वहाँ नरक भी है। यह स्थान भी ज्ञानाश्रम का ही एक हिस्सा है। अपने प्राकृतिक स्वभाव की वजह से यहाँ किसी भी तरह का जीवन नहीं पनप पाता है। यह पृथ्वी व उसके वायुमण्डल का केंद्र-बिंदु है। यह ज्ञानाश्रम ही नहीं अपितु पृथ्वी का सबसे अनोखा स्थान है जिसको मृत-धृत के नाम से पुकारा जाता है... मतलब मृत्यु के द्वारा जकड़ा हुआ स्थान।” अनुभवी परशुराम ने दार्शनिकता व विचित्रता के शब्दों को एक साथ पिरोकर कल्कि के प्रश्न का उत्तर दिया।

“विश्वास नहीं होता कि कल्पना से भी ज्यादा सुन्दर ज्ञानाश्रम के अन्दर ऐसा भी स्थान हो सकता है।”

“विश्वास तो इस बात पर भी नहीं होगा कि यह स्थान अपना स्वभाव, समय के साथ-साथ बदलता रहता है; पृथ्वी के अपने अक्ष पर घूमने तथा अपनी कक्षा में चक्कर लगाने के अनुसार मृत-धृत अपना स्वभाव व व्यवहार बदलता रहता है और इस बदलाव के केंद्र में होता है गुरुत्व। समय के साथ यहाँ गुरुत्वाकर्षण बल भी बदलता रहता है और यह बदलाव शून्य से लेकर किसी भी ज्ञात अधिकतम स्तर तक हो सकता

है।'' अब श्री परशुराम मुद्दे की बात पर आये थे।

''आपके कहने का तात्पर्य है कि यही वह स्थान है जहाँ आप मुझे गुरुत्व को नियंत्रित करने की विद्या सिखाने वाले हैं।'' कल्कि ने त्वरित प्रतिक्रिया देते हुए कहा।

कल्कि की बात सुनकर श्री परशुराम ने हल्की मुस्कान ली और कहा, ''मानव मस्तिष्क एक ऐसी रचना है जिसको सभी विद्याओं का ज्ञान है, फर्क है तो सिर्फ पहचानने का। आप इस स्थान पर रुकिए, फिर देखते हैं कि आप कितना गुरुत्व को आत्मसात कर पाते हैं, आपके मस्तिष्क व शरीर की सक्षमता आने वाली परिस्थितियों को कितना अवशोषित कर पाती है। उम्मीद है इस प्रक्रिया में आप अपनी साँसों व धड़कनों पर अच्छी तरह से नियंत्रण कर पायेंगे... मैं तामस्थीर्थ में आपकी प्रतीक्षा करूँगा।'' कहने के तुरन्त बाद श्री परशुराम ने एक कदम पीछे की तरफ खींचा और कल्कि के प्रत्युत्तर के बिना ही वहाँ से अदृश्य हो गये।

मृत-धृत में कल्कि विचित्र वातावरण के बीच अकेला खड़ा हुआ था। आगे की कार्यवाही के लिये पहले श्री परशुराम के द्वारा कहे हुए शब्दों को डिकोड करना और समझना बहुत आवश्यक था वरना एक गलत कदम सचमुच साँसों व धड़कनों पर हमेशा के लिये विराम लगा सकता था।

''मेजर, इस पूरे क्षेत्र का अण्डरग्राउण्ड नक्शा तो तैयार है लेकिन यह अजीब है, बेहद ही अजीब।'' फन्याज़ के भाव बता रहे थे ऐसा कुछ उस ने अपने कार्य क्षेत्र में कभी नहीं देखा था।

''मतलब? अजीब कैसे? प्रवेश द्वार का तो पता चल पा रहा है ना!''

''निश्चित रूप से तो नहीं कह सकता... यहाँ एक सुरंग नहीं बल्कि एक से ज्यादा हैं, उनके अंत तथा प्रवेश का कोई ठिकाना नहीं है, सब एक-दूसरे में उलझी हुई हैं। परन्तु जो बात सबसे ज्यादा अजीब है वह है सारी सुरंग का मिलन बिंदु; ये सब एक केंद्र बिंदु पर मिलती हैं।''

''और यह केंद्र बिंदु कहाँ हैं?'' प्रियम एक कदम आगे बढ़ आयी।

''जहाँ इस समय हम लोग खड़े हैं यह छोटा-सा मंदिर ही केंद्र बिंदु है।''

प्रियम और रेनव के चेहरे पर अचरज भरे भाव थे। वे न जाने कितने समय से इस मंदिर के आस-पास ही थे। यह मंदिर जो प्रवेश द्वार था कुरुक्षेत्र के रहस्यमयी एवं शक्तिशाली हथियारों का, कल्कि की योजना का और पृथ्वी व मानवजाति को बचाने का।

''तो इस मंदिर के आस-पास मशीन से खुदाई करते हैं।'' तत्वत ने सुझाव देते

हुए कहा।

"मुझे नहीं लगता कि यहाँ पर भी खुदाई संभव हो पायेगी; किसी भी प्रकार की जबरदस्ती रास्ते को हमेशा के लिये बंद कर सकती है।" फन्याज़ ने समझाना चाहा।

"फिर?" तत्वत हैरान था क्योंकि उसका अपना पिछला अनुभव यहाँ गच्चा खा रहा था।

"अब एक ही रास्ता है।" इस बार फन्याज़ ने सुझाव देते हुए कहा।

"वह क्या?" तत्वत ने जानना चाहा।

"अगर इस मंदिर को गुफा में प्रवेश का केंद्र बिंदु बनाया गया था तो प्रवेश करने का तरीका भी बनाया गया होगा, अब बस उस तरीके का पता लगाना होगा। मगर कैसे?"

"कुछ कहा आपने!" फन्याज़ को सोच में डूबे देख कर तत्वत ने टोका।

"इस मंदिर से ही हमें आगे बढ़ने का रास्ता मिलेगा।" फन्याज़ अब बारीकी से मंदिर के चप्पे-चप्पे पर निगाहें डाल रहा था।

"इस छोटे-से मंदिर में ऐसा कुछ भी ख़ास तो नहीं दिखता जो गुफा तक पहुँचने में मदद कर सके।" काफी देर से शांत खड़ी प्रियम ने कहा जो पहले ही इस तरीके पर विचार कर चुकी थी।

"एक तरीका है।" इस बार फन्याज़ की आवाज़ में आत्मविश्वास झलक रहा था।

"क्या तरीका है?" उम्मीद की किरण दिखते ही रेनव फन्याज़ की तरफ एक कदम आगे बढ़ गया।

"मुझे लगता है कि इन्फ्रासोनिक तकनीक यहाँ काम कर सकती है; अगर सब कुछ उम्मीद के मुताबिक रहा तो गुफा तक पहुँचने का कुछ न कुछ सुराग अवश्य मिलेगा।" फन्याज़ ने तत्वत को इशारा भी कर दिया कि इस तकनीक के अनुसार मंदिर का मुआयना किया जाये।

"क्या आपने ऐसा कुछ पहले भी किया है?" कोई भी कदम उठाने से पहले रेनव आश्वस्त हो जाना चाहता था कि कहीं कुछ गलत न हो जाये।

"हमारा काम ही प्राचीन खँडहर और स्ट्रक्चर को समझना है।" फन्याज़ ने समझाया।

"इन्फ्रासोनिक तकनीक... यह तकनीक कैसे सहायता कर सकती है?" प्रियम ने फन्याज़ की तरफ मुखातिब होते हुए पूछा।

"इस मंदिर में सिर्फ यही एक वस्तु है जो नीचे जाने का रास्ता हो सकता है।"

फन्याज़ ने चक्र के प्रतिरूप की तरफ इशारा करते हुए कहा, "इस तकनीक के सहारे इस चक्र को हम पूर्ण तरीके से स्कैन करेंगे, विश्लेषण करेंगे और उसके बाद हो सकता है कि कोई रास्ता मिल जाये।"

"क्या यह कार्य अभी कर सकते हैं?" काफी समय बाद प्रियम के चेहरे पर उम्मीद की रोशनी दिखायी दे रही थी।

"बिलकुल!" फन्याज़ ने तुरंत अपनी टीम को आवश्यक दिशा-निर्देश दिये। सभी को बाहर भेजकर मंदिर को खाली करा लिया गया। इन्फ्रासोनिक मशीन से निकली विशेष तरह की किरणों और तरंगों ने चक्र का एक प्रतिरूप कम्प्यूटर पर भी बना दिया।

अब अगला कदम था कम्प्यूटर पर बने प्रतिरूप का विश्लेषण करना। पुरातत्व विभाग के शक्तिशाली कम्प्यूटर ने अपना कार्य करना शुरू कर दिया था। इस प्रक्रिया में मिनटों से लेकर घण्टों तक लग सकते थे।

मृत-धृत से लौटने के बाद कल्कि की शारीरिक बनावट में अंतर साफ़ नज़र आ रहा था। सिर पर बालों की लम्बाई बढ़ गयी थी तो उँगलियों में नाखुनों की। माँसपेशियों में खिंचाव व कटाव उसके आकर्षण में चार चाँद लगा रहे थे। शरीर की लम्बाई में कुछ इंच की तो उम्र में कुछ दिनों की बढ़ोतरी को भी कोई नकार नहीं सकता था। चेहरे पर तेज़ की कमी न तो पहले थी और न ही अब थी।

"आप बदले-बदले नज़र आ रहे हैं।" तामस्तीर्थ में आते ही कल्कि का सामना सबसे पहले येक्रांत से हुआ।

"थकान का असर है, बस जैसे-तैसे जिन्दा बच कर आ रहा हूँ।" कल्कि को शायद अभी तक अपने शरीर में हुए बदलाव का आभास नहीं हुआ था।

"आगे की क्या योजना है?" येक्रांत ने पूछा। वह अभी तक कल्कि को घूर रहा था।

"श्री परशुराम से मिलकर विदा लेते हैं, अब ज्ञानाश्रम से चलना चाहिए।" कल्कि के मस्तिष्क में आगे की कार्य-योजना अपना आकार लेने लगी थी।

"गुरुवर अब हमें चलना चाहिए; आपके द्वारा प्रदान की गयी शस्त्र-शास्त्र तथा गुरुत्व की विद्या ऐसे संकट के समय में निश्चित ही बहुत उपयोगी होने वाली है।" कल्कि ने परशुराम से वापस जाने का आग्रह करते हुए कहा।

"जैसा आप उचित समझें कल्कि; श्री कृपाचार्य ने आपको चुना था और अब मैं भी आत्मविश्वास के साथ कह सकता हूँ कि उनका चुनाव बिलकुल भी गलत नहीं है।

आप अधोत्र के पद के लिये सर्वथा उपयुक्त हैं, ज्ञानाश्रम आपकी प्रतीक्षा करेगा।'' परशुराम के कहे शब्दों ने कल्कि का सीना गर्व से चौड़ा कर दिया था। यह अलग बात है कि श्लोक के लिए यह शब्द हैरान करने वाले थे। अपने क्रोधी स्वभाव के लिए प्रख्यात व्यक्ति के मुख से ऐसे शब्दों को सुनना किसी को भी हैरान कर सकता था।

''आपके शब्दों से ही आपकी महानता का पता चल रहा है। जो भी मैं कर पा रहा हूँ वह सब चिरञ्जीवियों के आशीर्वाद और मार्गदर्शन की वजह से ही सम्भव हो पाया है।'' पूर्ण विनम्रता के साथ कल्कि ने कहा।

''ज्ञानाश्रम पुनः आना हुआ तो कैसे आयेंगे? भेड़ाक्षों की बस्ती कुछ ज्यादा ही पसंद तो नहीं आ गयी आपको।'' कटाक्ष करते हुए श्री परशुराम बोले।

''ऐसा नहीं है गुरुवर... आप ही कोई दूसरा रास्ता बतायें जहाँ भेड़ाक्ष जैसी मुसीबत का सामना न करना पड़े और समय भी कम लगे।''

''दूसरा आसान और बेहद सीधा रास्ता भी है।'' श्री परशुराम ने श्लोक की तरफ इशारा किया।

श्लोक ने उनको एक घड़ीनुमा वस्तु दी जो उन्होंने कल्कि की तरफ बढ़ा दी और बोले, ''यह लीजिए, इसको हाथ में पहन सकते हैं। यह एक विशेष प्रकार का यन्त्र है जो आपके ही लिए बनाया गया है, इसकी सहायता से आप पृथ्वी तल तथा ज्ञानाश्रम के बीच आसानी से आ-जा सकते हैं।''

कल्कि को उलझन में देखते हुए श्लोक एक कदम आगे बढ़ा और कहा, ''यह घड़ी ज्ञानाश्रम की उन्नत तकनीक का एक उदाहरण है। दिव्य पुंज का सूक्ष्म रूप इस घड़ीनुमा यंत्र में कैद है। इस घड़ी के अन्दर एक ख़ास तत्व का प्रयोग किया गया है जो एक उत्प्रेरक की तरह कार्य करता है; यह तत्व सूक्ष्म दिव्य पुंज की शक्ति को कई सौ गुना बढ़ा देता है जिसकी वजह से अकल्पनीय व अविश्वसनीय कार्य किये जा सकते हैं।

आपके शब्दों में कहें तो यह एक ख़ास तरह का ट्रांस-रिसीवर यंत्र है जो ज्ञानाश्रम में स्थित मुख्य मशीन से जुड़ा हुआ है; आप भले ही पृथ्वी के किसी भी कोने में क्यों न हों इसकी सहायता से आप ज्ञानाश्रम तक आसानी से पहुँच सकते हैं।''

एक पल के लिये विराम लेने के बाद श्लोक ने बोलना जारी रखा, ''अच्छा एक बात बताना भूल गया, जब-जब आप इस घड़ी का प्रयोग करोगे तब-तब आपके शरीर का रक्त प्रवाह रुक जायेगा, धड़कन बंद हो जायेगी और साँस नहीं ले पाओगे, साथ ही साथ शारीरिक कष्ट इतना होगा कि बताने से कोई फायदा नहीं।''

कल्कि को समझ नहीं आया कि श्लोक घड़ी की खासियत बता रहे हैं या फिर डरा रहे हैं, ''और यह जानलेवा असर कितनी देर तक रहेगा?''

"ज्यादा नहीं सिर्फ तीस सेकण्ड से लेकर एक मिनट तक।"

"क्या धातुंत बम के प्रकोप को यह घड़ी सह पायेगी?"

"ज्ञानाश्रम में बने विशिष्ट धातु और अर्ध-धातु से इस घड़ी को बनाया गया है जिसके ऊपर धातुंत बम का कोई असर नहीं होगा।" श्लोक ने आश्वासन देते हुए कहा।

कल्कि ने येक्रांत की तरफ देखा, उसको चलने के लिये इशारा किया और श्री परशुराम को अभिवादन कर क़दमों को बाहर की तरफ बढ़ा दिया। परशुराम ने श्लोक को इशारा किया जो कि आदेश था कल्कि व येक्रांत को इच्छित स्थान तक भेजने का। श्लोक ने आँखों को मूँदा और अगले ही क्षण उस स्थान से तीनों अदृश्य हो चुके थे। रह गये थे तो सिर्फ श्री परशुराम।

लगभग एक घण्टे के अन्दर चक्र के प्रतिरूप का विश्लेषण पूरा कर लिया गया। फन्याज़, रेनव और प्रियम तीनों की ही नज़रें कम्प्यूटर स्क्रीन पर टिकी हुई थीं।

"सुदर्शन चक्र में कितनी तीलियाँ होती हैं?" फन्याज़ ने प्रश्नात्मक भाव से पूछा।

प्रियम - "शायद एक सौ आठ।"

रेनव - "एक सौ आठ ही होती हैं।"

फन्याज़ - "मगर इस मंदिर में जो चक्र का प्रतिरूप है उस में एक सौ नौ तीलियाँ हैं।"

प्रियम - "मतलब एक ज्यादा।"

रेनव - "हो सकता है; कि इस एक तीली में ही आगे बढ़ने का रास्ता हो।"

फन्याज़ - "हो सकता है। मेरी एनालिसिस भी इस बिन्दु को ध्यान में रख कर की गयी है।"

रेनव - "और इस एनालिसिस का परिणाम क्या है?"

फन्याज़ - "आकार, बनावट, रंग-रूप सभी तरह से ये सब एक सौ नौ तीलियाँ बिलकुल समान हैं, आँखों से देखने पर कोई भी इनकी समानता पर प्रश्न नहीं उठा सकता, मगर इंडेक्स की नज़र से देखें तो एक तीली बाकी से भिन्न है।"

रेनव, प्रियम और बाकी की टीम फन्याज़ को बड़े ध्यान से सुन रही थी।

प्रियम - "इण्डेक्स? मतलब?"

फन्याज़ - "रसायन विज्ञान के अनुसार प्रत्येक पदार्थ का इण्डेक्स अलग-अलग

होता है।''

प्रियम - ''अगर इस एक तीली को इस चक्र से अलग कर दिया जाये तो शायद कुछ और सुराग मिले।''

रेनव - ''शायद।''

फन्याज़ - ''हाँ हो सकता है कि मेरी यह थ्योरी गलत हो और शायद सब कुछ बिगड़ जाये, फिर आगे बढ़ने का एक मात्र रास्ता भी बंद हो जायेगा।''

रेनव - ''रिस्क लेने के अलावा और कोई रास्ता भी नहीं है, हम आपके साथ हैं आप बतायें आगे क्या करना है।''

फन्याज़- ''भिन्न तीली को इस चक्र से अलग करना, उसके बाद इस चक्र में सिर्फ एक सौ आठ तीलियाँ रह जायेंगी।''

रेनव - ''हम कैसे इसमें मदद कर सकते हैं?''

फन्याज़- ''मेरी टीम यह काम कर लेगी, हमारे पास जरूरी मशीन वगैरह सब कुछ है।''

रेनव - ''परन्तु क्या आप पूरी तरह से आश्वस्त हैं कि वह भिन्न तीली कौन-सी है?''

फन्याज़- ''मेरे खयाल से तो हाँ।''

रेनव- ''ठीक है तो फिर आसमान में सूराख करने का समय आ गया है।''

और इसके बाद फन्याज़ की टीम विभिन्न प्रकार के उपकरणों की सहायता से बेहद सावधानी से अपने कार्य पर लग गयी। एक छोटी-सी गलती भी जमीन के नीचे मौजूद सुरंग को हमेशा के बंद कर सकती थी, परन्तु पुरातत्व-बिभाग के लोग अपने कार्य में बेहद ही दक्ष तथा निपुण थे। उम्मीद से भी कम समय में उन्होंने अवांछित तीली को चक्र से अलग कर दिया। किसी को भी नहीं पता था कि इसके बाद क्या होने वाला है या फिर कुछ होने वाला भी है।

तीली को चक्र से अलग करते ही मंदिर के अन्दर विचित्र से परिवर्तन होने लगे। मंदिर के अन्दर का वह दृश्य किसी को भी आश्चर्यचकित करने के लिये काफी था। वहाँ उपस्थित प्रत्येक व्यक्ति बिना पलकें झपकाये और साँसों को थामे मानो बुत बनकर खड़ा हुआ था। आखिरकार दृश्य ही कुछ ऐसा था।

अध्याय 7

।। द्वितीय ताम्रपत्र का रहस्य ।।

थार रेगिस्तान, जैसलमेर...

धूल और रेत से भरे वातावरण में वैसे तो जीवन अत्यंत कठिन होता है परन्तु इंसानों का जीने का जज्बा वहाँ भी कायम रहता है। कई दशक पहले तक थार में जीवन इतना कठोर नहीं था और विभिन्न प्रकार के जीव-जन्तु और वनस्पति अपना जीवन आराम से व्यतीत कर रहे थे। गरमी और पानी की कमी की वजह से जीवन धीरे-धीरे दुश्वार होने लगा। कुछ जीव-वनस्पति हमेशा के लिये मिट गये तो कुछ ने जीवन के प्रति अपनी लड़ाई को जारी रखा।

उल्कापिण्ड के भीषण टकराव की वजह से पृथ्वी का मौसम-चक्र भी अस्त-व्यस्त हो गया था। पृथ्वी के वायुमण्डल में धूल की एक महीन परत बन गयी थी जिसकी वजह से सूरज की पर्याप्त रोशनी धरती तक आते-आते अपना दम तोड़ देती थी। दिन की लम्बाई और तापमान की गहराई में भारी कटौती हो गयी थी। जनवरी के ठण्ड के मौसम ने जहाँ थार के तापमान को भी गोते लगाने पर मजबूर कर दिया था तो वहीं दिल्ली को सियाचिन में बदल दिया।

टकराव की वजह से आये अति तीव्र भूकम्प से जमीन के अंदर वर्षों से सुसुप्तावस्था में रह रहे खतरनाक जीव जाग गए फलस्वरूप वे सतह की तरफ आने लगे। कुछ नरभक्षी- प्रकृति की वजह से तो कुछ भूख की वजह से उनका रुख आबादी की तरफ हो गया।

बेहद ही गरम वातावरण की वजह से सरीसृप प्रजाति का एक खूँखार प्राणी जो सुसुप्तावस्था में चला गया था प्रतिकूल हालात की वजह से अब वापस सतह पर लौट आया था। स्वर्णधूलि से बने रेगिस्तान में सोने की तरह चमकती गिला छिपकली के अंदर अथाह विष भरा होता है जिसके काटने या स्पर्श मात्र से जीवन को मृत्यु में

बदलने में देर नहीं लगती थी। करीब दस फुट लम्बे नरभक्षी सरीसृप की फौज जहाँ-जहाँ से गुजरती वहाँ-वहाँ से इंसान या जानवरों से अपनी भूख मिटाते, आगे बढ़ जाते और पीछे छोड़ जाते हड्डियों का ढेर।

कल्कि और येक्रांत ज्ञानाश्रम की बेहद सफल यात्रा से वापस लौटकर पोखरण आ गये जहाँ प्राज्ञ, जीव वैज्ञानिक डॉक्टर हरि और अन्य वैज्ञानिकों की टीम मिलकर इस दुनिया के सबसे विचित्र जीवों का क्लोन तैयार कर चुके थे, अब प्रतीक्षा थी तो उनके लड़ने लायक जितना बड़े होने की। युद्ध में बनने वाली योजना शतरंज के खेलने के तरीके से ज्यादा जुदा नहीं होती है जहाँ न केवल आपको कदम-कदम पर अपनी योजना में बदलाव करना पड़ता है अपितु अंतिम लक्ष्य को भी दिमाग में रखना पड़ता है।

कल्कि चाहता था कि अगर केचर के साथ आमने-सामने युद्ध लड़ने की स्थिति आती है तो उसके पास वैकल्पिक सेना तैयार हो जो खतरनाक भी हो, जानलेवा भी हो और दुश्मन की सोच से परे भी। वैसे भी धातुंत बम के बाद से मानव सभ्यता के द्वारा खोजी गयी सभी तकनीक का खात्मा हो जायेगा और मानव सिर्फ अपने शारीरिक व मानसिक बल के आधार पर उर्ग्य ग्रह से कभी जीत नहीं पायेगा।

''आखिरकार आप सफल हो ही गये ताम्रपत्र की पहेली को सुलझाने में, अब क्या दूसरे ताम्रपत्र की बारी है?'' प्राज्ञ कई दिनों बाद कल्कि से मिल रहा था। दोनों भाइयों के चेहरे पर फ़ैली मुस्कान से उनके बीच के प्रेम को आसानी से पहचाना जा सकता था।

''हाँ अब इसको भी देख ही लेते हैं।'' बैग से दूसरा ताम्रपत्र निकालते हुए कल्कि ने कहा।

अग्नि वमत्खातागाम्भीर्ये!
वर्षदन लायमानलोकस्य तापे!
ब्रह्म बिन्दु प्राप्तिर्भविष्यति!
अभिशप्त वैरिण्याः सत्यतायाम्!

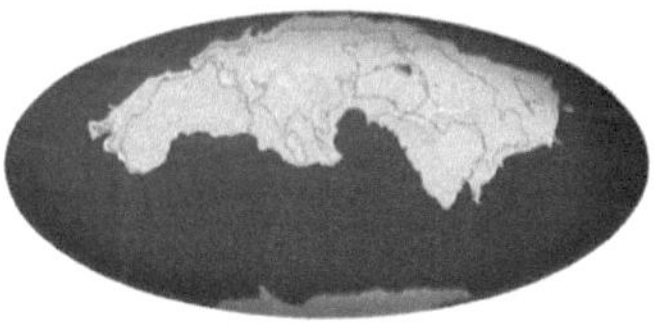

''भाई कुछ नक्शा जैसा प्रतीत होता है। वहीं ताम्रपत्र के दूसरी तरफ कुछ आड़े-तिरछे चिह्न बने हुए हैं और संस्कृत में कुछ लिखा हुआ है।'' प्राज्ञ ने ताम्रपत्र को उलट-पुलटकर मुआयना करते हुए कहा।

''क्या लिखा है हिन्दी में बताओ।'' एक और पहेली को समझने के लिये कल्कि

ने अपने दिमाग को सक्रिय कर दिया था।

"आग उगलती खाई की गहराई में,

बरसते हुए लावा की गरमाई में।

ब्रह्म बिन्दु का आगमन होगा,

श्रापित बैरन की सच्चाई में।।"

"श्रापित बैरन? पंक्तियों से तो लगता है कि इसका इशारा किसी ज्वालामुखी की तरफ है और चिह्न का क्या मतलब हो सकता है?"

कल्कि को सोच में डूबे देख प्राज्ञ ने ताम्रपत्र कल्कि को देते हुए कहा, "इस नक्शे का क्या मतलब हो सकता है?"

नक्शे को देखने के बाद कल्कि ने दो पल के लिये सोचा और एक विचार से उसके चेहरे पर मुस्कान फैल गयी "यह तो पृथ्वी का नक्शा है परंतु आज का नहीं लाखों वर्ष पूर्व का जब पृथ्वी इतने सारे महाद्वीपों में विभाजित नहीं थी।"

"पृथ्वी का नक्शा देने का मतलब है कि यह पत्र किसी न किसी खास स्थान को इंगित करना चाहिए।" प्राज्ञ ने भी अपनी समझ के अनुसार कहा।

"बिलकुल ठीक, श्रापित बैरन न जाने क्यों खटक रहा है। मुझे याद आ रहा है कि किसी पुराने ग्रंथ में निकोबार द्वीप को बैरन नाम से सम्बोधित किया गया है।" कल्कि ने प्राज्ञ की तरफ देखा और पुनः ताम्रपत्र को घूरने लगा।

"लेकिन अण्डमान निकोबार द्वीप तो बहुत बड़ा है।"

"कहीं ये चिह्न किसी खास स्थान को इंगित तो नहीं करते?" कल्कि ने प्राज्ञ के विचार जानने के लिये उसकी तरफ देखा।

"मतलब? आप कहना चाहते हैं कि ताम्रपत्र पर जो ख़ास चिह्न उकेरे गये हैं वे देशांतर व रेखान्तर को इंगित करते हैं।"

"ताम्रपत्र को जितना हम समझ पाये हैं उसके हिसाब से तो लगता है कि निकोबार द्वीप के आस-पास बैरन नाम का कोई स्थान है जहां ब्रह्मास्त्र मिल सकता है। दिये गये अंक और चिह्न निश्चित ही उस स्थान की तरफ इंगित करते हैं, बस इनको डिकोड करना पड़ेगा। डिकोड का जो भी परिणाम होगा वह निश्चित ही किसी खास स्थान की तरफ इंगित करता होगा।" काफी देर बाद कल्कि के चेहरे पर विजयी मुस्कान आयी थी।

"निकोबार द्वीप के आस-पास कुछ नहीं है, है तो सिर्फ दूर-दूर तक समुद्र, यह भी आसान नहीं होने वाला है।" प्राज्ञ ने अपना अंदेशा जताया। अब उसके माथे पर

शिकन और चिंता के भाव आने लगे थे।

"आसान होता तो शायद सैकड़ों वर्ष पूर्व ही ब्रह्मास्त्र खोज लिया गया होता। प्राज्ञ, तुम्हें देशांतर व रेखांतर को डिकोड करना होगा, यह बहुत मुश्किल नहीं होगा; सिर्फ यह पता लगाना है कि किस पुरातन भाषा का प्रयोग किया गया है।" कल्कि के चेहरे पर विश्वास झलक रहा था।

विषम तीली को चक्र से अलग करते ही धातु से बने उस सुदर्शन चक्र का प्रतिरूप जो न जाने कितने सैकड़ों वर्ष से वहाँ जमा हुआ था, अपने स्थान पर हल्का-सा हिला और अपनी धुरी एक सौ अस्सी डिग्री पर घूम गया। जमीन के अन्दर भूकम्प-सा प्रतीत होने लगा। मंदिर की दीवारों में कम्पन से उनका प्लास्टर झड़ने लगा और जमीन हिलती हुई प्रतीत होने लगी।

इस भूतिया घटना ने सबको चकित तो किया लेकिन विचित्र परिवर्तन का तो सिर्फ यह पहला ही दृश्य था। अगला दृश्य तो और भी ज्यादा अविश्वास से परिपूर्ण था।

चक्र अपने स्थान पर घूमने के बाद जमीन के अन्दर धँस गया मानो वह कोई प्रतिरूप न होकर जमीन के अन्दर मौजूद किसी ताले की चाभी हो जो बिना किसी नानुकुर के ताले में एकदम फिट बैठ गयी थी।

जमीन के अन्दर से कुछ अजीब व विचित्र आवाजें आने लगीं जो महसूस कराती थीं कि मंदिर की जमीन के नीचे कोई न कोई मशीन रूपी प्रतिक्रिया चल रही है। इस प्रतिक्रिया के परिणाम के लिये ज्यादा इंतज़ार नहीं करना पड़ा। जिस दो फुट चौकोर प्लेटफार्म के ऊपर चक्र रखा हुआ था वह कुछ पल के बाद छोटे-छोटे टुकड़ों में छिन्न-भिन्न हो गया।

प्रत्येक निर्जीव या सजीव वस्तु का अंजाम निश्चित है और उस अंजाम के घटित होने का समय भी। ऐसा ही कुछ हुआ चक्र और उस प्लेटफार्म का। प्लेटफार्म के नष्ट होने की वजह से वहाँ एक रास्ता बन गया था जो जमीन के नीचे की तरफ जा रहा था।

"भाई मैं भी चलता हूँ आपके साथ, अब तो क्लोन का काम भी पूरा हो चुका है, बचा है सिर्फ इंतज़ार भ्रूणों के बढ़ने का।" प्राज्ञ ने आग्रह करते हुए कल्कि के सामने अपना प्रस्ताव रखा।

"नहीं प्राज्ञ, तुमको यहीं रुकना चाहिए, मुझे इस बार अकेले ही जाना होगा।" कल्कि ने प्राज्ञ की बात को नकारते हुए कहा।

"येक्रांत जी तो साथ में जा सकते हैं न, अकेले क्यों?" प्राज्ञ ने पहले येक्रांत की

तरफ देखा और फिर कल्कि से पूछा।

''येक्रांत की आवश्यकता यहाँ पर ज्यादा है प्राज्ञ।'' और फिर येक्रांत की तरफ मुड़कर बोला, ''भ्रूण को परखनली से निकालने में अभी भी कुछ दिनों का समय और लग सकता है, तब तक उनकी व इस स्थान की सुरक्षा की जिम्मेदारी आपकी है येक्रांत, इस स्थान को हमें किसी भी परिस्थिति में उग्र्य प्रजाति से बचाकर रखना है।''

''निश्चित ही कल्कि देव आप निश्चिंत रहें।'' येक्रांत ने बिना किसी विरोध के कल्कि के आदेश को स्वीकार कर लिया।

''परन्तु निकोबार द्वीप तक जायेंगे कैसे? दिव्य पुंज?'' ताम्रपत्र को कल्कि के बैग में रखते हुए प्राज्ञ ने पूछा।

''हाँ दिव्य पुंज के सहारे तो जाना ही होगा परन्तु मैं सोच रहा हूँ कि सरू को अपने साथ ले जाऊँ। हमारे पास समय ज्यादा बचा नहीं है, सरू साथ होगा तो लम्बी दूरी तय करने में सहायता हो जायेगी।'' और यह कहकर कल्कि उठ खड़ा हुआ एक ऐसे स्थान पर जाने के लिये जो समुद्र में कहीं खोया हुआ था, कहीं अदृश्य था और उद्देश्य था मानव इतिहास का सबसे घातक हथियार को खोजने, पित्रुण्ड काक्षः के द्वितीय खण्ड को खोजने, मानवजाति को बचाने की उम्मीद को खोजने।

कुरुक्षेत्र में उपस्थित अमूल्य हथियारों के खजाने तक पहुँचने का रास्ता सामने ही दिख रहा था लेकिन समस्या के साथ। समस्या यह थी कि उस रास्ते का व्यास इतना छोटा था कि मुश्किल से ही एक बार में एक आदमी अन्दर जा सकता था लेकिन जाना तो था ही। ड्रिल या खुदाई करके रास्ते का आकार बढ़ाने का खतरा कोई भी नहीं लेना चाहता था।

आपस में चर्चा करने के बाद टीम ने नीचे उतरने का जानलेवा फैसला ले लिया। सैकड़ों वर्ष से बंद होने की वजह से बहुत ज्यादा सम्भावना थी कि गुफा के अन्दर आक्सीजन के बजाय मीथेन गैस फेफड़ों का स्वागत करते हुए मिले। अगर ऐसा होने वाला था तो यमदेव के दर्शन निश्चित ही थे।

पुरातत्व विभाग के पास ऑक्सीजन सिलिण्डर संख्या में सिर्फ पाँच थे इसलिए फन्याज़ और उसके एक साथी के अलावा रेनव व दो कमाण्डर ने नीचे उतरने का फैसला किया। कैमरा, पोर्टेबल लाइट के साथ सीमित हथियार और असीमित साहस के साथ पाँच महारथी अनजान राह पर चल पड़े थे।

एक-एक कर किसी तरह पाँचों नीचे उतरे और अँधेरी सुरंग में अपने कदम बढ़ा दिये। पोर्टेबल लाइट से निकलती रोशनी रास्ता दिखाने के लिये पर्याप्त थी। घनघोर शांति और भयावह माहौल भी उनके कदम रोकने के लिए नाकाफी था।

''यह गुफा प्राकृतिक नहीं है, निश्चित ही यह मानवों के द्वारा बनायी गयी है।'' फन्याज़ ने गुफा की अंदरूनी दीवार का मुआयना करते हुए कहा।

''यह बात आप दावे के साथ कैसे कह सकते हैं?'' रेनव ने कहा जो फन्याज़ के बगल में ही चल रहा था। उसके आगे दोनों कमाण्डर तथा पीछे-पीछे फन्याज़ का साथी तत्वत चल रहा था।

''जमीन के ऊपर विशेष प्रकार के पेड़ हैं जो यहाँ जमीन के नीचे की जमीन को अपने जड़ के द्वारा जकड़े हुए हैं। लकड़ियों के सहारे गुफा को सहारा दिया गया है और गुफा को इस तरह बनाया गया है कि प्राकृतिक पत्थर इस को सहारा देते रहें।'' फन्याज़ ने अपने अनुभव का पूरा इस्तेमाल करते हुए गुफा के अंदरूनी हिस्से का मुआयना करते हुए कहा।

प्रत्येक बीस क़दम के बाद रास्ता चार रास्तों में बँट जाता था और फिर बीस क़दमों के बाद फिर से चार रास्तों में। वह तो गनीमत थी कि अण्डरग्राउण्ड इलाके को पहले ही फन्याज़ ने स्कैन कर लिया था फलस्वरूप वांछित स्थान तक का बिलकुल सही रास्ता उसको पता था।

झुकते-झुकाते, बचते-बचाते, ऑक्सीजन मास्क से ढके चेहरे आहिस्ता-आहिस्ता ही सही मगर बिना किसी खतरे के मंजिल के करीब तक पहुँच चुके थे... बेहद करीब।

''आगे तो रास्ता बंद है।'' आगे चल रहे कमांडो ने बोला।

''हाँ यह सिर्फ मिट्टी की मामूली दीवार मालूम होती है, अगर मेरा अंदाजा सही है तो इस दीवार के पार वह स्थान है जिसकी खोज में हम इतना खतरा उठा रहे हैं।'' उस अँधेरे में भी फन्याज़ की आँखों में सफलता की रोशनी साफ़ देखी जा सकती थी।

''दीवार को तोड़ तो नहीं सकते, इसमें ड्रिल करके एक रास्ता बना लेते हैं फिर हम उस पार जा सकेंगे।'' फन्याज़ के साथी तत्वत ने अपना सुझाव रखते हुए कहा।

''हाँ ड्रिल वाला आप्शन ज्यादा ठीक रहेगा, लेकिन मिट्टी की दीवार है ड्रिल करना भी बेहद खतरनाक होगा।'' कुछ सोचने के बाद फन्याज़ बोला, ''तत्वत तुम्हारे बैग में ट्राएंगल सपोर्टर होना चाहिए।''

''हाँ, है तो।'' तत्वत ने तुरन्त जवाब दिया।

''ठीक है। हम बस जरूरत भर जितना ही ड्रिल करेंगे और उसके बाद जो सूराख बनेगा उसमें ट्राएंगल सपोर्टर को फिट कर देंगे ताकि दीवार को मजबूती मिलती रहे।'' फन्याज़ ने साफ़-साफ़ शब्दों में जोर से बोला।

''यह विचार अच्छा है, मैं ड्रिल करता हूँ।'' दोनों कमाण्डर को पीछे आने का

संकेत देकर तत्वत स्वयं आगे आ गया और फन्याज़ के आदेशानुसार आवश्यक कार्यवाही करने लगा।

रेनव बेहद गौर से उन दोनों को काम करते हुए देख रहा था। बहुत सम्भव था कि उसकी यह खोज यहीं पूरी हो जाये, कल्कि के द्वारा दिये गये उत्तरदायित्व का निर्वहन हो जाए।

कुछ ही समय की मेहनत के बाद इतना बड़ा सुराख कर लिया गया था कि एक आदमी आराम से उसके आर-पार जा सके। मजबूती के लिये उस सुराख में ट्राएंगल सपोर्टर को ठीक से लगा दिया गया। जमीन से लगभग तीन फुट ऊपर बने हुए सुराख में से एक बार में एक ही आदमी आर-पार जा सकता था। सुराख के उस पार गुप्प अँधेरा नज़र आ रहा था... हालांकि तत्वत के पास ऑक्सीजन की उपस्थिति को जाँचने के लिये जो मशीन थी वह पर्याप्त ऑक्सीजन का संकेत दे रही थी।

"क्या हुआ तत्वत? किस सोच में डूब गये आप?" तत्वत के द्वारा आगे कदम न बढ़ाने पर रेनव ने जानना चाहा।

"उस पार के वातावरण में ऑक्सीजन है।" तत्वत के चेहरे पर खुशी के भाव होने चाहिए थे परन्तु वो नदारद थे।

"यह तो हमारे लिए अच्छा है, बिना ऑक्सीजन मास्क के हम बेहतर तरीके से और ज्यादा देर तक काम कर पायेंगे।" रेनव ने उत्साहित होते हुए कहा।

"ऑक्सीजन होने का मतलब है कि उधर जीवन के अनुकूल माहौल है, कोई जीव या कहूँ खतरनाक जीव भी उस तरफ हो सकते हैं।" इस बार फन्याज़ ने ऑक्सीजन की उपस्थिति के नकारात्मक पहलू को दर्शाया।

"हाँ यह तो आपने बिलकुल ठीक कहा, मेरे ख्याल से तत्वत या आपके जाने से पहले मेरा एक कमाण्डो जाकर पहले सुरक्षा का जायजा लेगा उसके बाद सब कुछ ठीक रहा तो हम सब उस पार चलेंगे, अगर कोई खतरनाक जीव हुआ तो कमाण्डो के पास हथियार तो हैं ही।" रेनव ने तत्वत और फन्याज़ को आश्वस्त करते हुए कहा।

रेनव का इशारा पाने भर की देर थी कि एक कमाण्डो ने तुरंत ही उस पार जाने के लिये सुराख के अन्दर अपने कदम बढ़ा दिये। पीछे से तत्वत ने कृत्रिम रोशनी का इंतज़ाम कर दिया। अब इंतज़ार था तो सिर्फ कमाण्डो की रिपोर्ट का।

दो मिनट से ज्यादा समय नहीं बीता होगा कि कमाण्डो की चीख ने बाकी सब लोगों की धड़कनों को रफ्तार दे दी। चारों भागकर सूराख के पास गये और कृत्रिम रोशनी में उस पार के क्षेत्र को चिंतित नज़रों से देखने लगे।

"तुम ठीक तो हो न! तुम चीखे क्यों थे?" रेनव ने गला फाड़ते हुए पूछा मगर

कोई जवाब न मिला। कृत्रिम रोशनी के फोकस की तीव्रता को उच्चतम स्तर पर ले जाकर रेनव कमाण्डो को ढूँढने का प्रयास करने लगा। सेकेण्ड भर के प्रयास में ही रोशनी का फोकस कमाण्डो के ऊपर था मगर वह अकल्पनीय दृश्य रेनव के साथ-साथ सभी के नर्वस सिस्टम को सुन्न कर देने के लिये पर्याप्त था।

कल्कि का अगला लक्ष्य था बैरन नाम का स्थान जो निकोबार द्वीप के लगभग सौ किलोमीटर के दायरे में कहीं होना चाहिए था। दन्त कहानियों के अनुसार यह भारत का सबसे ख़तरनाक स्थान है जहाँ हर समय सक्रिय ज्वालामुखी में विस्फोट का अंदेशा बना रहता है। इस स्थान तक जाना अपनी जान हथेली पर रखने के बराबर है। सम्भव है कि उल्कापिण्ड की वजह से आयी सुनामी ने इसको अपने अन्दर ही समेट लिया हो।

दिव्य पुंज ने सरू व कल्कि को हिन्द महासागर में पानी के नीचे छोड़ दिया जहाँ से ऊपर तक आने में कुछ ही पल का समय लगा। समुद्र के बीचों-बीच से बैरन द्वीप को खोजना और वहाँ तक तैरकर जाना एक असम्भव-सा स्वप्न था अगर सरू साथ न होता तो। परन्तु सरू उड़कर यह कार्य बखूबी कर सकता था, आखिरकार वह एक असाधारण उड़ने वाला घोड़ा था। पानी से निकलकर सतह तक और पानी की सतह से आसमान की उड़ान तक जाने में सरू ने ज्यादा समय नहीं लिया।

कल्कि तो क्या किसी भी मानव ने कभी सोचा भी नहीं होगा कि एक उड़ने वाला घोड़ा मानवजाति की इस तरह से सहायता करेगा। इस विचित्र जीव की नींव आज से तीस वर्ष पूर्व सदी की शुरूआत में ही पड़ गयी थी जब चीन के जीव वैज्ञानिक जिन याँग ने सरू नामक भ्रूण की रचना की थी।

अब इसे प्रकृति का अजब संयोग कहें या फिर प्रभु की लिखी हुई परिकल्पना कि जिन याँग की यह रचना आज कल्कि के पास है और मानवजाति को बचाने में अपना अहम योगदान दे रही है। अगर जिन याँग और कल्कि के माता-पिता विश्रवा व प्रख्यात एक ही विमान में सवार न होते तो! अगर विमान क्रैश ना हुआ होता तो! अगर विश्रवा, प्रख्यात या फिर सरू का भ्रूण क्रैश में सही-सलामत न बचते तो! या फिर कल्कि उस अज्ञात-विचित्र आइलैण्ड से निकलने का रास्ता नहीं खोज पाता तो! अगर इन प्रश्नों में किसी का भी उत्तर ना में होता तो 'न' आज कल्कि होता और न सरू।

खैर यह सब घटित हुआ और आज कल्कि-सरू की जोड़ी बैरन नामक स्थान की तरफ त्रिपुण्ड काक्षः के दूसरे हथियार ब्रह्मास्त्र की खोज में बढ़ रही थी। हवा को चीरकर आगे बढ़ने में सरू को कोई परेशानी नहीं हो रही थी। लगभग एक घंटे के हवाई सर्वे के बाद, ताम्रपत्र पर उकेरे हुए नक़्शे की सहायता से बैरन नाम का स्थान खोज लिया गया था जो महासागर के बीचों-बीच एक द्वीप था। न जाने कैसे आज तक वह स्थान मानवों

की खोजी नज़रों से बचा हुआ था। बिना कोई और कठिनाई उठाये, वे दोनों बैरन द्वीप तक आ पहुँचे।

नीचे की तरफ ठोस जमीन को देखते ही सरू ने धरातल की तरफ उड़ना शुरू कर दिया। समुद्र और धरती के मिलन वाले स्थान पर दोनों उतर गये। स्वर्ण रूपी रेत से भरा हुआ वह स्थान बेहद ही शांत और सुनसान नज़र आता था। किसी भी आदिवासी या जानवर के होने के संकेत कम से कम अभी तो नज़र नहीं आ रहे थे। आधा पानी में डूबी हुई और बाकी आधी धरती के ऊपर उपस्थित काली चट्टानों की शृंखला, जो देखने में बेहद ही विशाल थी वहाँ के एकाकीपन को दोगुना करने का कार्य ही कर रही थीं।

"अब यहाँ ब्रह्मास्त्र कहाँ खोजूं? कई वर्ग किलोमीटर से भी ज्यादा वाले इस स्थान को खोजने में तो कई दिन लग जायेंगे, सरू के साथ एक बार हवाई सर्वे कर लेता हूँ कुछ तो आइडिया लगेगा।"

कल्कि ने सरू के साथ पूरे द्वीप का हवाई सर्वे किया लेकिन फिर भी पूरे द्वीप पर ऐसा कोई स्थान नहीं मिला जहाँ ब्रह्मास्त्र मिलने के आसार हों या फिर कुछ विशेष नज़र आता हो। थक-हारकर सरू व कल्कि फिर से द्वीप के तल पर उतर गये। कल्कि ने अब अपने दिमाग पर जोर डालना आरम्भ कर दिया था कि आखिरकार ब्रह्मास्त्र को खोजने की शुरूआत कहाँ से की जाये।

समुद्र के किनारे तो ब्रह्मास्त्र के मिलने के अवसर शून्य से ज्यादा न थे इसलिए कल्कि ने किनारे से दूर जंगल की तरफ रुख करने का निर्णय किया। किनारे से दूर की तरफ कल्कि आगे-आगे तो सरू पीछे-पीछे चल पड़ा। कुछ ही समय के कदमताल के पश्चात बिखरी पड़ी समुद्री रेत में परिवर्तन दिखायी देने लगा था जो अब मिट्टी में परिवर्तित होने लगी थी। इसका इशारा सिर्फ एक ही था कि पेड़-पौधों की कतार जल्द ही देखने को मिलेगी।

कल्कि को आशा थी कि शायद यहाँ कोई मानव उसे मिल जाये जो उसको ब्रह्मास्त्र को पाने का रास्ता दिखा सके। जैसे कि चिरञ्जीव महाबलि मिल गये थे जिसके फलस्वरूप वह पंचतत्व श्लोक को जान सका था इस उम्मीद के साथ वह आगे बढ़ता रहा।

छोटे-मोटे पेड़-पौधों ने अब घने जंगल का रूप ले लिया था। कल्कि के प्रत्येक कदम के साथ जंगल का घनापन बढ़ता ही जा रहा था। अब एक-एक कदम बढ़ाना कल्कि के लिए मुश्किल होता जा रहा था। इन मुश्किल हालात का सामना सिर्फ कल्कि को ही नहीं सरू को भी करना पड़ रहा था। खुले मैदान में कुलाँचे मारने की बात हो या फिर आसमान में तैरने का, दोनों में ही सरू का कोई मुकाबला नहीं था

परन्तु यह परिस्थितियाँ उसके लिए भी नरक के समान थीं।

अब तक जंगल बेहद ही भयानक रूप ले चुका था। जहाँ तक नज़रें जाती थीं वहाँ तक सिर्फ और सिर्फ कंकाल रूपी पेड़ नज़र आते थे। पेड़ों के ऊपर न तो पत्तियों की हरियाली के निशान थे और न ही फूलों की कोमलता के। प्रतीत होता था जैसे फूल-पत्तियों ने पेड़ों का साथ छोड़ दिया हो। जंगल की भयावहता को बढ़ाने में ये पेड़ पूरा-पूरा साथ दे रहे थे।

जमीन मटमैले पत्तों से भरी हुई थी। जहाँ एक तरफ गंजे पेड़ों के नुकीले तनों ने कल्कि और ख़ासकर बड़े शरीर वाले सरू के शरीर पर घाव देना शुरू कर दिया था वहीं दूसरी तरफ पत्तों से भरी हुई गीली व भुरभुरी जमीन पर चलना अब असम्भव-सा काम लग रहा था।

आसमान में घनघोर काले बादल छाये हुए थे जिनको पार करने का दुस्साहस सूर्य की किरणें भी नहीं कर पा रही थीं। हवा के बहने की रफ्तार तापमान के साथ-साथ दृश्यता भी कम कर रही थी। धूप की कमी और घावों की जलन ने कल्कि के साथ-साथ सरू की हिम्मत की भी परीक्षा लेना शुरू कर दिया। इन परिस्थितियों के बावजूद दोनों ने आगे बढ़ना ज़ारी रखा। इस बढ़त को ब्रेक लगा जब कल्कि के ऊपर जानलेवा हमला हुआ और उसको एक अनजान-सी वस्तु ने अपने लपेटे में ले लिया। जब तक कल्कि कुछ सोच सकता, कुछ समझ पाता उससे पहले ही उसका दम घुटने लगा था।

जितने रंग-बिरंगे फूल किसी बगीचे में नहीं मिलते होंगे उससे कहीं ज्यादा रंग-बिरंगे नागों का समूह वहाँ दिखाई दे रहा था और वे भी थोक के भाव में। उस तरफ का हिस्सा एक खाली मैदान की तरह दिख रहा था। सूराख से दस मीटर से आगे का देखना सम्भव नहीं हो पा रहा था।

"मुझे लगता है कि अन्धकार की वजह से कमाण्डो का पैर किसी नाग पर पड़ गया होगा और प्रतिक्रियावश नाग ने उनको काट लिया होगा। जमीन के इतने नीचे रहने और बिना सूर्य-प्रकाश की वजह से यह नागों के समूह निश्चित ही अपने स्वभाव के अनुकूल विषैले होंगे।" तत्वत घबरायी आवाज़ में बोला।

"हमारे पास एन्टी डोट है, घबराने की जरूरत नहीं है।" फन्याज़ में आत्म-विश्वास भरपूर था और कैसी भी परिस्थितियों में न घबराने का हुनर भी।

"तो फिर अन्दर चलते हैं, एन्टी डोट का प्रयोग भी एक निश्चित सीमा के अन्दर करना होता है।" दूसरे कमाण्डो ने तुरन्त अपना पक्ष रखा। वह अपने साथी के लिए बेहद चिन्तित था।

"मेजर मैं ठीक हूँ।" किसी के कराहने के जैसी आवाज़ सुनकर तत्वत ने फिर से

लाइट का फोकस गुफा की तरफ, आवाज़ की दिशा की तरफ कर दिया।

वह आवाज़ निश्चित रूप से अन्दर गये कमाण्डो की थी। कराहता हुआ वह सूराख से वापस आ तो गया परन्तु उसका पूरा शरीर नीला पड़ गया था और करीब-करीब बेहोशी की अवस्था में था।

"हमें तुरन्त इसको एन्टी डोट देना होगा।" तत्वत ने अपने कंधे पर लटकाये हुए बैग को नीचे जमीन पर रखा और एन्टी डोट को इंजेक्शन के द्वारा कमाण्डो के शरीर में डाल दिया।

दूसरे कमाण्डो की तरफ मुखातिब होते हुए रेनव ने कहा, "इसको तुरन्त यहाँ से बाहर ले जाओ।

"आगे का क्या प्लान है?" तत्वत बस काम ख़त्म कर जल्दी से जल्दी यहाँ से निकल जाना चाहता था।

"अन्दर जा नहीं सकते और हथियारों के बिना मैं वापस नहीं जा सकता।" चिंता की रेखा तो रेनव के माथे पर भी थी परन्तु उसे पता था कि कोई न कोई रास्ता जल्द ही खोज लिया जायेगा।

"फिर?" तत्वत की अधीरता कम होने का नाम नहीं ले रही थी।

"बिना योजना के आगे बढ़ना बेवकूफी होगी, योजना के बिना युद्ध नहीं जीता जाता।" रेनव ने तत्वत के कंधे पर हाथ रखते हुए समझाने की मुद्रा में बोला।

रेनव और फन्याज़ गहरी सोच में डूबे हुए थे। दोनों के दिमाग अनायास आ गयी इस समस्या को सुलझाने के लिये मंथन कर रहे थे। समय तो कुछ जरूर लगा परन्तु समाधान भी मिला... मगर तीसरे आदमी से, तत्वत से।

"मेरे पास एक विचार है।" तत्वत ने आत्मविश्वास के साथ फन्याज़ का रुख करते हुए कहा।

"और वह क्या है?"

"इस बला से निपटने का एक तरीका है और वह है अग्नि; आग से प्रत्येक जीव डरता है और यहाँ भी निश्चित ही ऐसा होगा।"

"तत्वत, क्या तुम चाहते हो कि हम फ्लेम गन का प्रयोग करें?" फन्याज़ आश्चर्यचकित था कि मुसीबत से निपटने का क्या यह सही तरीका होगा।

"क्या? फ्लेम गन! हम इन जीवों को मार नहीं सकते।" रेनव भी यह आइडिया सुनकर सकते में था।

"और कोई बेहतर आइडिया?" तत्वत ने जानना चाहा।

“है तो।” रेनव के चेहरे पर आत्मविश्वास की झलक आखिरकार लौट आयी थी।

“क्या है?” फन्याज़ ने पूछा।

“सर्पगंधा। यह एक विशेष प्रकार का पौधा होता है जिसके पत्तों के जलने से पैदा हुए धुएँ से नाग प्रजाति दूर रहती है।” रेनव ने अपना आइडिया देते हुए कहा।

“हाँ रेनव आप बिलकुल ठीक कह रहे हैं, मैंने भी इस के बारे में सुना है।” फन्याज़ ने रेनव के आइडिया का समर्थन करते हुए कहा।

“तो क्या धुएँ से यह बला टल जाएगी?” तत्वत ने जानना चाहा।

“जरूरी नहीं है; कुछ नाग यहाँ से चले जायेंगे और बाकी बचे जिद्दी प्रकार के जो नहीं जायेंगे, वो गहरी नींद में चले जायेंगे।”

“और उनके वापस नींद से जागने पर क्या होगा?” तत्वत कोई भी खतरा उठाने के मूड में नहीं लग रहा था।

“फिर से वापस नींद में भेजने की तैयारी। कुछ खतरा तो है परन्तु किसी जीव की जान लेने से बेहतर है।” रेनव, जो तत्वत की तरफ ही देख रहा था उसकी हामी के इंतज़ार में।

“ठीक है सर्पगंधा को भी देख लेते हैं आज, कहाँ मिलेगा यह पौधा?”

“इस जंगल में बहुतायत में है... चलो फिलहाल तो इस अँधेरे से बाहर निकलते हैं।” रेनव ने अपने कदम वापसी की तरफ मोड़ दिये।

मोटी-सी भुजंग रूपी, दिखने में बेहद ही मजबूत नज़र आ रही उस जंगली बेल ने कल्कि को अजगर की भाँति जकड़ आसमान में उठा लिया। बेल के ऊपर छोटे-छोटे सेंसर रूपी रोम कल्कि के शरीर में धँसकर प्रवेश करने का प्रयास कर रहे थे। जहाँ एक तरफ बेल कल्कि को धरती से ऊपर उठाती जा रही थी वहीं दूसरी तरफ उसके नर्वस सिस्टम पर भी असर कर रही थी।

कल्कि को मुसीबत में देखकर सरू ने सहायता करने का प्रयास किया, बेल को अलग करने का भरसक प्रयास किया परन्तु वज्र-सी मजबूत उस सजीव लता को उस की मर्जी के बिना मोड़ना मुश्किल कार्य प्रतीत होता था। धीरे-धीरे नरभक्षी बेल की पकड़ और मजबूत होती जा रही थी और कल्कि की उसकी साँसों पर पकड़ ढीली। सरू के बीच में आने से नरभक्षी बेल की पकड़ एक क्षण के लिये ढीली पड़ गयी और इस मौके को कल्कि ने गँवाया नहीं।

कल्कि ने बिना और पल की देरी के महाऋषि मार्कण्डेयके द्वारा दी हुई कटार को निकाला और और बची-खुची शक्ति के साथ बेल पर आक्रमण कर दिया। कटार ने

मजबूत बेल को मक्खन की भाँति भेद दिया। बेल के चंगुल से आज़ाद होते ही कल्कि ने जमीन पर अपने पैर जमाये और तलवार को निकाल आक्रामक मुद्रा में आ गया। इस बार वह तैयार था। बेल की तरफ से होने वाली किसी भी हरकत का वह मुँहतोड़ जवाब देने वाला था।

"तुम पीछे हट जाओ!" कल्कि ने सरू को आदेश देते हुए कहा।

नरभक्षी बेल हवा में फिर से अपना मुँह उठाने लगी और जैसे ही उसने अपना रुख कल्कि की तरफ किया तलवार के शक्तिशाली वारों ने उसको कई टुकड़ों में विभक्त कर दिया। फिलहाल तो खतरा टल चुका था।

"यह जंगल खतरनाक मालूम होता है और जानलेवा भी, यहाँ से आगे मैं अकेला ही जाऊँगा; तुम वापस जाओ और जब तक मैं लौटकर नहीं आता तब तक समुद्र किनारे ही रहना।", कल्कि ने सरू को आदेश देते हुए कहा।

सरू ने टेढ़ी नज़र से कल्कि की तरफ देखा मानो कि वह उसकी बात से सहमत न हो परन्तु उसके पास कल्कि का आदेश मानने के सिवाय कोई चारा नहीं था।

"जाओ अब, अगर मैं कल सूरज के अस्त होने तक वापस नहीं आया तो तुम वापस प्राज्ञ के पास लौट जाना।" और यह कहकर कल्कि ने मृत्यु-जंगल की तरफ अपने कदम बढ़ा दिये और सरू ने जंगल से बाहर की तरफ।

कल्कि जानता था कि जैसे-जैसे वह आगे बढ़ता जायेगा वैसे-वैसे खतरा भी बढ़ता जायेगा। सरू को ऐसे खतरनाक माहौल में साथ रखना उसके लिये जानलेवा साबित हो सकता था। तलवार के सहारे झाड़ियों को काटते हुए आगे का रास्ता बनाते हुए कल्कि मायावी जंगल को शीघ्र से शीघ्र पार करने का प्रयास कर रहा था।

बेल से हुई लड़ाई के बाद से कल्कि की साँसें अभी अपनी रफ्तार पकड़ भी नहीं पायीं थीं कि उसे अपने पैरों के नीचे की जमीन हिलती हुई खिसकती हुई प्रतीत हुई। शायद भूकम्प की वजह से या फिर यह किसी खतरे के आने का संकेत था।

सिर में दर्द के साथ आँखों के सामने के दृश्य भी घूमते हुए से जान पड़ रहे थे। दूसरी तरफ कल्कि को यह आभास भी हो रहा था कि हो न हो कुछ नज़रें उसका पीछा अवश्य कर रही हैं। नज़रें किसी नरभक्षी जीव की या फिर किसी कातिल की। जंगल एक ऐसा स्थान है जहाँ कमज़ोर, घायल व बीमार जीवों के लिए कोई स्थान नहीं होता। वहाँ का वातावरण ऐसे जीवों पर कोई रहम नहीं करता। जंगल में अगर कोई रह सकता है तो सिर्फ और सिर्फ शक्तिशाली जीव।

"यह क्या था!" कल्कि के पीछे से हवा का एक तेज झोंका गुजर गया। कल्कि ने अपने शरीर को संतुलन के लिये थोड़ा नीचे झुकाया, तलवार के ऊपर हाथ की पकड़ मजबूत की और भागती हुई साँसों को थामते हुए चारों तरफ का निरीक्षण किया।

कुछ भी तो नहीं था वहां। अदृश्य साये आँखों के साथ-साथ कानों को भी धोखा देने में सक्षम थे जो एक स्थान से दूसरे स्थान तक जाने में जीरो डेसीबेल से ज्यादा आवाज़ नहीं कर रहे थे।

वह तेज़ झोंका पीछे की तरफ से फिर से आया और कल्कि को कई फुट ऊपर हवा में उछालकर पुनः अदृश्य हो गया। कल्कि को अदृश्य साये की उपस्थिति का एहसास हो रहा था।

पल भर गँवाये बिना कल्कि दोबारा अपने पैरों पर था, परन्तु इस बार पूरी तरह मुस्तैद। इस बार वह साया कल्कि की नज़रों से बच न सका। काले धुएँ से बनी वह दैत्यनुमा आकृति हवा में मानो तैर रही थी जिसका न शरीर था और न चेहरा। एक बात तो तय थी कि वे संख्या में एक से ज्यादा थे।

काले अर्ध अदृश्य सायों ने कल्कि के आस-पास घूमकर उसको भयभीत करने का भरसक प्रयास किया। शायद वे किसी भी तरह का नुकसान पहुँचाने के बजाय उस को मानसिक रूप से भयभीत कर जंगल से भगा देना चाहते थे। भयभीत करने की यह कला कोई साधारण कला नहीं थी। उन सायों के करतबों में कुछ तो जादू जैसा था। भयरूपी सम्मोहन कल्कि को अपने आगोश में लेता जा रहा था, उस के मन-मस्तिष्क पर छाता जा रहा था।

''हे महादेव! मुझे विचित्र सा क्यों लग रहा है...मुझे भय जैसा क्यों लग रहा है।'' सिर दर्द की वजह से कल्कि घुटनों के बल जमीन पर बैठ गया।

''प्रियम आप यहाँ क्या कर रही हो, आप तो रेनव के साथ थे न!'' सामने लाचार खड़ी प्रियम को देखकर कल्कि आवेश में चिल्लाया।

प्रियम ने कोई जवाब दिया।

''मुझे पता है कि आप मुझसे गुस्सा हो इसलिए इतने वर्षों से मुझसे बात नहीं की है, लेकिन इस वक़्त आपको यहाँ नहीं होना चाहिए था। समुद्र के किनारे की तरफ भाग जाओ वहाँ आपको सरू मिल जायेगा, उसके सहारे यहां से सुरक्षित बाहर निकल जाओगी। इन सायों को तो मैं सँभाल लूँगा लेकिन...लेकिन आप यहाँ आए कैसे?''

प्रियम ने अभी भी कोई जवाब नहीं दिया।

कल्कि ने प्रियम की तरफ अपने कदम बढ़ाने चाहे परन्तु धरती से निकली वृक्षों की जड़ों ने उसके पैरों को जकड़ लिया। वह एक कदम भी आगे नहीं बढ़ा पा रहा था।

कल्कि को जिसका भय था आखिरकार वही हुआ। एक साया उड़ता हुआ प्रियम के पास आया और उसके पास उड़ने लगा। आवाज़ में अट्टहास, हरकतों में शरारत

और हाथ में तलवार लिये साये ने घुटन भरी आवाज़ में कहा, "तुमको यहाँ नहीं आना चाहिए था, किसी भी मानव को यहाँ नहीं आना चाहिए था।" यह कहते ही साये ने तीव्र गति से तलवार को हवा में लहराया और अगले ही पल प्रियम की गर्दन उसके धड़ से अलग हो गयी थी।

"नहींऽऽ, यह सच नहीं है यह सिर्फ एक स्वप्न है!" चीत्कार के साथ कल्कि ने अपने शरीर व दिमाग को झटका दिया।

आस-पास उपस्थित जंगली सूखे पेड़ों में भी अब जान आ गयी थी और कल्कि को मसलने के उद्देश्य के साथ उन्होंने खिसकना शुरू कर दिया।

"तुम इतना भयभीत क्यों हो रहे हो? जागो...बाहर निकलो इस सम्मोहन से..." अब प्रियम की जगह मुकुंदष्टकम ने ले ली थी।

अगले ही पल न तो वहां प्रियम थी न मुकुंदष्टकम और न ही कोई साया।

"कल्कि मेरी बात ध्यान से सुनो, तुम्हारे ऊपर सम्मोहन शक्ति का जादू किया जा रहा है, तुमको इस जादू से तुरन्त बाहर निकलना होगा वरना अंजाम अच्छा नहीं होगा।" मुकुंदष्टकम पुनः कल्कि के समक्ष खड़ा हुआ चेतावनी दे रहा था।

"तो काले साये सम्मोहन शक्ति का प्रयोग कर रहे हैं, मुझे इस सम्मोहन से निकलना ही होगा।"

कल्कि ने बची-खुची मानसिक ऊर्जा को समेटा और उस ऊर्जा को ध्यान लगाने में झोंक दिया जिसमें वह अति निपुण था। मिनटों के ध्यान के पश्चात वह सम्मोहन बेड़ियों से आज़ाद हो चुका था।

काले सायों को और कोई मौका दिये बिना कल्कि ने अपनी तलवार को निकाला और नजदीक में उपस्थित साये को दो टुकड़ों में विभक्त कर दिया... फलस्वरूप वह धुएँ में बदलकर वातावरण में ही विलीन हो गया।

अपने साथी के अंत को देख दोनों बचे सायों ने कल्कि पर प्रत्यक्ष शारीरिक हमला कर दिया। वे दोनों भी कब तक कल्कि की तलवार के कहर से बच पाते। वातावरण ने उन दोनों को भी अपने अन्दर विलीन कर लिया।

"यह साधारण जंगल तो कतई नहीं लगता, कभी बेल-लताएँ हमला करती हैं तो कभी अदृश्य साये। वह तो भला हो मुकुंदष्टकम का जिसने सही समय पर आकर मुझे सचेत कर दिया। आगे पता नहीं क्या-क्या मुसीबत घर किये हुए बैठी हैं, बेहतर होगा कि अँधेरा होने से पहले इस जंगल को पार कर लूँ।"

हमेशा की तरह मुकुंदष्टकम ने आज फिर से कल्कि के ऊपर उपकार किया था। महाऋषि मार्कण्डेय से मिलने के बाद कल्कि का आंतरिक रूप – मुकुंदष्टकम अकसर

ही विकट परिस्थितियों में उसके मन-मस्तिष्क पर हावी हो जाता था।

प्रकृति का स्वभाव ही निराला है। कभी सती की तरह कृपा बरसाने लगती है तो कभी रुद्र की तरह कुपित हो जाती है। कुछ दिनों पहले जिस कल्कि ने ज्ञानाश्रम के स्वर्ग रुपी माहौल को महसूस किया था वहीं आज इस द्वीप के मृत्यु-सम्मोहन को जी रहा था।

जंगल का पेट कभी नहीं भरता है। कमज़ोर, जख्मी व भूखे जीवों की रूह तो उसका लज़ीज़ व्यंजन होता है। अपने शिकार पर जंगल कभी कोई रहम नहीं दिखाता। कल्कि के हालात भी ज्यादा जुदा नहीं थे।

कदमों को अधिकतम वेग प्रदान कर कल्कि शीघ्र से शीघ्र से इस जंगल से निकल जाना चाहता था। कहते हैं कि चाहत और प्रयास का मिलन हो तो मंजिल भी मिल ही जाती है। यह कथन अक्षरशः सत्य हो सकता है किन्तु साधारण परिस्थितियों में... असाधारण परिस्थितियों में तो भाग्य के साथ के बिना मंजिल तक पहुँचना तो दूर कभी-कभी इंच भर खिसकना भी नामुमकिन हो जाता है।

कल्कि के क़दमों की रफ्तार थम गयी जब आगे रास्ते में विचित्र दिखने वाले प्राणियों ने उसका रास्ता रोक लिया।

''हे बालक! न तो तुझसे मेरी कोई दुश्मनी है और न ही कोई जान-पहचान,यहां से आगे तो तुमको मैं जाने नहीं दूँगा। बेहतर तो यह होगा कि यहीं से अपने क़दमों को वापसी के रास्ते पर मोड़ दे; फिर भी इस से आगे बढ़ने का दुःसाहस किया तो परिणाम भुगतने के लिये तैयार रहना। उम्मीद है मेरी बर्बरता के किस्से अभी भी मानव इतिहास में सुनाये जाते होंगे।'' मानव और जानवर का मिश्रित रूप वाला वह जीव घमण्ड में चूर जान पड़ता था।

विशाल वराहमानव की तरह दिखने वाले उस जीव का रूप भी देखने में भयावह था। उसकी बातों ने कल्कि में उत्सुकता ज्यादा जगायी बजाय कि डराने के, ''कौन हैं आप? मुझे क्षमा करें परन्तु मैंने आपको नहीं पहचाना।''

''मुर्ख मानव मुझे नहीं पहचानता, साक्षात प्रभु के वंशज से पूछता है कि कौन हूँ मैं। मुझे तुम जैसे निरीह जीवों पर दया ही आती है। मेरी धरती पर कदम रखकर तूने अपने जीवन की सबसे बड़ी गलती कर दी है, साक्षात यम भी अब तो तुझे मौत से नहीं बचा पायेंगे।'' उसके क्रोध का पारा चढ़ता ही जा रहा था। कल्कि के प्रश्न ने शायद उसके अहम पर चोट कर दी थी।

रेनव के द्वारा दिये गये आइडिया ने काम किया और सर्पगंधा के पत्तों के जलने

से निकले धुएँ ने नागों के समूह को वह स्थान छोड़ने पर मजबूर कर दिया। कुछ ही समय की मेहनत के बाद जमीन के नीचे का वह स्थान पूर्णतया सुरक्षित था। ऑक्सीजन की कोई कमी नहीं होने के कारण पूरी टीम ने वहाँ डेरा जमा लिया था।

सैकड़ों वर्ष बाद या कहें करीब तीन हज़ार पाँच सौ वर्ष बाद जमीन के नीचे उस हिस्से पर किसी मानव के पग का आगमन हुआ था। क्रिकेट के मैदान से भी कहीं बड़ी वह जगह भयावह अवश्य लगती थी परन्तु मानव इतिहास के सबसे बड़े परम्परागत युद्ध की गवाहियों से भरी पड़ी थी।

''यह क्या बवाल स्थान है!!'' हैरानी से भरे इन शब्दों के भाव में भी हैरानी थी। तत्वत आँखें फाड़े उस स्थान को देखे जा रहा था।

''महाभारत... इससे बड़ी लड़ाई कम से कम आज से पहले तो नहीं लड़ी गयी। करोड़ों योद्धाओं का बलिदान लेने के बाद यह समाप्त तो हो गयी थी परन्तु इसकी स्मृतियाँ आज तक भारतवासियों के मनपटल में अक्षरशः जिन्दा हैं। इस युद्ध में एक से बढ़कर एक घातक हथियार प्रयोग में लाये गये थे। हथियारों के धारकों की तो मृत्युलोक से विदाई हो चुकी है परन्तु युद्ध में प्रयुक्त सभी छोटे से लेकर बड़े अस्त्र-शस्त्रों को यहाँ एक स्थान पर मनुष्य की नज़रों से दूर सुरक्षित रख दिया गया।

दन्त कहानियों के अनुसार ऐसा माना जाता है कि यह कार्यवाही श्रीकृष्ण के आदेश पर राजा परीक्षित के द्वारा की गयी थी। परोक्ष रूप से इस कार्यवाही के पीछे का उद्देश्य और इस स्थान का विवरण कहीं नहीं मिलता।'' रेनव ने बाकी सभी के संदेह को दूर करने का प्रयास करते हुए कहा।

पल भर सोचने के बाद फन्याज़ पुनः बोला मगर प्रश्न के साथ, ''आपको इस स्थान के बारे में कैसे पता चला?''

''भाग्य से।'' रेनव के चेहरे पर मुस्कान थी परन्तु कुटिल।

''मतलब?'' फन्याज़ के चेहरे और हाथों दोनों पर हैरानी के भाव थे।

और फिर रेनव ने कल्कि से हुई मुलाकात, उसके द्वारा दिया गया महाभारत कालीन हथियारों को खोजने का निर्देश और भाग्य के द्वारा दुर्घटित हेलिकॉप्टर की सहायता से इस स्थान तक आने का विवरण कह सुनाया।

''इतने ज्यादा ट्विस्ट तो पुरातत्व विभाग की खुदाई में भी नहीं आते और सबसे बड़ी बात है कि इतने सारे संकट के बाद आप सही स्थान तक आ भी पहुँचे; इस कहानी को सुनकर लगता है कि किसी ने सच ही कहा कि अनजान पथ पर भाग्य के बिना मंजिल नहीं मिलती।'' हैरान-परेशान फन्याज़ ने अविश्वास से परिपूर्ण शब्दों के साथ कहा।

"संकट तो इस समय पृथ्वी व मानवजाति दोनों पर ही आया हुआ है और इस संकट को दूर करने में अस्त्र-शस्त्र का यह खजाना काम आ सकता है।" रेनव कहानी से निकलकर वर्तमान में आते हुए बोला।

"तो क्या आप हथियारों की इतनी बड़ी संख्या को यहाँ से निकाल पाओगे! इस में तो कई दिन लग सकते हैं।" आखिरकार फन्याज़ सही भी था। करोड़ों की संख्या में मौजूद उन धातु से बने हथियारों को वांछित स्थान तक ले जाने में आसमान व धरती एक करना पड़ता।

"हाँ नामुमकिन कार्य तो है, अभी तो इसके बारे में कुछ सोचा नहीं है बाकी कल्कि ही इस बारे में सही राय दे सकते हैं।"

"कब आ रहे हैं कल्कि? वैसे नाम तो अद्भुत है।" तारीफ करते हुए फन्याज़ ने कहा।

"मिलोगे तो जान जाओगे कि वह स्वयं नाम से भी ज्यादा अद्भुत है।" रेनव भी तारीफ करने में कहाँ पीछे रहने वाला था।

"अवश्य मिलेंगे परन्तु अभी क्या एजेण्डा है?" फन्याज़ वापस मुद्दे पर आते हुए बोले।

रेनव ने एक पल सोचा और कहा, "प्रियम से ही पूछ लेते हैं, इन परम्परागत हथियारों को वह मुझसे कहीं ज्यादा अच्छी तरह से समझती है।"

बात करते-करते दोनों प्रियम के पास आ गये और आगे की रणनीति के बारे में विचार-विमर्श करने लगे।

सर्पगंधा वृक्ष की पत्तियों को जलाने से उत्पन्न धुएँ ने जमीन के नीचे उस स्थान में मौजूद सैकड़ों नागों को भागने पर मजबूर कर दिया था। विषैले खतरे से निपटने के बाद पूरी टीम काम के हथियारों को खोजने में जी-जान से जुट गयी थी। काम खत्म करके जल्द से जल्द सभी यहाँ से वापस जाना चाहते थे।

अध्याय 8

।। कहानी... वराह वरक्षेश की।।

करीब बारह फुट लम्बे उस जीव के शरीर की चौड़ाई भी उसी अनुपात में फैली हुई थी। मानव और वराह के मिश्रित रूप वाले उस जीव को देखकर लगता था कि इस जंगल में कोई भी उससे उलझने की कोशिश नहीं करता होगा। मुँह से बाहर की तरफ निकले हुए दो वराह दाँत और हाथ-पैर के नुकीले नाखूनों के होते हुए उसको किसी भी तरह के हथियार की आवश्यकता ही नहीं होती होगी। शरीर पर काले-भूरे बालों का झुरमुट छाया हुआ था। आस-पास उसके अंगरक्षकों ने उसको ऐसे घेरा हुआ था मानो पूरा का पूरा जंगल उसका दुश्मन हो।

कल्कि अपने लक्ष्य पर ही केन्द्रित रहना चाहता था। किसी भी प्रकार के भटकाव से बचने के लिये पूर्ण विनम्रता के साथ उसने कहा, ''मुझे माफ कर दीजिए अगर मेरे शब्दों से आपको ठेस पहुँची हो तो।''

''मैं वराह द्वीप का राजा, प्रभु विष्णु के साक्षात पुत्र वराह का वंशज और वराहधीश का पुत्र वरक्षेश हूँ, तेरी मूर्खता पर मुझे पूर्ण विश्वास है कि तू वराह भगवान को भी नहीं जानता होगा।''

वराह की बात सुनकर कल्कि ने अभिवादन किया फलस्वरूप वरक्षेश के क्रोध का पैमाना थोड़ा कम हो गया। उसने पूछा, ''वैसे तुम यहाँ इस द्वीप तक किस उद्देश्य के साथ आये हो?''

''मैं एक विशिष्ट वस्तु की खोज कर रहा हूँ, वस्तुतः कहूँ तो एक विशिष्ट हथियार की खोज कर रहा हूँ।'' कल्कि ने साफ-साफ बता दिया कि उसका क्या उद्देश्य है।

''और क्या है वह विशिष्ट हथियार?''

''ब्रह्मास्त्र।''

अट्टहास के साथ वरक्षेश ने कल्कि की तरफ उंगली उठाते हुए कहा, ''तुम ब्रह्मास्त्र की खोज में वराह द्वीप तक आये हो?''

''हाँ अति प्राचीन सूत्र तो कम से कम यही संकेत देते हैं कि ब्रह्मास्त्र इस द्वीप पर ही होना चाहिए।'' कल्कि ने सफाई देते हुए कहा।

''इस द्वीप की इंच-इंच जमीन का हिसाब-किताब मेरे पास है और मैं दावे के साथ कह सकता हूँ कि ब्रह्मास्त्र वराह द्वीप पर नहीं है।'' वराह ने पूरे विश्वास के साथ कल्कि से कहा।

''फिर तो आपके हिसाब-किताब में गलती जान पड़ती है, ब्रह्मास्त्र को लिये बिना तो मैं यहाँ से वापस नहीं जाऊँगा।'' कल्कि ने इस बार वराह की आँखों गें आँखें डालकर कहा।

कल्कि के द्वारा कहा गया यह वाक्य वरक्षेश के क्रोध को भड़काने के लिये काफी था।

''मूर्खों की तरह बातें मत कर, तुरंत वापस चला जा और यह मेरी आखिरी चेतावनी है।'' वरक्षेश की बदसूरत आँखों में खून उतरना आरम्भ हो चुका था।

कल्कि के चेहरे पर न तो कोई भय के चिह्न थे और न ही वापस जाने का इरादा।

''तू ऐसे नहीं मानेगा!'' क्रोध से तिलमिलाया वरक्षेश अपने स्थान से दो कदम आगे बढ़ गया और चिल्लाया, ''वराह सेना, खात्मा कर दो इस प्राणी का, हमारी तरफ से वराहधीश को इसकी बलि निश्चित ही एक अनुपम उपहार होगी।''

सात प्राणी, एक जैसे दिखने वाले, मानव व सूकर का मिश्रित रूप लिये हुए, राक्षस रूपी जीव कल्कि के सागने आकर आक्रामक मुद्रा में खड़े हो गये। उन सात के समूह में एक जीव जो अन्य की अपेक्षा ज्यादा बलशाली प्रतीत होता था, कल्कि के बिलकुल सम्मुख आकर खड़ा हो गया और बोला, ''मानव को मारना मुझे बिलकुल भी अच्छा नहीं लगेगा परन्तु जब तुम आत्महत्या पर ही उतारू हो गये हो तो मैं आज शाम की वराह प्रार्थना तेरी आत्मा की शांति के नाम ही करूँगा।''

इतना तो तय था कि उस सूकर मानव की आवाज़ कम से कम सुरमय तो कतई नहीं थी। अति आत्मविश्वासी उस प्रमुख सैनिक ने कल्कि को पहचानने में भारी भूल कर दी थी। विनाश काले विपरीत बुद्धि... वह एक कदम पीछे हटा, छाती को बाहर निकाला, साँस को अन्दर खींचा और अपने शरीर को तीव्रतम गति प्रदान कर कल्कि की ओर झपटा। उस मानव-सूकर मिश्रित प्राणी जिसका सिर बहुत कुछ सूकर की तरह ही था को उम्मीद थी कि उसके मजबूत सिर का एक ही वार इस मानव का बेड़ा गर्क कर देगा, हथियार चलाने की तो आवश्यकता भी नहीं पड़ेगी।

अक्सर अति आत्मविश्वासी जैसा सोचते हैं वैसा कुछ भी नहीं होता है। यहाँ भी हालात जुदा न थे। कल्कि ने अपना सीधा हाथ आगे बढ़ाया, धरती के समानान्तर किया और आँखें बंद कर ध्यान की मुद्रा बना ली। पल भर पश्चात तने हुए सीधे हाथ की पाँचों उँगलियों को अधिकतम स्तर तक का तनाव दिया। तनाव की वजह से हाथ के ऊपर उभर आयी हुई नसों को साफ़ देखा जा सकता था।

अनायास कल्कि ने आँखें खोली और साथ ही साथ सीधे हाथ की तनी हुई उँगलियों को झटका दिया। इसके बाद का दृश्य वहाँ उपस्थित वरक्षेश के साथ-साथ किसी की भी समझ से परे था।

देखने में बेहद ही भद्दा वह वराह सैनिक अपने स्थान पर ही जड़वत हो गया मानो किसी ने उसके शरीर को किसी अदृश्य खम्भे से बाँध दिया हो। न तो वह शरीर को हिलाने लायक था और न ही पैर उठाने लायक।

अपने साथी को जड़वत होते देख बाकी बचे वराह सूरमा भी कल्कि की तरफ कूदे-भागे, परन्तु कल्कि के संकेत भर से ही गीली मिट्टी की तरह जमीन से चिपककर रह गये।

मात्र सांकेतिक हमले से ही कल्कि ने वराह के महारथियों को जमीन चटा दी थी। एक और भीमकाय वराह सैनिक कल्कि की तरफ बढ़ा... हमला करने के लिये नहीं अपितु कल्कि के अविश्वसनीय युद्ध कौशल की सराहना करने के लिए, ''कौन हैं आप, मात्र संकेत भर से ही मेरे सबसे अच्छे सैनिकों को जड़वत कर दिया।''

''आपने भी परिचय जाने बिना ही हमला कर दिया, वैसे चिंता न करें आपके सभी साथी ठीक हैं किसी को कोई नुकसान नहीं पहुँचा है।'' सीधे हाथ में दिया हुआ तनाव कल्कि ने छोड़ दिया और इसके साथ ही सभी सैनिक जिनकी जान उनके गले में अटकी हुई थी जड़वत से वापस सामान्य मुद्रा में आ गये लेकिन केवल शरीर। मस्तिष्क अभी तक जड़वत था और समझने की चेष्टा कर रहा था कि आखिर हुआ क्या था।

''मेरा नाम कल्कि है, मैं यहाँ किसी को कोई भी नुकसान नहीं पहुँचाना चाहता हूँ, मैं यहाँ सिर्फ एक वस्तु की खोज में आया हूँ जिसको पुरातन काल में ब्रह्मास्त्र कहते थे, उसको लेते ही मैं वापस चला जाऊँगा।''

''ब्रह्मास्त्र की खोज में आज तक अनगिनत मानव यहाँ तक आये परन्तु वराह देश को कभी पार नहीं कर पाये... मैं आपको आगे जाने से रोकूँगा नहीं परन्तु एक बात स्पष्ट कर देना चाहता हूँ कि ब्रह्मास्त्र कहाँ किस दिशा में मिलेगा, मिलेगा भी या नहीं इसका मुझे बिलकुल भी ज्ञान नहीं है।'' वरक्षेश ने दो कदम कल्कि की तरफ आकर कहा।

हाथ जोड़कर कल्कि ने वराह का अभिवादन किया और आगे बढ़ने की अपनी इच्छा प्रकट की, "मुझे अब आगे चलना चाहिए।"

"तुम कोई साधारण मानव तो नहीं लगते, तुममें कुछ तो ख़ास है, तुम कुछ भी कर सकते हो। क्या तुम मेरे ऊपर एक उपकार करोगे और बदले में तुम मेरे देश में कहीं भी कैसे भी विचरण कर सकते हो।" वरक्षेश ने कल्कि की शक्तियों से प्रभावित होने के बाद कहा। उसके शब्दों में आग्रह साफ झलक रहा था। कल्कि के युद्ध कौशल को देखने के बाद सभी के भावों में अचानक नम्रता आ गयी थी।

"क्या करना होगा मुझे?" कल्कि को वरक्षेश के ऊपर बिलकुल भी भरोसा नहीं था।

"मेरे परम मित्र को मृत्यु देना होगा; उसका जीवन बहुत दर्दनाक है परन्तु दुर्भाग्य कि जिन्दगी उसका साथ ही नहीं छोड़ती।" वरक्षेश की विचित्र माँग ने कल्कि को चौंकने पर मजबूर कर दिया था।

"मतलब? क्या कहना चाहते हो सीधे-सीधे शब्दों में कहो।"

"मेरे मित्र अश्वत्थामा को मृत्यु देना होगा, कर सकते हो?"

"अश्वत्थामा... यह किस अश्वत्थामा की बात कर रहा है, कहीं श्रापित अश्वत्थामा तो नहीं... लेकिन वह यहाँ कैसे हो सकते हैं?"

"किस सोच में डूब गये कल्कि?" वरक्षेश ने कल्कि को सोच से बाहर निकालते हुए कहा।

"ठीक है, जो भी आप चाहते हैं मैं करूँगा परंतु इसके लिये पहले मुझे अश्वत्थामा से मिलना होगा।" कल्कि जानता था कि अगर यह श्रापित चिरञ्जीव अश्वत्थामा हैं तो निश्चित यह एक अनोखी घटना होने वाली है।

"बिलकुल उधर सामने वह स्थान देखो।" वरक्षेश ने बहुत दूर स्थित एक उच्च स्थान की तरफ इंगित करते हुए कहा, "यहाँ से दस कोस दूर वह स्थान है जहाँ तुम्हें अश्वत्थामा मिल जायेगा; अगर तुमने उस पीड़ित को दर्दनाक जीवन से छुटकारा दिला दिया तो जीवनपर्यंत तुम्हारा यह उपकार मेरे ऊपर रहेगा।" वरक्षेश के शब्दों में विनम्रता कूट-कूटकर भरी हुई थी।

"जैसा भी सम्भव हो पायेगा मैं करूँगा।" कल्कि पीछा छुड़ाकर वहाँ से भाग जाना चाहता था।

"मेरा आग्रह है कि वराह देश का आथित्य स्वीकार करें।" वरक्षेश ने पुनः आग्रह किया।

"आपका बहुत-बहुत धन्यवाद लेकिन समय की बेहद कमी है, एक-एक पल बहुत कीमती है।" कल्कि ने सादर वह आथित्य अस्वीकार कर दिया।

"जैसी आपकी इच्छा मानव।" और यह कहकर वरक्षेश ने कल्कि को आगे जाने की इजाजत दे दी। अपने राजा की देखा-देखी सभी वराह सैनिकों ने भी कल्कि को अभिवादन किया और उसको आगे जाने का रास्ता छोड़ दिया।

कल्कि ने वरक्षेश की तरफ देखा और बिना कुछ बोले आगे बढ़ गया। सामने की तरफ कल्कि को ऊँची चट्टान दिखायी दे रही थी, उस दिशा की तरफ ही कल्कि ने अपने कदम बढ़ा दिये।

"ऊँचाई से जंगल का आसानी से जायजा लिया जा सकता है और फिर ब्रह्मास्त्र मिलने के सबसे उपयुक्त स्थान की तरफ जाया जा सकता है। पहले ब्रह्मास्त्र को खोजने की कोशिश करूँगा फिर अश्वत्थामा को वरक्षेश के चंगुल से आज़ाद करके यहाँ से निकल जाऊँगा।"

सोच में डूबे कल्कि ने जल्दी ही दस कोस की दूरी नाप ली और इंगित स्थान तक पहुँच गया। वह स्थान कुछ और नहीं अपितु एक ज्वालामुखी था। गनीमत थी कि ज्वालामुखी निष्क्रिय अवस्था में था वरना उच्च तापमान की वजह से कल्कि की हड्डियाँ गलकर लावा में मिल जातीं और उनका नामोंनिशान तक नहीं बचता।

पूरे द्वीप को छानने के बाद भी ऐसा कोई स्थान नहीं मिला जहाँ ब्रह्मास्त्र मिलने के आसार हो सकते थे। सिवाय इस स्थान के - ज्वालामुखी के अन्दर। एक ज्वालामुखी के अन्दर तक जाना सीधे-सीधे यम के द्वार पर कदम रखने के बराबर था लेकिन कल्कि ने बिना सफलता के वापस न जाने का प्रण कर लिया था।

सुलगते ज्वालामुखी के बीचों-बीच किसी मानव का जाना स्वप्न से भी परे साहस का कार्य होता और जीवन का आखिरी कार्य भी। कल्कि भी यह कार्य करने वाला था और उस कार्य का आधार था ताम्रपत्र पर लिखी पहेली। यह कल्कि की बुद्धिमता की भी परीक्षा थी क्योंकि अगर कल्कि ने पहेली को गलत डिकोड किया है तो फिर आगे महादेव भी कुछ नहीं कर पायेंगे।

"यह कैसी जगह है...न कोई पेड़-पौधा न किसी जीव के होने के आसार। यह अजीब सी गंध कैसी है, सल्फ़र की गंध जान पड़ती है। यहाँ पर कोई मानव तो जीवित रह ही नहीं सकता तो मदद माँगने की उम्मीद करना तो बेकार है। ब्रह्मास्त्र की खोज मुझे स्वयं ही करनी होगी और वह ऐसे खुले में तो रखा नहीं होगा, किसी सुरक्षित स्थान में होना चाहिए, मेरे खयाल से ज्वालामुखी के अंदर जाना चाहिए।"

ऊबड़-खाबड़ जमीन वाली उस जगह का रंग भी काला था। लावा के सूखने से

बनी सख्त चट्टानों के बीच से अभी तक धुआँ उठ रहा था... हो सकता है कि हाल ही में ज्वालामुखी से लावा निकला हो। सँभलते-सँभलते नीचे की तरफ उतरते हुए कल्कि को वहां एक अनदेखा नरक जैसा एहसास हो रहा था। सल्फर की राख से काली हो चुकी चट्टानों से नीचे उतरते हुए जैसे-जैसे समुद्रतल से ऊँचाई माइनस में होती गयी ऐसे-ऐसे तापमान में बढ़ोतरी होती चली गयी। पचास फुट से भी ज्यादा पाताल में उतरने के बाद, आखिरकार कल्कि के कदमों को ठोस धरातल नसीब हुआ।

ब्रह्मास्त्र को शीघ्र से शीघ्र खोजकर कल्कि इस नरक रूपी स्थान से बाहर निकलना चाहता था परन्तु ऐसा तो कल्कि चाहता था... अक्सर मानव जो चाहता है वह होता तो नहीं है न... यहाँ भी कुछ ऐसा ही हुआ। तल पर कदम रखते ही कल्कि को नरक के साक्षात दर्शन हो गये। कुआँनुमा ज्वालामुखी में नीचे उतरने के बाद गर्मी, गंध व दमघोंटू माहौल का प्रकोप और बढ़ गया था और इस माहौल ने कल्कि के दिमाग पर असर करना भी शुरू कर दिया था।

"मुझे जल्द से जल्द ब्रह्मास्त्र को खोजकर यहाँ से बाहर निकलना होगा वरना मेरी समाधि यहीं बननी निश्चित है।"

सैकड़ों की संख्या में उपस्थित छेद रूपी नाली से लावा फूट रहा था। सल्फर की गंध और दमघोंटू धुएँ ने एक-एक कदम दुश्वार किया हुआ था और अब तो कल्कि के फेफड़ों पर असर डालना भी शुरू कर दिया था।

ज्वालामुखी के अन्दर समतल जमीन के एक छोटे-से टुकड़े तक कल्कि पहुँच गया था परंतु उससे नीचे उतरने का सोचना भी पाप था क्योंकि जमीन की सतह ठोस नहीं जान पड़ती थी। अब कल्कि के लिए एकमात्र रास्ता बचा था और वह था सामने की तरफ मौजूद सुरंगनुमा रास्ता। अब वह लावा से भरे कुएँ में तो उतर नहीं सकता था। महादेव को याद कर कल्कि ने उस अंजान पथ की तरफ रुख कर दिया।

वहाँ प्रवेश करने के पश्चात आश्चर्यजनक रूप से दमघोंटू माहौल में कमी तो आयी। करीब-करीब दस फुट व्यास वाली वह सुरंग भी काली चट्टान से बनी हुई थी जहाँ जीव के जीवन के लक्षण तो क्या वनस्पति की उपस्थिति के भी संकेत न थे।

बिना किसी सफलता या संकेत के कल्कि ने आगे बढ़ना जारी रखा लेकिन अब तक कल्कि को अपने ऊपर सन्देह होने लगा था - सन्देह ताम्रपत्र की पहेली को समझने में।

"कहीं मैंने ताम्रपत्र को गलत तो नहीं समझा...ज्वालामुखी के अन्दर ब्रह्मास्त्र को छिपाने का क्या औचित्य हो सकता है। सैकड़ों वर्षों में न जाने कितनी ही बार इस ज्वालामुखी ने लावा उगला होगा...कहीं ऐसा तो नहीं कि लावा ने ब्रह्मास्त्र को पिघला दिया हो और उसका अस्तित्व आज की तारीख में हो ही न... क्या करूँ अब

मैं...ब्रह्मास्त्र मिल भी गया तो इस पाताल नरक से बाहर कैसे निकलूँगा।''

सोचते-सोचते कल्कि न जाने कितनी ही दूरी नाप चुका था। सरू का साथ भी छोड़े हुए न जाने कितना ही समय बीत गया था। वांछित सफलता ना जाने कितनी ही दूर थी परन्तु कल्कि को श्रीराम द्वारा छोड़े गये उपहार पर भरोसा था, ताम्रपत्र पर भरोसा था और स्वयं के ऊपर भी भरोसा था।

जैसे-जैसे कल्कि के कदम आगे बढ़ते गये ताजा ऑक्सीजन ने उसके फेफड़ों में दस्तक देना शुरू कर दिया। कल्कि की किस्मत ने पलटा मारा जब उसको सल्फर की गंध के अलावा भी एक अजीब-सी गंध महसूस हुई, गंध किसी जीव के सड़ने की। गंध की दिशा की तरफ कल्कि ने कदमों की रफ़्तार बढ़ा दी। काफी समय बाद कल्कि को कुछ अलग-सा एहसास हुआ था।

दमघोंटू सुरंग के अंतिम छोर ने कल्कि को किसी दूसरे स्थान तक पहुँचा दिया था या फिर कहें किसी और ही जहाँ में, कहना मुश्किल था। इससे ज्यादा बदसूरत और मनहूस जगह कल्कि ने आज तक नहीं देखी थी। हरियाली का नामों-निशान तक नहीं था, चारों तरफ फैला था तो सिर्फ छोटी-बड़ी काली चट्टानें और सल्फर की गंध। ब्रह्मास्त्र तक जाने का कोई सुराग न पाकर कल्कि ने नाक से टकराती सड़ांध की तरफ रुख कर लिया। बीहड़ चट्टानों से होते हुए कल्कि ने अभी कुछ सौ मीटर की दूरी ही तय की होगी कि उसको वहाँ किसी और के होने का एहसास हुआ।

''इस स्थान पर मेरे अलावा भी कोई है, मानव के होने का तो प्रश्न ही नहीं उठता। मतलब कोई जीव...भयानक जीव हो सकता है।'' कल्कि के हाथ अपने आप उसके पास मौजूद हथियार श्री परशुराम के द्वारा दी गयी तलवार के ऊपर चले गये।

कुछ फुट की दूरी पर कल्कि को एक साया दिखायी दिया... विशालकाय मानव साया। विशालकाय साये को देखकर कल्कि के मस्तिष्क में खतरे की घण्टी बज चुकी थी। जहाँ एक ओर ऑक्सीजन की अपर्याप्तता ने फेफड़ों को नेस्तनाबूद किया हुआ था वहीं दूसरी और सड़ांध ने मस्तिष्क को झकझोरा हुआ था। बची-खुची एकाग्रता के साथ कल्कि ने साये का सामना करने का निर्णय किया।

''भवान कः?'' साये ने कल्कि को सामने देख संस्कृत भाषा में पूछा।

(कौन हैं आप?)

कल्कि फिलहाल तो उत्तर देने की स्थिति में न था और कारण था सामने खड़ी हुई आकृति। आठ फुट से भी अधिक लम्बा वह मानव या शायद दानव विशाल कद-काठी का था। कन्धों तक लहराते काले बाल, सवर्ण रंग, चेहरे पर असीम तेज़, बलिष्ठ शरीर वाले उस दानव का शरीर अनगिनत घावों से भरा हुआ था।

घाव से रिसते खून और मवाद से प्रतीत होता था कि घाव किसी न किसी कारण

से भर नहीं पा रहे थे। शायद इन घावों की वजह से ही वातावरण में दुर्गन्ध फ़ैली हुई थी। यहाँ तक तो फिर भी सब ठीक था परन्तु उस आकृति को जो अति कुरूप बना रहा था वह था उसके माथे पर बना हुआ गहरा जख्म।

कोई भी मानव उस दानव को देखकर अपने होश खो सकता था। कल्कि ने जैसे-तैसे अपने आप को सँभाला और उत्तर देते हुए बोला, "मम नाम कल्कि अस्ति, अहम् अन्यासमेव अत्र आगतवान्?"

(मेरा नाम कल्कि है, मैं अनायास ही यहाँ आ पहुँचा।)

"अनायास तो यहाँ तक कोई नहीं आ सकता।" भयानक आकृति ने संदेह जताते हुए इस बार हिन्दी में कहा, "यहाँ आने का क्या उद्देश्य है?"

कल्कि ने कुछ भी छिपाना उचित नहीं समझा और सच को शब्दों में बयान कर दिया, "पृथ्वी पर अति विपदा आन पड़ी है जिसके लिये मैं ब्रह्मास्त्र को खोजते-खोजते यहाँ तक आ पहुँचा।"

"तो ब्रह्मास्त्र मिला आपको?" इस बार उस आकृति के शब्दों में विनम्रता थी।

"अभी तक तो नहीं; अगर ब्रह्मास्त्र नहीं मिला तो मुसीबत हो जायेगी। परन्तु आप कौन और इस स्थान पर... " इस बार प्रश्न पूछने की बारी कल्कि की थी।

"मेरा नाम अश्वथ है। यह स्थान ही मेरा निवास स्थान है।" विशालकाय आकृति ने कुछ झेंपते हुए कहा।

"अश्वथ... अश्वत्थामा ...चिरञ्जीव अश्वत्थामा...कहीं यह दानव रूपी आकृति ही अश्वत्थामा तो नहीं है।"

"क्या आप चिरञ्जीव अश्वत्थामा है?" सोच से बाहर निकल कल्कि ने अपने संदेह को दूर करना चाहा।

जीव वैज्ञानिक डॉक्टर हरि के माथे पर सफलता व चिंता के मिले-जुले भाव थे। मिश्रित भावों को लिये हुए वह बोले, "भ्रूण अब पनप चुके हैं और वे अब बड़े हो रहे हैं, उनको परखनली से निकालने का समय आ गया है, खुले वातावरण से परिचित कराने का समय आ गया है।"

"तो क्या भ्रूणों के विकास के लिए यह स्थान उचित नहीं रहेगा?" प्राज्ञ ने उनकी योजना को जानने के उद्देश्य से कहा।

"अब तक तो रेडिएशन का जो प्रभाव हो रहा था वह ठीक था, भ्रूणों के विकास के लिये असरदार था... परन्तु परखनली से बाहर आने के बाद यह रेडिएशन इन जीवों के ऊपर नकारात्मक असर डाल सकता है; यह स्थान कदापि भ्रूणों के लिए उचित नहीं

होगा हमें कोई दूसरा उचित स्थान खोजना होगा।''

''उचित स्थान से मतलब?'' प्राज्ञ ने पूछा।

''ऐसा कोई भी सुरक्षित स्थान जो आबादी से दूर हो ताकि जनता इन विचित्र जीवों को देखकर भयभीत न हो जाये, जहाँ ये जीव आराम से विचरण कर सकें और पनप सकें।''

कुछ सोचते हुए प्राज्ञ बोला, ''सुरक्षित स्थान... आबादी से दूर; फोर्ट...फोर्ट कैसा रहेगा? मजबूत और सुरक्षित दोनों।''

''फोर्ट... आइडिया अच्छा है।'' हरी ने प्राज्ञ के विचार को हरी झण्डी देते हुए ख़ुशी जाहिर की।

''ठीक है फिर मैं आज ही जैसलमेर चला जाता हूँ अगर सब कुछ ठीक रहा तो सोनार किला की व्यवस्था कर लूँगा।''

''लेकिन सोनार किले की व्यवस्था करने में तो बहुत समय लग सकता है।'' हरि का अंदेशा अपनी जगह एकदम ठीक था।

''देश रेड अलर्ट पर है, इमरजेंसी लगी हुई है; आर्मी के सहयोग से गया तो ज्यादा समय नहीं लगेगा।'' आखिर प्राज्ञ के पास रेनव व मनन जैसे तुरुप के इक्के मौजूद थे।

''फिर ठीक है, मैं जीवों के भ्रूण के ट्रान्सफर की व्यवस्था करता हूँ।'' यह कहकर हरि वापस मुड़ लैब की तरफ चला गया जहाँ भ्रूण रखे गये थे।

''डॉक्टर!'' प्राज्ञ ने पीछे से पुकारा मानो कुछ पूछना भूल गया हो।

हरि मुड़े और प्राज्ञ की तरफ प्रश्नवाचक मुद्रा में पूछा, ''हाँ प्राज्ञ।''

''अभी कितना समय और लगेगा?'' प्राज्ञ ने अपना प्रश्न तो रख दिया मगर आधा-अधूरा।

''समय? जीवों को लड़ने लायक होने में?'' वह प्राज्ञ के मन की बात जान चुके थे।

प्राज्ञ ने गर्दन हिला हामी भर दी।

''क्लोन की जो तकनीक प्रयोग में लायी गयी है उस विधि से कोशिकाएँ तीस गुना ज्यादा तेज़ी से विकसित होती हैं; परखनली से निकालने के कुछ ही दिनों के बाद आपको इस प्रश्न का उत्तर मिल जायेगा।'' हरी के कहे शब्दों में प्राज्ञ को उम्मीद दिखायी दे रही थी।

''अगर आप लोगों ने क्लोन की यह तकनीक पहले ही खोज ली थी तो आज

तक कभी इसका प्रयोग क्यों नहीं किया गया?''

''प्राज्ञ आप गलत हैं, यह तकनीक हमने अभी नहीं खोजी है यह तो आज से सैकड़ों वर्ष पहले ही हमारे पूर्वजों ने खोज ली थी।''

''सैकड़ों वर्ष पूर्व! यह कैसे सम्भव है।''

''प्राचीनकाल से ही भारतीय सभ्यता बेहद ही विकसित और वैज्ञानिक दृष्टिकोण पर आधारित थी। रामायण काल में ही आपने सुना होगा कि पुष्पक नामक हवाई जहाज की खोज हो गयी थी। परन्तु जो आपने नहीं सुना होगा वह यह है कि क्लोन तकनीक की खोज भी रामायण काल में कर ली गयी थी और वह प्रथम मानव जिसका क्लोन तैयार किया गया था, वह था रावण।'' हरि मुस्कराये और प्राज्ञ को सोच में डूबा छोड़ वापस लैब की तरफ चल दिये।

''रावण के क्लोन...जैसा कि कहानियों में सुना है कि रावण के दस सिर थे कहीं वे रावण के दस क्लोन तो नहीं थे। अगर मानव सभ्यता इतनी ज्यादा विकसित थी तो यह बहुत सम्भव है। इसलिए कहा जाता है कि रावण का एक सिर कटा तो दूसरा उत्पन्न हो जाता था इसका मतलब अवश्य ही रावण के क्लोन से होगा... एक क्लोन के मरने पर दूसरा क्लोन उसकी जगह ले लेता होगा। अगर ऐसा था तो फिर क्लोन तकनीक का इतिहास से नाम क्यों मिट गया या फिर मिटा दिया गया। फिलहाल तो अभी मुझे जैसलमेर जाना चाहिए, सोनार किले के अधिग्रहण के लिये मनन से बात कर लेता हूँ।''

स्वयं के द्वारा बनाये गये ख़ास फ़ोन से प्राज्ञ ने मनन से सम्पर्क किया और अपनी योजना बताने लगा, ''मेरी अभी-अभी डॉक्टर हरि से बात हो रही थी; भ्रूण विकसित हो रहे हैं हमें सुरक्षित स्थान की आवश्यकता होगी। मुझे ऐसा लगता है कि जैसलमेर का सोनार किला उचित स्थान रहेगा। वह हमारी सभी आवश्यकताओं को पूरा भी करता है और यहाँ पोखरण से ज्यादा दूर भी नहीं है।''

मनन - ''हाँ विचार तो अच्छा है, मुझसे क्या सहायता चाहिए?''

प्राज्ञ - ''किले के ऊपर पूर्ण नियंत्रण।''

मनन - ''ठीक है, प्रयास करता हूँ।''

अध्याय 9

।। अश्वत्थामा का अतीत ।।

चेरापूँजी, मेघालय...

पहाड़ियों से घिरा हुआ दलदली स्थान जहाँ बारिश कभी थमने का नाम ही नहीं लेती। ऐसे स्थानों पर इंसानों के लिए जिंदगी जितनी प्रतिकूल होती है जंगली जीवों के लिए उतनी ही अनुकूल। इन दलदली स्थानों पर कुछ सबसे खतरनाक जीव पाये जाते हैं जिनसे कोई भी उलझना नहीं चाहेगा।

खाने और लकड़ियों की कमी के कारण गाँव वाले ने घने जंगल का बेमन से रुख तो कर रहे हैं मगर समूह में। उनका मानना था कि समूह में चलने वाले आदमियों से किसी भी तरह के खतरनाक से खतरनाक जीव भी दूर ही रहते हैं।

भूख की अग्नि की वजह से आदमियों ने जंगली जीवों के घर में कदम रखा तो परन्तु कभी सोचा न था कि किस्से-कहानियों में सुने गये और विलुप्त हो चुके नरभक्षी जीवों से पाला पड़ेगा। उल्कापिण्ड के टकराव से आये भूकम्प ने पहाड़ियों के अंदर, गुफाओं में सैकड़ों वर्षों से सुसुप्तावस्था में रह रहे जीवों को जागृत कर दिया था।

करीब चालीस फुट लम्बे, तीन फुट व्यास और एक हज़ार किलो वजनी उस मटमैले रंग के टिटनोबा अजगर का एक दृश्य ही किसी के भी होश फाख़्ता कर सकता था। दलदली तालाब में उसके जुड़वा साथी एक-दूसरे के साथ ऐसे उलझे पड़े थे कि उनकी गिनती करना भी नामुमकिन काम था। शिकार को सामने देखकर नरभक्षी टिटनोबा झुण्ड की भूख अपने चरम पर पहुँच गयी और अगले ही पल व्यक्तियों का समूह यमलोक का दरवाजा खटखटा रहा था।

विशालकाय अजगरों का पेट इतने से कहाँ भरने वाला था बल्कि शिकार की इतनी कम मात्रा तो उनके भूख को और भड़काने वाली थी फलस्वरूप उन्होंने आबादी की तरफ रुख कर लिया जहाँ भरपूर मात्रा में इंसान रूपी खाना मौजूद था। चालीस फुट

लम्बे भयावह भूखे अजगर की फौज जब इंसानी बस्ती में कदम रखेगी तो तबाही का अंदाजा लगाना भी असम्भव होगा।

"हाँ मैं ही अश्वत्थामा हूँ, परन्तु चिरञ्जीव नहीं श्रापित अश्वत्थामा, बीमार अश्वत्थामा।" कहे हुए शब्द संस्कृत की बजाय हिन्दी में थे। दुःखी मन से कराहते हुए अश्वत्थामा की नज़रें झुकी हुई थीं। वह अभी तक उस कर्म के लिये स्वयं को दोषी मानता था जिसकी वजह से वह दर-दर भटकता हुआ श्रापित जिन्दगी जी रहा था।

कहना मुश्किल है कि महाभारत काल में साधारण मानव अश्वत्थामा जैसे ही दिखते होंगे या फिर अश्वत्थामा सचमुच एक असाधारण योद्धा थे। शरीर की ऊँचाई आठ फुट से भी कहीं अधिक मालूम होती थी और धड़ की चौड़ाई उसी अनुपात में ढली हुई। कुछ श्राप ने तो कुछ समय ने हालाँकि अश्वत्थामा के कमर में झुकाव और त्वचा पर झुर्रियाँ अवश्य दे दी थी।

चमड़े से बने हुए कम्बल से उसने अपने पूरे शरीर को ढका हुआ था। चेहरे पर ताज़े घावों ने उसको कुरूपता प्रदान की हुई थी। बढ़ी हुई दाढ़ी और लम्बे-बिखरे बाल जो सफेदी लिये हुए थे और कुरूपता को कुछ हद तक दबाये हुए थे। आँखों व चेहरे पर योद्धा वाले तेज़ और शरीर में बलिष्ठता के कोई नामोनिशान नहीं दिखायी दे रहे थे।

क़ुल मिलाकर अश्वत्थामा जो कभी एक योद्धा रूपी शरीर का मालिक था फिलहाल तो वह बहुत बीमार जान पड़ता था, शारीरिक रूप से भी और मानसिक रूप से भी।

अश्वत्थामा की पूरी कहानी कल्कि जानता था। कहीं न कहीं अश्वत्थामा बिलकुल सही था। उनकी अमरता, वरदान से ज्यादा श्राप थी। ऐसा श्राप जो कोई भी मानव कभी नहीं चाहेगा। कभी न भरने वाले जख्मों के साथ जीना वैसे भी दूभर होता है और अगर जीवन अनन्तकाल तक के लिये हो तो ऐसा जीवन किसी भीषण श्राप से कम नहीं हो सकता।

कल्कि की तरफ से कोई प्रत्युत्तर न पाकर अश्वत्थामा ने पुनः कहा, "मुझे लगता है आप गलत स्थान पर ब्रह्मास्त्र खोज रहे हैं; मैं यहाँ कई दशकों से रह रहा हूँ, यहाँ पर मेरे पास ब्रह्मास्त्र तो क्या ऐसा कुछ भी नहीं है जो कीमती हो और किसी के भी काम का हो।"

"स्थान के गलत होने की सम्भावना तो बहुत कम है, स्वयं श्रीराम द्वारा छोड़े गये ताम्रपत्र इस स्थान पर ब्रह्मास्त्र की उपस्थिति को इंगित करते हैं।" कल्कि के द्वारा कहे इस वाक्य ने अश्वत्थामा को शब्द रहित कर दिया था।

"कहीं ऐसा तो नहीं कि ताम्रपत्र का इशारा ब्रह्मास्त्र की तरफ न होकर उसके जानकार की तरफ हो, अगर ऐसा है तो अश्वत्थामा को शायद ब्रह्मास्त्र की उपस्थिति की जानकारी हो और वह बताना ही नहीं चाहते हों।"

कल्कि अपनी सोच से बाहर निकला और कहा, "सम्भव है कि आपके पास ब्रह्मास्त्र नहीं है, परन्तु ब्रह्मास्त्र से सम्बंधित कुछ न कुछ जानकारी तो अवश्य होगी; शायद ब्रह्मास्त्र इस स्थान पर न होकर किसी दूसरे स्थान पर हो।"

"मैं सैकड़ों वर्ष से एक श्रापित की ज़िंदगी जी रहा हूँ, मेरे पास ब्रह्मास्त्र तो क्या किसी भी वस्तु की जानकारी नहीं है, मेरा मस्तिष्क भी ठीक से कार्य नहीं करता है; एक मृतप्राय से और उम्मीद भी क्या की जा सकती है।" जख्मों से लबालब अश्वत्थामा का शरीर अत्यंत बीमार जान पड़ता था। सोचकर हैरानी होती थी कि वह जीवित भी कैसे हैं।

"बहुत सम्भव है कि जैसे महाबलि को पंचतत्व श्लोक के बारे में नहीं पता था परन्तु वह श्लोक उनके पास ही था, ऐसे ही अश्वत्थामा को ब्रह्मास्त्र के बारे में पता ही न हो और वह यहीं कहीं उपस्थित हो। मुझे अश्वत्थामा का विश्वास जीतना होगा, उन से बातचीत करनी होगी शायद कोई रास्ता निकल आये।"

"इतनी दूर आप इस अंजान स्थान तक कैसे आ पहुँचे?" कल्कि ने अश्वत्थामा के पास बैठते हुए कहा।

"स्वयं को लोगों से छिपाते-छिपाते मैंने भारतवर्ष का प्रत्येक कोना नाप दिया था, दिन में सूरज की रोशनी से छुपता तो रात की चाँदनी में स्वयं से। इस जीवन से छुटकारे की खोज में, एक स्थान से दूसरे स्थान तक भागता रहा। समय की बर्बरता का शिकार मानव हमेशा अच्छे समय की प्रतीक्षा करता रहता है परन्तु मैं वह अभागा हूँ जो कभी न समाप्त होने वाले समय की प्रतीक्षा कर रहा है। दिन गुजरते गये, कदम बढ़ते गये और फिर एक दिन चलने के लिये पैरों के नीचे धरती ही नहीं बची।

चलते-चलते मैं समुद्र किनारे तक आ पहुँचा। जख्मों में सम्भावित दर्द की वजह से समुद्र के खारे पानी में उतरने की कभी हिम्मत ही नहीं हुई। कुछ जिन्दगी से थककर और कुछ श्रीकृष्ण के श्राप को चुनौती देने की वजह से मैंने आखिरकार स्वयं को समुद्र में धकेल दिया। सोचा था पानी में डूबने से शायद इस नरक जीवन से छुटकारा मिल जायेगा परन्तु ऐसा हुआ नहीं।

जब होश आया तो यहाँ वराह प्रदेश में पाया; वरक्षेश ने मेरे रुकने के लिये इस स्थान का प्रबंध कर दिया था। तब से लेकर आज तक मैं यहाँ ही हूँ। स्मरण-शक्ति ने धीरे-धीरे साथ छोड़ना आरम्भ कर दिया था। मुझे नहीं लगता कि मैं आपके किसी भी काम आ पाऊँगा... रही बात श्रीकृष्ण के द्वारा दिये हुए श्राप की तो वह तो मैं आज भी

वहन कर रहा हूँ और न जाने कब तक वहन करना पड़ेगा। इस श्राप का अंत न जाने कब होगा।'' अश्वत्थामा की आँखों में पश्चात्ताप और मायूसी की गहराई नापना असम्भव था।

अश्वत्थामा की मायूसी और पश्चाताप का कारण कल्कि बखूबी जानता था कि कैसे आवेश में आकर अश्वत्थामा अर्जुन-पुत्रों की हत्या कर देता है जिससे कुपित होकर भगवान श्रीकृष्ण उसको एक ऐसा श्राप दे देते हैं जिससे वह जख्मी हालात में ता-उम्र दर-दर भटकता रहे।

सोनार किला, जैसलमेर...

प्राज्ञ पिछले दो घण्टे से सोनार किले का जायजा लेने में व्यस्त था। आर्मी की तरफ से किले के प्रशासन को अभी तक कोई भी आदेश प्राप्त नहीं हुआ था।

सुरक्षा की दृष्टि से यह किला बिलकुल उपयुक्त जान पड़ता था। किले की चारदीवारी काफी ऊँची थी जो बारह फुट के करीब होगी। आम नागरिकों का प्रवेश रोकने के बाद बाहर से कुछ भी नहीं देखा जा सकता था।

काफी बड़े क्षेत्रफल में फैले हुए इस निर्माण के मुख्य दरवाजे को छोड़कर अगर सभी प्रवेशद्वार बंद कर दिये जायें तो सचमुच ही यह बेहद ही सुरक्षित स्थान प्रतीत होता था जहाँ विचित्र जीव आसानी से विचरण कर सकते थे, पनप सकते थे।

सुरक्षा की दृष्टि से किले के अन्दर एक कमाण्ड-कण्ट्रोल सेण्टर बनाया गया था जिसके द्वारा पूरे क्षेत्र की निगरानी रख सकते थे। हालाँकि सी.सी.टी.वी. सिर्फ कुछ दिनों के ही मेहमान होंगे। जैसा कि कागभुसण्डी ने बताया था कि धातुंत बम के प्रकोप का भारत में प्रवेश होने के बाद धातु से लेकर सेमीकण्डक्टर तक, स्टील से लेकर आयरन तक, इलेक्ट्रिकल, इलेक्ट्रॉनिक सामान से लेकर मैकेनिकल पार्ट्स तक सब कुछ भारी जंग की चपेट में आ जायेंगे।

''किसी समय यह जगह पर्यटकों से कितनी गुलज़ार रहती होगी और अब देखो इक्का-दुक्का लोग ही यहाँ आ रहे हैं। केचर भी कितना बेदर्द है, कुछ पाने के लिये सब कुछ तबाह करना कहाँ का न्याय है। एक बार कल्कि भाई अपने उद्देश्य में सफल हो जायें फिर इस एलियन को पृथ्वी से दफा करके ही दम लेंगे।''

''मिस्टर प्राज्ञ!''

पीछे से आती हुई पुकार को सुनकर प्राज्ञ ने मुड़कर देखा तो एक अधेड़ उम्र के सुरक्षाकर्मी को अपनी तरफ इशारा करते हुए पाया।

''जी आपने मुझे बुलाया।'' प्राज्ञ ने उस आदमी की तरफ चलते हुए कहा।

"हाँ जी प्राज्ञ, भारतीय आर्मी की तरफ से हमें आदेश मिल चुका है, अब यह सोनार किला आर्मी के प्रशासन के तहत है।" उस आदमी ने पूरी आत्मीयता के साथ कहा।

"ओह! धन्यवाद भारतीय आर्मी के कुछ लोग और मेरे कुछ साथी कल यहाँ आकर इस किले का अधिग्रहण कर लेंगे, यहाँ पर जो भी सुरक्षा कर्मी हैं उनको आप कल से हटा दीजिए और साथ ही साथ अपना स्टाफ भी।" प्राज्ञ ने कहा।

प्राज्ञ की बात सुनकर उस आदमी ने हामी भरी और वापस मुड़कर जाने लगा।

प्राज्ञ की आँखों में जाते हुए उस आदमी की छवि थी और दिमाग आगे की योजना बनाने में व्यस्त था। जब उसकी नज़रें एक ऐसे शख्स पर पड़ीं जिसकी एक झलक ने अनायास ही उसकी आँखों में चमक और मन में उत्साह भर दिया। मन का यह उत्साह न्यूरॉन के द्वारा मस्तिष्क और फिर पैरों तक जा पहुँचा। कुछ ही पलों के बाद प्राज्ञ उस शख्स के पास पहुँच गया।

"मृग्स्य! तुम यहाँ?" प्राज्ञ ने उस शख्स के पास जाकर कहा जो किले की एक दीवार पर लगे अभिलेख की फोटो लेने में व्यस्त थी।

फोटोग्राफी में व्यस्त युवती ने जब वह आवाज़ सुनी तो सेकण्ड के हजारवें हिस्से में उसने आवाज़ की दिशा की तरफ अपनी नज़रें घुमा दी। वह जानती थी कि यह आवाज़ किसकी है, वह जानती थी कि यह आवाज़ प्राज्ञ की है।

"प्राज्ञ!" खनकती आवाज़ के साथ उस युवती की आँखों में भी उत्साह की खनखनाहट थी... शायद प्राज्ञ को देखने की वजह से। कुछ दिनों पहले ही तो दोनों दिल्ली में मिले थे जब प्राज्ञ अपने निजी काम से दूरदर्शन भवन गया था।

मृग्स्य को शांत देख प्राज्ञ बोला, "तुम यहां कैसे? तुम तो दिल्ली में थीं।"

"लगता है भूल गये, मेरा घर है यहाँ...जैसलमेर में।"

"ओह्ह हाँ, भूला नहीं था बस...वह...तुमको देखकर याद नहीं आया; मेरा मतलब याद था।"

प्राज्ञ को हकलाते देख मृग्स्य के चेहरे पर मुस्कान बिखर गयी। नर्वस प्राज्ञ ने शब्दों को विराम देना ही उचित समझा।

"तुम जैसलमेर में क्या कर रहे हो?" मृग्स्य ने कुछ नज़रें मिलाते और कुछ नज़रें छिपाते हुए कहा।

"मैं एक प्रोजेक्ट पर काम कर रहा हूँ भाई के साथ, उसके ही सिलसिले में यहाँ आया हूँ।" प्राज्ञ न सच बोलना चाहता था और न ही झूठ। लड़खड़ाती जबान ने सच और झूठ के बीच का रास्ता निकाल ही लिया। दोनों इतनी बार मिल चुके थे फिर भी

प्राज्ञ जब भी मृग्स्य से मिलता था नर्वस महसूस करता था।

"कल्कि भाई नज़र नहीं आ रहे।"

"नहीं, अभी तो मैं अकेला हूँ और तुम... अकेले ही घूमने आये हो?"

"मेरा घर पास में ही है इसलिए अकेले ही आ गयी, आओ बैठकर बात करते हैं।" पास ही में पर्यटकों के बैठने के लिये रखी बेंच पर दोनों बैठकर बात करने लगे।

उस जानलेवा ज्वालामुखी के अन्दर कल्कि की ब्रह्मास्त्र खोजने की उम्मीद भी लावा के भाप की भाँति उड़ती जा रही थी। तभी एक सोच से कल्कि की आँखों में एक चमक उभर आयी।

"आपने अर्जुन के अजन्मे बच्चे के ऊपर हमला किया था न... क्या यह सच है या सिर्फ एक दन्तकथा?" कल्कि ने अश्वत्थामा की आँखों में आँखें डाल पूछा।

अश्वत्थामा ने नज़रें झुकायीं और दुःख से भरे स्वर में बोला, "हाँ यह सच है मैंने उसको गर्भ में ही मारने का प्रयास किया था।"

कल्कि का अगला प्रश्न बहुत महत्त्वपूर्ण था, "आपने ब्रह्मास्त्र का प्रयोग किया था?"

"दुर्भाग्य से हाँ और आज तक मैं उस पाप की सज़ा भुगत रहा हूँ। नहीं पता कि मैंने गलती की थी या काल ने गलती करायी थी। प्रभु की महिमा समझ से परे है।" अश्वत्थामा की आँखों में दर्द था, मायूसी थी और पश्चात्ताप की नमी भी थी।

"मैंने सुना है कि आप पृथ्वी के उन कुछ चुनिन्दा योद्धाओं में से एक थे जिनको ब्रह्मास्त्र के प्रयोग का ज्ञान था।" कल्कि अब असली मुद्दे पर आ गया।

"मेरे किये हुए पाप से पहले तक मुझे ब्रह्मास्त्र का पूर्ण ज्ञान था... कैसे उस घटक शस्त्र को चलाना है, कैसे उसको नियंत्रित करना है। परन्तु श्री कृष्ण के द्वारा दिये श्राप के बाद मैं समस्त अस्त्र-शस्त्र तथा शास्त्र विद्या भूल चुका हूँ, अब मुझे ब्रह्मास्त्र के बार में कुछ भी ज्ञान नहीं है।"

अश्वत्थामा के कहे हुए इस वाक्य ने कल्कि को सोचने पर मजबूर कर दिया था। कहीं कोई ऐसी कड़ी तो नहीं थी जिस पर अभी तक उस का ध्यान नहीं गया था।

"मुझे लगता है ताम्रपत्र का इशारा कभी ब्रह्मास्त्र की तरफ था ही नहीं बल्कि उसका इशारा तो ब्रह्मास्त्र को धारण करने वाले की तरफ था, अश्वत्थामा की तरफ था। यह अलग बात है कि अश्वत्थामा को अब कुछ भी याद नहीं।

ईश्वर के द्वारा दिया गया कोई भी आशीर्वाद या श्राप बिना उद्देश्य के नहीं होता। अश्वत्थामा को दिये गये श्राप का भी निश्चित ही कोई न कोई उद्देश्य अवश्य

होगा...हो सकता है वह उद्देश्य ब्रह्मास्त्र की जानकारी ही हो। लेकिन वह जानकारी अब मिलेगी कैसे, अश्वत्थामा को तो कुछ भी याद नहीं है।

अश्वत्थामा की असाधारणता का स्रोत थी वह मणि जिसको धारण किये हुए ही वह पैदा हुए थे। श्राप के बाद उससे वह मणि भी छीन ली गयी थी। अगर किसी तरह वह मणि वापस मिल जाये तो क्या अश्वत्थामा का ज्ञान वापस लाया जा सकता है? क्या अश्वअत्थामा को ठीक किया जा सकता है? ज्ञान तो वैसे हमेशा मस्तिष्क में ही संचित रहता है बस हम ही उसको भूल जाते हैं। वह मणि अश्वमत्थामा को फिर से पहले वाला अश्वत्थामा बना सकती है।''

कल्कि को गहन सोच में डूबा देख अश्वत्थामा बोला, ''किस सोच में डूब गये आप कल्कि?''

''क्या यह सम्भव है कि किसी तरह अगर आपको मणि वापस मिल जाये तो आपका ज्ञान भी आपको वापस याद आ सकता है?''

''मैं दावे के साथ तो नहीं कह सकता... सम्भव हो सकता है लेकिन मणि वापस मिलेगी कैसे?''

''मणि वापस पाने का सिर्फ एक ही रास्ता है।'' कल्कि की आँखों में विश्वास चमक रहा था।

''क्या?'' जीवन में पहली बार अश्वत्थामा को उम्मीद नज़र आयी थी वरना वह तो उम्मीद नाम के शब्द को भी भूल चुका था।

कल्कि के मन में था सिर्फ एक ही नाम - कागभुसण्डी।

श्री कृपाचार्य द्वारा सिखायी गयी टेलीपैथी विधि ही कागभुसण्डी से सम्पर्क करने का एकमात्र तरीका था। कल्कि ने एक शांत कोना चुना, आसन लगाया और ध्यान की मुद्रा में जाकर कागभुसण्डी का स्मरण करने लगा।

कुछ ही मिनट के प्रयास के बाद कागभुसण्डी उनके सम्पर्क में थे... मानसिक रूप से। कल्कि के मस्तिष्क से निकली मानसिक तरंगों ने कागभुसण्डी को खोज लिया था। दोनों टेलीपैथी के द्वारा जुड़ चुके थे।

''प्रणाम कागभुसण्डी!'' आँखें मूँदे कल्कि ने आदर के साथ नमस्कार किया।

''कल्कि देव आपका बहुत धन्यवाद मुझे याद करने के लिये, क्या आप चाहते हैं कि मैं आपके और अश्वत्थामा के प्रश्नों के उत्तर दूँ?''

''आप हमेशा मेरे मन की बात जान लेते हैं।'' कागभुसण्डी की असाधारण क्षमता से कल्कि पहले ही वाकिफ था।

“मैं कुछ ही पल में आपके समक्ष आ जाऊँगा।” कागभुसण्डी का आश्वासन मिलते ही कल्कि का ध्यान भंग हो गया।

ध्यान से बाहर निकलते हुए कल्कि के अधरों पर मुस्कान साफ़-साफ़ देखी जा सकती थी। मुस्कान हो भी क्यों न, कल्कि को कागभुसण्डी के ऊपर पूर्ण भरोसा था। कागभुसण्डी के पास प्रत्येक प्रश्न का उत्तर था और निश्चित ही ब्रह्मास्त्र रूपी पहेली का उत्तर भी कागभुसण्डी के द्वारा मिलने वाला था।

उधर अश्वत्थामा हैरान थे कि अनायास ही कल्कि को ध्यान करने की क्या सुझी और इस उलझन को पूछने से वह अपने आप को रोक न पाये, “इस समय ध्यान का क्या उद्देश्य?”

“फिलहाल तो कुछ समझ नहीं आ रहा है कि ब्रह्मास्त्र को कैसे खोजा जाये... ऐसी उलझन में एक व्यक्ति है जो सहायता कर सकते हैं - महान ज्ञानी कागभुसण्डी; उनको बुलाने के लिये मैंने ध्यान किया था, अब कागभुसण्डी से ही वास्तविक बात पता चल पायेगी, अब हम निश्चित ही आगे की राह देख पायेंगे। कागभुसण्डी जल्द ही हमारे साथ होंगे।” कल्कि ने अश्वत्थामा के प्रश्न का उत्तर देते हुए कहा।

“कागभुसण्डी?” अश्वत्थामा शायद कागभुसण्डी को भूल चुके थे। सैकड़ों वर्ष से श्राप का दंश झेलने के बाद किसी भी मानव की स्मरण शक्ति पर असर पड़ना स्वाभाविक था और फिर यह श्राप तो श्रीकृष्ण के द्वारा दिया गया था।

“आप कागभुसण्डी को निश्चित ही जानते होंगे। कागभुसण्डी, एक महान आत्मा, एक महान भक्त, परम ज्ञानी, एक अमर मानव या कहें एक अमर जीव, जिसने इंसान, जानवर, पक्षी सहित प्रत्येक रूप में जन्म लिया और मरकर भी जिसने पूरी पृथ्वी ही नहीं अपितु पूरे ब्रह्माण्ड की हर जगह पर अपनी उपस्थिति दी तो साथ ही साथ करीब-करीब प्रत्येक जीव योनि में जन्म भी लिया।

कागभुसण्डी से ज्यादा ज्ञानी जीव न आज तक कभी पैदा हुआ है और न ही कभी होगा; कागभुसण्डी एकमात्र ऐसे चिरञ्जीव हैं जो त्रिदेव के आशीर्वाद के तहत नहीं बल्कि अपने तप के द्वारा चिरंजीवी बने थे। वह इकलौते ऐसे चिरंजीवी हैं जिनको वर्तमान और भूत दोनों को देखने की परम शक्ति है।”

“बहुत दिनों बाद मिले।” बैठते हुए प्राज्ञ ने मृग्स्य से कहा।

“हाँ लगभग एक महीना हो गया; जब हम आखिरी बार मिले थे तब तुम विमान दुर्घटना से सम्बंधित जानकारी खोज रहे थे, वह मिल गया?”

“नहीं यार, दुर्भाग्य से अभी तक तो कुछ नहीं। उस दिन के बाद मैं तुमसे दोबारा मिलना चाहता था परन्तु...” आगे के शब्द प्राज्ञ को न सूझे।

"परन्तु क्या?" विराम मुद्रा में बैठे प्राज्ञ को मृग्स्य ने वाक्य पूरा करने के लिये उकसाया।

"हमारे देश में, धरती पर क्या चल रहा है इसके बारे में तुमको तो पता ही है; जाने-अनजाने भाई और मैं भी पृथ्वी को बचाने के मकसद से सेना का साथ दे रहे हैं इसलिए फिर मिलना ही नहीं हो पाया।"

"हाँ समझ सकती हूँ। समय कम है और काम बहुत... वैसे भी तुम तो मिलना चाहते ही नहीं थे फिलहाल तो किस्मत ने मिला दिया।"

"नहीं ऐसी बात नहीं है।" प्राज्ञ ने कहा।

"क्या मुझे फिर से मिलने के लिये पूछना चाहिए?"

दोनों इतनी बार मिल चुके थे फिर भी प्राज्ञ पूछने में झिझक रहा था। प्राज्ञ ने हिम्मत की और बोल ही डाला, "मैं कल से यहाँ सोनार किले में ही शिफ्ट हो रहा हूँ, तुम चाहो तो हम रोजाना मिल सकते हैं?"

"पूछ रहे हो या फिर आग्रह है यह?"

"दोनों ही।" प्राज्ञ के इस उत्तर की वजह से मृग्स्य के चेहरे पर सिर्फ खनखनाती हँसी थी और शायद उसका जवाब इस हँसी में ही छिपा हुआ था।

इसके बाद अगले कुछ घण्टों तक मृग्स्य व प्राज्ञ आपस में गुफ्तगू करते रहे। पहली मुलाकात से लेकर आज तक प्राज्ञ अपने अधरों पर चाहत भरे वह शब्द नहीं ला पाया था जो मृग्स्य सुनना चाहती थी और प्राज्ञ बोलना चाहता था।

प्राज्ञ की नज़रें मृग्स्य पर टिकी हुई थीं, उसकी आँखों पर टिकी हुई थीं। बात करते-करते मृग्स्य, प्राज्ञ से नज़रें मिलाने का प्रयास करती परन्तु यह प्रयास सिर्फ पल भर के लिये होता और उसके बाद नज़रें हटाना पड़ता, झुकाना पड़ता। नर्वसनेस से, शर्म-हया से या फिर किसी अनोखे एहसास से यह तो वह ही जाने। कभी-कभी कोई पल ऐसा आता है जब मन चाहता है कि वह पल वहीं रुक जाये...यह पल कुछ ऐसा ही था।

प्राज्ञ बहुत कुछ कहना चाहता था, अपने मन की बात मृग्स्य को बताना चाहता था परन्तु अब तक तो यह सम्भव नहीं हो पाया था। दीन-दुनिया से परे दोनों को समय का होश ही नहीं रहा जो पंख लगाकर रफ्तार के साथ उड़ता जा रहा था।

"क्या आज मुझे अपने प्यार का इज़हार कर देना चाहिए। हाँ कर ही देना चाहिए। कितने ही वर्ष हो गये हमारी जान-पहचान को, अब नहीं तो कब..." इससे पहले की प्राज्ञ अपनी बात पूरी कर पाता उसको वहाँ भगदड़ का सा एहसास हुआ। इस एहसास का स्रोत बिंदु था किले का मुख्य दरवाजा जहाँ से पर्यटक तथा किले का स्टाफ

प्रवेश करता था।

हालाँकि मुख्य दरवाजे के पास ज्यादा संख्या में पर्यटक नहीं थे परन्तु जितने भी थे वे चीखते-चिल्लाते इधर-उधर भाग रहे थे। सुरक्षाकर्मियों को बुलाया जा रहा था। लोगों की आपाधापी के बाद, भीड़ छँटने के बाद पता चला कि इस भगदड़ को उत्पन्न करने वाला कोई और नहीं बल्कि उग्र था।

"हे प्रभु! उग्र यहाँ तक कैसे आ गया, कोई उसे घायल न कर दे।" उग्र की तरफ नज़रें जाते ही प्राज्ञ चिंतावश अपने स्थान पर खड़ा हो गया।

"मृग्स्य यहीं रुको मैं अभी आता हूँ।"

उस भयानक आकृति को देखकर मृग्स्य भी प्राज्ञ की तरफ एक कदम खिसक गयी और भयवश प्राज्ञ को रोकना चाहा, "प्राज्ञ मत जाओ, वह खतरनाक भेड़िया मालूम पड़ता है..." परन्तु मृग्स्य की बात सुने बिना ही प्राज्ञ वहाँ से सरपट दौड़ पड़ा था।

मुख्य दरवाजे तक लगभग सौ मीटर की दूरी नापने में प्राज्ञ को एक साँस भी न लगी। उसको डर था कि कहीं कोई उग्र को किसी भी तरह का नुकसान न पहुँचा दे और अगर ऐसा हुआ तो फिर उस दैत्य रूपी कुत्ते को रोकना नामुमकिन-सा कार्य होगा।

"रुक जाओ! वह किसी को नुकसान नहीं पहुँचायेगा।" दौड़ते हुए प्राज्ञ ने चिल्लाते हुए कहा।

"यह मेरा पालतू कुत्ता है यह किसी को भी नुकसान नहीं पहुँचाएगा।" और तीव्रता के साथ प्राज्ञ ने पुनः अपने शब्दों को दोहराया।

उधर उग्र बिलकुल सावधान मुद्रा में खड़ा हुआ था। भगदड़ की वजह से न तो वह डरा था और न ही पीछे हटा था। हमला होने की स्थिति में शायद वह जवाबी हमला भी कर सकता था।

"कुत्ता? यह तो कोई आदिकाल का जंगली भेड़िया लगता है।" एक सुरक्षाकर्मी चिल्लाते हुए बोला। आखिर वह ठीक भी था। कोई भी उग्र की कद-काठी को देखकर धोखा खा सकता था।

प्राज्ञ के एक इशारे पर उग्र उसके बिलकुल पास आकर खड़ा हो गया। उस की इस गतिविधि को देखकर माहौल को शांत होने में ज्यादा समय नहीं लगा। परन्तु प्राज्ञ के मन में प्रश्न उठ खड़ा हुआ था।

"उग्र कभी भी आदेश की अवहेलना नहीं करता। मैंने कहा था कि कुछ भी हो जाये मगर गाड़ी से बाहर मत आना फिर भी यह यहाँ क्यों आ गया, यह अकारण तो

नहीं हो सकता। निश्चित ही उग्र कुछ न कुछ कहना चाहता है... मगर क्या? इसके मन की बात तो सिर्फ भाई ही जान सकते हैं।''

उग्र और प्राज्ञ, मृग्स्य की तरफ चल पड़े। सोच में डूबे हुए प्राज्ञ को इतना भी एहसास न रहा कि उग्र का स्वरूप मृग्स्य को डरा सकता था।

उग्र को पास से देखकर मृग्स्य के शरीर में सिहरन दौड़ गयी। वह लगभग चीखते हुए प्राज्ञ के पीछे आकर खड़ी हो गयी। यह पल प्राज्ञ के लिए तो मधुर हो सकता था परन्तु मृग्स्य के लिए तो कम से कम यह बेहद डरावना था।

''प्राज्ञ इसे दूर ही रखो...'' कहना मुश्किल है कि प्राज्ञ ने मृग्स्य के इन शब्दों को सुना भी होगा या नहीं।

मृग्स्य ने पुनः अपने शब्दों पर जोर देते हुए कहा, ''प्राज्ञ!''

अब उसे मृग्स्य के मोहपाश से न चाहते हुए भी बाहर आना पड़ा, ''यह मेरा दोस्त है तुमको कोई भी हानि नहीं पहुँचायेगा, डरने की कोई जरूरत नहीं है।''

विश्वास से भरे शब्दों को सुनकर मृग्स्य का भय कुछ कम हुआ और उसने स्वयं को दो कदम वापस खींच लिया... प्राज्ञ से दूर।

जब मृग्स्य से ध्यान हटा तो प्राज्ञ ने उग्र के मन की बात समझने की कोशिश की कि क्यों वह उसके आदेश की अवहेलना कर यहाँ तक आ पहुँचा था।

''क्या हुआ उग्र सब ठीक तो है?'' प्राज्ञ घुटनों के बल जमीन पर बैठ गया और उग्र से मानो बात करने लगा। परन्तु उग्र बेचैन जान पड़ता था, भावों के द्वारा भी और अपने शरीर की हरकतों के द्वारा भी। प्राज्ञ अभी तक उसके इस अजीब व्यवहार को समझ नहीं पा रहा था।

''कहीं ऐसा तो नहीं कि कोई खतरा है जिसके बारे में यह मुझे बताना चाहता है, निश्चित ही मुझे ऐसा लगता है। जानवरों को खतरे के बारे में पूर्व अंदेशा हो जाता है और यह तो फिर बेहद ही ख़ास जानवर है।''

उग्र ने भी गुर्राकर प्राज्ञ की सोच का समर्थन किया मानो वह प्राज्ञ के मन की बात को पढ़ सकता था। प्राज्ञ अब उग्र के इस व्यवहार को समझ चुका था।

''मृग्स्य चलो हमें तुरंत ही यहाँ से निकलना होगा, जल्दी करो।'' प्राज्ञ ने हड़बड़ाहट दिखाते हुए मृग्स्य का हाथ पकड़ा और बाहर की तरफ चल पड़ा।

मृग्स्य पहले ही उग्र को देखकर सकते में थी और फिर प्राज्ञ के इस अजीब व्यवहार ने उसको और भी चकित कर दिया।

''क्यों क्या हुआ सब ठीक तो है न!'' मृग्स्य ने भी हाथ छुड़ाने का कोई प्रयास नहीं किया और प्राज्ञ पर विश्वास रखते हुए उसके साथ चल पड़ी।

“फिलहाल तो यहाँ से निकलते हैं, कुछ अच्छे संकेत नहीं मिल रहे हैं; मुझे लगता है इस किले में कुछ न कुछ तो बुरा होने वाला है।” प्राज्ञ ने क़दमों की रफ्तार को और तेज़ कर दिया।

“मतलब?” प्राज्ञ तो रहस्यमयी घटनाओं का कई बार साक्षी रहा था परन्तु मृग्स्य को इस तरह का अनुभव कभी नहीं हुआ था।

लेकिन प्राज्ञ कुछ और सोच पाता, मृग्स्य के मतलब का उत्तर दे पाता या सोनार किले से बाहर निकल पाता, वहाँ कुछ ऐसा हुआ जो प्राज्ञ, मृग्स्य के साथ-साथ वहाँ उपस्थित प्रत्येक आमजन व सुरक्षाकर्मियों के रोंगटे खड़े कर देने वाला था। प्रत्येक जीव का जीवन खतरे में पड़ने वाला था।

कुछ ही पल के पश्चात वातावरण में कुछ हलचल महसूस हुई और यह हलचल थी, अश्वत्थामा और कल्कि के अलावा तीसरे जीव की दस्तक की वजह से।

एक बहुत बड़ा पक्षी जो देखने में कौआ जैसा लगता था लेकिन औसत कौए से लगभग कई गुना बड़ा, उड़ते हुए नजदीक आया और एकाएक इंसान में तब्दील हो गया। दिखने में वह एक पतला-सा, आठ फुट से भी ज्यादा लम्बा, कौए जैसी पतली लम्बी नाक, चेहरे पर चमक लिये हुए, सफ़ेद-काले लम्बे बालों से ढका हुआ शरीर और चेहरे पर काली दाढ़ी लिये हुए था। उनकी उम्र का अंदाजा लगाना इस ब्रह्माण्ड में तारे गिनने से भी ज्यादा कठिन कार्य हो सकता था।

“प्रणाम कल्कि देव!” कल्कि की तरफ झुककर कागभुसण्डी ने प्रणाम किया और फिर अश्वत्थामा की तरफ मुड़कर बोले, “प्रणाम अश्वत्थामा, बहुत समय बाद आपसे मुलाकात हुई, शायद कई हज़ार वर्ष के बाद।”

अश्वत्थामा को हतप्रभ छोड़ कागभुसण्डी कल्कि की तरफ दो कदम बढ़ा और कहा, “देव! क्या जानना चाहते हैं आप?”

“ब्रह्मास्त्र अभी तक मेरे लिए दूर की कौड़ी है। ब्रह्मास्त्र की खोज इस ज्वालामुखी के अन्दर तक आकर रुक गयी है। सौभाग्य से मुझे यहाँ अश्वत्थामा तो मिल गये परन्तु उनको भी ब्रह्मास्त्र की बारे में कुछ भी याद नहीं है अब आगे आप ही कुछ बतायें, आप ही कोई रास्ता सुझाएँ।” कल्कि ने अपनी परेशानी को कागभुसण्डी के समक्ष रखते हुए कहा।

“ब्रह्मास्त्र एक ऐसी मृगमरीचिका है जिसको पाने के लिये न जाने कितनों ने अपना सम्पूर्ण जीवन स्वाहा कर दिया परन्तु आज तक यह मिला किसी को भी नहीं। ब्रह्मास्त्र कहाँ हैं कैसे प्राप्त कर सकते हैं इसका सही-सही उल्लेख तो सिर्फ ताम्रपत्र में ही लिखा हुआ है जिसको आपने देखा ही है, ताम्रपात्र की पहेली सुलझाने में आप

मुझसे कहीं ज्यादा काबिल हैं।''

कागभुसण्डी ने एक पल के लिये विराम लिया। कल्कि को शान्त व उदास देख वह पुनः बोले, ''मैं आपको एक कहानी सुनाना चाहता हूँ।''

''कहानी! कैसी कहानी?''

अश्वत्थामा की तरफ इशारा करते हुए कागभुसण्डी ने कहा, ''कहानी अश्वत्थामा की, श्राप के बाद की कहानी। क्या हुआ था उनके साथ श्राप के बाद। इस कहानी के बाद शायद आपको ब्रह्मास्त्र को खोजने में कुछ सहायता मिले।'' यह वाक्य कल्कि को उत्सुक तो अश्वत्थामा को आश्चर्यचकित कर रहा था।

कागभुसण्डी ने बोलना जारी रखा, ''श्राप के बाद अश्वत्थामा ने तुरंत ही वह स्थान छोड़ दिया जिसके बाद काफी समय तक उनके बारे में किसी को कुछ पता नहीं चला। अश्वत्थामा को दिये गये श्राप की वजह से उनके मामा श्री कृपाचार्य को सदमा लगा। उन्होंने श्रीकृष्ण से मिलकर श्राप को वापस लेने का आग्रह भी किया था। धनुष से निकला हुआ तीर और मुख से निकले श्राप को वापस लेना असम्भव है यह बात श्रीकृष्ण के साथ-साथ कृपाचार्य भी अच्छी तरह जानते थे। कृपाचार्य का आग्रह सुनकर श्रीकृष्ण ने कहा कि जब पृथ्वी को, मानवजाति को अश्वत्थामा की आवश्यकता होगी तब उन को खोज लिया जायेगा, फिर उसके बाद श्राप भी स्वयं को नष्ट करने का रास्ता खोज लेगा।''

''समय और भाग्य ने सब कुछ पहले से ही निर्धारित किया हुआ है। अश्वत्थामा और मेरी मुलाकात सैकड़ों वर्ष पहले ही निश्चित हो गयी थी, मेरे द्वारा ब्रह्मास्त्र को खोजना पहले से ही निश्चित किया जा चुका था। मंजिल तो पहले से ही निर्धारित है बस वहाँ तक पहुँचने के लिये रास्ता खोजने की देर है।''

''किस सोच में पड़ गये आप कल्कि देव!'' कागभुसण्डी मुस्कराते हुए कल्कि की तरफ देख रहे थे।

''कुछ नहीं, फिर आगे क्या हुआ?''

''अश्वत्थामा को अपने माथे की मणि जो जन्म से ही उसके साथ थी, को भी श्राप के बाद त्यागना पड़ा था। उस मणि को उन्होंने श्रीकृष्ण को सौंप दिया और बाद में श्रीकृष्ण ने वह मणि कृपाचार्य को दे दी। वह मणि अब तक श्री कृपाचार्य के पास है या फिर कहीं और यह मुझे नहीं पता।''

''आपके कहने का तात्पर्य है कि अगर मणि वापस मिल जाये तो मेरे श्राप को दूर किया सकता है? कल्कि भी कुछ समय पहले ऐसा ही कह रहे थे।'' पिछले सैकड़ों वर्ष में पहली बार अश्वत्थामा को अपने ठीक होने की एक उम्मीद नज़र आ रही थी।

"अगर कल्कि चाहें तो।" कागभुसण्डी ने कल्कि की तरफ इशारा करते हुए कहा।

"मतलब... मैं कैसे?" कागभुसण्डी के वाक्य ने कल्कि को हतप्रभ कर दिया था।

"बिना उद्देश्य के कुछ भी घटित नहीं होता, हर घटना के पीछे एक उद्देश्य होता है। पिछले कई वर्ष में सिर्फ और सिर्फ कल्कि ही एक ऐसे मानव हैं जो श्री कृपाचार्य से मिले हैं, अगर कल्कि चाहें तो फिर कुछ भी हो सकता है।" कागभुसण्डी के चेहरे पर मोहक मुस्कान तैर रही थी।

"जब आप बाबा से मिले थे तो क्या उन्होंने आपको कोई मणि दी थी?" अश्वत्थामा जब से कल्कि से मिला था तब से पहली बार वह इतना उतावला नज़र आया था।

कल्कि ने दिमाग पर जोर डालते हुए याद करने का प्रयास किया और कहा, "नहीं, ना तो कोई मणि दी और न ही इससे सम्बंधित कोई बात हुई थी।"

"मणि मेरे साथ जन्म से ही थी, मेरे शरीर का एक हिस्सा थी... अगर किसी तरह मणि मिल जाये तो शायद समस्त ज्ञान जो मैं भूल चुका हूँ याद आ जाये।" अश्वत्थामा ने कल्कि की आँखों में आँखें डालकर आग्रह करते हुए कहा।

"अश्वत्थामा ठीक कह रहा है, अगर मणि मिल जाये तो वह सारा भूला हुआ शस्त्र-शास्त्र ज्ञान वापस पा सकता है और तब मुझे ब्रह्मास्त्र भी मिल जायेगा। परन्तु मणि को कैसे पा सकते हैं; श्री कृपाचार्य से तो मैंने सम्पर्क करने का कितना प्रयास किया पर सब ढाक के तीन पात। श्री कृपाचार्य के अलावा ऐसा कोई भी मानव नहीं है जो मणि के बारे में जानता हो। मणि...ऐसी तो कोई बात भी नहीं हुई थी...न कुछ ऐसा संकेत दिया था। ऐसा तो सम्भव नहीं कि उनको पता न हो कि भविष्य में क्या होने वाला है। निश्चित ही वह जानते थे कि आगे चलकर मेरी मुलाकात अश्वत्थामा से होगी और मुझे मणि की आवश्यकता होगी... फिर ऐसा क्या है जो मैं भूल रहा हूँ। कुछ तो ऐसा है...ऐसा क्या है...हे महादेव! यह अभी तक मेरे दिमाग में क्यों नहीं आया।"

कुछ सोचकर कल्कि के माथे पर प्रसन्नता की लकीरें खिलखिला रही थीं। शायद दिमाग की मेमोरी में इन्फार्मेशन का वह बाइट मिल गया था जिसके लिये तीन-तीन महारथी माथापच्ची में लगे हुए थे।

"जब मैं गुरुदेव से मिला था तब उन्होंने मुझे कुछ दिया था - उग्र, एक कुत्ता। उसके गले में कुछ वस्तु तो बँधी हुई थी पर मैं दावे से नहीं कह सकता कि वह मणि थी या मणि तक पहुँचने का रास्ता। लेकिन सोच कर तो ऐसा ही लगता है कि वह वस्तु

निश्चित ही हमारी सहायता कर पायेगी।'' कल्कि ने अपनी सोच को शब्दों में पिरोते हुए कहा।

''प्रयास तो करना ही चाहिए।'' अश्वत्थामा ने पहले कल्कि और फिर कागभुसण्डी को देखा।

''निश्चित ही, परन्तु मुझे एक संदेह है कागभुसण्डी जी!'' अश्वत्थामा की बात का कल्कि ने समर्थन तो किया परन्तु प्रश्नवाचक मुद्रा के साथ।

''क्या?''

''अगर किसी तरह मणि मिल भी जाये तो वह फिर से अश्वत्थामा के मस्तिष्क में कैसे जोड़ी जाएगी? शायद कोई ऑपरेशन या फिर कुछ और।''

''समय आने पर सब कुछ स्वतः ही हो जायेगा।'' कागभुसण्डी ने कहा।

''क्या अश्वत्थामा मणि के साथ ही पैदा हुए थे?'' कल्कि ने मन में उत्पन्न शंका का समाधान चाहा।

''ऐसा कह सकते हैं। अश्वत्थामा के पिता गुरु द्रोणाचार्य उस समय के महान गुरु एवं धनुर्धर थे। उस समय के शक्तिशाली राजा द्रुपद से दुश्मनी के चलते वह चाहते थे कि उनका बेटा दुनिया का सबसे बड़ा योद्धा बने जो द्रुपद से टक्कर ले सके।

गुरु द्रोणाचार्य की प्रसिद्धि दुनिया भर में फैली हुई थी। उस काल में मिश्र के बहुत बड़े राजा हुआ करते थे -राजा इजरन। उनका बेटा और मिस्त्र का भावी राजा भी द्रोणाचार्य का शिष्य हुआ करता था। शिक्षा-दीक्षा के बाद उसने द्रोणाचार्य को एक मणि बतौर गुरुदक्षिणा दी थी। उन्होंने द्रोणाचार्य को उस अद्भुतमणि की असल शक्ति के बारे में बताया जो अद्भुत व अकल्पनीय हो सकती थी।

द्रोणाचार्य को बताया गया था कि वह बेहद ही अद्भुत एवं शक्तिशाली मणि थी और जो भी इसको धारण करेगा वह इस पृथ्वी का सबसे शक्तिशाली योद्धा बनेगा। लेकिन कोई भी जीवित मानव इसकी शक्ति को सहन नहीं कर सका। जितने भी योद्धाओं ने मणि को धारण करने का प्रयास किया वह मृत्यु को प्राप्त हो गये।

फिर द्रोणाचार्य ने एक बेहद ही भयावह निर्णय लिया। गर्भ में पल रहे भ्रूण के मस्तिष्क में इसको धारण करवाना। महाभारत कालीन के सबसे अच्छे शल्य चिकित्सक के द्वारा उन्होंने यह असम्भव सा कार्य किया और अपनी पत्नी के पेट में पल रहे भ्रूण में इस मणि को जोड़ दिया। वह भ्रूण ही आगे चलकर अश्वत्थामा नाम से प्रसिद्ध हुआ। कुछ कृपाचार्य और द्रोणाचार्य के पैतृक गुणों की वजह से और कुछ शक्तिशाली मणि के प्रभाव की वजह से अश्वत्थामा अद्भुत बुद्धि के स्वामी होने के साथ-साथ अजेय योद्धा भी थे।

फिर महाभारत में क्या-क्या हुआ यह आप जानते ही हो। कहते हैं कि अगर अश्वत्थामा अपनी पूर्ण शक्ति से लड़ते तो महाभारत युद्ध दो दिन में ही समाप्त हो जाता। श्रीकृष्ण ने अपनी युक्ति से अश्वत्थामा को लगभग पूरे युद्ध से दूर रखा।

जब अश्वत्थामा ने यह खबर सुनी कि उसके पिता द्रोणाचार्य को धोखे से मार दिया गया तो उनका क्रोध सहनशक्ति के पार चला गया। इस क्रोध के वशीभूत हो उसने पाण्डवों के पूरे वंश को ख़त्म कर दिया। अश्वत्थामा के इस कृत्य से कुपित होकर, श्रीकृष्ण के आदेश पर अश्वत्थामा ने वह मणि अपने माथे से निकालकर स्वयं प्रभु को सौंप दी। बाद में ऐसा माना जाता है कि वह मणि कृपाचार्य को सौंप दी गयी और उनको चिरंजीवी होने का आशीर्वाद दिया गया ताकि वे मणि की रक्षा कर सकें।

इसलिए कह सकते हैं कि मणि अश्वत्थामा के शरीर का जन्म से ही अभिन्न हिस्सा थी। बहुत सम्भव है कि मणि से जुड़ने के बाद अश्वत्थामा के शरीर की कोशिकाएँ फिर से ठीक हो जायें, मस्तिष्क स्वयं को फिर से दुरुस्त कर ले और वह फिर से पुराने वाले अविश्वसनीय, अतुलनीय ज्ञानी तथा महान योद्धा बन सकें।'' कागभुसण्डी ने अपनी जानकारी के अनुसार कहा।

कागभुसण्डी के इन शब्दों को सुनकर कल्कि को अब विश्वास हो चला था कि मंजिल के लिये सही पथ मिल चुका है। वह अश्वत्थामा की तरफ मुखातिब हुए और कहा, ''चलिए अश्वथ, आपके श्राप की समाप्ति का समय आ गया है, आपके ज्ञान, बुद्धिमत्ता व युद्ध कौशल की इस पृथ्वी को, मानवजाति को बहुत आवश्यकता है।''

अश्वत्थामा की आँखों में नमी साफ़-साफ़ देखी जा सकती थी। प्रसन्नता की, श्राप से सम्भावित मुक्ति की या फिर से अपना पुराना स्वरूप पाने की। जो कुछ भी था वह उनको शानदार एहसास दे रहा था। कुछ देर तक वह नज़रें झुकाये हुए, अभिवादन करते हुए कल्कि के समक्ष बुत बनकर खड़े रहे।

कागभुसण्डी जा चुके थे। कल्कि शांति से तो अश्वत्थामा बेचैनी से यहाँ से निकलने को बेताब हो रहे थे। दोनों ने वापसी की राह पकड़ ली। गनीमत थी कि अश्वत्थामा को ज्वालामुखी की गहराई से वापस वराह प्रदेश तक पहुँचने का गुप्त मार्ग पता था वरना धधकते ज्वालामुखी से चढ़कर बाहर तक आना एवरेस्ट पर चढ़ने से कम नहीं होता। वरक्षेश से मिलने के बाद उसको आवश्यक जानकारी देने के बाद, वराह प्रदेश को छोड़ने में दोनों ने बेहद तत्परता दिखायी। दोनों बिना किसी समस्या के समुद्र किनारे पहुँच गये जहाँ सरू उनकी प्रतीक्षा कर रहा था।

कुछ ही पल के पश्चात उड़ता हुआ सफ़ेद विशाल घोड़ा कल्कि और अश्वत्थामा को लेकर चल पड़ा। समुद्र में उपस्थित दिव्य पुंज के सहारे वापस पोखरण तक आने में बहुत ज्यादा समय नहीं लगेगा।

सोनार किले का मुख्य प्रवेशद्वार...

सोनार किले के मुख्य दरवाजे पर सैकड़ों की संख्या में कुत्ते मौजूद थे। नहीं, कुत्ते नहीं... अर्धमृत कुत्ते,अधमृत कुत्तों की फौज। सिर से बाहर की तरफ लटकती हुई आँखें, चार पैरों पर जैसे-तैसे टिका हुआ सड़ा-गला शरीर, दूर से ही महसूस होती शरीर की दुर्गन्ध लेकिन खूंखार मुद्रा लिये हुए। देखकर प्रतीत होता था कि आज ये जिंदा लाशें मरने-मारने पर उतारू होंगी।

"हे महादेव! कागभुसण्डी जी ने तो कहा था कि कुछ भयावह जानवर सुसुप्तावस्था से पुनः जाग चुके हैं और आबादी की तरफ बढ़ रहे हैं, परन्तु यह कभी नहीं बताया कि लाशें भी जमीन फाड़कर बाहर निकल रही हैं।"

"हे प्रभु! ये क्या बला है!" इस दृश्य के भय ने मृग्स्य के चेहरे के भावों को अति विकृत कर दिया था। ऐसा भयानक मंज़र जो मृग्स्य की कभी सोच में भी नहीं आया था, वह मृत्युरूपी दृश्य अब उसके सामने साक्षात था।

"बाद में बताता हूँ फिलहाल तो भागो यहाँ से।" तीनों ही प्रवेश द्वार से विपरीत दिशा की तरफ भाग खड़े हुए।

परन्तु द्वार के आस-पास उपस्थित इंसान उतने भाग्यशाली नहीं थे। अर्धमृत कुत्तों की फ़ौज ने पल भर में ही सबको काल के गाल में भेज दिया था। जिंदा इंसानों को लाशों में बदल दिया था। जो इस आक्रमण में बच गये वे सब सुरक्षित स्थान की तरफ भागने का, स्वयं को बचाने का असफल प्रयास कर रहे थे।

किले के पूरे प्रांगण में यह जानलेवा झुण्ड फैलता जा रहा था और इस झुण्ड में से चार से पाँच मृत कुत्तों ने अपने आपको प्राज्ञ के पीछे लगा लिया... मारने के इरादे से या फिर किसी और उद्देश्य के लिये, यह तो आने वाला समय ही जानता था।

भागते-भागते तीनों ही किले के दूसरे कोने की तरफ आ गये थे लेकिन अब मृग्स्य की साँसें उखड़ने लगी थीं। आगे और भागना मुमकिन नज़र नहीं आता था,कम से कम मृग्स्य के लिए तो नहीं। प्राज्ञ किसी भी हालात में उसके बिना एक कदम भी आगे नहीं बढ़ सकता था।

"अब मैं और नहीं दौड़ सकती।" उखड़ती साँसों के साथ मृग्स्य ने जैसे-तैसे बोला।

प्राज्ञ ने एक पल सोचा और इस पल भर में ही उस ने विचित्र दुश्मन का सामना करने का फैसला कर लिया। उसने मृग्स्य को अपने पीछे की तरफ धकेला और स्वयं मृत कुत्तों और उसके बीच आ गया।

प्राज्ञ को आक्रामक मुद्रा में आते देख उग्र ने भी रौद्र रूप धारण कर लिया। भय व थकान की वजह से मृग्स्य की हवाइयाँ उड़ी हुई थीं। साक्षात मृत्यु को सामने देखकर

आम मानवों के चेहरे पर जो भाव आते हैं वही भाव यम-वृत्त में खड़े हुए उन दो मानवों के चेहरे पर साफ़ नज़र आ रहे थे।

पाँच कुत्तों के उस झुण्ड ने धीरे-धीरे अपने शिकार की तरफ बढ़ना शुरू कर दिया। कोई और रास्ता न देख प्राज्ञ ने मृग्स्य का कैमरा लिया और उसको हथियार बनाकर अपनी बची-खुची हिम्मत व ऊर्जा समेटकर स्वयं भी आक्रामक मुद्रा में आ गया।

"मृग्स्य तुम चिंता मत करो तुमको कुछ नहीं होने दूँगा, इनके लिए तो मैं अकेला ही काफी हूँ।" प्राज्ञ ने योद्धा की भाँति चेहरे पर भावपूर्ण मुस्कान ली और एक कदम आगे की तरफ बढ़ा दिया।

भयभीत मृग्स्य के मुख से एक शब्द भी नहीं निकला। वह तो यह दृश्य देखकर ही हैरान थी कि यह सब कैसे सम्भव है, लाशें फिर से कैसे जिंदा हो सकती हैं। इस तरह की अजीबो-गरीब घटनाएँ मृग्स्य के लिए अत्यंत अचरज भरी थीं परन्तु कल्कि के साये में रहकर प्राज्ञ इस तरह की घटनाओं का कई बार साक्षी रह चुका था।

"उग्र!" प्राज्ञ ने दायें तरफ खड़े उग्र को भी आक्रामक रहने का इशारा कर दिया।

प्राज्ञ ने अपने शरीर को आवेग दिया और सबसे बायें तरफ से आ रहे कुत्ते पर फाइबर से बने बेहद ही मजबूत कैमरे से हमला बोल दिया। यह वार इतना दमदार था कि उस कुत्ते के जबड़े के परखच्चे उड़ गये फलस्वरूप उस लाश के दोबारा प्राण पखेरू निकल गये।

उधर दूसरी तरफ उग्र ने भी हवा में छलाँग मार दी और अपने आगे वाले दोनों पंजों से सामने आ गये दो कुत्तों के माथे पर अति घातक वार कर दिया। यह घातक वार उनके माथे का नामों-निशान धड़ से मिटाने के लिये काफी था।

इस हमले के बीच, बचे हुए दो अर्धमृत में से एक ने प्राज्ञ के ऊपर छलाँग लगा दी जिसने सीधे प्राज्ञ के कंधे पर वार किया। फलस्वरूप उसके हाथ से कैमरा रूपी हथियार छूट गया। उग्र ने तुरंत हरकत करते हुए प्राज्ञ की तरफ दौड़ लगा दी। इस आपाधापी में नज़रें बचाकर दूसरे अर्धमृत कुत्ते ने जानलेवा छलाँग मारी जिसका निशाना था - मृग्स्य...मासूम मृग्स्य।

यम को सामने से आते हुए देखकर भी वह कुछ न कर पायी। न तो मुख से कोई शब्द निकला, न ही पैरों ने हिलने का प्रयास किया और न ही शरीर ने कोई हरकत की। शायद उस का मस्तिष्क आत्म समर्पण कर चुका था। आखिरी पलों में सिर्फ आँखों ने कुछ हरकत की और सामने आती मौत को छोड़कर प्राज्ञ की तरफ मुड़ गयीं।

उधर दूसरी तरफ उग्र जब तक प्राज्ञ तक पहुँच पाता तब तक लाशरूपी कुत्ते का पंजा प्राज्ञ के कंधे को भेदता हुआ मांस को चीर चुका था। उग्र ने जैसे-तैसे शिकारी कुत्ते को प्राज्ञ से दूर किया और उसे नरक की सैर पर भेज दिया। यही वह समय था जब घायल प्राज्ञ की नज़रें मृग्स्य से मिलीं। असहाय प्राज्ञ ने अपनी जान की परवाह किये बिना मृग्स्य की तरफ दौड़ लगा दी। मृत्यु के साथ दौड़ में आज तक कौन जीता है, यहाँ भी कुछ ऐसा ही था।

आखिरी बचे अर्धमृत ने मृग्स्य के पेट पर वार किया। भयानक वार जो जिन्दगी की डोर तोड़ने वाला साबित होने वाला था। इससे पहले कि प्राज्ञ वहाँ तक पहुँच पाता, मृग्स्य के ऊपर दूसरा वार किया जा चुका था जो सीधा उसके सिर पर जाकर लगा। कल्कि और केचर के बीच की इस विचित्र लड़ाई में जाने-अनजाने मृग्स्य निशाना बन चुकी थी। एक और ज़िंदगी की डोर टूटने के कगार पर थी। आखिर उसका कसूर ही क्या था... शायद उसका दुर्भाग्य।

क्रोध व भय से चिल्लाते हुए प्राज्ञ ने मृग्स्य के पास पहुँचते ही उस मृत्युदूत को झपटकर हवा में फेंक दिया जहाँ जमीन पर टकराने से पहले ही उग्र ने उसे नरक लोक को भेज दिया।

खून से लथपथ मृग्स्य के शरीर को जमीन पर गिरने से पहले प्राज्ञ ने थाम तो लिया परन्तु तब तक बहुत देर हो चुकी थी। निढाल हो वह अपने होशोहवास खो रही थी। यादों की विचित्रता कहें या फिर मृत्यु का नशा, मृग्स्य ने अपने आपको लद्दाख की बर्फ से लकदक घाटियों के बीच पाया जहाँ उसने पहली बार प्राज्ञ को देखा था। न कोई दुःख और न कोई दर्द... था तो सिर्फ एक खुशनुमा एहसास। वह फिर से वह पल जी रही थी जो उसके जीवन का सबसे हसीन पल था। मृत्यु के दर पर न जाने क्यों बीती हुई जिन्दगी बहुत खूबसूरत लगती है।

मृग्स्य को खोने के भय के वशीभूत हो प्राज्ञ कुछ न बोल पाया। उसे अपनी बाँहों में उठाकर, प्राज्ञ अपनी कार की तरफ भागने लगा। उग्र उसके आगे-आगे चल रहा था। जो भी अर्धमृत कुत्ते उसके रास्ते में आने का दुस्साहस करते वे उग्रित उग्र का शिकार बन दोबारा मौत को गले लगा लेते।

कार तक की दूरी प्राज्ञ को सदियों के समान लग रही थी परन्तु सदियाँ भी तो बीतने के लिए ही आती हैं। यह समय भी बीत गया। बिना और देरी किये प्राज्ञ कार तक पहुँचा और उसको हवा की गति से अस्पताल की तरफ दौड़ा दिया। जब यमवृत्त में फँसी हुई जिन्दगी दो पल और जीने के लिये तड़पने लगती है तब ही साँसों व धड़कनों का असली मूल्य पता चलता है। जीवन और मृत्यु की रेस में कौन जीतेगा और कौन हारेगा, यह तो अब महादेव के हाथों में ही था।

अध्याय 10

।। साया यमवृत्त का ।।

"नरभक्षी जीवों के द्वारा इंसानों और पालतू जानवरों पर हमला किया जा रहा है, सरकार पूरी कोशिश कर रही है कि इस खतरे का जल्दी से जल्दी खात्मा कर सकें। सेना को भी इस काम में लगा दिया गया है। विचित्र और अजीब से दिखने वाले जानवरों को देखते ही गोली मारने के आदेश दे दिये गये हैं।

सरकार की तरफ से यह निर्देश दिया जाता है कि घर के अंदर रहें, दरवाजा बंद रखें और सुरक्षित रहें। जनता से यह अपील भी की जाती है कि रात में रोशनी या फिर आग का समुचित प्रबंध रखें जो खतरनाक जीवों को आबादी से दूर रखेंगे और बाहर तो हरगिज न निकलें। समूह या टोली में रहें और अपने परिवार की रक्षा करें।"

रेडियो पर चल रहे संदेश को सुनने के बाद उचित अनुकरण चिंतित नज़र आ रहे थे, "काम खत्म करके जल्द से जल्द यहाँ से निकलते हैं।"

अहम विद्यम भी चिंतित थे मगर काम समाप्त होने का सुकून भी था। पिछले कुछ दिनों से बिना रुके, बिना आराम किये वह अपने कार्य में लगे हुए थे।

"अब वह सारी जानकारी हमारे पास है जिसकी आवश्यकता एलियन प्रजाति को समझने में मददगार हो सकती है, कल्कि को यह जानकारी देकर यहाँ से चलते हैं।"

"कल्कि को फोन करके बता देते हैं।" उचित अनुकरण ने प्राज्ञ के द्वारा दिए गये खास फोन को निकाला और कल्कि से बात करने के लिये अहम की तरफ बढ़ा दिया।

"कल्कि! बहुत महत्वपूर्ण जानकारी हाथ लगी है, आप बिलकुल सही थे; यह सब एलियन के द्वारा ही किया धरा है। पिछले एक दशक में हमने ऐसे कई ट्रांसमीशन को पकड़ा है जिससे पता चलता है कि एलियन पृथ्वी पर आते-जाते रहे हैं। इस जानकारी में सबसे खास बात है कि पृथ्वी पर ऐसे सभी ट्रांसमीशन एक ही स्थान से

जुड़े हुए हैं।'' अहम कुछ ऐसी जानकारी कल्कि को दे रहा था जो पृथ्वी के भविष्य के लिये बहुत महत्त्वपूर्ण होने वाली थी।

''कौन सी जगह?'' कल्कि ने पूछा।

''बरमूडा ट्राएँगल। हमारी रिसर्च से एक बात तो निश्चित हो जाती है कि पृथ्वी पर अगर कहीं एलियन प्रजाति का बेस स्टेशन है तो वह बरमूडा ट्राएँगल ही है।'' और इसके बाद अहम ने और भी महत्त्वपूर्ण जानकारी कल्कि को दी जो पृथ्वी व मानवजाति को बचाने में सहायक होने वाली थी।

''यह जानकारी सचमुच बहुत काम की है, आप दोनों के बिना इस जानकारी को जुटाना असम्भव था।'' कल्कि ने आभार प्रकट करते हुए कहा।

''कल्कि, एक और बात है।'' इस बार उचित अनुकरण ने कहा।

''क्या प्रोफेसर?''

''मैंने हम सबके फोन भी ट्रैकिंग पर लगाये थे; सबसे विचित्र बात है कि कुछ दिनों पहले आपके फोन के सिगनल ऐसे स्थान से आ रहे थे जो असम्भव-सा लगता है।''

''कहाँ से?'' उत्सुकतावश कल्कि ने जानना चाहा क्योंकि पिछले कुछ दिनों में कल्कि ने न जाने कितने ही स्थानों की यात्रा की थी।

''बरमूडा ट्राएँगल।'' उचित अनुकरण के इस शब्द ने कल्कि को भौंचक्का कर दिया था।

उधर दूसरी तरफ बेबी कटु टोड की राह ताकते-ताकते शायद वयस्क टोड की फौज से और इंतज़ार न किया गया होगा इसलिए चार से पाँच वयस्क कटु टोड ने अपने कदम प्रयोगशाला में रख दिये जहाँ उनके लिए भरपूर मात्रा में खाना उपलब्ध था। कॉल कटने से पहले ही उचित अनुकरण और अहम विद्यम मानवजाति को बचाने के लिये अपनी जान की कुर्बानी दे चुके थे।

''आपके साथ कौन आये हैं? लगता है उन पर भी किसी जानवर ने हमला किया है, बहुत ज्यादा घायल हैं, मैंने डॉक्टर को उनके पास भेज दिया है।'' प्राज्ञ एक कोने में चुपचाप बैठा हुआ था... अपने में डूबा हुआ, खोया हुआ।

''कोई फायदा नहीं होगा, डॉक्टर कुछ नहीं कर पायेंगे।'' कल्कि का पूरा ध्यान मणि को खोजने में था। उसका ध्यान प्राज्ञ की मायूसी की तरफ गया ही नहीं।

प्राज्ञ ने कहा कुछ नहीं सिर्फ प्रश्नवाचक मुद्रा में अपनी दायीं भौंह ऊपर कर दी।

कल्कि ने एक मुस्कान ली और कहा, ''वह घायल व्यक्ति कोई सामान्य व्यक्ति

नहीं है, वह चिरञ्जीव अश्वत्थामा हैं।''

''ओह्ह्ह श्रापित चिरञ्जीव... इसलिए उनके पूरे शरीर पर इतने घाव हैं; परन्तु ताम्रपत्र का इशारा तो अश्वत्थामा की तरफ न था, आप तो ब्रह्मास्त्र खोजने गये थे फिर अश्वत्थामा कैसे मिल गए?''

''लम्बी कहानी है प्राज्ञ, फिर कभी बताता हूँ, फिलहाल यह बताओ कि उग्र कहाँ है अभी तक दिखायी नहीं दिया, मुझे लगता है कि उसके गले में बँधी हुई वस्तु बहुत खास है।'' कल्कि के मन में उग्र व मणि ने ऊहापोह मचाया हुआ था।

''उग्र की गर्दन में बँधा पट्टा कहाँ है प्राज्ञ?'' उग्र के सामने आने पर उसके गरदन में बँधा पट्टा न पाकर कल्कि तनाव की वजह से उछल पड़ा।

''कुछ दिनों पहले तक तो वह उग्र के गले में दिखा था उसके बाद मैंने ध्यान भी नहीं दिया।'' प्राज्ञ ने कल्कि को तनावग्रस्त देखते हुए एक ही साँस में अपनी बात बोल दी।

''हे महादेव!''

कैसी भी परिस्थितियां हो परन्तु कल्कि कभी भी परेशान नहीं होता था। लेकिन इस बार बात बहुत गम्भीर थी। वह जानता था कि वह वस्तु कितनी अमूल्य थी। उसके बिना अश्वत्थामा को ठीक कर पाना लगभग नामुमकिन होने वाला था।

''क्या वह पट्टा बहुत महत्त्वपूर्ण था? क्या आपको लगता है कि वह वस्तु ही ब्रह्मास्त्र तक पहुँचने का रास्ता है?'' प्राज्ञ ने इस बार धीगी आवाज़ में पूछा। वह अपने आपको इस बात का दोषी मान रहा था। उग्र को सँभालने का उत्तरदायित्व प्राज्ञ का था और वह इस में पूरी तरह विफल हो गया था।

''जब तुमने पहली बार उग्र को देखा था तो तुमने मुझसे पूछा था न कि उग्र के गले में यह कैसा बेहद विचित्र पट्टा बँधा हुआ है जो कि रहस्यमयी प्रतीत होता है। उस समय तक तो मैं कुछ नहीं जानता था और न ही गुरुदेव कृपाचार्य ने इसके बारे में कुछ भी बताया था। जब मैं अश्वत्थामा से मिला तब मुझे अश्वत्थामा, उग्र और गुरु कृपाचार्य के बीच का सम्बन्ध पता चला।

श्रीकृष्ण के आदेशानुसार मणि की ज़िम्मेदारी श्री कृपाचार्य को दी गयी थी। उन्होंने उस मणि को सफलतापूर्वक सँभालकर रखा। ऐसा मुझे लगता है कि उग्र के गले में जो पट्टा बँधा हुआ है, हो न हो उसमें निश्चित ही मणि होनी चाहिए।'' कल्कि ने अपना अनुमान जताते हुए कहा।

''आपके कहने का तात्पर्य है कि वह मणि मिल जाये तो अश्वत्थामा को ठीक किया जा सकता है, उन को वापस महाभारतकालीन अश्वत्थामा में बदला जा सकता

है।''

''बिलकुल ठीक कहा प्राज्ञ, ब्रह्मास्त्र की जानकारी सिर्फ और सिर्फ अश्वत्थामा को है। अगर मणि नहीं मिली तो, अश्वत्थामा ठीक नहीं हुए तो ब्रह्मास्त्र भी कभी नहीं मिल पायेगा। ब्रह्मास्त्र के बिना त्रिपुण्ड काक्षः अधूरा रह जायेगा जो कि एकमात्र सूत्र है पृथ्वी व मानवजाति को बचाने के लिये।'' कल्कि ने अपनी बातों पर वज़न डालते हुए कहा।

मणि की महत्ता जान प्राज्ञ ने कहा, ''फिर तो मणि को हर हालत में खोजना ही होगा; मैं पूरे इलाके में खोज करवाता हूँ शायद उग्र के गले से वह कहीं गिर गयी हो।''

''एक मिनट!'' प्राज्ञ को रोकते हुए कल्कि ने कहा, ''शायद उग्र को पता हो कि मणि कहाँ है, मुझे एक बार प्रयास करने दो।''

और महाबलि द्वारा सिखायी गयी विद्या के सहारे कल्कि मानसिक तरंगों की सहायता से उग्र से सम्पर्क करने की कोशिश करने लगा जो अपने स्वामी के पास ही बैठा हुआ था।

''उग्र को भी नहीं पता कि उसकी गरदन में बँधा पट्टा कब और कैसे गायब हो गया।'' कल्कि की एक और उम्मीद धराशायी हो गयी थी।

तभी प्राज्ञ अनायास ही बोला जैसे उसको कुछ याद आया हो, ''भाई, मुझे लगता है कि सोनार किले में मृत कुत्तों से लड़ते समय शायद वहीं पर मणि गिर गयी होगी।''

''सोनार किला... मृत कुत्तों से लड़ाई... मतलब?'' प्राज्ञ के कहे हुए शब्द कम से कम कल्कि के लिए तो विचित्र नहीं थे परन्तु उस को चौंकाने के लिये काफी थे।

और फिर प्राज्ञ ने बढ़ते हुए भ्रूणों के लिये सुरक्षित स्थान की तलाश से लेकर सोनार किले के मुआयने तक, मृग्स्य के मिलने से लेकर उग्र के विचित्र व्यवहार तक, मृत कुत्तों के आक्रमण से लेकर मृग्स्य के घायल होने तक की पूरी घटना एक ही साँस में बता दी।

''मुझे इतनी देर हो गयी आये हुए और तुम मुझे यह बात अब बता रहे हो। कैसी है मृग्स्य? घाव ज्यादा गहरे तो नहीं हैं?'' कल्कि के स्वर में चिंता साफ़ झलकती थी।

''वह ठीक नहीं है, घाव बहुत ज्यादा गहरे थे। मैं उसको हॉस्पिटल लेकर गया था लेकिन वहाँ पहले से ही घायलों की भरमार थी। किसी तरह डॉक्टर ने उसे बचा तो लिया लेकिन सिर पर हुए एक गहरे घाव की वजह से वह अभी तक कोमा में है। घायलों की भीड़ की वजह से एक तो अस्पताल में पैर रखने की भी जगह नहीं थी और न ही डॉक्टर के पास मरीजों के लिए पर्याप्त समय। इस कारण हॉस्पिटल ने मृग्स्य को दो-तीन दिन में ही छुट्टी दे दी। अभी वह अपने घर पर है। मृग्स्य की हालत बेहद नाजुक है।'' प्राज्ञ के एक-एक शब्द में दुःख-दर्द तो आँखों में नमी साफ़-साफ़ झलक

रही थी।

इसके बाद प्राज्ञ और कल्कि दोनों ही शांत हो गये। न तो सांत्वना देने के लिए कल्कि के पास शब्द थे और न ही प्राज्ञ में कुछ और बोलने की हिम्मत थी।

कुछ देर बाद कल्कि ही बोला जो हताश और असहाय नज़र आ रहा था, "मैं समझ गया यह किस दिन की बात है; मुझे तुम्हारे ऊपर खतरे का अंदेशा हुआ था इसलिए टेलीपैथी के द्वारा मैंने उग्र को तुरन्त ही तुम्हारी सहायता करने का आदेश दिया था, लेकिन इतना सब कुछ हो जायेगा यह मैंने सपने में भी नहीं सोचा था।"

"होनी को तो कोई नहीं टाल सकता, हो सकता है कि इस आक्रमण के दौरान ही उग्र के गले से वह पट्टा नीचे गिर गया हो।"

"सम्भव है, चलो चलते हैं,पहले मृग्स्य के पास और फिर सोनार किला।" प्राज्ञ की बातों को सुनकर कल्कि अब एक पल की भी देरी नहीं करना चाहता था।

चलते-चलते कल्कि ने उग्र को भी साथ ले लिया। मृत्यु के मँडराते बादलों के बीच जितनी सहायता मिल सके उतनी ही कम होती है।

पहले पोखरण से जैसलमेर और फिर वहाँ मृग्स्य को देखने के बाद तीनों सोनार किले की तरफ निकल पड़े। सोनार किला जहाँ कुछ दिनों पहले ही दिल दहलाने वाली दुर्घटना घटी थी। प्राज्ञ के दिमाग में अभी तक वह घटना ज्यों की त्यों जीवित थी। वह भूल भी कैसे सकता था उस जानलेवा हमले को जिसकी वजह से मृग्स्य कोमा में चली गयी।

सोनार किला हालाँकि सेना के कब्जे में आ चुका था परन्तु भ्रूणों को अभी तक वहाँ शिफ्ट नहीं किया गया था। उस एक हमले ने जहाँ प्राज्ञ की सारी योजना पर पानी फेर दिया था वहीं दूसरी तरफ मृग्स्य के ऊपर हुए हमले की वजह से उसको मानसिक रूप से तोड़ भी दिया था।

कल्कि, प्राज्ञ व उग्र, तीनों ने मिलकर किले का चप्पा-चप्पा छान मारा परन्तु वांछित वस्तु का कहीं कोई सुराग नहीं मिला। सोनार किले को आम जनता के लिए तो बहुत पहले ही बंद किया जा चुका था और न ही आमजन घूमने-फिरने की सोच भी रहा था। घरों के अन्दर छुपकर किसी तरह जीवित रहने के प्रयास में जीवन बेहद ही कठिन हो चला था।किसी तरह जिन्दा रहने, खाने-पीने का जुगाड़ करने और सब कुछ ठीक होने की उम्मीद के अलावा जनता के पास न कोई कार्य था और न ही कोई इच्छा।

किले के कुछ हिस्सों को सुरक्षा की दृष्टि से पूर्ण रूप से बंद कर दिया गया था। ऐसे हिस्सों को छोड़कर किले का प्रत्येक हिस्सा देख लिया गया परन्तु ढाक के तीन पात।

“मुझे लगता है कि हमें वापस उसी स्थान पर जाना होगा जहाँ हम पर हमला हुआ था।” असफलता हाथ लगते देख प्राज्ञ ने कल्कि से विश्वास के साथ कहा।

“बहुत सम्भव था कि उग्र के गरदन से पट्टा शायद उस ही स्थान पर गिरा हो।” कल्कि ने प्राज्ञ के प्रस्ताव के साथ हामी भरते हुए कहा।

परन्तु ऐसा हो न सका। सुरक्षाकर्मी ने उन दोनों को वहाँ जाने से रोक दिया और जो कारण था वह बेहद ही भयावह था। उसका कहना था कि किले के अन्दर अभी भी सैकड़ों की संख्या में अर्धमृत कुत्तों की पूरी की पूरी फ़ौज मौजूद है।

“खतरनाक जीवों को किले के पूर्वी हिस्से में कैद किया गया है, यह वही हिस्सा है जहाँ मैं पहले गया था।” प्राज्ञ ने कल्कि की तरफ देखते हुए कहा।

“वह हिस्सा साक्षात नरक है, वहाँ जाना दुःखदायी आत्महत्या से ज्यादा कुछ नहीं होगा।” सुरक्षाकर्मी ने एक बार और प्राज्ञ को समझाने का प्रयास किया।

प्राज्ञ ने एक पल और सोचा और आत्मविश्वास के साथ कहा, “हमें जाना ही होगा, इसके अलावा और कोई रास्ता नहीं है।”

सुरक्षाकर्मी के पास कोई रास्ता नहीं था। उसके पास पहले से ही आदेश थे कि परिस्थितियाँ चाहे कैसी भी हों प्राज्ञ की मदद करना ही है। उसने अपने हथियार डाल दिये और कल्कि व प्राज्ञ के साथ-साथ उग्र को भी वहाँ जाने की अनुमति दे दी।

प्राज्ञ ने अपने कदम यमलोक की तरफ बढ़ा दिये। किले के पूर्वी हिस्से में प्रवेश करने पर जहाँ एक तरफ वह भय के भँवर में फँसा हुआ था वहीं दूसरी तरफ कल्कि के माथे पर शिकन का एक भाव तक नहीं था। वह पहले भी इससे भी ज्यादा बुरे व भयावह हालात का सामना कर चुका था। उग्र भी शांत भाव से अपने स्वामी के पीछे-पीछे चल रहा था।

तीनों ने यमलोक में प्रवेश कर लिया। सुरक्षाकर्मी ने पीछे से उस हिस्से का दरवाजा बंद कर दिया। वह कतई नहीं चाहता था कि अर्धमृत की फ़ौज इन सनकी आदमियों को ऊपर पहुँचाने के बाद पूरे किले में और फिर आबादी में फ़ैल जाये।

प्राज्ञ, मणि को जल्दी से जल्दी खोजकर वहाँ से बाहर निकल जाना चाहता था। तीन जोड़ी आँखें मणि को खोजने में लगी हुई थीं पर निश्चित ही यह कार्य इतना तो आसान नहीं होने वाला था।

शुरूआती कुछ समय तक तो मायावी शांति के अलावा कल्कि को कुछ भी एहसास नहीं हुआ परन्तु जल्दी ही अर्धमृत झुण्ड ने अपनी उपस्थिति दर्ज करा दी। पहले एक, फिर दो और फिर एकाएक झुण्ड ने तीनों को चारों तरफ से घेर लिया।

इस यमवृत्त ने प्राज्ञ की साँसों को उसके फेफड़ों में ही अटकने पर मजबूर कर

दिया। उसका एड्रेनिल का स्तर अपने शिखर पर पहुँच गया। उधर दूसरी तरफ उग्र ने सम्भावित हमले की आशंका से रौद्र रूप धारण कर लिया, हमले के लिये अपने पंजों को तैयार कर लिया। कल्कि के चेहरे पर अभी तक कोई शिकन नहीं थी, न किसी तरह के भाव। उसका मन शांत प्रतीत होता था और शायद वह इस मुसीबत से बचने के बारे में ही सोच रहा था, योजना बना रहा था।

"भाई हमें यहाँ से निकलना होगा वरना हमारे बचने की एक प्रतिशत भी उम्मीद नहीं है।" प्राज्ञ ने हड़बड़ाहट दिखाते हुए कहा।

"एक मिनट शांत रहो!" कल्कि के आदेशात्मक स्वर ने प्राज्ञ को चुप रहने पर विवश कर दिया।

प्राज्ञ तो शायद एक मिनट रुक भी सकता था परन्तु सामने खड़ी दानवों की फ़ौज कहाँ रुकने वाली थी। न जाने कैसे पर मौत को सामने देखकर भी कल्कि शांत था।

प्रतीत होता था कि दोनों ही पक्ष एक-दूसरे की प्रतिक्रिया की प्रतीक्षा कर रहे थे। पहले सब्र टूटा जो संख्या में अधिक थे। झुण्ड में सबसे आगे की तरफ खड़े हुए अर्धमृतों के सड़े-गले चेहरे पर यकायक आक्रामक भाव आ गये और आगे की पंक्ति ने हवा में छलाँग लगा दी उन तीन जीवों की तरफ जिनमें दो मानव थे और एक उनकी ही बिरादरी का मगर जीवित जंतु।

वे दुर्भाग्यशाली अर्धमृत नहीं जानते थे कि सामने कोई मानव नहीं अपितु महामानव है। उसको सिर्फ छूना भर ही एक असम्भव-सा कार्य होने वाला है, उसको भोजन के रूप में देखना तो दूर की कौड़ी ही होगी। महान चिरञ्जीव परशुराम के द्वारा सिखायी गयी गुरुत्व विद्या को कल्कि ने उम्मीद से भी ज्यादा अच्छी तरह सीखा था। कल्कि ने आँखों को मूँदा, ध्यान लगाया, ऊर्जा को एकत्रित किया और दायें हाथ को सीधा तानकर उँगलियों से एक इशारा भर किया।

हवा में उछले अर्धमृत कुत्तों का झुण्ड क्षण भर के लिये हवा में ही झूल गया और फिर कल्कि के उँगलियों के इशारे पर जमीन पर आ गिरा। कल्कि का अगला कदम था उनको मानसिक गुलामी से मुक्ति देना। मानसिक तरंगों के साथ खेलना तो कल्कि के लिए बायें हाथ का खेल था। मानसिक जादू के खत्म होते ही वह झुण्ड अर्धमृत से पुनः मृत अवस्था में आ गये, जिन्दा लाश फिर से लाश बन गये।

कल्कि ने अपना दाँव चल दिया था, मानसिक गुलामी का जादू ख़त्म कर दिया था। मृत फ़ौज की पहली पंक्ति ढेर हो चुकी थी परन्तु इसके बावजूद दूसरी पंक्ति के हमलावरों ने कोई सबक नहीं सीखा। सबक सीख भी कैसे सकते थे, पहले तो वे जानवर थे और दूसरा सबक सीखने के लिये जिन्दा भी नहीं थे।

दूसरी पंक्ति ने भी हवाई छलाँग लगायी और अपने साथियों की तरह वे भी पुनः लाश में तब्दील हो गये। एक-एक कर इस तरह सभी का सफाया हो चुका था। कुछ ही पल के दौरान जहाँ कल्कि ने पूरी मृत फ़ौज को वापस परलोक भेज दिया था वहीं दूसरी तरफ प्राज्ञ सिर्फ और सिर्फ हतप्रभ खड़ा था, न वह सोचने की स्थिति में था और न ही कोई प्रतिक्रिया देने की स्थिति में। सब कुछ इतनी जल्दी में हुआ कि उसको वह सब कुछ एक जादू-सा लग रहा था।

"यह सब क्या था?" प्राज्ञ ने कुछ प्रतिक्रिया देने से पहले अपनी जिज्ञासा को शांत करना ज्यादा आवश्यक समझा।

"गुरुत्व विद्या और मानसिक तरंगों का थोड़ा-सा मिश्रित प्रयोग।" कल्कि के भाव अभी भी शांत थे।

"जो कुछ भी था बड़ा अद्भुत था।" प्राज्ञ के निकले शब्द शोक व बदले के भावों में लिपटे हुए थे। इन जंगलियों ने ही मृग्स्य को घायल किया था और अब वे स्वयं इस दुनिया में नहीं थे। बदला ले लिया गया था।

"अब मणि को खोजा जाय, फिलहाल तो कोई रुकावट नहीं है और न ही कोई परेशान करने वाला।" प्राज्ञ को घूरते पाकर कल्कि ने कहा। उसके चेहरे पर एक अलग ही तेज़ दिखायी दे रहा था।

कल्कि का आदेश पाकर वह और उग्र अलग-अलग दिशाओं में उस नायाब मणि की खोज करने लगे जिसके द्वारा संभवतः ब्रह्मास्त्र को पाने का रास्ता मिल सकता था।

सेकण्ड से मिनट, मिनट से घण्टे और घण्टे से पहर बीत गए पर ढाक के तीन पात। उग्र व प्राज्ञ के साथ-साथ कल्कि के हाथ भी अभी तक खाली थे।

"कुछ नहीं मिला, अब क्या करें?" प्राज्ञ के शब्दों में हताशा का पारा चढ़ा हुआ था।

"तुमको पूरा विश्वास है कि मणि यहीं गिरी थी?" जो पराजय देखने का आदी न हो उसके लिए ऐसी परिस्थिति का सामना करना थोड़ा मुश्किल हो जाता है।

"यह ही आखिरी स्थान था जहाँ मणि को होना चाहिए था, अगर मणि यहाँ नहीं है तो फिर..." प्राज्ञ का विश्वास हिलने लगा।

मणि के मिलने का आखिरी रास्ता भी बंद नज़र आ रहा था। उम्मीद की एक मद्धिम-सी किरण जागी जब प्राज्ञ के दिमाग में एक विचार कौंधा।

"एक और रास्ता है।" अस्त होती हुई उम्मीद में एक चमक नज़र आयी।

"क्या? सी॰सी॰टी॰वी॰ कैमरा?" प्राज्ञ के मन की बात कल्कि जान गया था

फिर भी उसने पूछना ज्यादा उचित समझा।

"हाँ यहाँ सी.सी.टी.वी. कैमरा लगा हुआ है कुछ न कुछ संकेत अवश्य मिलेगा; बहुत सम्भव है कि मणि यहाँ किसी स्टाफ को मिली हो।" आखिरी दाँव के तौर पर प्राज्ञ ने कहा।

"ठीक कहा, एक बार प्रयास तो कर ही सकते हैं।" कल्कि सोनार किले के मुख्य दरवाजे की तरफ जाने के लिये वापस मुड़ गया और पीछे-पीछे प्राज्ञ तथा उग्र भी।

सी.सी.टी.वी. कैमरा की रिकॉर्डिंग्स को देखने के बाद जो अकल्पनीय दृश्य कल्कि व प्राज्ञ ने देखे वह स्तब्धता के उच्चतम स्तर को भी पार करने वाले थे। प्राज्ञ ने कभी सपने में भी नहीं सोचा था कि मणि के गायब होने के पीछे यह कारण हो सकता है।

सौभाग्य का साथ कहें या फिर दुर्भाग्य की परछाई, जिस स्थान पर मृग्स्य को अधमृत झुण्ड के द्वारा घायल किया गया था उस स्थान पर सी॰सी॰टी॰वी॰ कैमरा लगा हुआ था। मृग्स्य व प्राज्ञ को बचाते हुए उग्र के गले में बँधा पट्टा कब गिर गया या फिर योजना के तहत गले से वह पट्टा गिरा दिया गया यह सब रिकॉर्डिंग्स में साफ़-साफ़ नज़र आ रहा था।

जैसे ही वह पट्टा उग्र के गले से अलग हुआ वैसे ही झुण्ड के द्वारा किए गए जानलेवा हमले की भीषणता भी कम हो गयी। धीरे-धीरे झुण्ड इधर-उधर बिखर गया और प्राज्ञ, मृग्स्य व उग्र को वहाँ से आसानी से बच निकलने का रास्ता दे दिया गया।

तीनों के वहाँ से निकलने के करीब दस मिनट के बाद, उस स्थान पर एक विचित्र साया रूपी मानव आता है जो साधारण मानव जैसा तो प्रतीत नहीं हो रहा था। सात फुट लम्बाई वाली उस आकृति ने स्वयं को लबादे से ढका हुआ था इसलिए चेहरे से लेकर शरीर की बनावट तक कुछ भी देख पाना मुश्किल हो रहा था। उस साये ने मणि उठायी और वापस मुड़कर फिर से अँधेरे में विलीन हो गया। मणि उठाने के दौरान एक पल के लिये उस साये का चेहरा कैमरे के सामने आ गया। कैमरे की नज़र से बचना बहुत मुश्किल होता है।

उस साये की एक नज़र वह मुख्य कारण था जिसने प्राज्ञ के होश उड़ा दिये थे, "भाई!"

"क्या हुआ प्राज्ञ सब ठीक तो है न!" नर्वस नज़र आ रहे प्राज्ञ की आवाज़ सुनकर कल्कि ने चिन्तित होते हुए कहा।

"मैं इसको जानता हूँ। मैंने पहले भी इसको देखा है।" सी.सी.टी.वी. रिकॉर्डिंग

में दिख रहे एलियननुमा मानव को देखकर प्राज्ञ ने कहा।

इस बार चौंकने की बारी कल्कि की थी, ''क्या मतलब! तुम इस आदमी से मिल चुके हो?''

''मिला नहीं हूँ लेकिन मैंने पहले भी इसको देखा हुआ है।'' प्राज्ञ ने शब्दों के फेर को ठीक करते हुए कहा।

''तुमने तो आज तक मुझे यह बात नहीं बतायी कि तुम्हारा एलियन जैसे आदमी के साथ आमना-सामना हो चुका है।''

''मैंने इसको लद्दाख में देखा था; जब मैं वापस दिल्ली आया तो मुझे इस एलियन के बारे में कुछ भी याद नहीं रहा, मुझे लगता है कि मेरे दिमाग की यादों के साथ शायद छेड़छाड़ की गयी थी अब मुझे सब कुछ साफ़-साफ़ याद आ रहा है।'' प्राज्ञ के शब्दों के साथ-साथ माथे पर भी हतप्रभ वाले भाव थे।

''मैं कुछ समझा नहीं।'' प्राज्ञ की अबूझ बातें फिलहाल तो समझ से परे थीं।

''मैं शुरूआत से आपको सब कुछ बताता हूँ। बात उन दिनों की है जब मैं एक प्रोजेक्ट की रिसर्च के लिये लेह-लद्दाख गया था।'' और इसके बाद प्राज्ञ उसके साथ घटित उस घटना को बताने लगा जब उसका अनोखा सामना एलियन रूपी जीव से हुआ था और हुआ था खुशनुमा प्रथम सामना मृग्स्य से। उसके अतीत का एक अध्याय वर्तमान में पुनः खुलने वाला था।

अध्याय 11

।। मृग्स्य की प्रेम परिधि ।।

लद्दाख, अचरज घाटी...

बात उस समय की है जब मैं अपने दोस्त उत्कृष्ट के साथ कॉलेज प्रोजेक्ट के लिए लद्दाख गया हुआ था। वहाँ पंग्कोक झील के पास हम दोनों एक ऐसा प्रयोग करने में व्यस्त थे जिसमें बर्फ की ठण्ड और सूरज की गर्मी के संगम से बिजली पैदा की जा सके।

''कोई है! हैल्प!'' तब मदद के लिये चीखती-चिल्लाती आवाज़ तैरती हुई हमारे कानों से टकरायी और हम दोनों का ध्यान आकर्षित किया।

''तुमने कोई आवाज़ सुनी? लगा कि कोई मदद के लिये चिल्ला रहा है।'' मैंने अपने दोस्त उत्कृष्ट से कहा।

''हाँ यार मुझे भी कुछ ऐसा ही लगा।''

''एक सेकण्ड।'' उत्कृष्ट को शांत कराते हुए मैंने अपने कानों को आवाज़ की सम्भावित दिशा की तरफ मोड़ दिया।

''हैल्प!!'' इस बार आवाज़ में ज्यादा तीव्रता, ज्यादा उतावलापन और ज्यादा दर्द था।

''चलो जल्दी।'' और फिर मैंने आवाज़ की दिशा की तरफ अंधाधुंध दौड़ लगा दी। हमारे सामान को बैग में रखने के बाद उत्कृष्ट भी पीछे-पीछे चल पड़ा।

वह दृश्य मैं आज तक नहीं भूलता। सूरज आसमान में सीधे हमारे ऊपर था, बेहद ही ठण्डी हवा शरीर को कंपकँपाने में कोई कोर-कसर बाकी नहीं छोड़ रही थी, बर्फ में आंशिक धँसे हुए पैर चलने में मुश्किल का सामना कर रहे थे परन्तु मेरे क़दमों ने आवाज़ की दिशा की तरफ रुकना नहीं छोड़ा।

झील से पहाड़ की तरफ हम दोनों सिर पर पैर रखकर दौड़ते रहे जब तक कि आवाज़ के स्रोत तक न पहुँच गये। जब उसको पहली बार देखा तो वह मुझसे दस मीटर की दूरी पर खड़ी हुई थी। बेहद ही साफ़ वातावरण की वजह से दृश्यता अपने चरम पर थी। स्नो कोट से पूरी तरह से ढँकी हुई उस मृग-कन्या की सिर्फ आँखें ही दिखाई दे रही थीं। वे बड़ी-बड़ी आँखें बेहद ही विचलित नज़र आ रही थी जिन में चिंता के बादल घिरे हुए थे। देखते ही एहसास हुआ कि हो न हो निश्चित ही उसके साथ कोई न कोई मेरा रूमानी सम्बन्ध तो अवश्य है।

वह फिर से सहायता के लिये चिल्लाने ही वाली थी तब उसकी नज़र मुझ पर पड़ी। डूबते को तिनके का सहारा ही जान में जान डालने के लिये काफी होता है। ऐसा ही कुछ हुआ जब उस कन्या के हाव-भाव में थोड़ा रिलैक्सेशन वाला बदलाव आया। बेहद ही कम आबादी घनत्व वाले इस जमीन के टुकड़े पर इंसान का दिख जाना और वह भी इमरजेंसी के समय में भगवान के वरदान के समान ही था।

मुझे देखते ही मेरी तरफ उसने तेज़ी से कदम बढ़ा दिये हालाँकि मैं उसके पास ही जा रहा था। हाँफते हुए साँसों के साथ पैनिक अवस्था में उसने मुझसे कहा, "मेरी दोस्त... वह वहाँ थी...फिर अचानक से गायब..."

"मतलब? पहले आप आराम से साँस लो, शांत हो जाओ फिर मुझे बताना।" मैंने उससे शांति से अपनी बात कहने का आग्रह किया।

उफनती साँसों को थामने में तो कुछ समय लगा परन्तु भय अभी भी उस के माथे पर साफ़ नज़र आ रहा था।

"मेरी दोस्त को बचाओ, जल्दी ही कुछ करना होगा। मेरी दोस्त वहाँ चोटी के पास खड़ी हुई थी और मैं अपने कैमरे से उसका फोटो ले रही थी फिर अचानक से वह गायब हो गयी।" चट्टान की चोटी की तरफ इशारा करते हुए उसने कहा जो वहाँ से ज्यादा दूर नहीं थी। वह अभी भी साफ़-साफ़ कुछ नहीं बता पा रही थी। बस समझ में आया तो यह कि उसकी दोस्त वहाँ किसी मुसीबत में फँस गयी है जिस स्थान की तरफ वह इंगित कर रही थी।

इतने में पीछे-पीछे मेरा दोस्त उत्कृष्ट भी वहाँ तक आ पहुँचा था। अब मुझे आगे के बारे में प्लान करना था। अगर इस लड़की की बातों में सच्चाई है तो यह समस्या निश्चित ही बहुत बड़ी होने वाली थी और हमें इससे निबटने के लिये और सहायता की आवश्यकता होगी।

हम दोनों दोस्तों ने मिलकर इस समस्या पर विचार किया और यह निश्चय किया कि मैं आगे जाऊँगा और उस लड़की के दोस्त की मदद करने की कोशिश करूँगा, उत्कृष्ट फोन करके मदद बुलाने की कोशिश करेगा। मुख्य समस्या थी उस वीराने में

फ़ोन का सिगनल खोजने की।

“आप यहीं रुको मैं वहाँ जाकर आपके दोस्त को खोजने की कोशिश करता हूँ।” प्राज्ञ ने कहा। वह स्थान करीब दो सौ मीटर आगे ऊँचाई की तरफ था, परन्तु एक मुश्किल चढ़ाई के बाद।

“नहीं मैं यहाँ नहीं रुक सकती, मैं भी आपके साथ आगे चलूँगी।” इस बार वह साफ़-साफ़ अपनी बात बोल सकी थी। शायद मदद सामने देखकर उसका आत्म-विश्वास भी लौट आया था।

“ठीक है जैसा आपको उचित लगे; मेरा नाम प्राज्ञ है और यह मेरा दोस्त उत्कृष्ट।”

“मेरा नाम मृग्स्य है।”

मृग्स्य... अनोखा नाम था परन्तु उस मृगनयनी के लिये बिलकुल उपयुक्त था। हम दोनों ही उस गुफा की तरफ चल पड़े। कुछ देर की मेहनत के पश्चात ही हम उस स्थान तक आ पहुँचे थे जहाँ मृग्स्य ने दावा किया था कि उसने अपनी दोस्त को आखिरी बार देखा था।

वह स्थान उस क्षेत्र की चोटी पर स्थित था जहाँ से दूर-दूर तक सिर्फ और सिर्फ प्रकृति की अद्भुत चित्रकारी नज़र आती थी। प्रकृति की चित्रकारी के सामने तो बड़े से बड़ा मानव चित्रकार भी फीका पड़ जाता है। यह स्थान आँखों के लिये तो अच्छा था पर कानों के लिए किसी परीक्षा से कम नहीं था। तेज़ गति से बहती हुई हवा की ठण्डी तीक्ष्णता कानों के परदे से होकर दिमाग को सुन्न कर रही थी।

उस चट्टान के पीक पर एक एंटीनानुमा सीधा खड़ा सूखा पेड़ था। ऊँचाई तो उस पेड़ की पचास फुट से हरगिज कम न होगी। दूर-दूर तक जहाँ तक दृष्टि जा सकती थी वहाँ तक सजीव या निर्जीव पेड़-पौधे का नामोंनिशान तक नहीं था सिवाय उस एक सीधे खड़े तने के। ठण्ड या शायद किसी और वजह से फूल-पत्तियों ने पेड़ का साथ हमेशा के लिये छोड़ दिया था।

वह स्थान सिर्फ एक चोटी भर नहीं था अपितु वहाँ एक प्रवेशद्वार सरीखा बना हुआ था जो किसी प्राकृतिक गुफा तक ले जाता था। बर्फ के द्वारा चारों तरफ से ढँकी उस गुफा के प्रवेश द्वार का व्यास पाँच फुट से ज्यादा नहीं रहा होगा। कुछ ठण्ड से बचने को तो कुछ जिज्ञासा के अभिभूत होकर हम दोनों ने बिना किसी खतरे की परवाह किया बिना उसके अन्दर प्रवेश कर लिया जहाँ थोड़ी देर पहले एक अनहोनी घटित हो चुकी थी... जहाँ थोड़ी देर पहले एक इंसान गुम हो चुकी था।

चोटी पर स्थित प्राकृतिक छत के अंदर, ढलान की तरफ चलने पर कुछ मिनट

के बाद प्राज्ञ व मृग्स्य एक खाली स्थान पर पहुँच चुके थे। वह प्रांगण खेल के मैदान से भी कहीं बड़ा रहा होगा, जहाँ न बर्फ की कोई उपस्थिति थी और न ही हरियाली की, था तो सिर्फ समतल रूप में फैला हुआ मैदान।

"क्या नाम है आपके दोस्त का?" प्राज्ञ ने मृग्स्य की तरफ देखकर पूछा।

ठण्ड की भीषणता तो अन्दर भी कम न थी परन्तु हवा का प्रकोप कम हो गया था। चेहरे को कपड़े से आज़ाद करते हुए मृग्स्य ने अपने दोस्त का नाम बताया, "प्रत्याशी।"

वह पहली बार था जब प्राज्ञ ने उसको देखा। कितना विचित्र है न कि इंसान के शरीर का सिर्फ पाँचवाँ हिस्सा, सिर्फ उसका चेहरा ही इंसान के पूरे व्यक्तित्व को परिभाषित कर देता है। साढ़े पाँच फुट लम्बी वह युवती देखने में बेहद ही आकर्षक थी पर फिलहाल उसके चेहरे पर हवाइयाँ उड़ी हुई थीं। कन्धों तक आते, लहराते काले बाल, काली बड़ी आँखों के साथ माथे पर फैले चिंता व डर के भाव उसकी मासूमियत को बढ़ावा दे रहे थे।

प्राज्ञ ने कई बार प्रत्याशी नाम की आवाज़ लगायी पर ढाक के तीन पात। आवाज़ चट्टान की दीवारों से टकराकर वापस प्राज्ञ के ही कानों तक आ रही थी और उसकी आँखों का फोकस घूम-फिरकर मृग्स्य के चेहरे के ऊपर।

चूँकि आखिरी बार प्रत्याशी को वहीं देखा गया था इसलिए अगले कुछ समय तक दोनों ही वहाँ का मुआयना करने में लगे हुए थे कि कहीं किसी कोने में या तो वह मिल जाये या उससे सम्बंधित कोई सुराग। जीवित प्राणी मिलना तो दूर वहाँ जीवन के लक्षण तक मौजूद नहीं थे।

रीढ़विहीन खोज करते-करते जब पैर और दिमाग दोनों ने जवाब दे दिया तो दोनों असफल चेहरे के साथ प्रवेशद्वार पर पुनः आकर मिले। तब तक उत्कृष्ट भी वहाँ आ गया था। न तो दोनों को प्रत्याशी मिली और न ही उत्कृष्ट को मोबाइल फोन में सिगनल।

"तुमको पूरा विश्वास है कि प्रत्याशी को यहाँ ही होना चाहिए?" प्राज्ञ ने डिगते हुए विश्वास के साथ मृग्स्य की तरफ देखते हुए पूछा।

पहले से ही चिंतित मृग्स्य को ऐसे प्रश्न की उम्मीद तो बिलकुल नहीं थी, "इसमें विश्वास वाली क्या बात है, मुझे कोई हाइपो-थर्मिया तो हुआ नहीं है जो कुछ गलत आभास होने लगे।" मृग्स्य ने अटपटे प्रश्न का तुनकते हुए जवाब दिया।

हालाँकि पल भर में ही मृग्स्य को एहसास हो गया कि अपने मददगार से आप ऐसे बात नहीं कर सकते फिर चाहे परिस्थितियाँ कैसी भी क्यों न हों। स्वभाव में नरमी लाते हुए मृग्स्य ने पुनः कहा, "हाँ, अपनी दोस्त को आखिरी बार मैंने इस गुफा के

अन्दर ले जाते हुए देखा था। वह गोल-सी कोई वस्तु थी जो अपना रूप बदल रही थी। उसने ही प्रत्याशी को जकड़ लिया और फिर उन दोनों को मैंने गुफा में घुसते हुए देखा था।''

''चारों तरफ बर्फ फ़ैली हुई है। अगर इस खूबसूरत लड़की की दोस्त कहीं बाहर होती तो आसानी से ट्रैक हो सकती थी, निश्चित ही यहां पर कुछ न कुछ तो अजीब है।''

''क्या सोचने लगे?'' प्राज्ञ की तरफ से कोई उत्तर न पाकर मृग्स्य परेशानी भरे स्वर में बोली।

''अब तो कुछ न कुछ करना ही पड़ेगा। उत्कृष्ट तुम बाहर जाओ, चारों तरफ फिर से नज़र डालो शायद कुछ सुराग मिल जाये।'' यह बोलने के बाद वह मृग्स्य की तरफ मुड़ा, ''मृग्स्य तुम अपने कैमरे में फिर से एक बार देखो शायद कुछ ख़ास दिख जाये, कुछ मदद मिले, मैं इस गुफा का एक बार फिर से चक्कर लगाता हूँ।''

बाहर आकर, प्रत्याशी की आकृति आँखों में लिये उत्कृष्ट फिर से घाटी का जायजा लेने लगा। समय तो अपनी रफ्तार से निकलता गया पर न तो किसी लड़की की इमेज उसकी आँखों के रेटिना पर बनी और न ही मस्तिष्क ने प्रत्याशी से सम्बंधित कोई ख़ास संकेत पकड़ा।

इन सब परिस्थितियों से कुण्ठित उत्कृष्ट ने अपने कंधे पर लटके हुए बैगरूपी बोझ को जमीन पर पटक दिया जिसके अंदर उनके प्रयोग से सम्बंधित सामान रखा हुआ था। वेग के साथ टकराता बैग अपने अंदर समेटे सामान को जमीन पर बिखरने से न बचा पाया।

अपने इस सर्च अभियान में उत्कृष्ट कुछ और प्रयास डालना चाहता था परन्तु इस अनवरत प्रयास को मशीन से निकलती बीप की आवाज़ ने थाम लिया। यह आवाज़ उसके पास रखे मल्टीमीटर से आ रही थी जिसका उपयोग वे अपने प्रयोग के लिये कर रहे थे।

''मल्टीमीटर से आवाज़ अपने आप तो नहीं आ सकती इसको सिगनल कहाँ से मिल रहे हैं इसके इलैक्ट्रोड तो प्राज्ञ के पास थे उस के गले में लटके हुए थे।''

बिना एक और क्षण गँवाये उत्कृष्ट गुफा के अंदर भागा, ''प्राज्ञ?''

''क्या हुआ, क्यों चिल्ला रहे हो, कोई दिखा क्या?'' प्राज्ञ ने उत्कृष्ट की तरफ उम्मीद से परिपूर्ण प्रश्न दागा।

''वहीं रुक जाओ!''

प्राज्ञ जो गुफा के अन्दर का बारीकी से मुआयना कर रहा था अपने दोस्त के कहे अनुसार अपने स्थान पर रुक गया। मृग्स्य की भाव-भंगिमा भी कुछ अच्छी खबर

मिलने की उम्मीद में बदल गयी थी।

“क्या हुआ सब ठीक है न! प्रत्याशी मिल गयी क्या?” प्राज्ञ ने अपने स्थान पर खड़े-खड़े ही पूछा।

“लगभग तीस सेकण्ड पहले तुम किस स्थान पर थे?” उत्कृष्ट ने कहा।

“यहीं पर था।” प्राज्ञ ने आँखों की त्योरियाँ चढ़ाते हुए कहा।

“मेरा मतलब बिलकुल सटीक जगह।”

प्राज्ञ ने उत्कृष्ट के अजीब व्यवहार पर रोष प्रकट किया। वह कुछ कदम पीछे हट गया, “शायद यहाँ था, क्यों?”

“अब यह मल्टीमीटर क्यों शांत हो गया।” दायें हाथ की उँगलियों से अपने सिर को खुजाते हुए उत्कृष्ट ने कहा, “इलैक्ट्रोड तुम्हारे पास ही हैं न?”

“हाँ मेरे पास ही हैं, मेरे गले में लटके हुए हैं।”

“फिर क्या समस्या है, एक-दो कदम आगे पीछे होना; थोड़ी देर पहले तुम्हारे इलैक्ट्रोड से इस मल्टीमीटर पर सिग्नल रिसीव हुए थे।”

पल भर में ही प्राज्ञ सब कुछ समझ गया और चार-पाँच क़दमों के घेरे में धीरे-धीरे घूमने लगा, इस उम्मीद के साथ कि जो सिग्नल इलैक्ट्रोड को थोड़ी देर पहले मिले वे पुनः मिल जायें।

“फ्रीज्ज...रुक जाओ!” और आखिरकार मल्टीमीटर के साउण्ड सिस्टम ने बीप नामक दहाड़ मारी और उन तीनों इंसानों की टिमटिमाती उम्मीदें पुनः जल उठीं।

प्राज्ञ अपने स्थान पर रुक गया था, उत्कृष्ट मुस्करा रहा था, मल्टीमीटर भद्दी आवाज़ में चिल्ला रहा था और बची मृग्स्य,जो कुछ-कुछ समझने की कोशिश कर रही थी।

इलैक्ट्रोड और मल्टीमीटर की थ्योरी को समझने में प्राज्ञ को ज्यादा समय न लगा, “इसका मतलब इस स्थान पर इलेक्ट्रो-मैग्नेटिक फील्ड उपस्थित है जिसकी वजह से यह इलैक्ट्रोड इस फील्ड को पकड़ भी रहा है और मल्टीमीटर तक भेज भी रहा है, जब कि अन्य स्थानों पर शून्यता की वजह से इलैक्ट्रोड काम नहीं कर रहा था।”

“सही कहा, इस स्थान पर अवश्य ही कुछ न कुछ होना चाहिए।” अब तक उत्कृष्ट गुफा के द्वार से चलकर प्राज्ञ के पास आ चुका था।

उत्सुकता की वजह से मृग्स्य भी प्राज्ञ के पास आकर खड़ी हो गयी थी। प्राज्ञ जमीन पर बैठकर प्रत्याशी को खोजने में लग गया था मतलब प्रत्याशी तक पहुँचने का रास्ता खोजने में लग गया था। इलैक्ट्रोड को हाथ में रखकर वह सब से ज्यादा तीव्र

इलेक्ट्रो-मैग्नेटिक स्थान खोजने में उसको ज्यादा समय नहीं लगा।

उस स्थान की तरफ अपनी उँगली से इंगित करते हुए उत्कृष्ट की तरफ देखकर प्राज्ञ ने कहा, "इस स्पॉट पर कुछ न कुछ तो ख़ास है।"

जहाँ आँखें हार मानने लगती हैं वहाँ दूसरी इन्द्रियाँ आपको सही रास्ता दिखा सकती हैं। प्राज्ञ ने हथेली को जमीन पर रखा और उस स्थान को त्वचा के भरोसे खोजने लगा।

कौन कहता है कि अँधेरे में तीर चलाने से कोई फायदा नहीं होता। कभी-कभी निशाना लग भी जाता है। यह निशाना लगने का एहसास प्राज्ञ को तब हुआ जब उस की त्वचा को कुछ चुभने का एहसास हुआ।

"उत्कृष्ट यहाँ देखो, यहाँ पिन जैसा कुछ है जो बमुश्किल जमीन से बाहर की तरफ निकली हुई है, दो पिन प्रतीत होती हैं। शायद यह पिन ही इलेक्ट्रो-मैग्नेटिक फील्ड का कारण हो सकती हैं।" प्राज्ञ ने जमीन पर हाथ फिराते हुए उत्कृष्ट की तरफ देखते हुए कहा।

"मुझे देखने दो, मैं मल्टीमीटर से चेक करता हूँ। ये तो दो पिन हैं, निश्चित ही एक पॉजिटिव और एक नेगेटिव तीव्रता वाली होगी।" इसके बाद उत्कृष्ट मल्टीमीटर और इलैक्ट्रोड की सहायता से कुछ प्रयोग जैसा करने लगा।

उधर मृग्स्य हैरान-परेशान थी कि साढ़े पाँच फुट लम्बी युवती को खोजने के बजाय यह दोनों बेवकूफ साढ़े पाँच मिलीमीटर वाली पिन पर ज्यादा ध्यान दे रहे थे। मृग्स्य अब और चुप नहीं रह पायी और उसके सब्र का बाँध टूट गया, "यहां मेरी दोस्त लापता है और तुम दोनों अपने प्रयोग करने में लगे हुए हो।"

"गुस्से में भी मोहतरमा खूबसूरत लग रही हैं।"

प्राज्ञ को अपने खयालों में डूबे देख मोर्चा इस बार उत्कृष्ट ने सँभाला, "यह प्रयोग हम प्रत्याशी को खोजने के लिये ही कर रहे हैं। तुमने ही कहा था न कि तुमने उसको आखिरी बार इस गुफा में आते हुए ही देखा था; हम तीनों ने मिल कर इस गुफा का चप्पा-चप्पा छान मारा है मगर यहाँ इंसान तो छोड़ो कबूतर का एक पंख भी नहीं मिला... तो अब कुछ अलग हट कर ही सोचना होगा।"

मृग्स्य की तरफ से किसी भी प्रकार का उत्तर न पाकर उत्कृष्ट ने ध्यान दूसरी तरफ किया और प्राज्ञ के हाथ में मौजूद इलैक्ट्रोड की तरफ इशारा करते हुए कहा, "वोल्टेज और करण्ट चेक करो।"

"ठीक है।" इलैक्ट्रोड के दोनों सिरे को पिन से जोड़ने के बाद प्राज्ञ जो चाहता था वह मल्टीमीटर के स्क्रीन पर साफ़-साफ़ नज़र आ रहा था।

"बड़ी अजीब-सी रीडिंग है।" उत्कृष्ट ने स्क्रीन पर आ रही रीडिंग को देखते

हुए कहा।

"दिखाओ।"

"हाँ यह देखो।"

"-1.696 मिलीएम्पियर और +9.736 वोल्ट।" स्क्रीन पर रीडिंग देखने के बाद प्राज्ञ ने दायें हाथ से अपना सिर खुजलाया और फिर दिमाग पर जोर डालते हुए बोला, "मेरे पास एक आइडिया है।"

"और वह क्या है?" दोनों बेबी वैज्ञानिक की बातें सुन-सुन कुण्ठित हो चुकी मृग्स्य ने प्राज्ञ को घूरते हुए मन का गुबार निकाला।

प्राज्ञ ने गुस्से से भरी नज़र उठाकर मृग्स्य को देखा मगर उसके मासूम से चेहरे को देखकर जवाब देने का अपना कार्यक्रम स्थगित कर उत्कृष्ट की तरफ रुख करते हुए बोला, "हमारे पास बैटरी तो है ही, क्यों न हम ठीक इस रीडिंग के बराबर मगर विपरीत तीव्रता का करण्ट और वोल्टेज प्रवाह करें तो? शायद कोई चमत्कार हो जाए।"

"तुम यह सचमुच करना चाहते हो? कुछ गड़बड़ हो गयी तो दो दिन से पहले हमें कोई मदद भी नहीं मिल पायेगी।" कोई भी कदम बढ़ाने से पहले उत्कृष्ट आश्वस्त हो जाना चाहता था।

"मुट्ठियाँ भींचने से ही डरोगे तो लड़ोगे कैसे। तुम दोनों पीछे हट जाओ मैं एक कोशिश करके देखता हूँ वैसे भी इसके अलावा कोई रास्ता तो नज़र आ नहीं रहा है।" उत्कृष्ट व मृग्स्य पीछे हट गये और प्राज्ञ बैटरी के ऊपर झुककर आगे की योजना पर कार्य करने लगा।

"प्राज्ञ जो करना चाहता है क्या इसमें कुछ खतरा हो सकता है?" मृग्स्य ने कदम पीछे खींचते हुए उत्कृष्ट से पूछा।

"हाँ अगर सर्किट का कनेक्शन गलत हो गया तो बैटरी के ब्लास्ट होने का खतरा है या फिर कुछ ऐसा भी हो सकता है जो हम न जानते हों।" उत्कृष्ट ने व्यंग्यात्मक लहजे में उत्तर दिया।

"एक और रास्ता है, तुम दोनों में से कोई एक यहीं पर रुक जाओ और दूसरा पास की किसी बस्ती तक जाकर मदद लेकर आये।" मृग्स्य ने अपना सुझाव दिया।

सुझाव तो उत्कृष्ट को दिया गया था परंतु जवाब प्राज्ञ की तरफ से मिला। अपने कार्य में लगे-लगे ही बोला, "सबसे पास की बस्ती तक सिर्फ आने व जाने में भी करीब आठ-दस घण्टे निकल जायेंगे और मोहतरमा रात यहीं पर काटनी पड़ गयी तो अगली सुबह हमारा शरीर तो सही-सलामत मिलेगा परन्तु उसमें साँसे नहीं होंगी।"

एक मुस्कान मृग्स्य के होंठों पर आकर चली गयी, "मुफ्त की सलाह देने का भी शौक रखते हैं जनाब।"

"नहीं, सिर्फ सही जवाब देने का शौक रखता हूँ।"

मृग्स्य को पहली बार एहसास हो रहा था कि न जाने क्यों दो अनजान आदमी उसकी इस स्तर तक मदद कर रहे हैं, शायद यही इंसानियत है।

"जो भी करना मगर ध्यान से।" मृग्स्य ने यह दो शब्द प्राज्ञ की तरफ उछाल दिये। इस बार कहे गये शब्दों में आत्मीयता का मात्रा ज्यादा थी।

प्राज्ञ ने एक नज़र अपने कार्य से उधार माँगकर मृग्स्य की तरफ देखा। कुछ बोला तो मगर कम तीव्रता के साथ, "समय और स्थान मुनासिब नहीं है वरना कॉफी पर चलने के लिये पूछा जा सकता था।"

"कुछ कहा?" प्राज्ञ को अपनी तरफ देखते हुए पाकर मृग्स्य को कुछ न सूझा।

"भावनाओं को काबू में रख बेटा।" झेंपते हुए प्राज्ञ ने पुनः नज़रें नीचे की और सर्किट को दुरुस्त करने में जुट गया।

अब समय था धरती से बाहर की तरफ निकली हुई पिनों को इलैक्ट्रोड के माध्यम से बैटरी से जोड़ने का। उसके बाद क्या होने वाला था वह तो कुछ समय बाद स्वयं इतिहास होने वाला था।

"मुझे न जाने क्यों कुछ अच्छी फीलिंग नहीं आ रही है।" उत्कृष्ट के चेहरे पर कुछ शंका तो कुछ भय के भाव दे।

"यह तेरा डर बोल रहा है या सिक्स्थ सेंस।"

"जो चाहे समझ ले।"

"फिर तू एक काम कर इस स्थान से दूर चला जा, गुफा के प्रवेश द्वार तक, मृग्स्य तुम भी। अगर कुछ गलत हुआ तो बैटरी में विस्फोट जैसा कुछ या फिर गुफा में पत्थर गिरने लगे या कुछ उलटा-सीधा तो कम से कम तुम दोनों तो बच जाओगे।" बातें तो प्राज्ञ की गम्भीर जान पड़ती थीं परंतु चेहरे पर मुस्कराहट झलक रही थी।

"कितना अच्छा दोस्त है तू मेरा, तू कोशिश कर मैं वहाँ दूर से सब देख रहा हूँ, कुछ गलत हुआ तो तुझे बचाने के लिए मुझे ही आना पड़ेगा।" शब्द कैसे भी रहे हों परन्तु परिस्थितियों को उत्कृष्ट अच्छी तरह समझ रहा था। कुछ अनहोनी की स्थिति में तीनों में से कम से कम एक का सुरक्षित रहना बेहद ही आवश्यक था।

मृग्स्य को न जाते देख प्राज्ञ को मज़ाक सूझा, "आप नहीं जायेंगे मोहतरमा? वैसे जाना तो नहीं चाहिए; आपके लिए ही तो इतने खतरे उठाने पड़ रहे हैं और आप

ही हो जायें यहाँ से जुदा-जुदा तो मन को ठेस तो लगेगी ही।''

''तो जवाब देने के अलावा कविताओं का भी शौक है जनाब को।'' प्राज्ञ के पास आकर मृग्स्य ने कहा।

प्राज्ञ मुस्कराया और इलैक्ट्रोड को धातु की पिनों से जोड़ दिया।

''अब जीना मरना एक साथ।''

जमीन से निकले हुए उन नैनो धातु पिनों में प्राज्ञ द्वारा बताये गये विद्युत करंट व वोल्टेज को प्रवाह करने की देर थी कि धरती हिलती हुई-सी, अपने स्थान से भागती हुई सी प्रतीत हुई। तीनों जीवित मानव साँसों को रोके, बिना पलक झपकाये और दिमाग को स्थिर रखे हुए अगले पल की प्रतीक्षा में थे, इस उम्मीद के साथ कि कोई अनहोनी न हो... परन्तु कुछ अप्रत्याशित तो अवश्य होना था।

बिना किसी अनिष्ट का इंतज़ार किये, प्राज्ञ ने तारों को बैटरी से अलग कर दिया। इलेक्ट्रिक करण्ट का प्रवाह पुनः रुक चुका था। यह प्रवाह रुकते ही जहाँ प्राज्ञ और मृग्स्य खड़े हुए थे जहाँ जमीन से निकलती धातु पिन उपस्थित थी, वह स्थान एकाएक जमीन के अन्दर धँस गया। दो फुट रेडियस जितना गड्ढा वहाँ जन्म ले चुका था।

उत्कृष्ट को तो मानो साँप सूँघ गया। प्रत्येक व्यक्ति के जीवन में कुछ ऐसी परिस्थितियाँ आती हैं जो अप्रत्याशित होती हैं, अनचाही होती हैं और जिनके आने पर नर्वसनेस अपने चरम पर होती हैं। ऐसी क्षणभंगुर कठिन परिस्थितियों में ही आपके मन-मस्तिष्क की असल परीक्षा होती है।

जैसे-तैसे अनियंत्रित साँसों पर लगाम लगाकर उत्कृष्ट अभी-अभी प्रकट हुए कृत्रिम गड्ढे की तरफ भागा। करीब दस फुट गहराई के तल पर प्राज्ञ और मृग्स्य दोनों सुरक्षित नजर आ रहे थे।

''तुम दोनों ठीक हो न!'' उत्कृष्ट ने राहत की साँस लेते हुए कहा।

''फिलहाल तो।'' प्राज्ञ ने शरारती मुस्कान के साथ कहा।

''हम यहाँ फँस गए हैं, मेरी दोस्त लापता है और तुम हँस रहे हो।'' मृग्स्य के चेहरे पर चिंता के भावों के ऊपर भय के भाव ज्यादा उभरकर आ रहे दे।

''हँसी! नहीं यह तो खुशी है रास्ता मिलने की खुशी, कम से कम इस मरघट गुफा में कोई रास्ता तो दिखा।'' बात को सँभालते हुए प्राज्ञ ने मृग्स्य की तरफ देखते हुए कहा और फिर ऊपर की तरफ उत्कृष्ट को देखकर बोला, ''और तुम... अपने पास रस्सी है न, मोहतरमा को बाहर निकालने की व्यवस्था करो।''

उत्कृष्ट वापस रस्सी लेने के लिये चला गया जो बैग के अन्य सामान के साथ गुफा के प्रवेश द्वार के पास पड़ी हुई थी।

"यह सामने की तरफ रास्ता देख रही हो, मुझे लगता है यहाँ कोई अण्डरग्राउण्ड सेटअप है जहाँ प्रत्याशी हो सकती है।" उस दस फुट गहरे गड्ढे में से एक छोटा-सा रास्ता अंदर की तरफ जा रहा था जिसकी तरफ इशारा करके प्राज्ञ बोला।

"कोशिश करके देखते हैं।" मृग्स्य को भी आखिरकार एक आशा की किरण नज़र आयी।

"हाँ कोशिश तो करेंगे, लेकिन सिर्फ मैं; उत्कृष्ट रस्सी के सहारे से तुम को बाहर निकाल लेगा।"

"इतनी मेहनत के बाद यहाँ तक आ ही गयी हूँ तो अब वापस कदम क्यों खींचना... शायद आगे मेरी आवश्यकता पड़े; वैसे भी एक से भले दो।"

"ठीक है तो चलते हैं।" बिना और समय गँवाये दोनों अनजान रास्ते की तरफ बढ़ चले। सिर झुकाये और नज़रें गड़ाये दोनों गलियारे में आगे बढ़ते जा रहे थे।

"पता नहीं क्यों कुछ अजीब-सा आभास हो रहा है, ना तो वह गड्ढा और उसमें प्रवेश करने का तरीका प्राकृतिक था और न ही यह गलियारा।" कृत्रिम मगर अपर्याप्त रोशनी वाले उस सुरंग रूपी गलियारे का मुआयना करते हुए प्राज्ञ ने मृग्स्य से कहा।

"तुम्हारे कहने का मतलब है कि कोई मनुष्य यहाँ आकर बस गया है जिसने यह सब बनाया होगा।" मृग्स्य, प्राज्ञ से एक कदम पीछे चल रही थी।

"ऐसा सम्भव है परंतु पूरे बारह महीने इस तरह के वातावरण में रहना किसी भी मनुष्य के लिए मुश्किल है।"

"शायद कोई वैज्ञानिक सेटअप हो जहाँ कभी-कभार ही वैज्ञानिक लोग आते-जाते रहते हों।"

"हाँ ऐसा हो सकता है, शायद ऐसा ही होना चाहिए।" प्राज्ञ ने इस बार मृग्स्य की बात का तहेदिल से समर्थन किया।

छोटे गलियारे को पार करने के बाद बड़ा गलियारा आ गया था। आश्चर्यजनक रूप से वहाँ रोशनी की पर्याप्त व्यवस्था थी।

"बाहर न तो कोई सोलर पैनल लगे हुए दिखे और न ही कोई बिजली ट्रांसमिशन का संकेत, फिर यहाँ बिजली कैसे हो सकती है! रोशनी कैसे..." प्राज्ञ बुदबुदाया।

कुछ और कदम आगे बढ़ाने पर वह गलियारा एक बड़े-से हॉल में आकर ख़त्म हो गया। रोशनी से नहाया हुआ वह कमरा एक प्रयोगशाला की भाँति ही लग रहा था।

पूरा कमरा भिन्न-भिन्न मशीनों से भरा हुआ था। हर तरफ विचित्र शांति पसरी हुई थी।

प्राज्ञ और मृग्स्य अलग-अलग कोनों में जाकर 'प्रत्याशी' नाम की आवाज़ लगा रहे थे और उम्मीद कर रहे थे कि प्रत्युत्तर में भी कोई ऐसा करे।

"प्राज्ञ! यह देखो, यह फ्रेम।" मृग्स्य ने प्राज्ञ को पुकारते हुए कहा जो मशीनों को देखने में डूबा हुआ था।

तस्वीर एक इंसान की थी जो किसी भी तरह इंसान नहीं लग रहा था। उसकी शारीरिक बनावट इतनी विचित्र थी कि बिना सोचे-समझे कोई भी उस तस्वीर वाले को एलियन समझने की गलती कर सकता था।

"प्रत्याशी को खोजकर यहाँ से जल्द से जल्द निकलते हैं, यहाँ पर कुछ न कुछ गड़बड़ तो है।" प्राज्ञ के चेहरे पर अब घबराहट के संकेत दिख रहे थे जो वहाँ के विचित्र वातावरण की देन था।

शांति को चीरते हुए लड़की की आवाज़ ने दोनों का ही ध्यान तस्वीर से हटाकर आवाज़ की सम्भावित दिशा की तरफ खींच लिया।

"यह आवाज़ तो प्रत्याशी की है!" उम्मीद रूपी घबराहट में लिपटी मृग्स्य बोली।

मृग्स्य के कहने भर की देर थी कि प्राज्ञ आवाज़ की दिशा में दौड़ पड़ा और पीछे-पीछे मृग्स्य भी। दो कमरों को पार करने के बाद तीसरा कमरा था जिसका दरवाजा बाहर से बंद किया गया था जो आवाज़ का स्रोत मालूम होती थी।

"शायद इस कमरे से आवाज़ आयी थी।" मृग्स्य दरवाजे के पास तक गयी और सधे-धीरे शब्दों में बोली, "प्रत्याशी, क्या तुम यहाँ हो!"

क्षण भर के लिये मौन छाया रहा फिर दरवाजे के उस पार से कम्पित आवाज़ आयी, "मृग, क्या यह तुम हो?"

"हाँ प्रत्याशी मैं ही हूँ, तुम ठीक तो हो न?" मृग्स्य ने उत्तर दिया और प्रश्न किया।

"हाँ मैं ठीक हूँ, मुझे यहाँ से बाहर निकालो।" आवाज़ में असीम घबराहट थी।

प्राज्ञ ने, दरवाजा जो बाहर से बंद जान पड़ता था को खोलने का भरसक प्रयास किया परन्तु सफलता हाथ नहीं लगी।

"दरवाजे में न कोई हैण्डल है और न ही कोई चाभी का सुराख... शायद मैग्नेटिक तकनीक वाला दरवाजा है। कहीं ना कोई स्विच अवश्य होगा।" प्राज्ञ ने फुसफुसाते हुए कहा। वह नहीं चाहता था कि डरी-सहमी प्रत्याशी तक उसके शब्द पहुँचे, "तुम प्रत्याशी को बातों में लगाए रखो, मैं दरवाजा खोलने का कुछ इंतज़ाम

करता हूँ।''

मृग्स्य प्रत्याशी को सांत्वना देने में व्यस्त थी कि घरघराहट की आवाज़ के साथ दरवाजा खुल गया। मृग्स्य ने सावधानी बरतना उचित समझा और स्वयं को जेल रूपी कमरे में जाने से रोका।

''प्रत्याशी जल्दी से बाहर आ जाओ!'' मृग्स्य ने त्वरित प्रतिक्रिया दी।

बाहर कदम रखते ही वह मृग्स्य के गले लग रो पड़ी। शायद धन्यवाद कहने का यह एक तरीका था।

''अब यहाँ से निकलते हैं, जल्दी चलो।'' मृग्स्य ने प्रत्याशी का हाथ पकड़ा और दोनों मुख्य कमरे में आ गये।

''प्राज्ञ, दरवाजा खुल गया है। चलो यहाँ से निकलते हैं।'' जितना सम्भव था उतनी तेज़ आवाज़ में मृग्स्य ने फुसफुसाते हुए कहा।

कोई उत्तर न पाकर मृग्स्य ने दो-तीन बार फिर आवाज़ लगायी परंतु कोई उत्तर नहीं।

''प्रत्याशी तुम मेरे पीछे-पीछे आओ यहाँ, से पहले तुमको बाहर निकालती हूँ।'' जिस रास्ते से वे लोग अन्दर तक आये थे उस रास्ते से ही वापसी की राह पकड़ ली। खड्ड तक आने में कुछ मिनटों से ज्यादा का समय नहीं लगा जहाँ उत्कृष्ट पहले से ही रस्सी लेकर तैयार था।

''प्रत्याशी तुम रस्सी के सहारे ऊपर तक जाओ।'' मृग्स्य ने फटाफट प्रत्याशी को इशारा किया और उलटे पैर वापस लौटने लगी।

''और तुम?'' मृग्स्य के कहे शब्दों ने प्रत्याशी को चकित कर दिया था।

''मैं प्राज्ञ को लेकर आती हूँ।'' न तो मृग्स्य के चेहरे पर भय था और न ही कोई चिंता।

''वापस मत जाओ, बहुत खतरा है।'' भय की वजह से प्रत्याशी की आवाज़ अभी तक काँप रही थी।

''उसने हमारी इतनी मदद की है मुझे वापस जाना ही होगा।'' आखिरी शब्द ख़त्म करते-करते वह प्रत्याशी की आँखों से ओझल हो चुकी थी।

व्यक्ति की फितरत भी कितनी अजीब होती है जो परिस्थितियों के अनुसार अपने मूल व्यक्तित्व को ही बदल लेती है। जो मृग्स्य अभी कुछ समय पहले भय व चिंता में डूबी हुई थी अब उसका व्यक्तित्व दूसरे पहलू में बदल चुका था।

मुख्य कमरे तक पहुँचकर उसने पुनः प्राज्ञ को आवाज़ लगायी परन्तु कोई फायदा

नहीं हुआ। खोजते, आवाज़ लगाते मृग्स्य की नज़र आखिरकार प्राज्ञ पर पड़ ही गयी जो मुख्य कमरे से परे दूसरे कमरे के अंदर दीवार पर लगी एक तस्वीर देखने में व्यस्त था।

वह कमरा शीशे की दीवारों से बना हुआ था जो सम्भवतः साउण्ड प्रूफ रहा होगा जिसकी वजह से प्राज्ञ तक मृग्स्य के शब्द पहुँच नहीं पा रहे थे। प्राज्ञ को सुरक्षित देखकर मृग्स्य ने चैन की साँस ली परन्तु अगले दृश्य ने उसके होश भी उड़ा दिये।

प्राज्ञ के ठीक पीछे वही स्टील से बना गोलाकार रोबोट था जिसने कुछ समय पहले प्रत्याशी को अगवा किया था। वह रोबोट धीरे-धीरे अपना आकार बदल रहा था और सेकेण्ड भर में गोलाकार आकृति से चौपाये में बदल गया। निश्चित रूप से यह एक खतरे का संकेत था।

"प्राज्ञ का ध्यान किधर है?" मृग्स्य ने जितना सम्भव था उतनी रफ्तार से प्राज्ञ की तरफ कदम बढ़ा दिये और शीशे से बनी दीवार को खटखटाया जिससे उत्पन्न आवाज़ प्राज्ञ को होश में लाने के लिये काफी थी। मृग्स्य ने इशारे में ही प्राज्ञ को खतरे का संकेत देकर वहाँ से भाग निकलने के लिए कहा।

संकेत समझने में प्राज्ञ ने भी न तो नासमझी की और न ही देरी। वह सावधानी के साथ मगर तेज़ी से कमरे से बाहर निकला और मृग्स्य का हाथ पकड़ते हुए चिल्लाया, "निकलो यहाँ से अब!"

दोनों ने पीछे मुड़कर देखने की जहमत नहीं उठायी। अगली धड़कन से पहले दोनों के कदम रफ्तार पकड़ चुके थे और अगली साँस से पहले दोनों खड्ड तक पहुँच चुके थे।

"मृग्स्य जल्दी करो!" प्राज्ञ ने तुरंत उत्कृष्ट को इशारा करके मृग्स्य को उस दस फुट गहरे गड्ढे से बाहर निकालने को कहा, उसके बाद वह खुद भी निकल आया।

"भागो यहाँ से!" प्राज्ञ के सिग्नल पर चारों ने सरपट बाहर की दौड़ लगा दी और फिर आगे पंग्कोक झील तक। भाग्य का साथ था या फिर मौत को मात, फिलहाल तो अब वह सिर्फ इतिहास बनकर रह गया था।

"तुम दोनों अब निकलो यहाँ से!" साँसों को थामते हुए उत्कृष्ट ने मृग्स्य और प्रत्याशी को जाने का इशारा किया। मृत्यु के दर से लगभग लौटकर आये उत्कृष्ट का आवेश फूट पड़ा था।

"अरे यार, आराम से उत्कृष्ट।" उत्कृष्ट की उफान मारती कुण्ठा को प्राज्ञ ने शब्दों से सहलाया।

"हाँ हमारी बस थोड़ी देर में आने वाली होगी, सिर्फ हम दोनों ही यहाँ झील के

पास उतर गये थे। हमारा ग्रुप अब लौटने ही वाला होगा।'' मृग्स्य ने बिना किसी गुस्से के आत्मीयता के साथ कहा।

''आप दोनों न होते तो पता नहीं हम लोग क्या करते।'' इस बार धन्यवाद वाले भाव प्रत्याशी की तरफ से दर्शाये गये थे।

''कोई बात नहीं, चलें प्राज्ञ।'' उत्कृष्ट ने प्राज्ञ की तरफ मुखातिब होते हुए कहा।

''हाँ बिलकुल चलते हैं।'' प्राज्ञ के कहने के साथ ही वहाँ बस का भी आगमन हो चुका था।

''थैंक्स प्राज्ञ।'' कुछ समय पहले तक जिस मृग्स्य की आँखों में सिर्फ चिंता व भय के भाव छाये हुए थे वहाँ अब नम्रता व आत्मीयता थी। मृग्स्य को देख प्राज्ञ ने एक हल्की मुस्कान दी और आगे बढ़ गया।

पिछले कुछ पल में प्राज्ञ के हृदय की मनोस्थिति पूरी तरह बदल चुकी थी। उस को अपना मन भारी प्रतीत हो रहा था। किसी चमत्कार के इंतज़ार में मन तत्पर जान पड़ता था। समय बीतता गया परन्तु ऐसा कोई चमत्कार नहीं हुआ।

''वह मुझे अच्छी लगी।'' प्राज्ञ ने फुसफुसाते हुए उत्कृष्ट से कहा।

उत्कृष्ट ने अचरज के भावों के साथ प्राज्ञ से पूछा, ''कौन?''

आँखों की त्योरी चढ़ाते हुए प्राज्ञ ने उत्कृष्ट को घूरा मानो उसको पंच करना चाहता हो।

''सिर्फ मोबाइल खरीदने से बात नहीं कर सकते, उसके लिये सिम भी लेना पड़ता है।'' उत्कृष्ट ने व्यंग्य का बाण छोड़ा।

''मतलब?''

''फिलहाल तो मतलब यह है कि बस निकलने वाली है और तेरे पास उसका नम्बर भी नहीं है।''

मृग्स्य के कदम बस की तरफ बढ़ते जा रहे थे। न तो उसने कुछ कहा और न ही मुड़कर देखा। शायद प्राज्ञ ने ही अपने मन में कुछ ज्यादा ही सोच लिया था। कुछ घण्टों के मृग्स्य के साथ ने उसकी सोच की सकारात्मकता को बढ़ा दिया था, धड़कनों को बेचैन कर दिया था।

''मैं भी कितना बुद्धू हूँ, वापस चलना चाहिए अब।'' मन ही मन मृग्स्य को अलविदा कह प्राज्ञ वापस मुड़ जाने लगा।

''प्राज्ञ!'' विश्व की सबसे अद्भुत आवाज़ के द्वारा अपना नाम पुकारते सुन, प्रकाश की गति से प्राज्ञ ने एक सौ अस्सी डिग्री का घुमाव लिया।

''मृग्स्य!''

“क्या प्राज्ञ... बिना कुछ बोले ही जा रहे हो, अभी तक गुस्सा उतरा नहीं क्या?” आवाज़ में खिलखिलाहट और आँखों में चमक लिये मृग्स्य ने बस में चढ़ने से पहले कहा।

“नहीं ऐसा तो कुछ नहीं है।” कुछ शब्द प्राज्ञ के मन से जबान तक आ पाये और कुछ नहीं।

“तुमने अपना नम्बर तो दिया ही नहीं, फिर से मदद की जरूरत पड़ गयी तो...” और यह कह कर वह खिलखिलाकर हँस पड़ी मानो कोई मजाक हो।

अगले कुछ पलों में मोबाइल नम्बर के साथ-साथ एक-दूसरे की भावनाओं के भी आदान-प्रदान हुए...किस हद तक यह तो सिर्फ उन दोनों के मन में दफन था।

“मृग्स्य! चलो अब बस चलने वाली है।” प्रत्याशी जो बस के दरवाजे पर खड़ी हुई थी ने आवाज़ लगाते हुए कहा।

“अच्छा मैं चलती हूँ अब।” विदा लेने का वक़्त आ चुका था।

गरदन को कठपुतली की माफिक हामी की मुद्रा में हिलाते हुए प्राज्ञ ने अलविदा लिया। कभी-कभी सिर्फ कुछ पल आपके हृदय की धड़कनों के ग्राफ को बदल देते हैं। प्राज्ञ और मृग्स्य के लिए ये पल कुछ इस तरह के ही थे।

बुझे मन से मृग्स्य ने अपने कदम वापस खींचे मानो जाना वह भी नहीं चाहती थी।

“न जाने क्यों मन बेचैन हो रहा है मानो कोई कीमती चीज हमेशा के लिये खो रहा हूँ।” प्राज्ञ के मन में न जाने क्यों बेचैनी के भाव उमड़ रहे थे। प्रतीत हो रहा था मानो अपनी साँसों को पीछे छोड़कर जा रहा था।

प्राज्ञ की पूरी कहानी सुनकर कल्कि सकते में था और दुःख में भी। न जाने कितने ही वर्षों से एलियन प्रजाति ने अचरज घाटी में बेस स्टेशन बनाया हुआ था और किसी को कानों-कान खबर भी नहीं थी।

“तो तुमको लगता है कि सी.सी.टी.वी. रिकॉर्डिंग में जो यह जीव दिखायी दे रहा है वह असल में एक एलियन है और इस एलियन की तस्वीर तुमने अचरज घाटी में देखी थी?” कल्कि ने शब्दों को दोहराते हुए कहा।

“बिलकुल शत-प्रतिशत। ना जाने क्यों इस पूरी घटना का मेमोरी ब्लॉक मेरे दिमाग से मानो गायब हो गया था। अब मुझे सब याद आ गया है अब तो कोई भी संदेह नहीं है।” प्राज्ञ पिछली यादों को याद कर बेहद ही उदास हो गया था। उसकी यादों की नायिका का अस्तित्व इस दुनिया में जीवित रहने के लिये लड़ रहा था।

“तो फिर बहुत सम्भव है कि यह एलियन मणि के साथ हमें अचरज घाटी में

मिल जाये? अगर तुम इतने आश्वस्त हो तो मुझे लगता है हमें अचरज घाटी जाना चाहिए।'' कल्कि ने मुद्दे पर आते हुए कहा।

''प्रयास कर सकते हैं, मणि प्राप्ति करने की अब बस यही एक आखिरी उम्मीद है। बाकी तो अब अचरज घाटी जा कर ही पता चलेगा।'' हालाँकि प्राज्ञ की आवाज़ में उम्मीद से ज्यादा दुःख नज़र आ रहा था।

''उम्मीद करता हूँ कि तुम्हारी बात ठीक हो वरना तुम समझ रहे हो न कि अचरज घाटी तक आने-जाने में काफी समय व्यतीत हो जायेगा और यही वह एक वस्तु है जो हमारे पास नहीं है।''

''हमारे पास और कोई रास्ता भी तो नहीं है; मणि नहीं मिली तो अश्वत्थामा ठीक नहीं हो पायेंगे और अगर ऐसा हुआ तो ब्रह्मास्त्र की प्राप्ति हमेशा के लिये एक अबूझ पहेली बनकर रह जायेगी।''

कुछ देर के सोच-विचार के बाद कल्कि बोला, ''तो फिर चलो चलते हैं अचरज घाटी, भाग्य को आजमाने का समय आ गया है।''

जैसलमेर से लद्दाख स्थित अचरज घाटी तक आने-जाने का सबसे तीव्रतम मार्ग था - दिव्य पुंज। प्राज्ञ भी साथ था इसलिए दिव्य पुंज से जाकर कल्कि कोई भी खतरा नहीं उठाना चाहता था। उसने सरू पर सवार होकर ही अचरज घाटी तक जाने का निश्चय किया।

''चलो गोखरण वापस चलते हैं, लेकिन उससे पहले एक बार मृग्स्य से मिल लो।'' प्राज्ञ के कंधे को सहलाते हुए कल्कि ने कहा, ''मेरा विश्वास करो, वह ठीक हो जायेगी।''

असफलता को छूकर, मगर एक उम्मीद के साथ कल्कि और प्राज्ञ, सरू को साथ लेकर चल पड़े थे लेह-लद्दाख की तरफ, अचरज घाटी की तरफ।

जो मणि कुछ दिनों पहले तक उग्र के गले में बँधी हुई थी अब उसकी तलाश में कल्कि एक और यात्रा पर निकल पड़ा था। पृथ्वी और मानवजाति का भविष्य काफी हद तक उस मणि के ऊपर ही टिका हुआ था।

कहते हैं कि ईश्वर की इच्छा के बिना इस ब्रह्माण्ड में कुछ भी घटित नहीं हो सकता... आगाज़ से लेकर अंजाम तक सब कुछ निश्चित है। तो क्या प्रत्येक घटना निश्चित है! क्या प्रत्येक दुर्घटना निश्चित है? इस प्रश्न का उत्तर तो खैर किसी के पास न था और न ही उत्तर को खोजने का कल्कि ने कभी प्रयास भी किया। उसने वही किया जो उसको करना चाहिए था, जो उसे उचित लग रहा था।

अध्याय 12

।। यात्रा अचरज घाटी की ।।

हवाओं से बात करते हुए सरू को अचरज घाटी तक पहुँचने में उम्मीद से भी कम समय लगा। पिछले कुछ दिनों के अन्दर आसमान में इतना कुछ अप्रत्याशित घटित हो चुका था कि आसमान में उड़ता हुआ घोड़ा भी जनता के मन को बहुत ज्यादा उद्वेलित न कर सका, फिर यहाँ तो मानव की आँखों के सामने सृष्टि के अंजाम का आगाज़ हो चुका था जिसके सामने बड़े से बड़ा चमत्कार भी तुच्छ ही लगता।

समुद्र तल से इक्कीस हज़ार फुट की ऊँचाई पर उपस्थित अचरज घाटी में उस वांछित गुफा को खोजने में बहुत ज्यादा समय बरबाद नहीं हुआ जहाँ वह सम्भावित एलियन हो सकता था और भाग्य का साथ हुआ तो अश्वत्थामा की मणि भी।

चारों तरफ फैला हुए सन्नाटा, बर्फ से ढका हुआ गगनचुम्बी पहाड़, मुर्दानी माहौल और असीम शांति वाले उस वातावरण में हवा के बहने की आवाज़ के अलावा उन तीन जीवों के हृदय की धड़कनों की आवाज़ ही महसूस हो सकती थी।

सरू को गुफा के बाहर ही छोड़कर कल्कि व प्राज्ञ ने अन्दर की तरफ कदम बढ़ा दिये। गुफा के अन्दर प्रथम कदम रखते ही प्राज्ञ के मस्तिष्क में पुराना दृश्य फिर से घूम गया।

''यहाँ तो कुछ भी नहीं बदला है, यह गुफा जैसी पहले थी बिलकुल वैसे ही अब है लेकिन बाहर की दुनिया में कितना कुछ बदल गया है।''

सोच से बाहर आते हुए प्राज्ञ ने कल्कि से उसकी राय जाननी चाही, ''क्या इस मणि और एलियन के पीछे भी केचर का हाथ हो सकता है?''

''सम्भव है, कुछ भी हो सकता है; शायद आकूति खण्ड से भी इसका कोई सम्बन्ध हो।'' कल्कि ने अपने मन की बात रखते हुए कहा।

''आकूति खण्ड के बारे में आपको कुछ और पता चला?'' प्राज्ञ का प्रश्न उस

वस्तु से जुड़ा हुआ था जो पूरी समस्या की जड़ थी।

"हाँ मुझे लगभग पता है कि आकूति खण्ड पृथ्वी के किस हिस्से में मिल सकता है, तुम्हारे द्वारा दी गयी जानकारी ने भी काफी सहायता की।"

कल्कि का उत्तर हैरान कर देने वाला था। उसने कभी सोचा भी नहीं था कि कल्कि आकूति खण्ड की पहेली को डिकोड कर चुका है और अगर वह ऐसा कर चुका है तो फिर केचर नाम के संकट को ख़त्म किया जा सकता है।

"कहाँ है आकूति खण्ड? भारत में ही है या फिर कहीं और?" प्राज्ञ की उत्सुकता अनायास अपने चरम पर पहुँच गयी थी।

"वह मैं अभी तुमको नहीं बता सकता। केचर एक शक्तिशाली प्रजाति से आता है बहुत सम्भव है कि वह हमारे दिमाग में आ रहे विचारों को भी ट्रैक कर रहा हो।" कल्कि ने बेहद ही तर्कसंगत बात कही थी।

"तो फिर आकूति खण्ड को खोजकर केचर को दे क्यों नहीं देते, शायद यह विनाश रुक जाये, शायद सब कुछ ठीक हो जाये। केचर का ग्रह ऊर्जा की कमी से जूझ रहा है और आकूति खण्ड इस कमी को पूरा कर सकता है। सम्भव है कि अगर उसे आकूति खण्ड मिल जाता है तो वह कोई और विनाशकारी कदम उठाये बिना वापस अपने ग्रह लौट जाये।" प्राज्ञ ने अपना पक्ष रखते हुए कहा।

"हो सकता है कि वह लौट जाये लेकिन अगर नहीं लौटा तो... आकूति खण्ड की प्राप्ति के बाद वह सर्वशक्तिशाली बन जायेगा। उसके मन में कुछ और ही योजना हुई तो फिर पृथ्वी को बचाना असम्भव हो जायेगा।" कल्कि के मन में योजना का अलग ही रूप चल रहा था।

"केचर ने कहा था कि पृथ्वी आखिरी बचे कुछ जीवित ग्रहों में से एक है और आखिरी जीवित ग्रह को समाप्त करने जैसा बेवकूफी भरा कदम वह कदापि नहीं उठायेगा।"

"प्राज्ञ, तुमने कभी सोचा कि अगर उग्र्य ग्रह वासियों के पास ऊर्जा की इतनी कमी थी तो केचर और उसके साथी पृथ्वी तक कैसे आये होंगे? उग्र्य ग्रह से पृथ्वी तक यान को चलाने के लिये अपार ऊर्जा की आवश्यकता होती होगी, इतनी ऊर्जा का इंतज़ाम केचर ने कैसे किया होगा? आकूति खण्ड मिल भी जाता है तो कुछ और दशकों तक उग्र्य ग्रह ऊर्जा की कमी को झेल पायेगा परन्तु उसके बाद क्या।" कल्कि ने केचर की योजना का एक अलग ही पहलू उजागर किया था जो अभी तक सोची गयी सभी सम्भावनाओं को निरस्त कर रहा था।

"आपके कहने का तात्पर्य कहीं यह तो नहीं कि केचर का मूल उद्देश्य आकूति खण्ड की प्राप्ति न होकर कुछ और है? वह कोई बहुत बड़ी योजना बना रहा है जो

पृथ्वी या ब्रह्माण्ड के लिए खतरनाक हो सकती है।'' कल्कि ने कोई प्रतिक्रिया नहीं दी।

कल्कि किसी बड़ी योजना पर काम कर रहा था जो केचर की सोच से आगे जान पड़ती थी। युद्ध छोटा हो या बड़ा, अद्वितीय योजना और उसके सफल कार्यान्वयन के बिना नहीं जीता जा सकता, जो भी पक्ष ऐसा कर पायेगा विजय का हकदार होगा।

''नीचे जाने का गुप्त रास्ता कहाँ है?'' कल्कि ने वापस मुख्य मुद्दे पर आते हुए कहा।

''मेरे साथ आओ।'' समय का एक पूरा पखवाड़ा निकल गया था परन्तु प्राज्ञ की आँखों से गुप्त रास्ते तक जाने की चाभी, नैनो पिन स्वयं को नहीं छुपा पाये।

प्राज्ञ पूरी तैयारी के साथ आया था। अपने बैग से उस ने मल्टीमीटर निकाला और वांछित वोल्टेज को सेट कर नैनो पिन से जोड़ दिया। घरघराहट के साथ जमीन का एक टुकड़ा अन्दर की तरफ खिसक गया। जैसा कि पहले से ही निश्चय हो चुका था कि कल्कि गुप्त रास्ते पर आगे बढ़ जायेगा और प्राज्ञ बाहर ही इंतज़ार करेगा। परिस्थितिवश अगर रास्ता बंद भी हो जाता है तो प्राज्ञ उसको पुनः खोलने के लिये वहाँ उपस्थित तो होगा।

कुछ मोड़ और कुछ कॉरिडोर पार करने के बाद कल्कि वहाँ पहुँच चुका था जो तथाकथित एलियन का घर था और जहाँ मणि से सम्बंधित कुछ सुराग मिलने वाला था। अति विचित्र, भयावह व अकल्पनीय रास्तों की ख़ाक छानने के बाद कल्कि के लिए यह रास्ता पार्क में घूमने से ज्यादा कठिन नहीं लगा।

जैसा कि प्राज्ञ ने बताया था, इतने वर्ष बीत जाने के बाद भी वह स्थान बिलकुल वैसा ही था। गोलाकार कमरे में तीन दरवाजे बने हुए थे जो दूसरे कमरों को जोड़ते होंगे। सामने की तरफ दीवार पर एक पिक्चर लगी हुई थी जो देखने में हू-ब-हू वही प्रतीत होता था जिसको जैसलमेर में सी.सी.टी.वी. रिकॉर्डिंग में देखा था।

''प्राज्ञ शायद इस के ही बारे में बात कर रहा था, अगर यह यहाँ मिल गया तो समझो मणि भी मिल जायेगी।''

सोच में डूबे हुए कल्कि को किसी के सरकने की आवाज़ ने सचेत होने पर मजबूर कर दिये। सामने की तरफ वाला दरवाजा खुला और एक घूमता हुआ स्टील का गोला धीरे-धीरे कल्कि की तरफ आने लगा। प्राज्ञ के अनुसार यह एक रोबोट था जिससे बचना टेढ़ी खीर साबित हो सकता था।

कल्कि ने अपनी सभी ज्ञानेन्द्रियों को सचेत कर दिया और परशुराम के द्वारा दी गयी तलवार को लेकर रक्षात्मक मुद्रा में आ गया। कल्कि पूरी तरह सचेत था। आक्रामक इरादे वाले गोलाकार रोबोट को रुकता न देखकर उसने भी अपनी नायाब

तलवार को हवा में लहरा दिया।

"रुक जाओ!" एक रौबदार आवाज़ के हिंदी में आदेश सुनकर रोबोट जस का तस रुक गया।

रौबदार आवाज़ वाला भी रोबोट के पीछे-पीछे आ रहा था और वह कोई और नहीं बल्कि वही सी.सी.टी.वी. रिकॉर्डिंग वाला एलियन था जिसकी वजह से कल्कि को सैकड़ों किलोमीटर का सफ़र करके आना पड़ा था।

"तुम जाओ यहाँ से!" एलियन का आदेश सुनकर रोबोट जिस दरवाजे से आया था वापस वहीं चला गया।

"उम्मीद नहीं थी कि इतनी जल्दी यहाँ तक आ जाओगे... वैसे मेरा नाम पुण्डलिक है और आप यहां पूर्णतः सुरक्षित हैं, आपको तलवार की आवश्यकता नहीं पड़ेगी।" एलियन ने कल्कि की तरफ मुखातिब होते हुए कहा।

उसकी आवाज़ में भारीपन था। वस्त्र के नाम पर उसने काले रंग का लबादा पहना हुआ था जिसने उस सात फुट लम्बे एलियन को सिर से नख तक ढका हुआ था। हालाँकि रोशनी की मात्रा पर्याप्त नहीं थी... यदि होती भी तो परछाई से ज्यादा उसके चेहरे की कोई आकृति व आकार नज़र नहीं आता।

"मणि तुम्हारे पास है?" कल्कि ने बिना कोई पल गँवाये सीधे मुद्दे पर आते हुए कहा।

"फिलहाल तो मेरे पास ही है।"

"मुझे वह चाहिए, अभी।"

"और आपको ऐसा क्यों लगता है कि मैं आपको मणि दे दूँगा?"

"कोई और रास्ता है आपके पास?" कल्कि ने सीधे-सपाट शब्दों में चेतावनी दी।

"मणि को खोजने के लिये मैंने क्या-क्या नहीं किया; पिछले कुछ शताब्दियों का एक पल भी ऐसा नहीं गया जब हमने मणि के बारे नहीं सोचा, परन्तु हमेशा असफल रहे। हम सोचते थे कि मस्तिष्क के विकास में मानव उर्ग्यवासियों से हमेशा पीछे ही रहेंगे, आखिरकार हो तो तुम मानव हमारी संतान ही। परन्तु आप लोग हमसे भी एक कदम आगे बढ़ गये, मणि को दूसरे आयाम में छिपा दिया, इसलिए वह मायावी टुकड़ा हमेशा हम लोगों की पहुँच से दूर ही रहा।"

"वह मणि आपके लिए इतनी महत्त्वपूर्ण क्यों है?"

"जिस वस्तु की खोज के लिये उर्ग्यवासियों ने, केचर ने पूर्ण ब्रह्माण्ड की ख़ाक छान ली यह मणि उस वस्तु का ही एक सूक्ष्म प्रतिरूप है।"

"कौन सी वस्तु?" चौंकने की बारी इस बार कल्कि की थी।

"आप बिलकुल ठीक सोच रहे हैं कल्कि, वही वस्तु जिसको हम प्रोक्स एम्नतम् और आप लोग आकूति खण्ड कहते हैं।"

पुण्डलिक के कहे हुए शब्दों ने कल्कि के विचारों को चीरकर रख दिया था। जिस आकूति खण्ड के लिये वह न जाने कहाँ-कहाँ भटक रहा था उसका सूक्ष्म रूप हमेशा से उसके पास ही मौजूद था।

कल्कि विचारों से बाहर आया और बोला, "फिर तो आप लोगों का उद्देश्य पूरा हो गया, आकूति खण्ड मिल गया, अब तो पृथ्वी को अकेला छोड़ दो।"

"जैसा कि मैंने कहा कि वह मणि आकूति खण्ड का सिर्फ सूक्ष्म रूप है। जब तक हमें आकूति खण्ड नहीं मिल जाता तब तक हमारे प्रयोग के लिये यह मणि बेहद आवश्यक है।"

"प्रयोग? तुम लोगों ने पृथ्वी को प्रयोगशाला ही तो बनाया हुआ है बहुत हो गया अब। वह मणि मुझे दे दो और पृथ्वी व मानवों को अकेला छोड़कर यहाँ से दफा हो जाओ।" कल्कि का पारा सातवें आसमान पर था और वह अब और समय ख़राब नहीं करना चाहता था।

"आपको एक कहानी सुनाता हूँ... समय के साथ ब्रह्माण्ड भी अपना स्वरूप बदलता रहता है, आकार बदलता रहता है और इस बदलाव का नतीजा भुगता हमारे ग्रह ने। आज से करोड़ों वर्ष पुरानी घटना है। बात उस समय की है जब हमारा उर्ग्य ग्रह ऊर्जा की कमी से जूझ रहा था।" कल्कि के आक्रोशित प्रश्न का उत्तर पुण्डलिक एक कहानी से देने जा रहा था जो उतनी ही पुरानी थी जितनी कि मानव सभ्यता।

"यह बात उस समय की है जब प्राकृतिक ऊर्जा के साथ-साथ हमारे ग्रह पर आकूति खण्ड भी ख़त्म होने लगा था। हमें बताया गया था कि करोड़ों वर्ष पूर्व हमारे पूर्वज जीवित ग्रह की खोज में निकले थे और अपने साथ कृत्रिम ऊर्जा स्त्रोत प्रोक्स एम्नतम् के एक बहुत बड़े हिस्से को भी अपने साथ ले गये थे। परन्तु वे लोग कभी वापस लौटकर नहीं आए, आया तो सिर्फ एक सन्देश।

सन्देश यह था - ब्रह्माण्ड में एक और जीवित ग्रह है जिसका नाम पृथ्वी है, वहां का वातावरण उर्ग्यवासियों के अनुकूल भी है और यहाँ ऊर्जा की भी कोई कमी नहीं है। इस ग्रह के तल पर हालाँकि गुरुत्वाकर्षण बल हमारे ग्रह से बिलकुल अलग है। उर्ग्य ग्रह के प्राणियों के जीवित रहने के लिये उपयुक्त सभी कारक पृथ्वी पर उपस्थित हैं। पहले तो हमें लगा कि पृथ्वी पर जीवन तो है लेकिन प्रारम्भिक अवस्था में, मतलब बुद्धि का विकास नहीं हुआ है परन्तु यह हमारी भूल थी।

पृथ्वी ग्रह के वासी आकार में बहुत बड़े हैं, हमसे तो कई सौ गुना बड़े। वे बेहद ही खतरनाक हैं, वे सतह पर रहने के साथ-साथ आसमान में भी उड़ सकते हैं। बेहद ही विशाल पैर, महाकाय लेकिन पैरों से अपेक्षाकृत दो छोटे हाथ, बेहद ही भयावह मुख वाले वे जीव उर्ग्य ग्रह के लोगों को पृथ्वी पर कभी नहीं रहने देंगे। इनका नाम मैं डायनासोर देता हूँ। पृथ्वी पर डायनासोर के रहते हम लोग यहाँ नहीं बस सकते। हमारे सभी साथी पृथ्वी ग्रह के निवासियों के द्वारा मारे जा चुके हैं। अब हम सिर्फ कुछ लोग जीवित बच गये हैं जो पृथ्वी पर नहीं उतरे थे।

तकनीक का प्रयोग करके पृथ्वी को हमने अपने लिए रहने लायक बना लिया था। डायनासोर प्रजाति को पूरी तरह से समाप्त कर दिया गया था। इतने प्रयास के बाद हमसे एक गलती हो गयी। हम उर्ग्य वापस आ रहे थे परन्तु दुर्भाग्यवश हमारा यान दुर्घटनाग्रस्त हो गया। हमारे पास सिर्फ कुछ क्षणों का जीवन बचा है परन्तु प्रोक्स एम्नतम् भरपूर मात्रा में है। मृत प्रायः उर्ग्य ग्रह को छोड़ कर पृथ्वी पर बसा जा सकता है बशर्ते आप लोग इतनी ऊर्जा का प्रबंध कर सकें कि यान के द्वारा पृथ्वी तक आया जा सके।

इस सन्देश के मिलने के बाद उर्ग्य ग्रह के सबसे बुद्धिमान वैज्ञानिकों को एक साथ इकट्ठा किया गया। बचे हुए ऊर्जा स्रोत के साथ ये सभी लोग पृथ्वी ग्रह के लिये चले गये परन्तु एक वादे के साथ कि उर्ग्य ग्रह और वहाँ के वासियों के भविष्य के लिये कोई न कोई रास्ता निकाल लिया जायेगा... फिलहाल तो करोड़ों लोगों को उनके हाल पर छोड़ दिया गया था।

यह वादा भी धीरे-धीरे समय की परतों के नीचे छुप गया। क़यामत के दिन का इंतज़ार करते-करते उर्ग्य वासियों ने सभी उम्मीदें छोड़ दी थी। उर्ग्य ग्रह का अंत धीरे-धीरे निकट आ रहा था, उर्ग्य वासियों का अंत निकट आ रहा था। हम लोगों ने भी अपनी तकदीर के साथ समझौता कर लिया था। फिर एक दिन एक विशेष खगोलीय घटना घटी। हमारे ग्रह के आसमान में काले बादलों का एक विशाल एवं विचित्र समूह दिखायी दिया। डूबते हुए को तिनका भी बड़ा सहारा दिखता है। एक धूमिल उम्मीद के साथ कुछ अन्तरिक्ष-यात्री यान लेकर बादलों का निरीक्षण करने पहुँच गये।

बाद में पता चला कि वह अनन्त गहराई वाली एक सुरंग थी जिसका अपना स्वयं का गुरुत्वाकर्षण बल था। हमारे पास खोने के लिये कुछ नहीं था हमने एक टीम बनायी और उसको आसमानी सुरंग में उतार दिया। आप विश्वास करें या ना करें उस सुरंग ने हमको पृथ्वी तक पहुँचा दिया, इस तरह अनजाने में ही हमें पृथ्वी तक जाने का रास्ता मिल गया था।

हमारे पूर्वजों ने बताया था कि आकूति खण्ड अथवा प्रोक्स एम्नतम का एक बहुत बड़ा हिस्सा पृथ्वी पर ही कहीं दफ़न है। पृथ्वी तक आने के बाद हमने निश्चय

किया कि हम बिना मानवों को परेशान किये शांति, सुरक्षित व गुप्त रूप से आकृति खण्ड को खोजेंगे और वापस अपने ग्रह आ जायेंगे। वर्षों की मेहनत के बाद भी हमें आशातीत सफलता नहीं मिली।''

''अन्तरिक्ष में टनल? वह भी पृथ्वी को जोड़ने वाली! यह कैसे संभव है? इसको तो ब्रह्माण्ड का अजूबा ही कहेंगे।'' कल्कि अब तक बड़े ध्यान से पुण्डलिक की कहानी को सुन रहा था। श्री कृपाचार्य, कागभुसण्डी और अब पुण्डलिक ने पृथ्वी और इस पर आये विनाशक संकट को अपनी-अपनी तरह से वर्णित किया था। काफी कुछ तीनों के द्वारा बतायी गयी कहानियों की रूपरेखा एक जैसे ही थी परन्तु आधारभूत अंतर के साथ।

''ब्रह्माण्ड का अजूबा कहें या फिर हमारे महान ज्ञानी वैज्ञानिकों की खोज, उन्होंने ब्रह्माण्ड के नियमों की सहायता से दो सुदूर स्थित ग्रहों को जोड़ दिया था। वैसे तो ब्रह्माण्ड आयामों से परे होता है सिवाय एक आयाम के - गुरुत्व। गुरुत्व एक ऐसा आयाम है जो पूरे ब्रह्माण्ड में उपस्थित है, यह अलग बात है कि ब्रह्माण्ड के अलग-अलग हिस्से में इसकी तीव्रता अलग-अलग हो सकती है।'' पुण्डलिक ने ब्रह्माण्ड के सिद्धांतों के आधार पर कहा।

''फिर भी दो ग्रह जो अनन्त प्रकाशवर्ष की दूरी पर स्थित हैं उनको आपस में किसी माध्यम के द्वारा जोड़ना, विश्वास करना मुश्किल है।'' पुण्डलिक की बातों के ऊपर कल्कि को विश्वास कम और संदेह ज्यादा था।

''हमने इस घटना को पैरा-डेविएत नाम दिया था जहाँ आयामों में किसी विकृति की वजह से दो बिन्दु जो सुदूर स्थानों पर स्थित हो सकते हैं, आस-पास आ जाते हैं। इस विकृति की वजह से ही पृथ्वी और उग्र्य ग्रहों की दूरी जो अनंत प्रकाशवर्ष की होती थी, सिमटकर बेहद कम हो गयी। अब पृथ्वी तक आने के लिये हमें बहुत ज्यादा ऊर्जा की आवश्यकता नहीं थी इसलिए सैकड़ों वर्ष से दबे हुए सपने आकृति खण्ड को खोजने के लिये पुनः पृथ्वी पर आ गये।'' पुण्डलिक ने विस्तार से बताते हुए कहा।

''तो आप लोग पूरी पृथ्वी पर फैले हुए हैं?'' कल्कि ने पुण्डलिक से पूछा।

''ऐसा नहीं है... पृथ्वी पर एक स्थान पर हमने अपनी प्रयोगशाला बनायी थी जहाँ उग्र्यवासियों का मुख्य निवास-स्थान है। पृथ्वी के अन्य महत्त्वपूर्ण हिस्सों में भी हमारे वैज्ञानिक फैले हुए हैं जैसे कि यह स्थान। ट्रांसमिशन तकनीक के द्वारा हम लोग एक से दूसरे स्थानों तक यात्रा कर सकते हैं; परन्तु इतने प्रयासों के बाद भी आकृति खण्ड हमारी पहुँच से हमेशा बाहर ही रहा।''

''तो क्या पृथ्वी को ख़त्म करने से, मानवजाति को समाप्त करने से आकृति खण्ड मिल जायेगा?''

“हमारे यहाँ सभी वैज्ञानिक केचर की देखरेख में ही कार्य करते हैं, उसको आप हमारा लीडर कह सकते हैं। निराशा में आकर केचर को पता नहीं क्या सूझा कि वह पृथ्वी का ही विनाश करने पर उतारू हो गया; पृथ्वी को नुकसान पहुँचाना कभी भी हमारी योजना में शामिल नहीं था।”

“और इस विनाश का अंजाम हम मानव भुगत रहे हैं।” कल्कि के इन क्रोधित शब्दों का पुण्डलिक के पास कोई उत्तर नहीं था। वह कुछ न बोला।

“अगर आकूति खण्ड आप लोगों को मिल भी जाता तो उस से आपकी समस्या का समाधान तो निकलता नहीं, किसी भी तरह की कृत्रिम ऊर्जा का स्रोत आपके ग्रह को हमेशा के लिये जीवित नहीं रख सकता।”

“हाँ यह बात हमें पता है।” पुण्डलिक ने बिना किसी लाग-लपेट के बोला।

“तो फिर आप उर्ग्यवासी पृथ्वी पर बसना चाहते हैं?”

“हम ऐसा पहले भी कर चुके हैं। न भूलें कि मानवजाति कोई और नहीं अपितु दो उर्ग्यवासियों से पैदा हुई संतानें ही हैं; आपको तो सब ज्ञात ही होगा। अब भी हम इतने विकसित व उन्नत हैं कि पृथ्वी व मानवजाति के साथ जैसे चाहें खेल सकते हैं, परन्तु हम ऐसा नहीं चाहते; आकूति खण्ड को पाने का हमारा उद्देश्य कुछ और है।”

“और वह क्या है?”

“हमारे ग्रह को फिर से जीवित करने का रास्ता खोज लिया गया है, प्राकृतिक ऊर्जा की कमी को समस्या को सुलझा लिया गया है, प्रत्येक समस्या का समाधान खोज लिया गया है और इस समाधान का केंद्र बिंदु है - आकूति खण्ड।”

“और वह समाधान क्या है?” कल्कि ने पूछा।

“हमारे ग्रह के मृतप्राय सूरज में विस्फोट करना ताकि खत्म हो चुके न्यूक्लियर फ़्यूजन को फिर से शुरू किया जा सके।”

“आपकी किसी भी बात पर मुझे यकीन नहीं है; वैसे मुझे पता है कि आकूति खण्ड पृथ्वी के किस हिस्से में मिलेगा।” कल्कि ने आत्मविश्वास के साथ पुण्डलिक के चेहरे को घूरते हुए कहा, जहाँ अन्धकार के सिवाय कुछ नज़र नहीं आ रहा था।

“यदि ऐसा है तो फिर देर किस बात की है, मेरा विश्वास कीजिए आकूति खण्ड की प्राप्ति सभी के लिए हितकारी होने वाली है।”

“फिलहाल तो मैं यहाँ कुछ देने के लिये नहीं बल्कि मणि वापस लेने आया हूँ।” कल्कि वापस मणि के मुद्दे पर आया।

“कल्कि मुझे गलत कदम उठाने के लिये मजबूर न करो।”

“कोशिश कर सकते हो।” पुण्डलिक की चेतावनी का कल्कि के भावों पर कोई

असर नहीं पड़ा।

पुण्डलिक ने विचित्र आवाज़ निकाली और अगले ही पल गोलाकार रोबोट वहां आ गया था, "कल्कि अब आप यहाँ से जा सकते हैं; मणि तो आपको नहीं मिलेगी और आकूति खण्ड को तो हम खोज ही लेंगे, आपकी यह साधारण तलवार हमारा कुछ नहीं बिगाड़ पायेगी।"

"किसने कहा यह साधारण है।" हवा में ज्ञानाश्रम से मिली तलवार को लहराते हुए कल्कि आक्रामक मुद्रा में आ गया।

कल्कि के वाक्य ख़त्म करने की देर थी कि रोबोट तेज़ी से उसकी तरफ खिसकने लगा। घूमता हुआ वह रोबोट अगले ही पल कल्कि की तरफ खिसकने लगा। त्वरण के साथ गति को प्राप्त करने के बाद वह रोबोट अनायास हवा में उठ गया और अपने टारगेट की तरफ उड़ने लगा। टारगेट था कल्कि का सिर। एक जोरदार टक्कर कल्कि के परखच्चे उड़ा सकती थी।

कल्कि की सतर्कता पहले से ही उच्चतम स्तर पर थी। दायें हाथ में पकड़ी तलवार को उसने पूरी शक्ति से हवा में घुमाया, एक कदम आगे बढ़ाया और रोबोट से टकरा दिया। तलवार से निकली काइनेटिक एनर्जी ने रोबोट को दो बराबर अर्धवृत्त में बाँट दिया। सजीव रोबोट की सारी मशीनरी छिन्न-भिन्न हो चुकी थी वह अब निर्जीव हो चुका था।

पुण्डलिक का अंदाजा बिलकुल गलत था। वह कोई साधारण तलवार नहीं थी वह ज्ञानाश्रम के अधोत्र की सबसे शक्तिशाली तलवार थी और यह उसने साबित भी कर दिया था।

"मैं सिर्फ एक वैज्ञानिक हूँ।" रोबोट का हाल देख पुण्डलिक ने कल्कि की तरफ देखते हुए कहा।

"और मुझे सिर्फ मणि चाहिए।" कल्कि के चेहरे व तलवार का तेज़ उसको साक्षात यमदूत बना रहा था।

"मणि अब केचर की अमानत है, अगर उसको यह नहीं मिली तो परिणाम अच्छे नहीं होंगे।" पुण्डलिक ने मणि को बचाने की आखिरी कोशिश करते हुए कहा।

"अभी भी जो हमारे साथ हो रहा है, अच्छा तो वह भी नहीं है।" कल्कि के दृढ़ विश्वास पर पुण्डलिक की धमकी का कोई असर नहीं पड़ा।

पुण्डलिक ने अपने लबादे की जेब में हाथ डाला और मणि को कल्कि की तरफ उछालते हुए बोला, "यह लो! इसको बेहद सुरक्षित रूप से कवच के अन्दर रखा गया है, अथक प्रयास के बाद भी मैं इसको खोल नहीं सका। उम्मीद है तुम ऐसा कर पाओगे, अब जाओ यहाँ से।"

"इतनी आसानी से तो मणि देने वालों में नहीं लगता है पुण्डलिक, इसके पीछे

इसकी कोई युक्ति तो नहीं है।''

पुण्डलिक के ऊपर विश्वास न करने के कई कारण थे और कल्कि ने किया भी यही, ''आपके बिना नहीं जा सकता पुण्डलिक, अब बात सिर्फ मणि या आकूति खण्ड की नहीं है, अब यह लड़ाई पृथ्वी बनाम उर्ग्य है, आप भी मेरे साथ चलेंगे।''

''ठीक है, जैसा आप चाहें।'' पुण्डलिक ने कोई विरोध नहीं किया।

पुण्डलिक ने बिना विरोध के ही कल्कि के सामने आत्मसमर्पण कर दिया। यह बात कल्कि को कहीं न कहीं खटक रही थी। अब यह तो भविष्य के गर्त में छुपा था कि शह-मात के इस खेल में यह वाली बाज़ी किसने जीती थी।

पुण्डलिक से मणि लेने के बाद कल्कि सबसे पहले खुले वातावरण में आने के लिये तड़प रहा था। पुण्डलिक को साथ लेकर वह बाहर निकल आया जहाँ प्राज्ञ व सरू उसकी प्रतीक्षा में साँस थामकर बैठे हुए थे।

पुण्डलिक को देखकर प्राज्ञ के चेहरे पर स्तब्धता के भाव थे। वह कल्कि की तरफ मुखातिब हुआ और बोला, ''मणि मिली?''

''हाँ!'' कल्कि ने अपने पास से मणि को निकाला और प्राज्ञ को दिखाते हुए कहा।

''तो अब इस एलियन का क्या काम; इसने जो मृगस्य के साथ किया, उसकी सजा भी इसको भुगतना होगा।'' खूँखार नज़रों के साथ प्राज्ञ ने पुण्डलिक को देखा।

''ठीक समय आने पर इसको सजा अवश्य मिलेगी।'' प्राज्ञ के क्रोध को देख कल्कि ने समझाया, ''फ़िलहाल मणि को बाहर निकालो।''

''मणि इस साँचे के अन्दर होनी चाहिए, मैं इसको खोलने की कोशिश करता हूँ।'' साम, दाम, दण्ड भेद को आजमाते हुए प्राज्ञ बादाम जितने बड़े साँचे से मणि को बाहर निकालने का प्रयास करता रहा मगर ढाक के तीन पात।

कुछ देर के प्रयास के बाद, थक-हारकर, कल्कि को मणि देते हुए प्राज्ञ बोला, ''इसको खोलना मेरे बस की बात नहीं है, इसको देखने पर ऐसा लगता नहीं कि यह बाहर से खुल सकता है।''

''मैं प्रत्येक तरह की कोशिश पहले ही कर चुका हूँ; मैग्नेटिक, इलेक्ट्रिक, दबाव, बल या फिर लेज़र, सब कुछ मैं इसको खोलने के लिये आजमा चुका हूँ।'' काफी समय से शांत खड़े पुण्डलिक ने कहा।

''कितनी डरावनी जैसी आवाज़ है। चेहरा क्यों छिपाया हुआ है? शरीर की बनावट से तो मानव जैसे ही लगते हो सिवाय लम्बाई के।'' प्राज्ञ ने पुण्डलिक की तरफ

कटाक्ष करते हुए कहा।

"पिछली बार जब मेरे घर आये थे तब प्राज्ञ आपसे मुलाकात नहीं हो पायी थी।" शरीर व चेहरे पर पहने हुए लबादे को उतारते हुए पुण्डलिक ने कहा, "अपने आपको ढका हुआ है क्योंकि तुम पृथ्वीवासियों के बीच मुझे आकर्षण का केंद्र बनने में कोई भी रुचि नहीं है।"

करीब सात फुट लम्बाई वाले उस एलियन की उत्कृष्टता किसी भी अंदाजे से बढ़कर थी। चेहरे की सुन्दरता व शरीर की बनावट में वह मानव डी.एन.ए. का आदर्श रूप था। उसके द्वारा पहने गये कपड़े, कपड़े कम और सोलर पैनल ज्यादा प्रतीत होते थे। पृथ्वीवासी का अतिविकसित रूप जहाँ न किसी कमजोरी का संकेत था और न ही किसी कुरूपता का। आज से सैकड़ों वर्ष बाद मानव कैसा दिखेगा, पुण्डलिक इसका जीता-जागता उदाहरण था।

"मणि को इस साँचे से बाहर निकालने की जिम्मेदारी मेरी।" और फिर प्राज्ञ की तरफ देखते हुए कल्कि ने कहा, "तुम, सरू और पुण्डलिक अभी पोखरण वापस चले जाओ।"

"ठीक है भाई!" प्राज्ञ ने बिना किसी सवाल-जवाब के कल्कि के आदेश पर हामी भरी। वह समझ रहा था कि कल्कि के मस्तिष्क में निश्चित ही कोई न कोई योजना चल रही होगी।

कल्कि सरू के पास गया, उसको सहलाते हुए कुछ कहा और फिर पुण्डलिक की तरफ मुड़कर बोला, "एक-दूसरे की सहायता करते रहेंगे तो दोनों ग्रहों के लिए अच्छा होगा।"

पुण्डलिक कल्कि को मारने का एक बार प्रयास कर चुका था। अब कल्कि का उसके ऊपर इतना विश्वास जताना फिलहाल तो किसी की भी समझ से परे था।

प्राज्ञ और पुण्डलिक अचरज घाटी से निकल चुके थे। अब वहाँ थे तो सिर्फ कल्कि और कवच में लिपटी अश्वत्थामा की मणि। सारी युक्तियों को आजमाने के बाद भी मणि को कवच से बाहर नहीं निकाला जा सका था।

"अब एक ही रास्ता बचा है, ज्ञानाश्रम।"

कल्कि के पास तुरुप का इक्का था। श्री परशुराम के द्वारा दी गयी वह घड़ी जिसकी सहायता से ज्ञानाश्रम तक पहुँचा जा सकता था। कल्कि ने उसका प्रयोग किया और अगले ही पल स्वयं को ज्ञानाश्रम में पाया श्री परशुराम के सामने पाया।

"प्रणाम गुरुदेव!" कल्कि ने सादर अभिवादन करते हुए श्री परशुराम से कहा।

"प्रणाम कल्कि।" श्री परशुराम ने प्रत्युत्तर में कहा।

"यह वह वस्तु है जो श्री कृपाचार्य ने मुझे दिया था, मुझे लगता है कि वह मणि

इस कवच के अंदर है जो अश्वयत्थामा को ठीक कर सकती है।''कल्कि ने नम्रता के साथ कहा।

''आपको ऐसा लगता है तो निश्चित ही ऐसा होगा।''

''लेकिन मैं इसको खोल नहीं पा रहा हूँ।''

''मुझे दो।'' और श्री परशुराम मणि को लेकर उसका निरीक्षण करने लगे, ''यह तो मंत्र से बाधित किया गया है।''

''इसका मतलब?''

''इसका मतलब है कि अगर मुझे थोड़ा-सा समय दो तो मैं इसके कवच को खोल दूँगा। वैसे भी इस कहानी की पटकथा महाभारत काल में ही लिख दी गयी थी, आज से लगभग साढ़े तीन हज़ार वर्ष पूर्व और इस कथा के जनक थे श्रीकृष्ण, जिन्होंने अश्वत्थामा और कृपाचार्य को अमरता का वरदान दिया तो मणि को भी सुरक्षित रखा। वह चाहते थे कि ठीक समय आने पर अश्वत्थामा और मणि का मिलन हो और अश्वत्थामा अपने रूप में फिर से वापस आ जाये।''

''मेरा विश्वास भी यही कहता है; मैं अश्वत्थामा को यहाँ लेकर आता हूँ।'' कल्कि के शब्दों में इस बार उत्साह था।

''ज्ञानाश्रम के महान वैद्य मणि को अश्वत्थामा के ललाट में पुनः लगा देंगे।'' श्री परशुराम ने विश्वास दर्शाते हुए कहा।

''अगर ऐसा हो गया तो ब्रह्मास्त्र भी मिल जायेगा, मुझे तुरंत वापस जाकर अश्वत्थामा को लाना चाहिए।''

अब मणि का कवच से बाहर आना और अश्वत्थामा का ठीक होना, दोनों ज्ञानाश्रम के हाथों में लिखा हुआ था। कल्कि ने देर करना उचित नहीं समझा और दिव्य पुंज की सहायता से पोखरण जाकर अश्वत्थामा को ज्ञानाश्रम ले आया।

उधर दूसरी तरफ महान चिरञ्जीव श्री परशुराम को मंत्र-बाधित कवच को खोलने में बहुत ज्यादा कठिनाई का सामना नहीं करना पड़ा। ज्ञानाश्रम के ज्ञानी वैद्यों के लिए अश्वत्थामा के मस्तिष्क में मणि को पुनः शारीरिक कोशिकाओं के साथ जोड़ना एक चुनौती भरा काम था परंतु असम्भव नहीं।

विधाता ने अश्वात्थामा को एक उद्देश्य के लिये श्रापित अमरता प्रदान की थी। अब वह समय आ गया था जब एक महायोद्धा, सहस्त्र अश्वों की शक्ति वाला बलशाली, द्रोणाचार्य पुत्र, अजेय व अमर अश्वत्थामा, कल्कि के साथ कंधे से कंधा मिलाकर पृथ्वी और मानवजाति को बचाने के लिये उर्ग्य प्रजाति से टकराने वाला था।

अध्याय 13

।। ब्रह्मास्त्र की खोज ।।

कल्कि और अश्वत्थामा, दो महामानव कुरुक्षेत्र के जंगल में पहुँच चुके थे। वहाँ रेनव, प्रियम और फन्याज़ अपनी-अपनी टीम के साथ पहले से ही उपस्थित थे। जंगल से मंदिर और मंदिर के नीचे मौजूद अंदरूनी सुरंग से होकर अस्त्र-शस्त्र के जखीरे तक पहुँचने में दोनों को ज्यादा समय न लगा।

करीब आठ फुट लम्बे, योद्धा रूपी शारीरिक बनावट, कन्धों तक लहराते बाल, चेहरे पर अदम्य चमक लिये हुए अश्वत्थामा, साधारण मगर आधुनिक वेशभूषा धारण किये हुए था। जिस मानव को सैकड़ों वर्ष से किसी ने देखा ही न हो तो उसको पहचानना एक असम्भव कार्य हो सकता था और इस वेशभूषा में तो निश्चित ही।

अब वह पहले वाला घायल, लाचार और श्रापित अश्वत्थामा नहीं था, ज्ञानाश्रम की मेहरबानी की वजह से वह पुनः अश्वत्थामा बन गया था जो महाभारत के युद्ध को सिर्फ अपने बलबूते खत्म करने की क्षमता रखता था।

महाभारत काल में अलग हो गये दो बिन्दुओं का आज पुनः मिलन हो रहा था। अश्वत्थामा वापस अपने कर्मक्षेत्र, कुरुक्षेत्र की जमीन पर खड़ा हुआ था, चिर-परिचित हथियारों के बीच। रेनव और उसके साथियों के साथ-साथ पुरातत्व विशेषज्ञों की नज़र सिर्फ और सिर्फ विशाल कद मानव के ऊपर जाकर टिक गयी थी वहीं प्रियम की नज़रें कल्कि की उपस्थिति को खोज रही थीं।

"मेरा नाम कल्कि है।" हाथ जोड़कर सबका अभिवादन करते हुए कल्कि ने कहा और फिर अश्वत्थामा की तरफ मुखातिब होते हुए बोला, "यह मेरे साथी अश्वत्थामा हैं।"

अश्वत्थामा नाम सुनकर टीम के बीच खुसर-फुसर होने लगी। होती भी क्यों न...साढ़े तीन हज़ार वर्ष पूर्व जिस मानव को आखिरी बार देखा गया हो वह यकायक

सामने आ जाये तो हवाइयाँ उड़ना तो बनता ही था।

"आपके कहने का तात्पर्य है कि यह अश्वत्थामा वही अश्वत्थामा हैं जिनका जिक्र हम महाभारत के किस्से-कहानियों में सुनते आ रहे हैं?" रेनव ने प्रथम प्रश्न पूछा।

"अश्वत्थामा? मतलब!!" फन्याज़ ने पसोपेश से बाहर निकलते हुए अविश्वसनीय भावों के साथ दूसरा प्रश्न पूछा। उसने कभी स्वप्न में भी नहीं सोचा था कि पुरातत्व-विभाग में काम करते-करते, पुरातन वस्तुओं की खोज करते-करते कभी पुरातन युग के मानव से मुलाकात भी होगी और वह भी जीवित मानव।

प्रश्नों की बौछार बाकी लोगों की तरफ से भी आयी पर कल्कि तक सुनने लायक अवस्था में नहीं पहुँच सकी।

"महाभारत के अश्वत्थामा! चिरञ्जीव अश्वत्थामा।" कल्कि ने इस बार ज्यादा विश्वास से अपनी बात रखी।

अकल्पनीय और अविश्वसनीय बातें कथा में तो बहुत अच्छी लगती हैं परन्तु जिन्दगी में इस तरह के सच सामने आ जाये तो मस्तिष्क इनको मानने से साफ़ इनकार कर देता है। ऐसा ही कुछ यहाँ हो रहा था। प्रत्यक्ष को भी मस्तिष्क मानना नहीं चाह रहा था।

इसके बाद चारों दिशाओं में खुसर-फुसर शुरू हो गयी। प्रत्येक व्यक्ति के मन में उपजी असंख्य शंका का उत्तर देने के बजाय कल्कि ने अश्वत्थामा से मिलने की कहानी को सुनाना ज्यादा उचित समझा।

इसके बाद कल्कि ने अश्वत्थामा को खोजने की कहानी, उनसे हुई बातचीत, उनके श्राप तथा उससे मुक्ति की बात तक सब कुछ वह कह सुनाया जो आवश्यक था। रेनव और प्रियम तो इस तरह के कल्कि के कथानकों को पहले भी सुन चुके थे परन्तु बाकी सभी के लिए यह अचम्भित करने वाली गाथा की तरह था।

फन्याज़ एक कदम आगे आया और अश्वत्थामा की तरफ मुखातिब होते हुए अपने मन की बात रखी, "अगर हम गलत नहीं हैं तो महाभारत काल के सभी हथियार यहाँ इस स्थान पर सुरक्षित रखे गये थे; बहुत सम्भव है कि जिस हथियार की तलाश में आप यहाँ आये हैं, जिन हथियारों को आप धारण करते थे वे यहाँ होने चाहिए।"

"अश्वत्थामा को लगता है कि ब्रह्मास्त्र जो कि प्राचीनकाल में सबसे ज्यादा विध्वंसक माना जाता था, वह यहाँ जमीन के नीचे बाकी हथियारों के साथ ही होगा; हम वही खोजने यहाँ तक आये हैं, मुझे आप लोगों की मदद चाहिए।" कल्कि ने पहले फन्याज़ और फिर पूरे ग्रुप की तरफ देखा।

ब्रह्मास्त्र शब्द ही सब को आश्चर्यचकित करने के लिये काफी था। सबसे पहले

रेनव ने अपनी प्रतिक्रिया दी, ''ब्रह्मास्त्र!''

''ऐसा मानना है कि महाभारतकालीन हथियारों के बीच ब्रह्मास्त्र भी होना चाहिए।'' कल्कि ने त्वरित उत्तर दिया।

''ब्रह्मास्त्र क्या कोई साधारण हथियार था जो यहाँ ऐसे ही जमीन के नीचे बाकी हथियारों के साथ छोड़ दिया गया हो?'' फन्याज़ का प्रश्न वाजिब था।

''असाधारण हथियार था वह इसलिए कोई भी उसको पहचान नहीं सकता, सम्भव है कि बाकी हथियारों के बीच ब्रह्मास्त्र भी मिल जाये।'' अश्वत्थामा ने अपना पक्ष रखा।

फन्याज़ - ''क्या आप पहचान पायेंगे?''

अश्वत्थामा- ''अनगिनत तारों के बीच ध्रुव तारे की तरह है ब्रह्मास्त्र; मेरा हथियार है मैं निश्चित ही पहचान लूँगा।''

किसी भी योद्धा को अपने अस्त्र-शस्त्र जान से भी ज्यादा प्यारे होते हैं। अश्वत्थामा के साथ भी कुछ ऐसा ही था। कल्कि व फन्याज़ के कथन से उनकी आँखों में चमक देखते ही बनती थी।

जमीन के नीचे की वह जगह कई एकड़ में फैली हुई थी। प्रत्येक दिशा में फैले असंख्य हथियारों के समूह में अश्वत्थामा ने गोता लगा दिया। उद्देश्य था तो सिर्फ एक - ब्रह्मास्त्र नामक अनमोल मोती की खोज।

फन्याज़ और टीम उनका पूरा साथ दे रहे थे। उनको अभी तक विश्वास ही नहीं हो रहा था कि मानव इतिहास का एक चिरञ्जीव उनके सामने जीवित था और उनसे बात कर रहा था।

इन सवाल-जवाब के दौर से नज़रें चुराकर रेनव बचकर आ गया और कल्कि के पास पहुँच गया, ''कैसे हो कल्कि!''

''मैं ठीक हूँ रेनव, बहुत दिनों बाद मुलाक़ात हुई।'' गर्मजोशी से मिलते हुए कल्कि ने कहा।

''कैसे किया था तुमने?'' चेहरे पर मुस्कान के साथ अचरज वाले भाव लिये हुए था रेनव।

''क्या... कैसे किया था?''

''हेलिकॉप्टर को जमीन से टकराने से पहले कैसे रोका?''

''हेलिकॉप्टर? नहीं, मैंने कुछ नहीं किया था।'' कल्कि ने नज़रें झुकाकर कहा जैसे कि कोई चोरी पकड़ी गयी हो।''

"फिर उस दुर्घटना के बिलकुल बाद तुम्हारा फोन... कैसे?"

"वह सिर्फ एक संयोग भर था।"

उड़ती हुई संदेह भरी निगाहें रेनव ने कल्कि पर डाली, "ब्रह्मास्त्र मिलने के बाद की क्या योजना है?"

फिलहाल तो कल्कि स्वयं नहीं जानता था कि उसका अगला कदम क्या होने वाला है, "ब्रह्मास्त्र मिलने के बाद... सच बताऊँ तो मुझे भी अभी नहीं पता कि आगे क्या करना है।"

जहाँ एक तरफ पूरी टीम महाभारत कालीन अस्त्र-शस्त्रों में तल्लीन थी वहीं दूसरी तरफ कल्कि सबसे अलग जमीन पर बैठा हुआ अपने विचारों में ही खोया हुआ प्रतीत होता था।

गुफा के अन्दर सभी लोग बड़ी तेज़ी से अपने-अपने कार्य को शीघ्र निपटाने की कोशिश कर रहे थे। अअश्वत्थामा भी ब्रह्मास्त्र को खोजने में लग गया था। कल्कि उम्मीद कर रहा था कि जल्दी से जल्दी अश्वत्थामा को ब्रह्मास्त्र मिल जाए तो वे दोनों वापस पोखरण लौट सकें।

प्रियम पर नज़र पड़ते ही उस के हृदय ने एक विद्रोह-सा कर दिया और उसको आदेश दिया कि बात न कर सके तो कम से कम प्रियम के मन की बात तो जान ही सकता है। बात भी सही थी... कुछ स्वभाव तो कुछ झिझक की वजह से प्रियम के साथ बातचीत का आगाज़ करना थोड़ा मुश्किल अवश्य था परन्तु उसके मन को पढ़ना नहीं। उसने प्रियम के मन को चोरी-छुपे पढ़कर जाना कि वह भी कल्कि से मिलने को लेकर, उससे बात करने को लेकर उत्साहित थी... परन्तु पहल कौन करे।

प्रियम से ध्यान हटाकर कल्कि ने मन को अपनी आगामी योजना की तरफ फोकस किया।

"उम्मीद है अश्वत्थामा को यहाँ ब्रह्मास्त्र निश्चित ही मिल जायेगा। अब मेरे पास एक और ताम्रपत्र बचा है। अश्वत्थामा जब तक ब्रह्मास्त्र की खोज कर रहे हैं तब तक तीसरे ताम्रपत्र को ही देख लेता हूँ।"

और इसके बाद कल्कि ने अपने बैग से बचे हुए आखिरी ताम्रपत्र को बाहर निकाला और गौर से उस पर उकेरे हुए शब्दों और चित्रों को समझने की कोशिश करने लगा।

जमीन के नीचे स्थित वह अंदरूनी स्थान अन्दर से किसी मल्टीस्टोरी अपार्टमेण्ट की तरह कई वृत्ताकार परतों में विभाजित था। एक परत को एक मंजिल माना जा सकता था। प्रत्येक परत जो मिट्टी, पत्थर तथा पेड़ की जड़ों से मिलकर बनी

हुई थी, के ऊपर हथियार करीने से रखे गये थे। एक परत से दूसरी परत तक चढ़ने के लिये पत्थरों ने प्राकृतिक सीढ़ीनुमा रूप लिया हुआ था।

प्रियम नीचे से ही अपनी टीम को आवश्यक दिशा-निर्देश दे रही थी जो काम आ सकने वाले टिकाऊ हथियारों को खोजने में जी-जान से लगे हुए थे। उससे बड़ा परम्परागत हथियारों का विशेषज्ञ वहाँ कोई भी न था, सिवाय एक के - अश्वत्थामा।

ब्रह्मास्त्र को खोजने के जुनून में अश्वत्थामा परत दर परत हथियारों के समूह के ऊपर एक तीखी नज़र डालता और वांछित वस्तु न पाकर ऊपरी परत पर चढ़ जाता। समय की शरारत कहें या अश्वत्थामा का दुर्भाग्य कि इस आपाधापी में एक परत उस महामानव का वजन न सँभाल पायी और उसका एक छोटा हिस्सा टूटकर तेज़ी से गिरता हुआ नीचे की तरफ जाने लगा।

ऊँचाई से गिरता हुआ ग्राम भर पत्थर का टुकड़ा भी किसी की जान लेने में सक्षम होता है तो वह तो फिर एक बड़ा पत्थर का टुकड़ा था जो किसी हाथी का भी दम सुखाने लायक ऊर्जा लेकर गिर रहा था। गलती से यह अगर आदमियों के समूह के ऊपर गिर जाये तो फिर उनकी लाशें खोजने के लिये भी मशक्कत करनी पड़ती।

परन्तु वहाँ इंसानों का समूह नहीं बल्कि सिर्फ एक इंसान था जो पत्थर के गिरने की सम्भावित दिशा में रोड़ा बनने जा रहा था। खौफ़नाक मृत्यु निश्चित थी।

अनायास घटी इस दुर्घटना के बीच सबसे पहले पैनिक बटन दबाया गया और वह थी अश्वत्थामा की गर्जना से भरपूर आवाज़, ''प्रियम्म्म...!!''

इस गर्जना के बाद जिसका भी ध्यान पत्थर के गिरने की तरफ गया वह प्रियम को अलर्ट करने की कोशिश में लग गया। प्रियम ने यह चीख-पुकार सुनी या नहीं कहना मुश्किल था, परन्तु अपने ही खयालों में डूबी प्रियम को खतरे का आभास कुछ देर से हुआ और यह देरी उसके लिए निश्चित ही जानलेवा होने वाली थी।

इस तरह की असाधारण परिस्थितियों में किसी के भी हाथ-पैर फूल सकते हैं परन्तु यहाँ कुछ असाधारण मानव भी उपस्थित थे। सबसे पहले प्रतिक्रिया देने वाले अश्वत्थामा, जो लगभग धरातल से पचास फुट की ऊँचाई पर थे, जमीन की तरफ छलाँग लगा दी। बलिष्ठ, बलवान व विशालकाय अश्वत्थामा का प्रयास तो भरपूर था, परन्तु ग्रेविटी तथा समय के संयोग से जीतना उसके लिए थोड़ा मुश्किल था क्योंकि चट्टान का वह टुकड़ा उससे बहुत आगे निकल चुका था।

दूसरी प्रतिक्रिया देने वाला था रेनव, जिसने प्रियम को सचेत करने के लिये उसकी तरफ दौड़ लगा दी। चीते जैसी सौ किलोमीटर प्रति घण्टे की रफ्तार भी पत्थर के गिरने की 9.8g की गति को मात देने में नाकाम रहने वाली थी।

तीसरी प्रतिक्रिया थी कल्कि की, जो उस लड़की के बारे में ही सोच रहा था जिस पर मृत्यु का साया मँडरा रहा था। उसने पल भर के भीतर खतरे का जायजा लिया, पत्थर के गिरने की सम्भावित दिशा का मानचित्र का खाका अपने मन में खींचा और आँखों को मूँद लिया।

चेहरे पर असीम शांति के भाव, चिंता की लकीर का अभाव, बुदबुदाते होंठ और धरातल के समानान्तर तने हुए सीधे हाथ की खींची हुई उँगलियों के साथ कल्कि क्या करने जा रहा था इसका अंदाजा लगाना नामुमकिन था... कम से कम वहाँ उपस्थित लोगों के लिए जो हक्के-बक्के होकर बढ़ी हुई धड़कनों के साथ यम साये के तले प्रियम को देख रहे थे। अब तक प्रियम को भी आने वाली मृत्यु का आभास हो चुका था और इसका संकेत दे रहे थे उसकी रुकी हुई धड़कन, न्यूरॉन की निष्क्रियता और पैरों का जमाव।

पल भर के बाद कल्कि ने सीधे हाथ की उँगलियों को अधिकतम तनाव दिया, अपने शरीर को एक झटका दिया और हाथ को क्लॉकवाइज दिशा में घुमा दिया। वहाँ मौजूद प्रत्येक मानव के लिए एक चमत्कार-सा हुआ जिसको देखकर उनको अपनी आँखों पर विश्वास ही नहीं हो रहा था।

तीन सेकेण्ड के दायरे में प्रियम के आस-पास तीन घटनाओं ने जन्म लिया। पहली घटना -प्रियम का कचूमर निकालने से पहले चट्टान के टुकड़े का धरातल से दस फुट ऊपर हवा में ही अनायास रुक जाना मानो किसी अदृश्य शक्ति ने उसको जकड़ लिया हो। दूसरी घटना-अगले सेकेण्ड में अश्वत्थामा का कूदकर जमीन तक आना और अपने बलिष्ठ हाथों से पत्थर को दूर धकेल देना... तीसरी घटना-रेनव का दौड़कर प्रियम के पास तक आना और उसका हाथ खींचकर उसको यमवृत्त से बाहर खींच लेना।

स्थिति तो सामान्य हो चुकी थी परन्तु किसी का भी मन-मस्तिष्क अभी तक सामान्य नहीं हो पाया था। प्रियम की धन्यवाद से भरी पहली नज़र रेनव पर पड़ी जिस अनुसार उसकी जान मेजर ने ही बचायी थी। सच तो रेनव को पता था। उसके आने से पहले ही अश्वत्थामा ने पत्थर को दूर धकेल दिया था।

प्रियम के धन्यवाद को नकारते हुए आँखों ही आँखों में रेनव ने अश्वत्थामा की तरफ इशारा किया जो सिर्फ कुछ फुट की दूरी पर ही अचरज भाव के साथ खड़ा हुआ था।

प्रियम ने अश्वत्थामा की तरफ कदम बढ़ाया और अपनी गरदन को झुकाते हुए कहा, ''धन्यवाद! आप न होते तो...''

''मेरे आने से पहले ही पत्थर हवा में रुक गया था या शायद किसी ने उसको रोक

लिया था।'' प्रियम को बीच में ही रोकते हुए अश्वत्थामा बोला।

''यह कैसे हो सकता है। ऐसा असम्भव है।'' विश्वास के लायक था भी नहीं। आखिर पत्थर हवा में अपने आप कैसे रुक सकता था। प्रियम ने अविश्वास भरे स्वर में कहा।

''असम्भव तो है परन्तु उसके लिए नहीं।'' अश्वत्थामा ने आँखों ही आँखों में प्रियम के धन्यवाद को किसी और ही इंसान की तरफ मोड़ दिया, कल्कि की तरफ मोड़ दिया।

''कल्कि!''

प्रियम ने स्तब्धता के भाव के साथ कल्कि की तरफ देखा जो अपनी ही दीन-दुनिया में व्यस्त प्रतीत हो रहा था।

अब तक कल्कि भी सामान्य मुद्रा में आ चुका था। थकान के वशीभूत होकर वह पुनः बैठ गया। ताम्रपत्र को हाथ में लेकर फिर से पहेली सुलझाने के प्रयास में लग गया। कल्कि को यकीन था कि जिस टाइमिंग के साथ उसने पत्थर को रोका था उसके अनुसार प्रियम को बचाने का सारा श्रेय अश्वत्थामा को चला जायेगा... पर शायद उसने अश्वत्थामा को कमतर आँक लिया था। अश्वत्थामा ने श्रेय की सुई को कल्कि की तरफ मोड़ दिया था।

''क्लास में पढ़ाई पर ध्यान दिया होता तो इस सांकेतिक चित्रभाषा को समझने के लिये दिमाग पर इतना जोर न डालना पड़ता।'' पीछे की तरफ खड़ी प्रियम ने चेहरे पर आत्मीय मुस्कान लिये हुए ताम्रपत्र की तरफ इंगित करते हुए कहा।

''ध्यान तो आप पर ही रहता था और आज भी आपके अलावा किसी का ध्यान नहीं आता।'' प्रियम की सुन्दरता की मंत्रमुग्धता की वजह से यह शब्द कल्कि की सोच से बाहर नहीं आ पाये।

कितने समय बाद प्रियम ने आज कल्कि से इस तरह से बात की थी। कल्कि को अपनी तरफ एकटक देखते हुए प्रियम ने पुनः कहा, ''अगर व्यस्त नहीं हो तो बैठ सकती हूँ?''

''नहीं...मेरा मतलब हाँ।'' जब आदमी किसी सुखद घटना की उम्मीद नहीं कर रहा होता है और वह अनायास घटित हो जाती है तो जबान पर भी मदहोशी छा जाती है।

''हाँ? व्यस्त हो?'' इस एक घटना ने दोनों के बीच वर्षों से जमी बर्फ को पिघला दिया था।

इस बार कल्कि ने दिमाग को शांत किया और शब्दों को तोलते हुए कहा, ''नहीं

व्यस्त नहीं हूँ, यहाँ बैठ जाओ।''

''कैसी चल रही है जिन्दगी?'' प्रियम, कल्कि के दायीं ओर जमीन पर ही बैठ कर बोली।

''मैं तो ठीक हूँ और आप?'' कल्कि ने भी प्रत्युत्तर में कहा।

प्रियम ने क्रोध व दुःख मिश्रित भाव से कल्कि की तरफ देखा, ''यह तो आप तब भी पूछ सकते थे जब कुछ दिनों पहले हम कर्नाटक में मिले थे।''

''पूछ तो सकता था परन्तु इतने वर्षों के बाद वहाँ आप को देखकर कुछ सूझा ही नहीं।''

''गलती मेरी ही थी। आप हमेशा से ही ऐसे थे, मुझे ही बातचीत शुरू करनी चाहिए थी।'' प्रियम ने कहा और फिर कल्कि की आँखों में झाँकने का प्रयास करने लगी शायद उसकी प्रतिक्रिया जानने के लिये। अक्सर जहाँ जबान शांत रहती है वहाँ आँखें बहुत कुछ कह देती हैं।

''इसलिए आज स्वयं ही चली आयीं?'' माहौल को थोड़ा हल्का बनाने के प्रयास में कल्कि बोला।

''हाँ आप तो आते नहीं इसलिए मैं ही आ गयी मिलने।''

''कैसे किया आपने यह?'' कल्कि की तरफ से कोई उत्तर न पाकर प्रियम ने अपने मन में कुलाँचे मारती जिज्ञासा को शांत करने का सोचा।

''क्या किया? मतलब मैंने क्या किया?'' सच्चे इंसान के लिए सच को झुठलाना अक्सर मुश्किल होता है।

''रेनव ने कुछ नहीं किया, अश्वत्थामा ने कुछ नहीं किया और फिर आपने भी कुछ नहीं किया तो फिर मुझे बचाया किसने?'' प्रियम की टेढ़ी निगाहों ने कल्कि के ऊपर वार किया।

''वह अश्वत्थामा जी थे, मैंने देखा था उनको कि कैसे बिलकुल आखिरी पल में वे एक हीरो की तरह आये और उस चट्टान को आपसे दूर फेंक दिया, सचमुच लाजवाब दृश्य था।'' कल्कि ने अपनी तरफ से पूरी कोशिश की सच न बताने की।

''आपको याद है जब हम पहली बार मिले थे, जब आप आठ वर्ष के मासूम बच्चे थे और आज झूठ बोलना भी सीख गये। इक्कीस वर्ष तक हम दोनों का साथ रहा है कम से कम मुझसे तो सच नहीं छिपा पाओगे।'' प्रियम को अच्छी तरह से पता था कि कल्कि के साथ कब, कैसे और क्या बात करनी है।

''ग्रेविटी... पृथ्वी पर कोई भी वस्तु चाहे सजीव हो या निर्जीव, गुरुत्वाकर्षण बल से बँधी हुई है जिसकी वजह से वह स्थिर रह पाती है, चल-दौड़ पाती है या उड़ पाती

है। यह बल प्रत्येक वस्तु को नियंत्रित करता है। अगर किसी वस्तु को आसमान में फेंको तो इस बल की वजह से वह वापस धरती तक लौट आयेगी। कुछ असामान्य परिस्थितियों में ग्रेविटी को भी नियंत्रित किया जा सकता है। यदि गुरुत्व विद्या की जानकारी हो तो कुछ समय के लिये एक निश्चित स्थान पर ग्रेविटी को नियंत्रित किया जा सकता है।''

''गुरुत्व विद्या...''

''लम्बी कहानी है इसके बारे में फिर कभी बताऊँगा।'' कल्कि ने विराम देते हुए कहा।

''वैसे तो कुछ समझ में नहीं आया परंतु धन्यवाद, आज आप न होते तो...''

जब भी कोई धन्यवाद बोलता तो कल्कि को अक्सर कोई जवाब नहीं सूझता और अगर बोलने वाला दिल के करीब हो तब तो बिलकुल भी नहीं।

''क्या देख रहे थे, दिखाओ तो ज़रा इस धातु के टुकड़े को।'' कल्कि के हाथ से ताम्रपत्र लेते हुए प्रियम ने बात को आगे बढ़ाते हुए पूछा।

''कॉपर से बना हुआ है यह, बहुत पुराना एंटिक पीस लगता है। इस पर उकेरे हुए चित्रों को तो देखो, क्या कमाल की कारीगरी है, है न!'' प्रियम का उत्साह देखते ही बनता था।

''हाँ यह कई हज़ार वर्ष पुराना ताम्रपत्र है।''

''हे महादेव! इतना पुराना, निश्चित ही बहुत कीमती होगा यह।''

''कीमती नहीं अनमोल है, इसके अन्दर पृथ्वी और मानवजाति को बचाने का रहस्य जो छुपा हुआ है।''

''इस पर उकेरे गये चित्र भी कुछ ऐसा ही इशारा कर रहे हैं।'' प्रियम ने चित्रों को ध्यान से देखते हुए कहा।

''क्या आप समझ पा रहे हो इन चित्रों का मतलब?'' कल्कि ने जानना चाहा क्योंकि वह चित्र अभी तक तो कल्कि के दिमाग के ऊपर से निकल गये थे।

''हाँ कुछ-कुछ।''

''आप हमेशा से मेरे से ज्यादा समझदार थीं।''

''ऐसा नहीं है...'' प्रियम आगे भी कुछ कहना चाहती थी परन्तु आये हुए शब्द होंठों से ही वापस लौट गये, *''मैं समझदारी से काम लेती तो शायद हम दोनों अलग न होते।''*

''क्या इसको डिकोड करने में मेरी सहायता करोगी?'' प्रियम के सामने मदद

का प्रस्ताव पेश करते हुए कल्कि ने जानना चाहा।

"कोशिश करके देखती हूँ।"

प्रियम ने अपनी आँखें और मस्तिष्क कल्कि से हटाकर ताम्रपत्र की तरफ लगा दिया। चित्र रुपी पहेली को समझने के प्रयास के दौरान अभी मिनट भर भी नहीं गुजरा था कि पीछे से आती हुई रेनव की आवाज़ ने विघ्न डाल दिया।

"आह! बिछड़े हुए पक्षी आज फिर एक साथ एक डाल पर बैठे हुए हैं।" कटाक्ष के लहजे में बोलते हुए रेनव भी कल्कि के बायीं तरफ बैठ गया। "ऐसा कुछ नहीं है, मैं तो बस प्रियम की मदद लेने की कोशिश कर रहा था।" कुछ-कुछ झेंपते हुए कल्कि ने कहा।

"हाँ बिलकुल, प्रियम की मदद की जरूरत तो तुमको है।" रेनव के लहजे में व्यंग्य ज्यादा था।

"मतलब?" प्रियम ने नासमझ बनते हुए कहा हालाँकि यह अलग बात है कि वह रेनव के कहने का मतलब समझ गयी थी।

कटाक्ष का जवाब कल्कि ने भी व्यंग्य से दिया, "कुछ नहीं पता मेजर साहब को... प्रैक्टिस के समय हवाई फायर और आराम के समय हवाई पुल बनाना इनकी फितरत है।"

"ठीक है आप दोनों बातें करो मैं यहाँ का कामकाज जल्दी से जल्दी निबटाने की कोशिश करती हूँ।" ताम्रपत्र को कल्कि के हवाले करते हुए प्रियम ने कहा।

"प्रियम!" कल्कि ने अधूरे मन से प्रियम को रोकना चाहा।

"हाँ बोलो।" तब तक प्रियम खड़ी हो चुकी थी।

"अगर आपके पास समय हो तो क्या हम बाद में मिलें... इस पहेली को डिकोड करना बहुत जरूरी है।" कल्कि के शब्दों में आग्रह के साथ-साथ उतावलापन भी नज़र आ रहा था।

प्रियम ने हाँ तो नहीं बोला परन्तु नहीं भी नहीं कहा। धन्यवाद वाली मुस्कान दी और वापस पलटकर चली गयी, मानो कहना चाह रही हो कि मेरे बिना भी आप इस पहेली को सुलझा सकते हो।

"आओ रेनव।" रेनव की तरफ मुड़कर कल्कि बोला।

"सब ठीक है?" रेनव ने पूछा।

"कुछ बेहद ही चिंताजनक बातें पता चली हैं।"

"और वह क्या हैं?"

"पहले बताओ कि यह इक्कीस वर्ष वाली तुम्हारी और प्रियम की क्या कहानी है... वैसे तो मुझे पता था कि तुम दोनों एक-दूसरे को पहले से जानते हो परन्तु इक्कीस वर्ष से, कमाल है! इंसानी फितरत तो अक्सर धोखा दे जाती है परन्तु चेहरे के भाव कभी झूठ नहीं बोलते। जब कर्नाटक में ऐहोले मंदिर में तुम दोनों ने जिस भाव-भंगिमा के साथ एक- दूसरे को देखा था तभी यह माजरा समझ गया था कि तुम दोनों नदी के दो किनारे तो नहीं लगते।"

"तो क्या तुम छुप-छुपकर हमारी बातें सुन रहे थे?"

"इन्वेस्टीगेशन ऑफिसर हूँ सब जायज है।"

"तो तुम मेरी और प्रियम की कहानी जानना चाहते हो?"

"हाँ बिलकुल।"

"मुझे यहाँ घुटन जैसा महसूस हो रहा है, चलो बाहर चलते हैं।"

"ठीक है चलो।" दोनों वहाँ से मंदिर के रास्ते होकर बाहर तक आ गये।

चलते-चलते कल्कि ने अपनी जिंदगी का वह हिस्सा सुनाना शुरू किया जो समय में कहीं खो चुका था। उसके माता-पिता के विमान दुर्घटना से लेकर उनके विचित्र व अंजान आइलैण्ड पर नौ वर्ष तक फँसने की कहानी, दिव्य पुंज के चमत्कार से लेकर आइलैंड से बच निकलने तक, बाबा व्यास से मुलाक़ात से लेकर भारतीय सभ्यता के सबसे रहस्यमयी पाँचवे वेद को पढ़ने तक वह सब कुछ कह सुनाया जो साधारण जिंदगी में घटित नहीं होता। उस मनहूस दिन के बारे में भी जब आखिरकार दिव्य पुंज की सहायता से कल्कि अपने माता-पिता के साथ विचित्र आइलैण्ड से बचकर साधारण इंसानों के बीच आया था।

अध्याय 14

।। बाबा व्यास का आशीर्वाद ।।

सन 2004, इक्कीस वर्ष पहले...

मैं, पापा और प्राज्ञ तो सुरक्षित थे परंतु माँ हमारे साथ नहीं थी। न तो इसका कारण मैं कभी जान पाया और न ही वापस जाने के लिये दिव्य पुंज मिला। वह दिन मैं आज तक नहीं भूलता। पता नहीं प्रकृति मुझसे क्या चाहती थी। हमने भी स्वयं को भाग्य के भरोसे छोड़ दिया था। न तो समय हमारे अनुकूल था और न ही परिस्थितियाँ। कहते हैं कि समय परफेक्ट है, समय से या समय के चक्र में गलती नहीं हो सकती... परन्तु यह मिथ्या है; समय से भी गलती होती है और समय के चक्र में भी।

सारी उम्मीद छोड़कर हम एक ऐसे सुरक्षित स्थान की चल पड़े जहाँ मैं पहले भी आ चुका था। ऑक्सीजन की कमी से साँस लेने में कठिनाई हो रही थी फलस्वरूप थकान भी शरीर पर अपना असर डाल रही थी। वह तो गनीमत थी कि आसमान में सूरज चमक रहा था और हवा का बहाव शांत था वरना एक-एक कदम चलना भी दूभर हो जाता।

करीब तीन घण्टे की पद-यात्रा के बाद हम तीनों ही उनकी झोपड़ी तक पहुँच गये थे। बाबा व्यास भी भारतीय सभ्यता के महान चिरञ्जीव मानवों में से एक थे। प्रत्येक चिरञ्जीव को एक उद्देश्य के लिये अमरता प्रदान की गयी थी और उनका भी वह उद्देश्य पूर्ण हो गया था जब मैं एक वर्ष पहले उनसे मिला था।

वह शायद जानते थे कि मुझे उनकी फिर से आवश्यकता पड़ेगी। जैसे ही हम तीनों उनकी झोपड़ी के बाहर पहुँचे, मैंने उनको हमारी प्रतीक्षा करते हुए पाया। भूख, प्यास और थकान से बेहाल हम लोगों को बाबा व्यास ने ही आसरा दिया और नवजात शिशु को भी सहारा दिया।

हमने अगले दो दिन और दो रातें वहीं काटी। आगे क्या करना है इसके बारे में

हम कुछ भी नहीं जानते थे। जब जिन्दगी में आगे बढ़ने के रास्ते बंद प्रतीत होते हैं तो भाग्य के ऊपर भरोसा ही एकमात्र उपाय होता है। और फिर अगली सुबह हमारे भाग्य ने करवट बदली।

"लगता है समय आ गया है, प्रकृति की यह दस्तक संकेत है कि समय आ गया है।" बाबा व्यास ने परेशान होते हुए कहा। उनके माथे पर शिकन के भाव स्पष्ट नज़र आ रहे थे।

"समय? किस बात का समय बाबा?" कल्कि ने उनकी परेशानी का सबब जानना चाहा।

"आप तीनों के प्रस्थान का समय बेटा; आप तीनों को तुरंत ही यह स्थान छोड़ना होगा, मौसम को देखकर अंदेशा होता है कि भीषण तूफ़ान आने वाला है।" बाबा ने समझाते हुए कहा।

ठीक उसी समय बाहर से कल्कि के पिता प्रख्यात भागते हुए आये और कहने लगे, "तापमान अचानक से बहुत कम हो गया है, हवा भी बहुत तेज़ चल रही है, घर से बाहर निकलना जानलेवा हो सकता है।" कुछ भागकर आने से और कुछ ऑक्सीजन की कमी से प्रख्यात की साँसें अधिकतम रफ्तार से भाग रही थीं।

"तूफ़ान की तीव्रता बहुत ज्यादा होने वाली है। पिछले पाँच सौ वर्ष के इतिहास में ऐसा तूफ़ान कभी नहीं आया, अभी तो सिर्फ शुरूआत है, यह झोपड़ी तो क्या इस स्थान पर सब कुछ तहस-नहस हो जायेगा।" बाबा अपने अनुभव के आधार पर कड़वा सच बयान कर रहे थे। प्रकृति भी कभी-कभी धोखेबाज़ बन जाती है और जान पर भारी हो जाती है।

"फिर तो तुरंत ही हम सबको यहाँ से दूर निकलना होगा।" प्रख्यात ने त्वरित प्रतिक्रिया देते हुए कहा।

"हम सबको नहीं सिर्फ आप तीनों को; बिना कुछ सोचे- समझे दक्षिण दिशा की तरफ नीचे उतरते जाना जब तक कि कोई मानव बस्ती न दिखायी दे जाये।" बाबा समझाते हुए बोले।

"क्या आप नहीं चलेंगे? अभी आपने ही कहा था कि तूफ़ान बेहद ही भीषण होगा और ऐसे हालात में इस झोपड़ी का टिक पाना मुश्किल होगा।" प्रख्यात ने चिंतित स्वर में पहले कल्कि और फिर बाबा की तरफ देखते हुए कहा।

"प्रत्येक मानव के जीवन का एक उद्देश्य होता है। मेरे जीवन का भी एक उद्देश्य था जो पूर्ण हो चुका है, अब न जीवन की चाह है और न जीने की शक्ति... बाकी जो मेरा प्रभु चाहे।" स्वयं के भविष्य के नाम पर बाबा के स्वर में असीम शांति जान पड़ती

थी।

"परन्तु बाबा..." कल्कि अभी कुछ कहना चाह ही रहा था कि व्यास ने बीच में ही उसकी बात काट दी और बोले, "पल भर का विलम्ब भी आप तीनों के जीवन के लिये खतरनाक हो सकता है, कम से कम अपने छोटे भाई का तो सोचिए, उसके लिए इस तरह के हालात जानलेवा हो सकते हैं।"

"चलो कल्कि हमें अब निकलना चाहिए, बाबा बिलकुल ठीक कह रहे हैं।" कल्कि का हाथ खींचते हुए प्रख्यात ने कहा।

न चाहते हुए भी भारी मन से वे झोपड़ी से बाहर निकल आये। बाहर का दृश्य बेहद ही खौफनाक था। बर्फीला तूफ़ान अपने चरम पर पहुँच रहा था, सूरज की रोशनी मद्धिमता की तरफ बढ़ रही थी और हवा सब कुछ अपने साथ उड़ाकर ले जाने के लिये बेसब्र हो रही थी। लगता था आसमान के बादल साक्षात पहाड़ों पर उतर आये थे। बिजली कड़कने का स्रोत कहीं आस-पास ही मालूम होता था। बादलों की गरज और बिजली की कड़क के संगम से उत्पन्न उच्च डेसिबल शोर किसी के भी कान फोड़ देने के लिये काफी था। चारों तरफ फैले बर्फ के कणों के बवण्डर ने दृश्यता को शून्यता की हद तक गिरा दिया था। हवा के बहने की विचित्र आवाज़ मन में भय उत्पन्न कर रही थी।

"मुझे नहीं लगता कि आप लोग समय रहते सुरक्षित स्थान तक पहुँच पायेंगे।" मौसम का जायजा लेने के बाद वह कुछ देर रुके और एक क्षण सोचने के बाद व्यास पुनः बोले, "मेरे पास एक विचार है, मेरे साथ आओ।"

तीनों झोपड़ी से थोड़ी दूर एक छोटी चट्टान की ओट की तरफ चल पड़े। शिशु प्राज्ञ को कल्कि ने अपने हाथों में लिया हुआ था।

"बहुत समय पहले यहाँ एक विशाल वृक्ष हुआ करता था, समय और प्रकृति की मार की वजह से वृक्ष की जड़ें कमज़ोर होती चली गयीं और एक दिन यह टूटकर गिर पड़ा। इस विशाल तने के अन्दर बहुत बड़ा सूराख है जिसके अन्दर दो मानव व एक शिशु आराम से समा सकते हैं। बर्फीले पहाड़ पर फिसलता हुआ यह कुछ ही क्षणों के अन्दर आप को सुरक्षित स्थान तक पहुँचा देगा।"

वहाँ एक सूखे खोखले तने वाले वृक्ष को रस्सी से बाँधकर रखा गया था। तीव्र ढलान वाले उस पहाड़ पर वृक्ष के सूखे तने को रस्सी ने अपने बलबूते जकड़ा हुआ था वरना वह तना स्वयं के वज़न तथा गुरुत्वाकर्षण बल की वजह से न जाने कब का तलहटी तक पहुँच चुका होता।

कल्कि ने विशाल वृक्ष के सूखे खोखले तने का निरीक्षण किया और बोला, "क्या इसके अन्दर हम चारों आराम से नहीं आ सकते?"

व्यास ने कल्कि की बात को अनसुना करते हुए प्रख्यात की तरफ देखकर कहा, "आप लोग तुरंत इसके अन्दर अच्छी तरह से बैठ जायें। मैं रस्सी को खोल दूँगा उसके बाद यह बेहद तेज़ गति के साथ आपको गंतव्य तक पहुँचा देगा; कल्कि अपने शिशु भाई को तुम अपने हाथों में ले लो और उसको सुरक्षित रखना।"

तीनों के अन्दर बैठते ही व्यास ने रस्सी को खोल दिया। जिस रस्सी के द्वारा तना चट्टान से बँधा हुआ था मुक्त होते ही ढलान पर फिसलने लगा। गति और त्वरण के संगम ने शीघ्र ही तने को अधिकतम रफ्तार पर पहुँचा दिया।

संयोग कहें या दुर्भाग्य, रस्सी का खोलना और तूफ़ान की वजह से बर्फीली चोटी का टूटना एक साथ ही ट्रिगर हुआ। बर्फ के एक बड़े भूभाग के टूटने की वजह से जो दबाव उत्पन्न हुआ उस ने सूखे तने को सीमा से ज्यादा रफ्तार दे दी।

तना रूपी सरपट यान दरकते पहाड़ों के बीच से रास्ता बनाते हुए तलहटी की तरफ फिसल रहा था। तने और तूफ़ान की रेस में फिलहाल तो बर्फीले पहाड़ पर सरपट सरकती तना रूपी गाड़ी ही आगे थी। पीछे-पीछे आ रहा मृत्युरूपी तूफ़ान, इस यान को पकड़ने का भरसक प्रयास कर रहा था। कुछ मीटर के फासले पर बर्फीला तूफ़ान सब कुछ समेटता हुआ, बर्फ के कणों से बने दरिया को लेता हुआ दौड़ रहा था।

प्रकृति जब कभी रूठ जाती है तो फिर काल को अकाल में बदलने में देर नहीं लगती। यहाँ भी कुछ ऐसा ही था जहाँ जिन्दगी और मृत्यु की दौड़ में बराबरी का मुकाबला चल रहा था। कल्कि पहले घाटी तक पहुँच पाता है या पहले तूफ़ान रूपी काल के गाल में समा जायेगा इसका निश्चय कुछ मिनटों की रेस के बाद ही हो गया। नतीजा यह रहा कि ज़िंदगी ने फिलहाल तो बरबादी को मात दे दी थी।

तीनों जब घाटी में समतल तक पहुँचे तो करीब-करीब बेहोशी जैसी अवस्था में था। जैसे-तैसे उन्होंने अपने शरीर को घसीटकर बर्फ के कणों से लिपटे वृक्ष के तने से बाहर निकाला... परन्तु मूर्च्छा को छाने से वे रोक न पाये। फिलहाल तो कहना मुश्किल था कि मूर्च्छा का स्तर क्या है और कब तक इसके तिलिस्म से बाहर आ पायेंगे या फिर आ भी पायेंगे या नहीं।

मूर्च्छा तिलिस्म टूटने के बाद जब कल्कि की आँख खुली तो अपने आपको चारदीवारी के अन्दर जमीन पर लेटा पाया। छोटे-मोटे पत्थरों को जोड़-तोड़कर बनाये उस घर में और भी लोग उपस्थित थे जो न जाने आपस में क्या फुसफुसा रहे थे।

कल्कि ने होश में आते ही सबसे पहले चारों तरफ प्रख्यात को देखने का प्रयास किया। असफल प्रयास के बाद कल्कि ने कहा, "पापा, कहाँ हो आप!"

किसी तरफ से कोई भी उत्तर न पाकर कल्कि झटके से उठ खड़ा हुआ और

कमरे में चारों तरफ अपनी नज़रें घुमा दी।

आठ वर्ष के कल्कि के लिए वृक्ष के तने में समाना तो आसान था परन्तु वयस्क मनुष्य के लिए थोड़ा कठिन। चोटी से तल तक की तैरती, कूदती, सरकती और झटकेदार भयावह यात्रा में तने के आंतरिक भाग की वजह से प्रख्यात को सिर तथा शरीर के बाकी हिस्सों में बहुत गहरी चोट लगी थी।

''तुम ठीक हो बेटा?'' एक आदमी जो उसके पास ही खड़ा था और उम्र में उसके पिता जितना ही बड़ा होगा, उसने पूछा। उसने रंग-बिरंगे कपड़े पहने हुए थे जो निश्चित ही पेड़ की किसी छाल से तो बने नहीं लगते थे।

कल्कि की तरफ से कोई उत्तर न पाकर उस आदमी ने पुनः पूछा, ''तुम कहाँ से आये हो बेटा... इतनी ठण्ड में वह भी बिना कपड़ों के तुम लोग पहाड़ पर क्या करने गए थे?''

कल्कि ने फिर कोई उत्तर न दिया। उसने सिर्फ इतना ही कहा, ''पापा कहाँ हैं?'' आठ वर्ष के घायल बालक के लिए इससे ज्यादा कुछ बोलना मुश्किल था।

कमरे के दूसरे कोने से एक आवाज़ आयी जिसे सुनकर कल्कि वहाँ पहुँच गया। ''तुम्हारे पापा यहाँ हैं।''

''अभी तक वह बेहोश हैं, सिर और शरीर पर काफी चोट लगी है।'' सिरहाने बैठी औरत ने कहा जो प्रख्यात के सिर व शरीर की चोट और खून के थक्के को कपड़े के पीछे छिपाने की कोशिश कर रही थीं।

प्रख्यात के सिर पर गहरी चोट लगी थी। सिर पर बँधी पट्टियाँ जैसे-तैसे खून रोकने के विफल प्रयास में जुटी हुई थीं। कल्कि का छोटा भाई उस औरत की गोद में आराम से सो रहा था जिसको सम्भवतः कोई भी चोट नहीं लगी थी।

कल्कि के मन में तनाव और दुःख का अँधेरा अपने पैर पसारता जा रहा था। माँ से बिछड़ने के बाद उसके पिता भी घायलावस्था थे। कहाँ तो वह एक तरफ पिता को सुरक्षित स्थान तक पहुँचाकर वापस आइलैण्ड जाना चाहता था। भाग्य की मार अकसर ही आपको अपनी भाविष्यक योजना में परिवर्तन करने पर मजबूर कर देती है।

एक आदमी बाहर की तरफ से भागते हुए आया और कहने लगा, ''इंतज़ाम हो गया है। बर्फ़बारी भी शुरू हो गयी है, जल्दी ही निकलना होगा।''

''आपके पिताजी को तुरंत अस्पताल ले जाना होगा। उनके सिर पर बहुत ज्यादा चोट लगी है; यहाँ से एक घण्टे के पैदल रास्ते पर सड़क है वहाँ से हमें अस्पताल के लिये कोई न कोई गाड़ी अवश्य मिल जायेगी।'' सिरहाने बैठी उस औरत ने कल्कि की तरफ देखते हुए कहा।

न तो कल्कि को कुछ समझ आ रहा था और न ही वह समझने की हालत में था। स्वयं को उसने परिस्थितियों के हवाले कर दिया था।

जिला अस्पताल, स्पीति...

वृक्ष की छाल से ढका शरीर, अदम्य तेज़ वाले उस चेहरे को जो भी देखता, देखता ही रह जाता। वह पहली बार भीड़ के बीच आया था और भीड़ के बीच भी पहली बार कोई ऐसा अद्भुत बालक आया था। कुछ लोग उसकी मासूमियत पर फ़िदा थे तो कुछ उसकी गरीबी पर। कल्कि से मिलने-जुलने व बातचीत करने वालों की संख्या बढ़ते देख प्रख्यात का इलाज कर रहे डॉक्टर विकल्प ने उस बालक को अपने केबिन में ही बिठा लिया। न जाने क्यों डॉक्टर को भी कल्कि से हमदर्दी और लगाव महसूस होने लगा था।

कल्कि के लिए यह सब कुछ अनोखा था। उसने तो आज तक माँ-पिता के अलावा किसी को देखा तक नहीं था, मिलना व बात करना तो फिर दूर की बात थी। एक कोने में बैठा वह कभी अतीत की यादों में खो जाता तो कभी स्वयं की तरफ निहारते लोगों को देखने लगता... कभी उदर पर उभर आयी भूख को महसूस करने लगता तो कभी आइलैण्ड वापस जाने को मन मचलने लगता।

वैसे तो कल्कि को कोई चोट नहीं आयी थी फिर भी डॉक्टर ने ऊपरी तौर पर उसके शरीर का पूरी तरह से मुआयना कर लिया था। लगभग एक घण्टे बाद डॉक्टर विकल्प के पास आने वाले मरीजों की भीड़ कम होते-होते नगण्य हो गयी। काम का दबाव कम हुआ तो आत्मीयता और सहानुभूति ने जन्म ले लिया। वह उठकर कल्कि के पास गया और उसके सिर पर हाथ फेरते हुए बोले, "क्या नाम है बेटा तुम्हारा?"

"मेरी माँ तो मुझे कल्कि नाम से बुलाती थी।"

"यह तो बहुत अच्छा नाम है; कहाँ से आये हो?"

"भारत से।" प्रख्यात ने आइलैण्ड का नाम भारत रख दिया था परन्तु यह कहना बहुत मुश्किल था कि वह भारत इस दुनिया के नक़्शे में कहाँ स्थित था।

"हम सब भी भारत में ही रहते हैं, भारत में कहाँ से?"

इस प्रश्न ने कल्कि को सोचने पर मजबूर कर दिया। उसका भारत तो हिस्सों में बँटा हुआ नहीं था। उसने उत्तर देने के बजाय प्रश्न पूछना बेहतर समझा।

"आप कौन हैं?" उस मासूम के लिए यह पूरी तरह से एक अलग दुनिया थी।

"मैं इस अस्पताल में डॉक्टर हूँ, आपके पिता और छोटे भाई का इलाज कर रहा हूँ, वह जल्दी ही ठीक हो जायेंगे।" डॉक्टर ने सांत्वना देते हुए कहा।

डॉक्टर ने गाँव वालों को, जो उन तीनों को अस्पताल लेकर आये थे शुक्रिया बोलकर विदा कर दिया। प्रख्यात के इलाज में काफी समय लगने वाला था और सभी का वहाँ रुकना ठीक नहीं था।

"आस-पास या इस शहर में आपका कोई रिश्तेदार या कोई नजदीकी रहता है?" डॉक्टर फिर से कल्कि के पास आया और प्रेमभाव के साथ पूछा।

"नहीं हमारा तो कोई नहीं है, हम तो कल ही इस दुनिया में आये हैं, हमारा तो यहाँ घर भी नहीं हैं।" कल्कि जो अलग माहौल में पला-बढ़ा था उसके लिए यह सब एक नया अनुभव था।

"इस दुनिया में...! शायद बालक अभी भी दुर्घटना के दुष्प्रभाव से निकल नहीं पाया है।" कल्कि की बातें डॉक्टर को अजीब तो लग रही थीं परन्तु उसको यह नहीं पता था कि वह अजीब बातें सच भी थीं।

"अरे मैं तो पूछना ही भूल गया, आपने कुछ खाया या नहीं? भूख तो लगी होगी न?"

"हाँ लगी थी लेकिन अब नहीं है।"

"कितना मासूम बालक है। कभी-कभी जुल्मो-सितम हम इंसान ही नहीं अपितु प्रकृति भी कर देती है। अभी तो इसके पिता को हॉस्पिटल में कई दिन रहना पड़ सकता है, इस बालक को अपने घर ले जाना ही ठीक रहेगा।"

डॉक्टर ने मन में कल्कि को अपने घर ले जाने का निश्चय किया, "ठीक है बेटा मेरे घर चलो, आपके पिता और छोटे भाई को तो अभी कई दिनों तक हॉस्पिटल में ही रहना पड़ सकता है, जब वह होश में आयेंगे तो हम लोग उनसे मिलने आ जायेंगे।"

"आपका घर कहाँ है?"

"ज्यादा दूर नहीं है; आपके बराबर उम्र की ही मेरी बेटी भी है तुम से मिलकर उसको भी अच्छा लगेगा।"

"लेकिन पापा यहाँ अकेले रह जायेंगे; मैं उनके पास ही रहूँगा।"

"नहीं वह अकेले नहीं हैं, उनके साथ और भी लोग हैं जो उनकी देखभाल करेंगे, फिर सुबह तो हम लोग आ ही जायेंगे।"

कल्कि सोच नहीं पा रहा था कि क्या किया जाये परन्तु डॉक्टर विकल्प का प्रेमभाव देखकर उसने जाने का निश्चय किया।

"आ जाओ मेरे साथ, बाहर ही मेरी गाड़ी खड़ी है।" विकल्प ने कल्कि का हाथ पकड़ा जो इतना सख्त व कठोर था कि आठ वर्ष के बालक के जैसा हाथ तो प्रतीत नहीं होता था। कार के पास आकर विकल्प ने कल्कि को कार में बिठाया और घर की तरफ

चल दिया।

"अरे वाह! यह तो सरू से भी अच्छी उड़ती है... पापा ने मुझे बताया था कि यहाँ पर निर्जीव गाड़ी होती हैं जो आने-जाने के लिये प्रयोग में लायी जाती हैं।" कार में बैठकर कल्कि के चेहरे पर एक अलग ही रोमांच दिखायी दे रहा था।

"सरू कौन है? आपकी कार का नाम?" डॉक्टर ने कल्कि से पूछा।

"नहीं वह तो मेरा सबसे अच्छा दोस्त है, वह कार नहीं है वह तो मुझ जैसा ही है।" कल्कि ने कहा तो सच था परन्तु आमजन के लिए इस सच को पचाना थोड़ा मुश्किल हो सकता था।

विकल्प ने बच्चे की बात को मज़ाक समझकर आगे कुछ पूछना उचित न समझा। कुछ ही समय के बाद वे दोनों घर पर थे जहाँ से जीवन का एक नया अध्याय आरम्भ होने वाला था... कल्कि के जीवन में नया मोड़ आने वाला था।

इतने सारे लोग एक साथ एक स्थान पर कल्कि के लिए विस्मय का ही विषय था। जहाँ एक तरफ आइलैण्ड पर उसका छोटा जोड़-तोड़ वाला घर था वहीं दूसरी तरफ यहाँ अलग तरह से बड़े-बड़े घर बने हुए थे। वेश-भूषा तो कितनी अलग और कितनी निराली थी जो कि उसको बहुत ही आकर्षित कर रही थी।

"घर के अन्दर आ जाओ बेटा।" कार से उतरने के बाद कल्कि डॉक्टर के घर के अन्दर आ गया।

नयी परिस्थितियों के अनुसार अपने आपको ढालते-सीखते कल्कि आगे बढ़ता जा रहा था। अंजान परिस्थितियाँ उसको विस्मय से भर रही थीं तो ख़ुशी भी दे रही थीं।

विकल्प ने अपनी बेटी को आवाज़ लगाते हुए बुलाया, "प्रियम! इधर आओ, घर में मेहमान आये हैं।"

करीब आठ वर्ष की प्रियम के लिए कल्कि अनोखा बच्चा था, जो न तो उसकी तरह कपड़े पहनता था और न ही सभ्य नज़र आ रहा था। हालाँकि अपनी उच्च स्तर की समझदारी की वजह से कल्कि बहुत जल्दी सीख गया कि एक आम जीवन कैसे जिया जाता है।

उधर कल्कि भी पहली बार वह अपनी ज़िंदगी में किसी ऐसे से मिल रहा था जो उसकी हमउम्र थी। कल्कि रोजाना तीरंदाजी और तलवारबाजी का अभ्यास करना नहीं भूलता था... अपनी माँ के साथ ओलम्पिक में पदक जीतने का वायदा जो किया था। इस अभ्यास ने सबसे ज्यादा आकर्षित किया प्रियम को। प्रियम के दिल में भी स्पोर्ट्स के लिये रुचि धीरे-धीरे घर करती जा रही थी। यह रुचि ही एक न एक दिन निश्चित ही प्रियम को इस क्षेत्र में आने के लिये विवश कर देगी।

बाल्यकाल में आपके मन में जो लिख जाता है वह अमिट हो जाता है। समय का साया भले ही उसको धुँधला कर देता हो परन्तु मिटा वह भी नहीं सकता। बचपन की वह यादें प्रियम और कल्कि के मन में ऐसी ही कुछ अमिट छाप छोड़ने जा रही थीं।

टी.वी. न्यूज़ चैनल...

"उड्डयन मंत्रालय भारत सरकार की तरफ से जारी आधिकारिक बयान से पता चलता है कि बोस्टन से मुम्बई आने वाला एअर इण्डिया का विमान बोस्टन से चलने के बीस मिनट के बाद अचानक रडार से गायब हो गया था। इस विमान में भारत व चीन के दस से ज्यादा वैज्ञानिक एवं प्रोफेसर की टीम के अलावा पंद्रह सदस्यीय भारतीय ओलम्पिक टीम के अहम सदस्य भी थे। विमान के अचानक गायब होने से हर भारतवासी के साथ-साथ भारत सरकार भी सकते में थी, परंतु अब सभी ने राहत की साँस ली है।

दो दिन पहले वह विमान सही सलामत दिल्ली आ चुका है। लगभग तीस मिनट से भी ज्यादा समय के लिये यह विमान रडार से ओझल हो गया था।

विमान की वापसी पर आई.जी.आई. एयरपोर्ट पर कुछ हलचल देखी गयी है। विमान के आते ही सरकारी सुरक्षाकर्मियों ने विमान को घेर लिया और दो दिन तक चले निरीक्षण के बाद ही मुसाफिरों को जाने दिया गया। यह विमान दिल्ली से आगे बीजिंग जाने वाला था परन्तु सुरक्षा कारणों से बीजिंग जाने वाले यात्रियों को दूसरे विमान में शिफ्ट कर दिया गया है।

विश्वस्त सूत्रों के हवाले से खबर मिली है कि उन तीस मिनटों में कुछ न कुछ गड़बड़ अवश्य हुई है जो कि सरकार हमसे छिपा रही है। ऐसा भी सुनने में आया है कि दो यात्री बोस्टन से दिल्ली तक की यात्रा में विमान से लापता हो गये हैं। सुनने में बेहद ही अजीब लगता है परन्तु पूरे विमान की जाँच के बाद भी उन दो यात्रियों का कुछ भी पता नहीं चला।"

टी.वी. पर चल रही न्यूज़ ने प्रख्यात को अन्दर तक झकझोरकर रख दिया था। आश्चर्यचकित मुद्रा में उसने कहा, "यह तो वही विमान है इसको मैं कैसे भूल सकता हूँ। इस विमान से तो ही मैं, विश्रवा और बाकी यात्री वापस लौट रहे थे। जो विमान नौ वर्ष पहले ही क्रैश हो गया था, वह वापस कैसे आ सकता है, सभी यात्री जिन्दा कैसे हो सकते हैं, यह कैसे सम्भव है।"

प्रख्यात को होश तो आ गया था परंतु मेरुदण्ड में चोट की वजह से वह बिस्तर पर ही था और हिल-डुल नहीं पा रहा था। टी.वी. पर चल रही न्यूज़ ने उसको अब मानसिक रूप से भी अशांत कर दिया था।

"मुझे लगता है कि आपको गलतफहमी हो रही है, आपका विमान नौ वर्ष पहले दुर्घटनाग्रस्त हुआ था।" डॉक्टर वीर भी प्रख्यात की बात सुन कर हैरान थे परन्तु वह जानते थे कि जिस हालात में वह अभी हैं ऐसे में दिमाग में उलझन होना, याददाश्त कमज़ोर होना आम बात है।

"मैं उस घटना को कभी नहीं भूल सकता; बात नौ वर्ष पुराने होने की नहीं है, बात है कि उस एक घटना ने मेरे पूरी जिंदगी ही बदल दी थी।" प्रख्यात ने अपने एक-एक शब्द पर जोर देते हुए कहा।

"किस वर्ष घटी थी वह घटना?" डॉक्टर ने जिज्ञासावश प्रख्यात से पूछा।

"2004, मार्च, इक्कीस तारीख थी उस दिन।" वह काला दिन प्रख्यात की यादों में छपा हुआ था।

"आपको पूरा यकीन है कि यह वही तारीख है जब प्लेन क्रैश हुआ था?" डॉक्टर ने फिर से पूछा।

"बिलकुल।" प्रख्यात पूरे आत्मविश्वास के साथ बोला।

"लगता है कि प्रख्यात को मानसिक चोट भी पहुँची है, यह कुछ दिन पहले की तारीख को नौ वर्ष पुरानी तारीख बता रहे हैं... कुछ दिनों पहले ही तो इक्कीस मार्च, 2004 था।"

प्रख्यात के द्वारा बतायी गयी कहानी डॉक्टर विकल्प की समझ से परे थी। उन की कहानी पर विश्वास करने का न तो कोई कारण समझ आता था और न ही कोई तथ्य।

पाँच महीने बाद...

वहाँ रहते-रहते लगभग पाँच महीने हो चुके थे। डॉक्टर विकल्प ने प्रख्यात को हॉस्पिटल से अपने घर पर ही शिफ्ट कर लिया था। मौसम ने भी सर्दी के बजाय सुहावना बर्ताव अपना लिया था। वातावरण में सफेद स्थान की जगह हरियाली ने ले ली थी।

और एक दिन कल्कि ने बिना किसी को बताये उस स्थान की तरफ रुख करने का निश्चय किया जहाँ आज से पाँच महीने पहले उसने अपनी माँ को खो दिया था, जहाँ बाबा व्यास तूफ़ान के बीच अकेले घिर गये थे और जहाँ उसने पहली बार इस दुनिया, में इस आयाम में कदम रखा था।

अगली सुबह वह सूरज के उदय से पहले अपनी मंजिल की तरफ चल पड़ा। पूछते, सहायता माँगते, चलते-दौड़ते वह उस पहाड़ की घाटी तक आ पहुँचा जो कि उसकी मंजिल थी। दिव्य पुंज के मिलने की उम्मीद और बाबा व्यास से पुनः मुलाकात

की आशा लिये, वह पैदल ही पहाड़ की खड़ी चढ़ाई नापने लगा।

उधर घर पर कल्कि को न पाकर सब परेशान थे। हालाँकि बहुत हद तक प्रख्यात समझ रहा था कि वह कहाँ गया होगा। प्रख्यात चलने-फिरने में अभी भी असमर्थ था परन्तु उसने मन ही मन विचार कर लिया था कि अब जिन्दगी को नये सिरे से पुनः शुरू करने का सही समय आ गया है।

भाग्य अकसर ही निर्दयी होता है। मन में पलती-बढ़ती उम्मीदों को तोड़ने में उस को शायद कुछ ज्यादा ही मज़ा आता है। ऐसा ही कुछ हो रहा था प्रख्यात की जिन्दगी में। पहले विश्रवा का उसकी जिन्दगी से जाना और फिर स्वयं के शरीर का साथ न देना प्रख्यात के लिए असहनीय होता जा रहा था। डॉक्टर विकल्प ने हालाँकि उसकी जिन्दगी को बचा तो लिया था परन्तु मेरुदण्ड में आयी चोट को ठीक होने में कुछ महीने और लग सकते थे या फिर कई वर्ष भी।

अधिकतम स्फूर्ति को बरकरार रखते हुए कल्कि अगले कुछ घण्टों में बाबा व्यास की झोपड़ी तक पहुँच गया। तूफ़ान के सामने खड़े रहने से झोपड़ी का तिनका-तिनका हिल गया था। मौसम अब शांत था, वातावरण अब शांत था परन्तु वहां उपस्थित एक मात्र अप्राकृतिक संरचना का वजूद अब समाप्त हो चुका था।

झोपड़ी के अन्दर किसी भी जीवित मानव के कोई संकेत नहीं थे। जो थोड़ा-बहुत सामान वहाँ झोपड़ी में होता था वह अभी तक यथास्थिति में रखा हुआ था। कल्कि ने आस-पास भी बाबा व्यास को खोजने के काफी प्रयास किये परन्तु सब बेकार। उसको मन में आभास तो हो रहा था कि क्या इतने भीषण तूफ़ान को अति बूढ़े बाबा सह पाये होंगे।

वहाँ से निराशा मिलने के बाद कल्कि ने दिव्य पुंज की सम्भावित उपस्थिति की तरफ चलने का निर्णय किया... पहाड़ की उस चोटी की तरफ जहाँ वह प्रथम बार दिव्य पुंज की सहायता से स्पीती घाटी तक आया था। उम्मीद थी दिव्य पुंज के सहारे वापस विचित्र आइलैण्ड जाकर अपनी माँ को साथ लेकर आना।

आवश्यक नहीं है कि एक ही रास्ते पर बार-बार आने से सफलता मिल जायेगी। ऐसा ही कुछ हुआ कल्कि के साथ भी। न तो भाग्य में दिव्य पुंज के दर्शन लिखे थे और न ही उससे आगे की कहानी। निराशा ने कल्कि को उसके क़दमों को वापसी की राह पर मोड़ने पर मजबूर कर दिया।

वापस झोपड़ी तक आने में कल्कि को रात हो गयी थी। जंगल में पले-बढ़े कल्कि के लिए यह कोई नया या डरावना माहौल नहीं था। अब तक की अपनी पूरी जिंदगी उसने ऐसे ही माहौल में बितायी थी। उसने रात झोपड़ी में ही बिताने का और प्रातः काल होते ही वापसी की राह पकड़ने का निश्चय किया। बाबा व्यास के लौटने के

कोई भी संकेत वहाँ उपस्थित नहीं थे। कल्कि ने पारम्परिक तरीके से आग जलायी, स्वयं को गर्म और जिंदा रखने का बंदोबस्त किया और पुरानी यादों में खो गया।

असफलता, ख़ास तौर से बार-बार की असफलता इंसानों के हौसले तोड़ने का दम रखती है। दिव्य पुंज को न पाकर कुछ ऐसे ही खयाल कल्कि के मन में आ रहे थे। वह स्वयं को कारण मान रहा था जिसकी वजह से उसके माता-पिता अलग हो गये थे। काश! वह दिव्य पुंज के चमत्कारिक फेर में कभी पड़ा ही नहीं होता।

दिव्य पुंज तो ऐसे गायब हो गया था जैसे वह वहाँ कभी था ही नहीं या वह किसी ख़ास समय पर ही प्रकट होता हो। दिव्य पुंज के प्रकट होने के क्रम को वह समझने का प्रयास तो कर ही रहा था साथ ही साथ भविष्य में दोबारा आने की योजना भी बना रहा था।

भोर होते ही कल्कि ने वापसी की राह पकड़ ली। झोली खाली थी मगर उम्मीदें नहीं। दामन में निराशा थी मगर हिम्मत भी फिर से उठ खड़ी होने के लिये पूरी तरह से तैयार थी।

स्पीति के जिला अस्पताल में चले लम्बे इलाज के बावजूद प्रख्यात के बैकबोन की समस्या ठीक नहीं हो पायी। आगे की ज़िंदगी शायद व्हील चेयर के साथ ही बितानी थी। नौ वर्ष का वह अज्ञातवास जो आइलैण्ड पर बिताया था उसका कोई नाम भी नहीं लेने वाला था।

आइलैण्ड पर बिताये उन वर्षों को समय का झोल समझकर प्रख्यात हरगिज नहीं भूल जाना चाहता था। वह नौ वर्ष भले ही बेहद कष्टकारक थे परन्तु कष्ट के प्रत्येक पल में विश्रवा उसके साथ खड़ी हुई थी और उन अनमोल पलों को वह भूलना नहीं चाहता था। प्रख्यात, कल्कि और शिशु प्राज्ञ के साथ स्पीति छोड़कर अपने घर वाराणसी चले गये जीवन की फिर से एक नयी शुरूआत करने के लिये।

नौ वर्ष के समय की गड़बड़ और विचित्र आइलैण्ड को समझने के लिये भारतीय संस्कृति और पौराणिक विज्ञान के प्रोफेसर ने अपने आपको विज्ञान की दुनिया में झोक दिया। वह किसी भी कीमत पर इस रहस्य को जान लेना चाहता था। घर में उपस्थित प्रत्येक कैलेण्डर से लेकर मन में मौजूद विचारों तक में प्रख्यात के लिए यह सन 2013 चल रहा था, भले ही दुनिया इस को 2004 बोलती हो।

कल्कि द्वारा सुनायी जा रही इस गाथा में खलल आया जब वातावरण में सफ़ेद धुंध ने अपने पैर जमाने शुरू कर दिये थे।

“कल्कि! इस समय अचानक धुंध का छाना...” रेनव ने आशंकित भावों के

साथ कहा।

"अजीब तो है। ऐसा होना तो नहीं चाहिए; जल्दी से नीचे चलो, मुझे लगता है कि कुछ न कुछ गड़बड़ अवश्य है।"

वाक्य खत्म करने से पहले कल्कि अपने बाकी साथियों की तरफ दौड़ पड़ा था। रेनव ने भी कल्कि के पीछे-पीछे दौड़ लगा दी।

मंदिर के नीचे भी सफ़ेद धुंध छा गयी थी फलस्वरूप दृश्यता लगभग शून्य हो गयी थी। एक-दूसरे को देख पाना भी मुश्किल हो रहा था। हालाँकि साँस लेने में या स्वास्थ्य के नजरिये से किसी को कोई भी दिक्कत महसूस नहीं हो रही थी।

"प्रियम, आप ठीक हो?" कल्कि भागकर सबसे पहले प्रियम के पास गया और उखड़ती साँसों के साथ बोला।

"हाँ मैं ठीक हूँ। यह धुंध है क्या?" जमीन के नीचे अंधकार वाली जगह पर धुंध के छा जाने से मन में घबराहट होना स्वाभाविक था।

धीरे-धीरे धुंध का घनत्व बढ़ता गया। चारों तरफ सफेदी छा गयी। गुफा के अन्दर पूरी तरह से सफ़ेद अंधकार छा गया। कृत्रिम रोशनी भी नाममात्र की रह गयी। करीब दस मिनट के लिये ऐसा माहौल रहा और फिर घनत्व कम होता गया। किसी के कुछ सोचने-समझने से पहले ही धुंध वातावरण से सिमट गयी थी। परन्तु इन दस मिनटों में धुंध वह काम कर गयी थी जो मानव सभ्यता को सैकड़ों वर्ष पीछे ले जाने वाला साबित होने वाला था।

अनायास हुई इस घटना ने सबको अपनी साँसें रोकने पर मजबूर कर दिया। आँखों में दहशत साफ-साफ नज़र आती थी। भयावह माहौल में सबसे पहले अपनी चुप्पी तोड़ी फन्याज़ ने, "यह क्या था! अचानक से धुंध!!"

"कुछ समझ में नहीं आया, अचानक से धुंध का आना और फिर चला भी जाना।" रेनव ने फन्याज़ के शब्दों के आगे अपने शब्दों को जोड़ा।

उधर कल्कि के दिमाग में कुछ न कुछ तो चल रहा था। वह हथियारों के एक ढेर के पास गया और एक तलवार को अपने हाथ में उठाकर उसका मुआयना करने लगा। कुछ देर बाद वह बोला, "यह धुंध नहीं थी, यह धातुंत बम का असर था; इस तलवार को देखो।" तलवार रेनव को देते हुए कहा, "कुछ समय पहले यह बिलकुल ठीक थी, अब इसके ऊपर जंग की मोटी परत जम गयी है।"

कल्कि की बात सुनकर प्रियम ने भी कुछ हथियार चेक किये। सबका वही हाल था, सब के सब भारी जंग की चपेट में आ गये थे। कुरुक्षेत्र में मंदिर के कई फुट नीचे उपस्थित नायाब हथियारों का समूह भारी धुंध की चपेट में आ गया था। हथियार तो

लकड़ी और धातु के संगम से ही बनते हैं और जंग धातु की दुश्मन होती है। महाभारत कालीन हथियार भी अपने आपको जंग से नहीं बचा पाये थे।

कम समय की ही उपस्थिति थी धुंध की, मगर वह अपना काम कर गयी थी। करीब-करीब सभी हथियारों के ऊपर जंग की मोटी परत जम गयी थी, वे अपनी तीक्ष्णता खो चुके थे। अब बड़ा प्रश्न था कि कहीं ब्रह्मास्त्र भी इसकी वजह से ख़राब तो नहीं हो गया था... अगर ऐसा था तो त्रिपुण्ड काक्षः को पाना असम्भव हो जायेगा।

क्या हम केचर के सामने हार् चुके हैं? क्या अब पृथ्वी और मानवजाति को नहीं बचाया जा सकेगा?? मन में प्रश्न हज़ार थे परंतु उत्तर सभी के नदारद थे। मानव सभ्यता पाँच सौ वर्ष पीछे चली गयी थी। कोई नहीं जानता था कि इस हमले की भरपाई पृथ्वीवासी कैसे कर पायेंगे... कर भी पायेंगे या नहीं। कल्कि को सोच में डूबा देखकर उसके सभी साथी परेशान नज़र आ रहे थे।

''क्या हुआ कल्कि क्या सोच रहे हो?'' रेनव ने कल्कि के कंधे पर हाथ रखते हुए मानो सांत्वना दी।

''क्या हमारी अब तक की पूरी मेहनत बेकार हो गयी? क्या ब्रह्मास्त्र भी जंग की वजह से ख़राब हो गया होगा? क्या ये हथियार किसी काम के नहीं बचेंगे?'' प्रियम ने भी एक साथ कई उमड़ते प्रश्नों को पूछ लिया।

''कुछ भी ख़राब नहीं हुआ है, न हमारी मेहनत और न ही वे हथियार जो हम यहाँ लेने आये थे। केचर के द्वारा जिस धातुंत बम का प्रयोग किया गया है वह पृथ्वी पर पाये जाने वाले ज्ञात धातुओं या अर्ध धातुओं को खत्म कर सकने के काबिल है लेकिन...'' कल्कि ने एक पल के लिये विराम लिया। रेनव ने प्रश्नवाचक मुद्रा में अपने कन्धों व आँखों को उचकाया मानो कल्कि की विराम मुद्रा ने उसकी उत्सुकता में खलल डाल दिया हो।

''लेकिन जो अस्त्र-शस्त्र या ब्रह्मास्त्र हम यहाँ खोजने आये हैं वे विशिष्ट धातु से बने हैं, ऐसी धातु जो पृथ्वी पर नहीं पायी जाती थी।''

''मतलब?'' कल्कि की बात फन्याज़ के सिर के ऊपर से निकल गयी।

''महाभारत का युद्ध कोई साधारण युद्ध नहीं था, उस युद्ध में प्रयुक्त कुछ अस्त्र-शस्त्र बेहद ही ख़ास थे जिनका निर्माण ज्ञानाश्रम नाम की जगह में किया गया था। उस काल में ज्ञानाश्रम में ज्ञान-विज्ञान अति विकसित था। श्रीकृष्ण के विशेष आग्रह पर वे हथियार वहाँ के वैज्ञानिकों द्वारा बनाये गये थे,जो युद्ध के मैदान में अपनी छाप छोड़ने में सफल भी रहे थे।'' कल्कि ने अपनी बात पूरी करते हुए कहा।

''और आपको लगता है कि धातुंत बम से इन हथियारों का बाल भी बाँका नहीं

होगा?'' फन्याज़ को अभी भी कल्कि की बात पर विश्वास नहीं हो रहा था।

''निश्चित ही।'' कल्कि ने कहा।

''प्रत्यक्ष को प्रमाण की क्या आवश्यकता।'' अश्वत्थामा, जो इन सब बातों से परे ब्रह्मास्त्र की खोज में लगा हुआ था, विशालकाय धनुष अपने हाथों में उठाते हुए बोला।

जिसके बारे में सिर्फ किस्से-कहानियों में पढ़ा गया था उस महान धनुष गाण्डीव को अश्वत्थामा अपने हाथों में उठाये हुए था। वह अभी भी सूरज के तेज़ की भाँति चमक रहा था... मतलब उसके ऊपर धातुंत बम का नाममात्र असर भी नहीं हुआ था।

आगे का रास्ता अपेक्षाकृत आसान नज़र आ रहा था। अनुपयोगी व जंग लगे हथियारों को अग्नि में झोंक दिया जाता और अँधेरे में चमकते बेजोड़ अस्त्र-शस्त्र को खोज निकाला जाता। मछली की आँख की तरह अश्वत्थामा की नज़र अब सिर्फ ब्रह्मास्त्र पर थी। मानव इतिहास के सबसे बड़े धनुर्धर, अर्जुन का धनुष उसके कंधे पर लटक रहा था... गाण्डीव उसके कंधे की शोभा बढ़ा रहा था।

आशीर्वाद रुपी श्राप की तरह धातुंत बम ने फिलहाल तो यहाँ का कार्य आसान कर दिया था वरना करोड़ों की संख्या में मौजूद हथियारों से वांछित को खोजना समुद्र में मोती खोजने के सामान था।

''कल्कि यहाँ आओ मुझे कुछ मिला है, शायद ब्रह्मास्त्र!'' अश्तत्थामा की उत्साहित आवाज़ गुफा के अन्दर गूँज रही थी।

कल्कि के साथ रेनव, प्रियम और फन्याज़ के साथ पूरी टीम दौड़कर अश्वत्थामा के पास चली आयी। जिस शस्त्र का जिक्र दंतकथाओं में असंख्य बार सुना-पढ़ा गया हो उसके एक दीदार की खबर ने वहाँ उपस्थित सभी की सभी ज्ञानेंद्रियों को जागृत कर दिया था।

अश्वत्थामा के साथ-साथ उसको घेरे हुए पूरी टीम की नज़रें ब्रह्मास्त्र के ऊपर टिकी हुई थीं, ''यह है वह पवित्र और मानव इतिहास का सबसे घातक हथियार।'' उसको दोनों हाथों में उठाते हुए अश्वत्थामा की आँखों में अजीब चमक थी।

''देखने में यह तो साधारण तीर जैसा प्रतीत होता है, सिर्फ आकार में कुछ बड़ा है।'' रेनव ने अश्वत्थामा के हाथों में स्थित शस्त्र को देखकर कहा।

''दिखने में ही साधारण है, मगर है बेहद ही घातक।'' अश्वत्थामा के चेहरे का तेज़ देखते ही बनता था।

''यह ब्रह्मास्त्र है... न इसमें बारूद है और न कोई इग्नीशिन सिस्टम और न ही ईंधन जैसा कुछ।'' फन्याज़ ने भी अपने मन की बात रखी।

“इन सबकी कोई आवश्यकता नहीं होती, इस तीर को एक निर्धारित गति से धनुष के द्वारा छोड़ दीजिए; जितनी दूरी यह तय करेगा वातावरण में उतने स्थान के अंतराल में सब कुछ खत्म हो जायेगा। वातावरण में उपस्थित नाइट्रोजन इसका बारूद है और तीर की निश्चित गति इसका इग्नीशिन सिस्टम। यह तीर जिस पदार्थ से बना है वह एक उत्प्रेरक की तरह कार्य करता है जो वायुमण्डल की नाइट्रोजन को अग्नि में बदल देता है। इस अग्नि से इतनी ऊष्मा निकलती है कि सब कुछ ख़ाक हो जाता है।” अश्वत्थामा ने समझाते हुए कहा।

“यह तो कमाल की तकनीक है!” तत्वत भी हैरानी के भावों से ब्रह्मास्त्र को देख रहा था।

“हमें अब निकलना चाहिए।” कल्कि ने अश्वत्थामा की तरफ देखते हुए कहा।

“क्या मैं गाण्डीव भी अपने साथ ले जा सकता हूँ?” अश्वत्थामा ने आग्रह करते हुए कल्कि से पूछा।

“हाँ क्यों नहीं।” अश्वत्थामा की तरफ देखते हुए कहा और फिर मुड़कर प्रियम व रेनव से बोला, “जो भी काम के अस्त्र-शस्त्र बचे हैं उनको आप इकट्ठा कर लो... पोखरण में मिलते हैं फिर।” और यह कहकर कल्कि वापस मुड़ उस स्थान से बाहर निकलने के रास्ते पर चल पड़ा।

जाते-जाते एक नज़र प्रियम के ऊपर डाली जो कल्कि की तरफ ही देख रही थी। आँखों में इस बार गुस्से की मात्रा बेहद कम और आदर व प्यार की मात्रा ज्यादा नज़र आती थी। सोचते-मुस्कराते कल्कि गुफा को छोड़ चुका था और पीछे-पीछे अश्वत्थामा भी जा चुके थे। मंजिल मिलने पर रुका नहीं करते बल्कि नयी मंजिल का स्वप्न देखने लगते हैं। कल्कि और अश्वत्थामा अपनी अगली मंज़िल के लिये चल पड़े थे।

अध्याय 15

।। साया साक्षात नरक का ।।

इण्डिया, सन 2025...

भले ही यहाँ इक्कीसवीं शताब्दी चल रही हो परन्तु माहौल को देखकर कुछ अलग ही एहसास होता था, मानो यह पंद्रहवीं शताब्दी हो। धातुंत बम के अति भीषण प्रकोप ने मानव-सभ्यता को पाँच सौ वर्ष पीछे धकेल दिया था। आधुनिकता की किसी भी तरह की पहचान खत्म हो चुकी थी। मानवों ने पिछले पाँच सौ वर्ष के समयकाल में जो भी विकास किया था, जितनी भी प्रगति की थी, वह सब अब सिर्फ यादों में रह गयी थी या फिर कबाड़ में।

स्टील से लेकर आयरन तक, अयस्क से लेकर कीमती मेटल तक, किसी भी तरह की धातु जो रसायन विज्ञान की पिरियोडिक टेबल में अपना स्थान रखती थी फिलहाल तो अपना अस्तित्व खो चुकी थी। किसी भी तरह की धातु से बनी कोई भी वस्तु भारी जंग की चपेट में आ गयी और फिर कुछ ही दिनों में गलकर हमेशा के लिये मिट्टी में मिल गयी। कभी धातु रहित जीवन की परिकल्पना करना भी बेमानी होता परंतु फिलहाल तो यह कटुसत्य था।

सेमीकण्डक्टर से बनी कोई भी इलेक्ट्रॉनिक्स वस्तु अपनी उम्र पूरी कर चुकी थी और अब मृत्युशय्या पर लेटी हुई थी। सेमीकंडक्टर से बना किसी भी तरह का चिप या सर्किट फिलहाल तो शॉर्ट-सर्किट होने के बाद अपना अस्तित्व खो चुका था। कुछ दिनों पहले तक जीवन में सबसे महत्त्वपूर्ण अगर कुछ था तो वह था -इलैक्ट्रानिक्स डिवाइस जिसके बिना जीवन अधूरा प्रतीत होता था। दुर्भाग्य से कार्बन, सिलिकॉन और जर्मेनियम ने नियति के हाथों आत्मसमर्पण कर दिया था। इंसानों को भी अब एहसास होने वाला था कि तकनीक के बिना उनके पूर्वज आखिर जीते कैसे थे।

किसी भी तरह के वाहन का, गाड़ी का नामोनिशान मिट चुका था। भारी जंग की

वजह से गाड़ियों के कलपुर्ज़े और उनके इंजन हमेशा के लिये दम तोड़ चुके थे। बिना कलपुर्ज़े व इंजन के बिना कोई भी गाड़ी सिर्फ और सिर्फ लोहे के डिब्बे से ज्यादा कुछ न थी। चाहे सड़क पर दौड़ने वाले वाहन हों या फिर पटरियों पर दौड़ने वाली ट्रेन सभी के पहिये हमेशा के लिये थम गये थे। हवा में उड़ने वाले विमान और पानी में तैरने वाले जहाज की किस्मत भी ज्यादा अलग न थी। कहीं आने-जाने के लिये बचे थे तो सिर्फ जानवरों के द्वारा खींचे जाने वाले लकड़ी की बनी गाड़ियाँ या फिर स्वयं जानवर।

संचार के किसी भी तरह के साधन का तो समूल खात्मा हो चुका था। अन्तरिक्ष में तैरते किसी भी तरह की सेटेलाइट्स के परखच्चे तो पहले ही उड़ चुके थे, अब तो मोबाइल टावर, मोबाइल और टेलीफोन सेट के दम तोड़ने के बाद किसी भी तरह के दूरसंचार का सपना खत्म हो गया था। चिट्ठियाँ पहुँचाने के लिये न तो गाड़ियों का अस्तित्व बचा था और न ही ई-मेल भेजने के लिये कम्प्यूटर व इंटरनेट का। अब रही बात किसी से सम्पर्क करने की तो या तो यह अब स्वप्न में किया जा सकता था या फिर टेलीपैथी से।

मेडिकल क्षेत्र में प्रयोग होने वाली लाइफ सेविंग मशीनों से लेकर इण्डस्ट्रीज के काम आने वाले रोबोटों तक बिजली और बिजली से चलने वाले सामानों टी॰वी॰,कम्प्यूटर, इंटरनेट व मोबाइल तक,जल-थल-नभ में प्रयुक्त होने वाली किसी भी तरह की इलैक्ट्रिक या इलैक्ट्रानिक्स मशीन से लेकर प्रत्येक तरह की मैकेनिकल मशीन की अंत्येष्टि हो चुकी थी। नदियों के ऊपर बने हुए पुल जंग के ढेर में तब्दील हो गये थे, सड़क के दोनों किनारों पर गाड़ियों का जमावड़ा लगा हुआ था, टूटे-फूटे मकान, चिथड़ों में घूमते और भूख से तड़पते लोगों ने हर तरफ अफरा-तफरी का माहौल बनाया हुआ था। इस घटना की वजह से हुई जान-माल की हानि का अंदाजा लगाना तो असम्भव कार्य था। मानवजीवन साधनविहीन हो चुका था, तकनीकविहीन हो चुका था और उम्मीदविहीन भी हो चुका था।

एक की हानि दूसरे के लिए लाभ बन जाती है। प्रकृति समय-समय पर स्वयं को नियोजित करती रहती है। सच कहें तो यह वही समय था जब प्रकृति को इसका फायदा मिल रहा था और उसकी पुरानी शानोशौकत बहाल हो रही थी। आसमान बेहद ही स्वच्छ और नीली रंगत लिये नज़र आता था। चिड़ियों की चहचहाहट और पक्षियों की फड़फड़ाहट ने वातावरण को सुरमय किया हुआ था। लगातार होती बारिश जहाँ जगह-जगह झरनों को जन्म दिया था, नदियों को लबालब कर दिया था तो हरियाली भी धीरे-धीरे अपने पैर पसार रही थी और आसमान में धुएँ के बजाय तारे टिमटिमा रहे थे। प्रदूषण नाम का असुर कब्र में अंतिम साँसें गिन रहा था।

आज के वातावरण को देखकर प्रतीत होता था कि तकनीक का तो नामोनिशान भी नहीं बचा है। ऐसा मानना है कि तकनीक के आगमन के बाद से डार्विन के दिये हुए

सिद्धांत असफल होने लगे थे। अब तकनीकविहीन माहौल में जो शक्तिशाली व योग्य होगा, जो प्रकृति के साथ कदम ताल से चल पायेगा वही जीवित रहेगा। अब देखना यह था कि कितने लोग इस माहौल में सामंजस्य बिठा पायेंगे और जो ऐसा नहीं कर पायेंगे वे लोग या तो मानसिक संतुलन खो देंगे या फिर अपने साँसें।

सोनार किला, जैसलमेर...

कल्कि जैसलमेर वापस लौट आया था और साथ में अश्वत्थामा भी। कल्कि का अगला कदम था ताम्रपत्र के तीसरे खण्ड को खोजना। ताम्रपत्र की पहेली को सुलझाने के लिये वह जी-जान से जुटा हुआ था, यह अलग बात है कि इस ताम्रपत्र की पहेली को सुलझाने में कल्कि के छक्के छूट गये थे। कल्कि जल्द से जल्द आकूति खण्ड को प्राप्त कर केचर के इस खेल को हमेशा के लिये खत्म करना चाहता था परन्तु चाहने से होता क्या है... प्रकृति और भाग्य की योजना को आज तक कौन समझ सका है।

प्राज्ञ और येक्रांत मिलकर विचित्र जीवों के क्लोन को पोखरण से जैसलमेर के सोनार किले तक जाने की व्यवस्था कर चुके थे। विचित्र जीव सरु, यूप और ग्रीव के क्लोन से तैयार एक हज़ार से भी ज्यादा भ्रूणों को परखनली से निकालकर थार रेगिस्तान के खुले आसमान में छोड़ दिया गया था जिनको प्राज्ञ के द्वारा सरयुव नाम दिया गया था। जिनके जीवन का उद्देश्य था सुसुप्तावस्था से उठे भूखे जीवों के द्वारा आम जनता पर किये जा रहे हमलों को नाकाम करना। सरू, यूप और ग्रीव के क्लोन बिलकुल उनकी तरह ही थे, फर्क था तो सिर्फ उम्र का। हालाँकि क्लोन अभी भी ऊँचाई में अपने जनक के आधे ही थे लेकिन उनकी काबिलियत किसी भी तरह से कमतर न थी।

इस काबिलियत में येक्रांत और कल्कि की सहायता से दिन दूनी रात चौगुनी प्रगति हो रही थी। कल्कि ने मानसिक तरंगों के द्वारा सभी सरयुव को आवश्यक आदेश दे दिया था। येक्रांत के द्वारा उन जीवों को वह सब कुछ सिखाया जा रहा था जो किसी भी तरह के खतरे से निपटने के लिये आवश्यक हो सकता था। रेडिएशन के प्रभाव की वजह से सरयुव समूह ने पच्चीस दिन में ही पच्चीस माह की उम्र के बराबर की प्रगति कर ली थी। प्राज्ञ इन विचित्र जीवों के और क्लोन तैयार करना चाहता था किन्तु धातुंत बम के प्रकोप ने उसकी योजना पर पानी फेर दिया।

दिव्य मणि को वापस मस्तिष्क में लगाने के बाद महायोद्धा अश्वत्थामा का पुनर्जन्म हो चुका था। अपने युद्ध कौशल और शक्ति को पुनः प्राप्त करने के लिये वह जी-जान से जुटे हुए थे। कल्कि की वजह से सैकड़ों वर्ष बाद वह ठीक हुए थे, पुनर्जन्म हुआ था और इस बात ने अश्वत्थामा के मन में कल्कि के प्रति श्रद्धा को सैकड़ों गुना बढ़ा दिया था।

अगले कुछ दिनों में रेनव और प्रियम भी पोखरण आ गये। भारतीय सेना की वह टुकड़ी तो तत्वत के नेतृत्व में पारम्परिक हथियारों की ट्रेनिंग लेने में व्यस्त थे, वे भी रेनव के साथ थे। कुरुक्षेत्र की लाल धरती के नीचे जमीन में महाभारतकालीन हथियारों की एक अच्छी-ख़ासी संख्या मिली थी। भारतीय आर्मी के द्वारा इन अस्त्र-शस्त्रों को पूरे भारतवर्ष में किसी भी तरह के सम्भावित खतरे के खिलाफ प्रयोग में लाया जाने वाला था।

फिलहाल तो सबसे बड़ा खतरा वह खतरनाक जानवर थे जो खाने की तलाश में जमीन के नीचे से या समुद्र की अनंत गहराई में से आकर मानवों और उसके पालतू जानवरों के ऊपर हमले कर रहे थे। समय रहते अगर इन हमलों को रोका नहीं गया तो जान-माल की बहुत बड़ी हानि की सम्भावना थी। प्रियम और तत्ष्ट ने परम्परागत हथियारों की ट्रेनिंग का आखिरी दौर शुरू कर दिया तो रेनव व मनन सुसुप्तावस्था जीवों से बचने की योजना बनाने में व्यस्त हो गये।

''मृग्स्य कैसी है अब?'' कल्कि और प्राज्ञ एक साथ बैठे हुए थे जबकि बाकी लोग अपने-अपने काम में व्यस्त जान पड़ते थे।

कल्कि से नज़रें चुराते हुए प्राज्ञ ने कहा, ''उसकी हालत बहुत खराब थी इसलिए वेण्टिलेटर पर रखा हुआ था। धातुंत के प्रकोप के बाद मेडिकल मशीनों ने भी काम करना बंद कर दिया, मृग्स्य नहीं बच पायी।'' कहते ही प्राज्ञ उठकर चला गया। चेहरे पर फैली हुई नम उदासी को वह छिपाने का भरसक प्रयास कर रहा था।

कल्कि के पास सांत्वना देने के लिये शब्द भी नहीं बचे थे। कभी-कभी खामोशी ही सबसे असरदार भाषा होती है। मानवजाति पर इतना बुरा समय भी कभी आयेगा सोचा नहीं था। इस मनहूस समय से निकलने का अब एक ही तरीका बचा था और वह था दुश्मनों की पराजय।

''कल्कि, आपने ध्यान दिया कि किले की चारदीवारी के बाहर दिन-ब-दिन अर्धमृत जानवरों की संख्या बढ़ती जा रही है। थोड़ा अजीब लग रहा है कि एक स्थान पर इनके इकट्ठा होने के पीछे कोई वजह तो नहीं है।'' रेनव ने अपने मन में उत्पन्न संदेह को कल्कि को बताया।

दोनों किले की चारदीवारी के ऊपर खड़े होकर भयावह जंतुओं को देख रहे थे। ये वही जानवर थे जिन्होंने कुछ दिनों पहले प्राज्ञ और मृग्स्य पर हमला किया था।

''वजह शायद इनकी भूख हो।'' पास आते हुए प्रियम ने भी अपना पक्ष रखा।

''नहीं रेनव, पिछली बार जब इस मृत फौज ने हम पर हमला किया था तो एक उद्देश्य के लिये किया था।'' प्राज्ञ की आँखों में नमी के अलावा चेहरे पर अब चिंता के

बादल भी दिखायी दे रहे थे।

"इनके चेहरे के हाव-भाव से भी कुछ ऐसा ही लगता है।" कल्कि के मन में शक वाला कीड़ा उत्पन्न हो गया था।

वहाँ से निकलकर कल्कि सीधे पुण्डलिक के पास पहुँच गया जिस को एक कमरे के अंदर बंद करके रखा हुआ था, "पुण्डलिक, तुम लोगों की अब क्या योजना है?"

पुण्डलिक के चेहरे पर न तो भय के भाव थे और न ही किसी तरह की शिकन, "मैं कुछ समझा नहीं।"

कल्कि ने गुस्से में बोला, "इस इलाके के चारों तरफ जानवरों का मेला लगा हुआ है जो बढ़ता ही जा रहा है।"

पुण्डलिक अभी भी शांत खड़ा हुआ था, "हो सकता है कि यह केचर की योजना हो; मैंने पहले ही कहा था कि वह अपने उद्देश्य के लिये कुछ भी कर सकता है।"

कल्कि ने अपना अंदेशा जताया, "इसका मतलब एक और प्राणघातक हमला होने वाला है?"

पुण्डलिक बोला, "केचर ने आत्मसम्मोहन शक्ति से पृथ्वी पर सुसुप्तावस्था जीवों के साथ-साथ अर्धमृत जीवों के मस्तिष्क को वश में करना आरम्भ कर दिया है। जीवों के मरने के बाद भी, कुछ समय तक उनका मस्तिष्क जीवित रहता है और उनको मानसिक रूप से नियंत्रित करना बहुत मुश्किल नहीं होता... बहुत सम्भव है कि धीरे-धीरे पृथ्वी पर इस तरह के सभी जानवर केचर के वश में होंगे। अब यह तो आप समझ ही सकते हैं कि इसके आगे क्या होगा।"

पृथ्वी पर आने वाली क़यामत को सोचने भर से ही कल्कि के शरीर में सिहरन दौड़ गयी, *"अगर केचर ने अधमृत तथा सुसुप्तावस्था जीवों को अपने काबू में कर लिया है तो फिर पृथ्वीवासियों के लिए बहुत बुरा समय आने वाला है।"*

कल्कि को शांत देख पुण्डलिक ने बोलना जारी रखा, "केचर को लगता था कि आकृति खण्ड मिलने की सबसे ज्यादा उम्मीद अमेरिकी महाद्वीप में है इसलिए उसने पूर्ण महाद्वीप का विनाश कर दिया। जीवित व स्वस्थ जीव के मस्तिष्क को नियंत्रित कर पाना मुश्किल कार्य होता है परन्तु मृतप्राय या मृत जीवों का नहीं। उल्कापिण्ड के भीषण हमले में करोड़ों की संख्या में जंतु मारे गये। इनके मस्तिष्क को नियंत्रित करके केचर ने ब्रह्माण्ड का सबसे बड़ा खोजी अभियान चलाया... मानसिक रूप से नियंत्रित जीवों के द्वारा अमेरिकी महाद्वीप के चप्पे-चप्पे को छानना।"

"आकृति खण्ड के लिये?"

"हाँ, आकृतिखण्ड के लिए ही केचर ने अनगिनत जीवों की हत्या कर दी।"

"क्या वहाँ केचर को कुछ भी मिला?" कल्कि जानता था कि आकूति खण्ड अमेरिका महाद्वीप में कभी मिल ही नहीं सकता था।

"मुझे नहीं पता... मिल जाए तो अच्छा है वरना पृथ्वी का अनवरत विनाश जारी रहेगा।"

"और अब तुम लोगों को लगता है कि मुझे पता है कि आकूति खण्ड कहाँ है।" कल्कि के शब्दों में क्रोध साफ झलक रहा था।

पुण्डलिक अभी भी शांत खड़ा था, "यह तो आपने स्वयं कहा था कि आपको पता है।"

"अब क्या चाहते हो?" कल्कि जानता था कि अनगिनत मृत जानवरों से लड़ना एक बेवकूफी भरा कदम होगा।

"पहला - अश्वत्थामा की मणि वापस देकर मुझे छोड़ दो, दूसरा - आपके दिमाग की मेमोरी का ट्रान्सफर।" पुण्डलिक ने अजीबो-गरीब माँग रखी।

"मेमोरी ट्रान्सफर! तुम पागल हो गए हो क्या।"

पुण्डलिक मुस्कराया, "कोई बात नहीं, आदमी की मृत्यु के कुछ घण्टों के बाद तक भी उसका दिमाग प्रयोग के लिये ठीक-ठाक होता है।"

कहते हैं कि पृथ्वी और मानवजाति के अंत पर निर्णय सिर्फ और सिर्फ प्रभु ही ले सकते हैं... तो क्या फिर दूसरे ग्रह से आये हुए केचर की विनाशकारी मनमर्जियों में प्रभु की इच्छा भी शामिल थी या फिर केचर प्रभु से ज्यादा शक्तिशाली हो गया था। जो भी हो उस असुर से लड़ना नितांत आवश्यक हो गया था जो मानवता को भी नष्ट करने का दुःसाहस रखता हो। चाहे-अनचाहे इस लड़ाई में पराजय वाला विकल्प हो ही नहीं सकता था।

"फिर तो एक ही रास्ता बचा है इन जानवरों को ठिकाने लगाना ही पड़ेगा।" बढ़ती हुई नरभक्षियों की संख्या को देखकर मेजर रेनव ने वहाँ उपस्थित सभी लोगों के सामने अपना प्रस्ताव रखा।

कल्कि और उसके सभी साथी - रेनव, प्रियम, प्राज्ञ, अश्वत्थामा, येक्रांत, मनन और तत्ष्ट कमरे में मौजूद थे। एक बहुत बड़ा खतरा उनके सामने खड़ा हुआ था और उससे निपटने के लिये आगे की रणनीति बनायी जा रही थी।

"एक और रास्ता है।" कल्कि ने रेनव के पास आते हुए कहा।

रेनव ने पूछा, "क्या?"

कल्कि ने कुछ सोचा और कहा, "मैं थोड़ी देर में वापस आता हूँ, तब तक तुम

देखो कि आगे क्या करना है। अगर जानवर हमला करते हैं तो लड़ाई लड़नी ही पड़ेगी।''

संदेह के बादलों से घिरा कल्कि सभी को हतप्रभ छोड़कर वहाँ से जाने लगा। प्रियम पीछे से दौड़कर आयी और बोली, ''कहाँ जा रहे हो?''

''फिलहाल तो पता नहीं; मुझे समझ नहीं आ रहा कि मैं क्या करूँ।'' कल्कि हताश दिखायी दे रहा था।

''मुझे उम्मीद है कि आप सही रास्ता खोज सकते हो।'' प्रियम ने सांत्वना देते हुए कहा।

''कुछ न कुछ तो करना ही पड़ेगा।''

''कल्कि मैं कई दिनों से सोच रही थी कि आप से मिलूँ और अपनी नादानी के लिये माफी माँगूँ।'' प्रियम की नज़रें झुकी हुई थीं और चेहरे पर अपनत्व का भाव साफ-साफ झलक रहा था।

''वह बात अब बहुत पुरानी हो गयी है, वैसे भी आपकी कभी कोई गलती थी ही नहीं प्रियग... मुझे अभी जाना होगा।'' और यह कहकर कल्कि तेज़ी से दूर निकल गया।

''मैं इंतज़ार करूँगी, बहुत कुछ कहना है।'' प्रियम के शब्द कल्कि तक पहुँच चुके थे परंतु उसका दिमाग अभी आने वाले खतरे से निपटने की तैयारी में जुटा हुआ शा।

कुछ समय तो लगा कल्कि को सोचने में कि आगे क्या किया जाये। स्वयं को फेचर के हवाले कर दे और उम्मीद करे कि सब कुछ ठीक हो जायेगा। परंतु कल्कि ने हार मानना तो कभी सीखा ही नहीं था। रास्ता सिर्फ एक ही बचा था और वह था नरभक्षी जानवरों का सामना और उन्हें खत्म करने का। इस लड़ाई के लिये सिर्फ और सिर्फ सहायता मिल सकती थी तो वह था - ज्ञानाश्रम। कल्कि ने अपनी दायें हाथ में पहनी घड़ी का प्रयोग किया और बढ़ चला सहायता के लिये।

सोनार किले को चारों तरफ से सुसुप्तावस्था और अर्धमृत जानवरों के झुण्ड के द्वारा घेर लिया गया था जिनकी संख्या लाखों में थी और उनका आना अनवरत जारी था। जहाँ तक नज़रें जाती थीं वहाँ तक सिर्फ और सिर्फ नरभक्षी ही दिखायी देते थे। राक्षसों के इस झुण्ड की वजह से किले की चारदीवारी पर भारी दबाव पड़ने लगा था। अगर यह दबाव ऐसे ही बढ़ता गया तो कागज की भाँति दीवार को नष्ट होने से कोई नहीं रोक सकता था। उनके चीत्कार से निकलती घिनौनी आवाज़ किले की दीवारों से टकराकर भयानक शोरगुल उत्पन्न कर रही थी। यह शोर डेसिबल की अधिकतम सीमा

को भी तोड़ता नज़र आ रहा था।

जीवित अवस्था में जो जानवर एक-दूसरे की जान के दुश्मन होते थे, जैसे कि कुत्ते, बिल्ली, सियार, भेड़िये तथा अन्य पालतू व जंगली जानवर इत्यादि जो हाल-फिलहाल में मर चुके थे या घायल थे और जिनके दिमाग को मानसिक रूप से नियंत्रित किया गया था। वे युद्ध के इस मैदान में इंसानों के दुश्मन नज़र आ रहे थे। सिर से बाहर की तरफ लटकती हुई आँखें, चार पैरों पर जैसे-तैसे टिका हुआ सड़ा-गला शरीर, दूर से ही महसूस होती शरीर की दुर्गन्ध लेकिन खूँखार मुद्रा के साथ उन अर्धमृत को देख कर लगता था कि अभी-अभी ये लाशें जमीन फाड़कर बाहर निकली हैं।

यहाँ तक तो फिर भी गनीमत थी, होश तो तब उड़े जब सुसुप्तावस्था जानवरों की फौज भी अर्धमृत लाशों के साथ आ गये। सोनार किले के बाहर देश भर से आये हुए सुसुप्तावस्था जीवों छिपकली, कपाल्सी, सार्को मगरमच्छ, कटु टोड और टिटनोबा अजगर जैसे भयानक जीवों ने भी अपना डेरा जमा लिया था। उन जानवरों को न तो दर्द का एहसास था और न दया का भाव। अब तो सिर्फ एक ही रास्ता बचा था कि अपना अस्तित्व बचाना है तो किसी और का अस्तित्व मिटाना ही होगा।

अश्वत्थामा- ''समय आ गया कि इन कीड़ों का खात्मा कर दिया जाये, अब प्रतीक्षा किसलिए?''

रेनव - ''मनन तुम पुण्डलिक के पास जाओ, उसको हर हालत में सुरक्षित रखना होगा।''

प्रियम - ''रेनव, चल क्या रहा है तुम्हारे दिमाग में?''

रेनव - ''लड़ने के लिये हमारे पास न ऑटोमैटिक गन हैं और ही कोई आधुनिक हथियार; हम गिने-चुने लोग परम्परागत हथियारों के बलबूते लाखों की तादाद में मौजूद इन जानवरों का सामना किसी भी हालात में नहीं कर पायेंगे।''

प्राज्ञ - ''हम आत्मसमर्पण तो नहीं कर सकते न... हज़ार के आस-पास सरयुव हैं हमारे पास, अश्वत्थामा हैं हमारे पास।''

रेनव - ''आमने-सामने की लड़ाई में हम कभी नहीं जीत पायेंगे। कल्कि के दिमाग में कोई न कोई योजना अवश्य है, हमें उसके आने तक इंतज़ार करना होगा।''

प्रियम - ''और उसके आने तक हम लोग बचे ही नहीं तो!''

रेनव भी समझ रहा था कि अब और इंतज़ार करने से कोई फायदा नहीं होगा। उसने येक्रांत की तरफ देखा और कहा, ''हमारे पास पेट्रोल और डीजल के ड्रम हैं, क्या आप उनको उठाकर किले की दीवार के बाहर फेंक सकते हो?''

रेनव ने फिर तत्ष्ट और प्रियम की तरफ देखकर कहा, ''आप और आपकी टीम मिलकर जितना भी सम्भव हो, हमारे पास जितनी भी लकड़ियाँ हों उनको किले की दीवार के बाहर फेंक दो।''

इस बार अश्वत्थामा की तरफ मुखातिब हो रेनव ने आग्रह किया, ''सबसे महत्त्वपूर्ण कार्य आपको करना है, आप ग्रीव को लेकर किले की दीवार के आस-पास जायेंगे और जहाँ-जहाँ लकड़ियाँ या पेट्रोल व डीजल के ड्रम दिखायी दें, वहाँ अग्नि उगलते ग्रीव ड्रैगन की सहायता से आग लगा देंगे। आग से जंगली जानवर दूर ही रहते हैं; जब तक यह अग्नि जलती रहेगी तब तक यह नरभक्षियों को किले से दूर रखेंगे।''

रेनव और प्राज्ञ भी लकड़ियों को किले की दीवार से बाहर फेंकने में मदद कर रहे थे। येक्रांत, जिसके बाजुओं में डायनासोर से भी टकराने का दम था उसके लिए ड्रम को उठाकर दीवार के दूसरी तरफ फेंकना बहुत मुश्किल काम नहीं था। बचा-खुचा काम अश्वत्थामा और ग्रीव ने कर दिया था। ग्रीव के ऊपर सवार होकर अश्वत्थामा ने बेहद तेज़ी से किले के चारों तरफ अग्नि की एक दीवार-सी खड़ी कर दी।

आदिकाल से लेकर आज तक जानवर आग से लड़ने का कोई तोड़ नहीं खोज पाये हैं। इस बार भी यह युक्ति काम कर गयी थी। अग्नि पूरी तीव्रता के साथ धधक रही थी और अर्धमृत जानवर उससे दस कदम की दूरी पर खड़े होकर उसके बुझने का इंतज़ार कर रहे थे। अब देखना यह था कि कितनी देर तक यह बचने-बचाने का खेल चलने वाला था।

कुछ समय तक तो रेनव की युक्ति काम करती रही, परंतु विपक्षी खेमे में अब सुसुप्तावस्था जीवों ने मोर्चा सँभाल लिया था। चालीस फुट लम्बे सार्को मगरमच्छ जब तेज़ी से अपनी पूँछ को रेतीली जमीन पर पटकते तो कई किलोग्राम रेत उड़कर प्रज्जवलित अग्नि को बुझने पर मजबूर कर देती। सफलता मिलते देख सार्को मगरमच्छ का पूरा समूह आग बुझाने के काम में लग गया। क्या हुआ अगर वे सिर्फ जन्तु थे तो... उनके हर क्रिया-कलाप के पीछे एलियन प्रजाति के केचर का दिमाग था।

इस बार आगे आने की बारी कपाल्सी की थी। आग बुझते ही उनका झुण्ड आगे आया और अपने नुकीले सैकड़ों दाँतों से दीवार को कुतरने में लग गये। बचा हुआ काम चालीस फुट लम्बे भारी-भरकम टिटनोबा अजगर ने कर दिया। हज़ार किलो वजनी शरीर के एक वार ने किले की दीवार को जड़ से हिलाकर रख दिया और दूसरे वार ने दीवार को जड़ से खत्म। रास्ता साफ होते ही अर्धमृत कुत्तों की नरभक्षी फौज अंदर घुसकर अपने शिकार की तलाश में जुट गये। किले के छत पर मौजूद सभी मानवों को अपना काल साक्षात नज़र आ रहा था।

''मुरझाये हुए क्यों बैठे हो दोस्तों। आज इन कीड़ों को हमेशा के लिये खत्म कर देंगे।'' पीछे से आती कल्कि की आवाज़ सुनकर कोई भी चौंके बिना न रह सका।

कल्कि की एक नज़र से फिर से सभी के मन में उम्मीद की किरण जाग गयी थी, ''कहाँ गये थे, यहाँ तो बस हमारा काम होने ही वाला है।'' रेनव ने पूछा।

''मदद माँगने। धातुंत प्रकोप के बाद हमारे पास कोई भी उन्नत हथियार नहीं बचे हैं इसलिए ज्ञानाश्रम से मदद लेने गया था...'' अपने साथ आये हुए नये लोगों की तरफ इशारा करते हुए कल्कि ने कहा।

इससे पहले कि कल्कि अपनी बात पूरी कर पाता, अधमृत कुत्तों का एक लाशरूपी झुण्ड दौड़ता हुआ आया और हमला बोल दिया। कल्कि ने प्रतिक्रिया में गुरुत्व विद्या का प्रयोग करके सबको जड़वत कर दिया और उसके बाद अश्वत्थामा के गाण्डीव से निकले एक तीर ने सैकड़ों नरभक्षियों के सिर को धड़ से अलग कर दिया।

प्रियम पहले से ही गुरुत्व विद्या के बारे में जानती थी। मन में आये एक विचार के वशीभूत होकर उसने बोला, ''कल्कि क्या आप सभी को इस विद्या के सहारे खत्म नहीं कर सकते?''

''इस विद्या का प्रयोग करने के लिये बहुत ज्यादा मानसिक बल लगता है; कुछ सेकण्ड के लिये तो ठीक है परन्तु अभी मैं इतना ज्यादा मानसिक रूप से मजबूत नहीं हूँ कि बहुत देर तक इसका प्रयोग कर सकूँ।'' कल्कि ने गुरुत्व विद्या का दुष्प्रभाव बताते हुए कहा।

''तो फिर क्या योजना है अब?'' रेनव ने कल्कि के साथ आये हुए ज्ञानाश्रम के जटाधारियों की तरफ इशारा करते हुए कहा।

कल्कि ने एक पल सोचा और चेहरे पर आक्रामकता के भाव लिये हुए उसने आदेश दिया, ''अश्वत्थामा! ग्रीव और उसके क्लोन को साथ लेकर अपने गाण्डीव धनुष से और ग्रीव ड्रैगन की अग्नि से इन लाशों को यमलोक वापस भेज दो।

येक्रांत! यूप और उसके क्लोन भी तुम्हारी तरह शक्तिशाली और फुर्तीले हैं, सभी को साथ लेकर कूद जाओ मैदान में और कुचल दो अर्धमृत फौज को अपने कदमों के नीचे।

रेनव, प्रियम और तत्ष्ट! तुम्हारे पास दो हज़ार से भी ज्यादा सेना के जवान हैं जो परम्परागत अस्त्र-शस्त्र में निपुण हैं। किसी भी तरह के जानवर किले के अन्दर नहीं घुसने चाहिए, सरु के क्लोन साथी भी तुम्हारे साथ रहेंगे; पुण्डलिक को हम जाने नहीं दे सकते।

प्राज्ञ! केवल शारीरिक बल के आधार पर युद्ध नहीं जीते जाते, ज्ञानाश्रम से मैं कुछ किताबें लाया हूँ जो तुमको पढ़नी चाहिए, बहुत सम्भव है कि कोई ऐसी सहायता या सुराग मिल जाये कि मिनटों में इस लड़ाई को खत्म किया जा सके।

ज्ञानाश्रम से चार टीम आयी हैं, ये लोग जानते हैं कि इनको क्या करना है। श्री

परशुराम की शिक्षा-दीक्षा की वजह से ये लोग ब्रह्माण्ड के सबसे खतरनाक योद्धा हैं।

मेरे पास श्री परशुराम के द्वारा दी गयी तलवार है। मैं सरु के साथ जा रहा हूँ, अब ये जानवर संख्या में लाखों में हों या करोड़ों में, इनको हमेशा के लिये दफनाने का समय आ गया है। हाँ एक बात और यहाँ कोई मोबाइल फ़ोन पर गेम नहीं चल रहा है यह सचमुच की लड़ाई है, एक सेकण्ड के लिये भी निगाहें हटी तो देखने के लिये आँखें नहीं बचेंगी।''

विषम परिस्थितियों में ही आदमी के चरित्र का पता चलता है। कल्कि के चरित्र को देखकर लगता था कि चिरञ्जीवी मानवों ने कल्कि के ऊपर जो अथाह विश्वास किया था, ईश्वर के अवतार का दर्जा दिया था, उसमें कोई चूक नहीं हुई थी। कल्कि अब तक बनायी गयी प्रत्येक रणनीति में सफल रहा था, प्रत्येक प्रयास में सफलता पायी थी और सभी का विश्वास कायम रखा था। अब वक़्त आ गया था कि पृथ्वी और मानवजाति को बिना किसी और नुकसान के एलियन प्रजाति के चंगुल से मुक्त कर लिया जाये।

सूरज की अपर्याप्त रोशनी, कड़कड़ाती ठण्ड, धुंध व धूल से भरा वातावरण, दृश्यता की कमी तथा तेज़ हवा का तीखापन थार के माहौल को और भी ज्यादा भयावह बना रहे थे, जहाँ दो पक्ष आमने-सामने खड़े थे। लाखों की संख्या में मौजूद जानवरों के फड़फड़ाने से धरती में भी भूकम्प रूपी कम्पन होने लगे थे। एक पक्ष था पृथ्वीवासियों का जो पृथ्वी को मानवजाति को बचाने में लगे हुए थे। दूसरा पक्ष था उग्र्य ग्रह से आये हुए एलियन प्रजाति के द्वारा नियंत्रित अर्धमृत जानवरों और सुसुप्तावस्था से उठे भयावह जानवरों का। जानवरों का यह झुण्ड मानवता को समाप्त करने के लिये आतुर दिखता था परन्तु उनके लिये राह इतनी आसान भी नहीं होने वाली थी।

ज्ञानाश्रम से चार विशेष घातक दस्ते आये थे जो युद्ध के मैदान में कूद चुके थे। चारों दस्ते एक से बढ़कर एक थे जो थार के रेगिस्तान में उथल-पुथल मचा रहे थे। जितने भी जानवर इनके रडार में आते, प्राण त्याग देते और नरक की यात्रा पर निकल जाते।

किले की चारदीवारी के बिलकुल बाहर, विशेष प्रकार की बनी ढालों को हाथों में लिये करीब दस जटाधारी साधु सैनिक खड़े हुए थे। यह ढाल कोई साधारण ढाल नहीं थी। दो फुट त्रिज्या वाली यह ढाल विशेष प्रकार के यन्त्र व काँच से बनी हुई थी। इस ढाल की सहायता से वातावरण में असंख्य मात्रा में मौजूद फोटोन की ऊर्जा को सोख कर एक निश्चित दिशा व कोण पर ऊर्जा को परावर्तित किया जा सकता था। जिस वस्तु को लक्ष्य बनाया जाता उसको पल भर में ही अग्नि अपनी चपेट में लेकर ऊष्मा में बदल देती। जटाधारी सैनिक जिस दिशा में ढाल का रुख करते उस दिशा में दूर-दूर

तक अर्धमृत जानवर ऊष्मा में बदल जाते।

दूसरे दस्ते में करीब बीस तलवारधारी साधु थे। धोती-कुर्ता पहने हुए भी वे बिजली की रफ्तार से तो तलवार चला ही रहे थे पर साथ ही साथ बिजली भी गिरा रहे थे। विशेष प्रकार के उत्प्रेरक पदार्थ से बनी वह तलवार वातावरण में उपस्थित पॉज़िटिव तथा नेगेटिव आयन को मिलाकर हज़ार वोल्ट का झटका पैदा करती और जो कोई भी उससे उत्पन्न कड़कड़ाती बिजली की चपेट में आता, सीधे यम के द्वार पहुँच जाता।

तीसरे दस्ते में रेतचुम्बक के पाँच वाहन अर्धमृत और सुसुप्तावस्था जीव से भरे मैदान में तहलका मचा रहे थे। वाहन के ऊपर U आकार का बड़ा चुम्बक लगा हुआ था जो रेत के कणों को आकर्षण तथा प्रतिकर्षण देकर प्रचण्ड ताण्डव कर सकता था। आकर्षित करने पर रेत के कण दूर-दूर बिखर जाते थे फलस्वरूप उस स्थान पर गहरा गड्ढा हो जाता था। जितने भी जानवर इसकी चपेट में आते वे इसके अंदर धँस जाते। प्रतिकर्षण करने पर वह गड्ढा रेत के कणों से फिर भर जाता था और कुरूप जानवर हमेशा के लिये दफन हो जाते। इस तरह अधमृतों के मृत शरीरों का कभी पता ही नहीं चलता।

चौथे दस्ते में ट्रकनुमा पाँच वाहन थे जो आकार में काफी बड़े थे। वाहन के शीर्ष पर लकड़ी से बना स्प्रिंगनुमा विशाल हथौड़ा लगा हुआ था जो एक निश्चित समय अंतराल पर रेतीली धरती से टकराता और ऐसा करते ही धरती में एक जोरदार कम्पन के साथ वहाँ रेतीला तूफ़ान उत्पन्न हो जाता फलस्वरूप दुश्मन कुछ देर के लिये अंधा हो जाता। इसके बाद वाहन से निकलती नलियों से आग की बौछार होती जो जानवरों को राख में बदलने में देर नहीं लगाती।

हाथ में गाण्डीव लिये हुए, ड्रैगन ग्रीव पर सवार अश्वत्थामा दल का नेतृत्व कर रहा था। किसी ने सपने में भी नहीं सोचा था कि इक्कीसवीं शताब्दी में एक ऐसा महायुद्ध होगा जो बिना फायटर प्लेन, मिसाइल, तोप, गन, सेटेलाइट्स और बिना कम्प्यूटर व इन्टरनेट के लड़ा जायेगा परन्तु ऐसा हो रहा था। जहाँ-जहाँ से अश्वनत्थामा, ग्रीव और उसके क्लोन साथी का दल उड़ता हुआ गुजरता, वहाँ-वहाँ से ग्रीव के मुख से निकलती अग्नि से नरभक्षियों का स्वाहा हो जाता। कोई अगर बच भी जाता तो गाण्डीव से निकले तीर से उसके शरीर के परखच्चे उड़ जाते। जलते हुए जानवरों में मची भगदड़ की वजह से उनके साथी जानवर भी उनकी चपेट में आकर तड़पने लगते। अश्वत्थामा चुन-चुनकर हिम तेंदुआ, सार्को मगरमच्छ और कटु टोड को अपने तीरों से भेद रहा था जो ज्यादा खतरनाक साबित हो सकते थे।

येक्रांत युद्ध के बीच मैदान में कूदकर जो उत्पात मचा रहा था उससे वहाँ तहलका मच गया था। चालीस फुट लम्बे टिटनोबा अजगर को पकड़कर उसको रस्सी रूपी हथियार का रूप दे दिया था। येक्रांत चारों दिशाओं में उसको घुमाता और चालीस फुट

त्रिज्या वाली परिधि में जो भी जानवर आता सीधे नरक सिधार जाता और साथ ही साथ अजगर की हड्डियों का सुरमा भी बन जाता। टिटनोबा अजगर के ऊपर येक्रांत की टेढ़ी नज़र पड़ चुकी थी, उनका बचना अब नामुमकिन था। येक्रांत के साथ-साथ यूप और उसके क्लोन साथी जो चीता, हाथी व भालू का मिश्रित रूप वाले थे, ने भी दौड़-दौड़कर तहलका मचाया हुआ था। उनके कदमों के नीचे जितने भी अर्धमृत आते हमेशा के लिये लाश में बदल जाते।

रेनव, प्रियम, तत्ष्ट और उनके साथ मौजूद दो हज़ार से ज्यादा सेना के जवान चारदीवारी के ऊपर चढ़कर किले को सुरक्षा प्रदान कर रहे थे। प्रियम और रेनव का पाला पहले भी कपाल्सी से पड़ चुका था। वे दोनों जानते थे कि किले की सुरक्षा के लिये कपाल्सी बेहद ही खतरनाक साबित हो सकते थे। सैनिकों के धनुष से निकलते तीर कपाल्सी और गिला छिपकली को खोज-खोजकर मार रहे थे। रेनव और प्रियम का नेतृत्व कमाल का था और उनके दिशा-निर्देश में नरभक्षियों का खात्मा अपने चरम पर था।

उड़ते हुए घोड़े-सरु पर सवार होकर कल्कि अकेला ही अपनी तलवार से मार-काट मचाये हुए था। ज्ञानाश्रम द्वारा दी गयी अद्भुत तलवार से कल्कि ने थार के उस मैदान में ताण्डव मचा दिया था। अर्धमृत असुरों को वापस नरकलोक भेजने में कल्कि पल भर की भी देरी नहीं करता। पहली बार कल्कि का रौद्र स्वरूप इस तरह उभरकर सामने आ रहा था।

कल्कि की एक नज़र अश्वत्थामा, येक्रांत, प्रियम और रेनव के ऊपर भी रहती। जैसे ही उनके ऊपर मुसीबत आती वह सहायता करने के लिये पहुँच जाता। असली नायक की पहचान ऐसी ही परिस्थितियों में होती है और वह इस पर पूरी तरह से खरा उतर रहा था।

दोपहर से शाम होने को आ गयी थी परन्तु नरभक्षियों की संख्या कम होने के बजाय बढ़ती ही जा रही थी। सुदूर स्थानों से अर्धमृतों का आना अनवरत जारी था। मानव शरीर की मांसपेशियों के कार्य करने की एक सीमा होती है और यह सीमा अब जवाब देने लगी थी। सभी का शरीर अब थककर चूर होने लगा था। ऐसा नहीं था कि नुकसान सिर्फ एक पक्ष का ही हो रहा था। कल्कि और अश्वत्थामा तो कुछ हद तक गहरी चोटों से बचे हुए थे परन्तु रेनव, प्रियम, येक्रांत के साथ-साथ तत्ष्ट और अन्य सैनिकों के शरीर भी बुरी तरह घायल हो गये थे। कई सैनिकों ने अपनी जान से हाथ भी धो दिया था।

जब इंसान मानसिक और शारीरिक रूप से थक जाता है तो किसी भी कार्य को करने के लिये जिस ध्यान की आवश्यकता होती है वह नहीं मिल पाता। ऐसा ही कुछ हुआ प्रियम और तत्ष्ट के साथ। फोकस नहीं कर पाने की वजह से उन्हें पता ही नहीं

चला कि कब पीछे से टिटनोबा अजगर आ गया और जब तक एहसास होता तब तक बहुत देर हो चुकी थी। अजगर की भीषण टक्कर ने दोनों को किले की दीवार से उछालकर दूर फेंक दिया। दोनों अर्धमृत शिकारियों के बीच बेहोशी जैसी अवस्था में पड़े हुए थे। पल भर में ही उनका किस्सा खत्म होने वाला था।

प्रियम की दर्द व भय मिश्रित चीख ने सबसे पहले जिसको सिग्नल भेजा वह था कल्कि। बिना एक भी पल गँवाये वह प्रियम के पास पहुँच गया। दूसरी तरफ अश्वत्थामा ने तत्ष्ट की तरफ उड़ान भर ली थी।

प्रियम घायल अवस्था में जमीन पर बेसुध पड़ी हुई थी। कल्कि ने आने में अगर एक सेकण्ड की भी देर की होती तो प्रियम का मृत शरीर भी नहीं मिलता। प्रियम के शरीर से जगह-जगह से रिसते खून, बेजान शरीर, कराहती साँसों को देखकर कल्कि का पारा सातवें आसमान को भी पार कर गया। गुस्से की वजह से मुट्ठियाँ भिंच गयी थी, जबड़े खिंच गये थे, खाल तन गयी थी, आँखें बाहर आने को बेताब थीं और रोयें खड़े हो गये थे।

क्रोध के वशीभूत हो कल्कि ने चीत्कार मारी, दोनों हाथों को फैलाकर उच्चतम स्तर का तनाव दिया और फिर मानो जलजला आ गया। सौ मीटर की परिधि में जितने भी नरभक्षी थे सभी के शरीर के चिथड़े उड़ गये। हर तरफ मांस के लोथड़े और हड्डियों के टुकड़े बिखर गये। गुरुत्व विद्या के खौफनाक प्रयोग ने वहाँ खून का तालाब बना दिया था।

प्रियम अर्धबेहोशी की अवस्था में जमीन पर पड़ी हुई थी। कल्कि ने तुरंत उसको उठाकर अपने हाथों में थाम लिया और कँपकपाती आवाज़ में बोला, ''प्रियम, आप ठीक हो?''

ऊँचाई से गिरने की वजह से प्रियम के शरीर पर बेहद गहरे जख्म आये थे। बड़ी मुश्किल से कराहते हुए वह बोल पायी, ''सोचा था कि आपसे मिलकर सारे गिले-शिकवे दूर कर लूँगी परंतु अब तो जीवन का ही भरोसा नहीं बचा।''

''कोई बात नहीं आप ठीक हो जाओगे।'' कल्कि ने बिना कोई और पल गँवाये बिना प्रियम को सहारा दिया। अगला कदम प्रियम को सुरक्षित स्थान तक पहुँचाने का था, किले के अंदर डॉक्टर के पास तक पहुँचाने का था। उधर तत्ष्ट को भी किले के अंदर ले आया गया था।

प्रियम की हालत देखकर प्राज्ञ का दिल भी द्रवित हो गया। कल्कि की तरफ मुखातिब होकर वह बोला, ''दोनों ठीक हो जायेंगे, चिंता की कोई बात नहीं है।''

डॉक्टर ने तुरंत ही प्रियम और तत्ष्ट की जाँच शुरू कर दी। वहाँ पहले से ही बुरी

तरह से घायल कई सौ सैनिक अपना इलाज करवा रहे थे। मौत का ताण्डव जब होता है तो जान का नुकसान दोनों पक्षों को ही उठाना पड़ता है, किसी को कम तो किसी पक्ष को ज्यादा नुकसान होता है।

"इस तरह तो हम कभी नहीं जीत पायेंगे; जितना इन जानवरों को खत्म करो उतने ही और आ जाते हैं।" कल्कि के कपड़ों पर प्रियम के शरीर से रिसता हुआ खून लगा हुआ था।

"मुझे लगता है कि शायद इनसे निपटने का रास्ता मिल गया है।" प्राज्ञ ने उम्मीद को शब्दों में पिरोकर कहा।

"कैसे?"

"अग्नि... अर्धमृत को मारने का सबसे अच्छा तरीका है कि उनको राख में बदल दो। इस किले से एक किलोमीटर की दूरी पर गैस की पाइपलाइन है; अगर किसी तरह हम गैस का रुख इन जानवरों के ऊपर कर सकें तो बाकी का काम ग्रीव के मुख से निकलती हुई अग्नि कर देगी, यह रहा गैस पाइपलाइन का नक्शा।" प्राज्ञ ने योजना बताते हुए और नक्शा दिखाते हुए विस्तार से बताया।

"अच्छा विचार है, येक्रांत को यह नक्शा दो और उसको पूरी योजना बता दो बाकी का काम अश्वत्थामा और ग्रीव कर देंगे, जल्दी जाओ।" कल्कि के आदेश पर प्राज्ञ बाहर चला गया। येक्रांत और अश्वत्थामा को योजना बताकर प्राज्ञ ने बाकी सभी लोगों से सुरक्षित स्थान की तरफ आने का इशारा कर दिया।

कल्कि ने प्रियम की तरफ रुख किया जहाँ डॉक्टर उसका इलाज करने में व्यस्त थे, "हम तत्ष्ट को नहीं बचा सके, करीब दो सौ सैनिकों ने अपनी जान गँवा दी, चार सौ से ज्यादा सैनिक घायल हैं। हमारे पास जितने भी मेडिकल उपकरण हैं सब धातुंत की वजह से खराब हो चुके हैं, बिना उपकरण के किसी भी तरह का छोटा या बड़ा ऑपरेशन नहीं किया जा सकता, सामान्य चिकित्सा से ज्यादा हम कुछ नहीं कर पा रहे।"

कल्कि की नज़रें नीचे झुकी हुई थीं। उसने कभी सोचा भी नहीं था कि इतना ज्यादा जान का नुकसान होगा। आत्मग्लानि की भावना से उसके चेहरे पर सिर्फ दुःख व दर्द के भाव थे।

"डॉक्टर, क्या प्रियम बच पाएगी?" कल्कि की नज़रें अभी तक नीचे झुकी हुई थीं।

"सच कहूँ तो...नहीं; अभी तक किये गये जाँच के अनुसार प्रियम के बचने की उम्मीद करना नादानी होगा।" डॉक्टर की पूरी बात सुनने से पहले ही कल्कि वहाँ से जा चुका था।

ज्ञानाश्रम के चारों दस्ते युद्ध के मैदान से वापस किले के अंदर आ चुके थे। प्राज्ञ, येक्रांत और अश्वत्थामा गैस पाइपलाइन की तरफ निकल अपनी योजना को अमलीजामा पहनाने के लिये तैयार थे। कल्कि क्रोध के वशीभूत अवश्य था परन्तु प्राज्ञ की योजना को भूला नहीं था। उसने गुरुत्व विद्या का अनूठा प्रयोग किया और जानवरों के झुण्ड को खिसकाकर गैस पाइपलाइन की तरफ धकेल दिया। कुछ मिनटों की मशक्कत के बाद नरभक्षियों का झुण्ड गैस पाइपलाइन के बेहद नजदीक पहुँच चुका था।

बाकी का काम येक्रांत ने कर दिया। उसने गैस पाइप को उखाड़कर जमीन से बाहर की तरफ खींच लिया और उसका रुख अपने दुश्मनों की तरफ मोड़ दिया। बेहद उच्च दबाव से निकलती गैस सरसराहट की आवाज़ के साथ दूर-दूर तक फैल गयी। अब बारी अश्वत्थामा और ग्रीव के समूह की थी। फेफड़ों के अंदर बची-खुची आग की ज्वाला का ज्वलनशील गैस के साथ मिलन कराने में उन्होंने कोई भी गलती नहीं की। हाई ओक्टेन गैस का प्रवाह जिस भी दिशा में होता उधर सिर्फ और सिर्फ जलते हुए नरभक्षियों के शरीर ही दिखायी देते। बचने की कोशिश में वे अपने ही साथियों को यम अग्नि भेंट दे देते। अगले कुछ ही मिनटों में थार के रेगिस्तान में सिर्फ और सिर्फ आग के शोले दिखायी दे रहे थे।

कल्कि दुःखी मन के साथ प्रियम के पास बैठा हुआ था। उसके हाथों में प्रियम का हाथ था जो बहुत तेज़ी से सर्द होता जा रहा था। प्रियम के शरीर की धड़कनों की गति धीरे-धीरे थमती जा रही थी। समझना मुश्किल था कि इस लड़ाई में जीत हुई थी या हार। रेनव, येक्रांत और अश्वत्थामा भी उदास थे। सभी के शरीर से खून रिस रहा था तो आँखों से नमी। अग्नि की वजह से चेहरे के साथ-साथ और शरीर पर पहने हुए कपड़े भी काले पड़ गये थे।

प्राज्ञ दौड़ता हुआ कल्कि के पास आया, ''शायद वे लोग पुण्डलिक को ले गये!'' साँसों को थाम हिचकिचाते हुए बोला, ''मनन...मनन मृत था जब मैं वहाँ पहुँचा।''

''क्या? मनन मृत कैसे हो सकता है? किसी भी बाहरी ने किले के अंदर प्रवेश नहीं किया है फिर कैसे?'' हड़बड़ाहट में रेनव उस कमरे की तरफ भागा जहाँ मनन पुण्डलिक के साथ था।

येक्रांत तेज़ी से प्राज्ञ के पास गया, ''पुण्डलिक को कौन ले जा सकता है?''

''केचर... पुण्डलिक को केचर ले गया है।'' कल्कि उठ खड़ा हुआ। क्रोध से उसका चेहरा तमतमा रहा था।

और कितने इंसानों का बलिदान देना होगा। कल्कि के माता-पिता, श्री

कृपाचार्य, महाबलि, महाऋषि मार्कण्डेय, बाबा व्यास, मृग्स्य और करोड़ों पृथ्वीवासियों की अकाल मृत्यु के बाद आज वहाँ प्रियम मृतप्राय थी तो मनन, तत्ष्ट व दो सौ से भी ज्यादा सैनिकों ने अपनी जान हमेशा के लिये खो दी थी। वह जानता था कि यह लड़ाई वह जीतकर भी हार गया था।

''क्या अब कोई उम्मीद नहीं है?'' प्राज्ञ ने जीवन में पहली बार कल्कि को इतना क्रोधित और हताश देखा था।

कल्कि अपने स्थान पर खड़ा हो गया और एक दृढ़ विश्वास के साथ बोला, ''केवल उम्मीद के भरोसे बैठने से सब कुछ ठीक हो जायेगा ऐसा सोचना मानवजाति के इतिहास की सबसे बड़ी ग़लतफ़हमी है। यह लड़ाई पृथ्वी और मानवजाति के भविष्य को बचाने की नहीं है, अब यह लड़ाई हमारे अतीत को बचाने की है।''

(क्रमशः)

www.ingramcontent.com/pod-product-compliance
Ingram Content Group UK Ltd.
Pitfield, Milton Keynes, MK11 3LW, UK
UKHW042133021026
15589UKWH00003B/810

9 789388 55653